妄与她

完结篇

曲小蛐 著

四川文艺出版社

林青鸦第一次见他这样的打扮，茫然地怔在那儿看他。

　　唐亦被小菩萨那太专注的眼神看得耳朵发热，他不自在地侧了侧身，给她挡住今天中午格外刺眼的太阳："看什么，好看？"

　　林青鸦下意识地思索，然后认真点头："好看。"

目录
Contents

上百幅画，五十米长廊，
挂的是他的日日夜夜，清醒和混沌的边界，
梦魇里他把折磨当作享乐。

而画里岁月起落山河改颜，画中人却永远只有一个。

过去你是我不敢亵渎的神明，而现在……

我要神明独属于我。

第十一章

我要把她占着

新周，工作日。

芳景团参加的这档竞赛综艺的节目方要求各参赛团队配合录制宣传预告，方便他们后期剪辑，录制地点在距离北城几百公里的一个影视城内。

林青鸦在团里挑选出包括安生在内的几名孩子，连夜准备好戏服道具，跟着节目组的车出发离开了北城。

等预告录制结束，林青鸦和芳景团返回，已经是这周五的傍晚了。

舟车劳顿又教学排演，一周下来的精力消耗格外大。回到家里，林青鸦收整洗浴后，就沉沉地睡了过去。

直至天明。

吃过早餐，林青鸦想起被她遗忘在玄关角落的手机。

她昨晚睡过去太早，攒了很多未读消息。绝大多数是团里话痨担当白思思同学的日常汇报，还有几条来自冉风含。

一一查看后，林青鸦回复了白思思，然后给冉风含拨去一通电话。

对面很久没接，林青鸦已经进到家里特意装修好的练功房内，正准备挂断电话时，手机里嘟的一声轻响。

电话接通了。

"冉先生，"林青鸦合上练功房门，站到镜前，"你让我回北城后给你打电话，是有什么……"

林青鸦停住话声。

手机另一端是窸窸窣窣的动静，但没有人声回应。

正在林青鸦准备拿下手机确定通话状态时，对面似乎终于摸索到手机收声麦："喂……"

拖得长长的、满浸着困意的慵懒女声在耳边响起。

林青鸦意外地问："请问这是冉先生的手机吗？"

"大清早的，冉什么——"话声戛然而止。

然后是一声变音的惊叫，仿佛电话对面是一只在睡梦里突然被踩了尾巴的多毛的猫。

林青鸦："？"

手机的收声麦明显被捂住，一阵乱七八糟的模糊声音后，格挡离开，一个掐得尖尖细细语气娇嗲的女声回到手机里："是、是的呀。"

林青鸦茫然了一会儿："那能否让冉先生接一下电话？"

"他、他、他现在不在的呀。哦那个，昨晚他把手机落在我这里了，我可能要晚上才能见到他呢，小姐你介意那时候再来电话吗？"

林青鸦迟疑点头："好的，我知道了，谢谢！"

"不客气的呀。"

和对方柔情似水的声音完全不同，几乎是话声刚落，对面就迫不及待地，啪一下关上了电话。

林青鸦迷茫几秒，把手机放回置物台上，去做日常基础练习了。

一分钟后。

一通电话直接拨进成汤集团常务副总裁唐亦的手机里。

看清来电显示的手机号码，唐亦朝办公桌后正在做汇报的人示意了下，对方停住话声。

唐亦一边在文件上签审批意见，一边随手滑开通话。他懒垂着眼，声音听起来就没什么精神："和今晚的事无关就等明天说，有关就给你一分钟。"

"嘻嘻，我接到你的人参果老婆的电话了，羡慕吗？"

办公室里一静，连笔尖在纸张上轻划的声音都没了。

过去一两秒，唐亦放下钢笔，转而拿起手机。从老板椅里起身时，他对上办公桌后下属还没来得及掩饰的震惊表情。

唐亦一顿。

为了防止今天晚上之前北城圈里就传开什么过于惊悚的谣言，唐亦耐着性子："我没结婚，别那副表情。"

下属立刻"懂事"地低头:"好的,唐总。"

唐亦转过身。他斜撑着长腿,靠坐到办公桌边,手机也被他关了免提放到耳旁,他低声说:"唐红雨,你少给我造谣。"

"我哪造谣了?那干干净净雪白漂亮的小观音,不是人参果,还是不是你老婆?"

"……"唐亦难得有被堵住话的时候。

两个他都不想否认。

几秒过去,背对着整间办公室的那人低垂了头,细碎的黑鬃发撩过额角,他哑起声笑:"人参果这个,谁跟你说的?"

"程彻啊,他让我下次别给你带新版本《西游记》当伴手礼,说要给你看魔怔了。"

唐亦嗤声轻笑,又停了两秒,他垂着眼问:"她给冉风含的手机打电话了?"

"你出的这鬼主意,差点害死我。幸亏我反应快,不然出师未捷馅儿先露了。"

"嗯。"

"你就不好奇,她找冉风含为什么事情?"

"订婚,结婚,明晚的两家见面安排……还能为了什么?"唐亦轻笑,"没关系,反正今晚一过,他们什么关系都不会再有。"

"做这么绝,你就不怕她跟你闹得狠了?"

"……"

寂然半晌。

倒坐在办公桌后的男人抬起眼,望向老板椅后的那面墙壁上,那张大幅的、戏服美人的油画。

点朱唇,艳丽得像血一样的红色。

唐亦勾了勾嘴角,他低眼,笑。

"闹吧。最好她能亲手杀了我。"

电话里死寂数秒。

"……疯子。"

对面骂了一句,挂断了。

下午，林青鸦回芳景昆剧团报到。

令她惊讶的是，不过一周不见，剧场里和后院里俨然大变了模样——

剧场里保留了原本的复古戏园子风格，但桌椅设备都换了一套新的。后院更是重做设计，来来回回的工人搬运着各种装潢材料。

"这些……都是成汤集团的赞助？"林青鸦站在进剧场后台的门旁，望着院里忙碌进出的工人们怔神。

简听涛在旁边苦笑："是啊，周一还来了专门的设计师，在院子里腾挪测量了一整天，周二就把大批材料送进来了。前后一同动工。"

林青鸦问："造价高吗？"

简听涛说："因为这块赞助是成汤那边直批的装潢费用，没有动用给团里的投资款项，所以具体的流水账，我们也不清楚。"

"哎两位，麻烦让一让。"

"哦哦，好，师傅们辛苦了，待会儿坐下来喝杯茶休息一会儿吧。"简听涛护着林青鸦绕去一旁，给抬着大理石板的工人们让开路。

等工人们过去，简听涛犹豫了下，指向院子东南角："林老师，您看那块石头。"

林青鸦望过去。

两三米宽窄，一块像是嶙峋山石似的漂亮石头。和普通石头不同的是，它还多了圈底座，褐色包边莹润，像是玉石似的质地。

林青鸦转回来："这是？"

简听涛："周二那天送材料的时候一块儿送来的，还是程特助领的车。听说是从唐先生私人别墅里直接搬过来的，给我们镇院。"

"镇……院？"

林青鸦望了一两秒，眼角轻弯下，竟带起点虽淡却温柔的笑。

简听涛看得走神了，醒回神来连忙转开视线："其他用料不知道价格，但这块石头，我听搬来的那些人走之前嘀咕来着。"

林青鸦："嗯？"

简听涛左右看看，见没人注意，才迟疑地比了个"六"的手势："他们说是最少六位数，甚至可能将近七位。"

林青鸦怔住。

死寂几秒，简听涛尴尬地放下手："不过我觉得应该不至于，不就是块石头吗？这也不是唐先生自家后院，哪犯得着这么破费……"

声音越来越低，显然简听涛自己都不确定。

林青鸦回神，轻叹："我知道了。"

简听涛不安地问："要不然，我让他们送回去？"

"送去哪儿？"

"呃……"简听涛噎住了。

没人知道唐亦的私人宅院在哪儿，这么大一块石头，更不合适直接送到成汤集团去。

看出简听涛为难，林青鸦温声安抚："等我来处理吧。"

"好，又麻烦林老师了。"

"没事。"

剧团里既是装修翻新，就连后院的小楼也一起。练功房在修，学徒们放了假，剧团也暂停营业。

林青鸦左右无事，便离开剧团准备回家。

周末人多车多。

出了剧场门，白思思愁看着路上车水马龙的："角儿，我看今晚回去路上多半要堵。"

"不急。"

"那您在这儿稍等，我先去停车场把车开过来？"

"嗯。"

白思思刚从包里拿了钥匙要走，就听不远处有人开口："林小姐。"

林青鸦和白思思同是一怔，回眸望过去。

一辆锃光瓦亮的黑色老式风格加长轿车停在路边，穿着笔挺西装的男人站在车旁，正扶着车门，朝林青鸦躬身示意。

"孟女士想请您喝下午茶，让我过来接您。"

初春微寒的风扑面。

林青鸦陡然僵住。

空气凝固。

白思思茫然又不安地往林青鸦那边凑了凑："角儿，孟女士是谁啊？"

林青鸦眼睫颤了颤，垂下。

她仿佛此时才醒神，声音里透一点生涩：

"孟江遥，唐亦的祖母。"

白思思："？！"

林青鸦被领进唐家后院，进到一座四周是磨砂玻璃的温室花房里。

"咔嗒。"

玻璃门在她身后关上。

林青鸦没有回头。她踩着面前鹅卵石铺就的小路，绕过那些高悬的花架。吊兰在这冬寒未退的时节长得极好，快落地的枝蔓上蔚然盛开着各色的花，按颜色品种分成漂亮的色块，垂在门旁。

绕过吊兰区，没了视线的阻碍，林青鸦一眼就能望尽这条长径。

她走过去。

路的尽头站着一位穿着职业装的年长女性，面相上看至少年过半百，但头发、衣服都一丝不苟，腰板笔挺地站在那儿，不怒自威。

她双眼不见波澜，冷目看着林青鸦走过来。

"沙，沙沙。"

洒水壶被抬起，水雾喷洒，描成一片彩虹色的光。

林青鸦走到近前停下，才看到小径旁还蹲着一个人，之前被那些高大的落地花卉挡住了。

放下洒水壶后，那人起身，拍掉园丁围裙上沾着的泥土，然后摘掉手套，又摘下园丁帽。

一头自然花白的头发，微微带点卷。

林青鸦垂下眸子："孟奶奶。"

"嗯，来了啊，还挺快。"

"园丁"把摘下来的手套和帽子放到一边竹木做的架子上，转过身来，露出脸。

六十多岁的年纪，再贵的护肤品也避免不了皱纹丛生，但老人面白，也少斑，除了五官间看得出岁月宽美人，她和外面普通人家这个年纪的老太太没什么区别。

也一点都无法让人联想到北城圈子里那位在老辈中也威名赫赫的"孟女士"。

林青鸦并不惊讶。七八年前她已经和这位老太太见过面了。

"你不介意在这里说话吧？"孟江遥走去玻璃房的一角，就隔了几步，有个盥洗池子。

林青鸦："不介意。"

孟江遥洗着手说："知道你们年轻人大多不喜欢这些花花草草，我以前也不喜欢，后来养着养着就养出感情了。"

林青鸦平静接话："我外婆也喜欢花，她说侍弄花草比待人接物好，能修身养性，也清静。"

孟江遥点着头，转回来："那倒是说得不错。"

旁边穿着职业装的年长女士适时地递上块干净的毛巾，孟江遥接过去擦了擦手。

擦完以后她想到什么，遗憾地摇头："可惜唐亦不喜欢这些东西，等我百年以后，他多半会给我刨了。"

林青鸦想了想："他喜欢动物。"

"动物？比如他身边总跟着的那条狗？"

"嗯。"

"哈哈，"孟江遥笑着挑起眼，眼神里多了点别的情绪，"那你可看错他了。"

"？"林青鸦抬眸。

孟江遥走向另一旁。

那是这片花房唯一的空地，在西南角上，单独砌起来漂亮的半人高度的西式围墙，围着方方正正一片台子。

两级台阶上去，摆着藤条编织的桌椅。

"他11岁前也一直长在唐家的，那会儿他弟弟也养了条狗。"孟江遥像无意地停了下，"哦，你知道他有个弟弟吧？"

林青鸦："听说过，叫唐赟。"

"对，那孩子小时候被他爸妈惯坏了，养的狗也凶性大，说来奇怪，家里养过的动物都像和唐亦八字不合似的，见了他总要扑腾。在那狗身上表现得格外明显。"

"……"林青鸦眼睫一颤，跟过去的身影都顿了下。

孟江遥已经走上两级台阶，在一把藤椅前坐下了，她还转过身笑着朝林青鸦招了招手："过来坐。"

林青鸦垂眸上前，及腰的长发被她拢过，坐下，发尾不自觉在掌心里攥得紧："然后呢？"

"然后，"孟江遥敲了敲膝，"我记得是他10岁那年吧，唐赟和几个别家的孩子带着他一块儿玩，粗心大意，就把他和那狗锁在同一个屋子里了。"

林青鸦脸霎时就白了，她惊慌地抬眼，唇上血色都褪去大半："怎么能……"

"没事，哎，瞧你吓得。"孟江遥笑，"小孩子都皮，有几个小时候没被狗咬过的？"

林青鸦咬住唇，没说话，隐忍地低下眼。

孟江遥说："而且唐赟的那条狗，下场可比他惨多了。小安，你还有印象吗？"

"忘不了，"机器人一样安静又冰冷的那位女士站在旁边，接话，"如果不是唐赟第二天起来，吓哭了跑来告状，谁认得出那一摊血糊糊的东西是条狗？"

林青鸦头更低了一点，手指攥得更紧，指节苍白。

孟江遥叹气："是啊，我也没忘，他从那屋子里出来的时候裤腿都在往下淌血，那眼神哪像个10岁的孩子？还好啊，还好那时候关进去的只是条狗。"

"怎么能是——"林青鸦终于忍不住。

她轻吸了口气，压住声音里的战栗，抬头望去。

"怎么能是，还好？"

"嗯，当然要还好不是人，"孟江遥像是玩笑说，"不然唐家岂不是要出一个杀人犯了？"

"但唐赟那不叫粗心，"林青鸦颤声，"就算他小，他那也是杀人。"

孟江遥停住。老太太转过头来，平静地看着林青鸦，那眼神太冷静，叫人毛骨悚然。

林青鸦不觉得怕，只觉得冷，从骨头缝里渗出来的冷。

还有疼。

林青鸦朝旁边转开眼，压下眼底涌起的湿。

"他小时候身上全是疤，我以为是没大人知道，可原来……你们就是看着他被折磨的。"

孟江遥安静听着，问："你后悔了？"

林青鸦呼吸停滞了下。

孟江遥："后悔把他骗回唐家，也后悔离开他了吧。他一点都不感激你，只恨你，恨了七八年呢。"

林青鸦眼睫颤着，很久后她压着哭腔，轻声回道："我不后悔。

"就算再让我选一万遍，我也不可能看着他被徐家送进少管所……那会毁了他。"

林青鸦红着杏眼回眸，清冷地望着孟江遥。那双瞳子里湿漉漉的水色只让她的眼睛更美得勾人。

孟江遥和她对视了一会儿，突然笑了起来，笑得摇头："难怪，真的是难怪。"

"难怪什么？"

孟江遥："难怪他明明讨厌所有动物，包括人，却这么执着地等着你，还非得是你。"

林青鸦不语。

孟江遥笑完："可你又为什么会和他走到一起呢？"

老太太伸出手，拉住了林青鸦的手，扣在桌上。那双温热又枯槁的老人的手像安抚似的，轻轻拍着林青鸦的手背。

她说："你和唐亦，明明是最不相同，甚至极端相反的。你善良温柔，克己守礼，连狠话都不舍得说尽，更别说做；而唐亦，他冷血，狂妄，不择手段……"

"唐亦很好。"

林青鸦看着老人的眼睛，缓慢而坚定地把自己的手抽回来。

她轻声，说得认真——

"而我没那么好。这两者都是您的成见。"

"？"

孟江遥转过来，凝视林青鸦数秒："你真这么觉得？"

林青鸦点头。

孟江遥又笑了："你知道换了别人坐在你这个位置，她们会怎么说吗？"

"她们会和我说相同的话。"

"不要以己度人了。"孟江遥笑着努嘴摇头，"她们一个字都不会替唐亦抱不平，因为她们或更担心自己、或有所图，所以她们不敢。"

林青鸦蹙眉，本能想反驳，却被孟江遥不疾不徐地堵上："就像唐亦小时候在唐家的那几年，不管他被唐赟他们折磨得多么惨，从没一个人敢对他施以援手。"

林青鸦脸色一白。

孟江遥似乎预见了，回头："你看，连我说起过去很多年的事你都还是会觉得难受。唐亦喊你'小菩萨'是吗？他真没叫错。"

林青鸦攥紧指尖："就算她们不会，至少唐亦不是您说的……"

孟江遥："那你再猜，如果换唐亦坐在这儿听见我说起这些，他会怎么反应？"

林青鸦眼神一颤："您不能那样做。"

孟江遥："为什么？"

"因为那样——"她气得雪白的眼睑都微微发红，"不配为人长辈。"

这大概是小观音这辈子说过的最重的、最不敬长辈的话。

孟江遥一愣。

然后她笑着摆手，转回去倚进藤椅里："唐亦不会在乎的。我说了，他不喜欢任何动物，也包括除了你以外的所有人。所以谁说什么他都不会在意——只要和你无关——这就是他的冷血狂妄，不信你随便去试探他。"

林青鸦无话反驳。

她已经想起不久前那个晚宴，洗手间外的长廊上，那些听得她胸口窒疼的话被唐亦听见，他却置若罔闻，甚至言笑自若地挑逗她。

仿佛那些话里被轻贱的人不是他。

林青鸦用力地合了合眼。

她不敢往下想，越想那种撕扯得肺腑都疼的窒息感越席卷而来，她不想在这个冷冰冰的地方失态。

而孟江遥就好像察觉到她的情绪，很随意散漫地就把话题引向别处，好像这真的只是一场普通的闲谈。

直到日薄西山，厨房来人向孟江遥征询晚餐安排。

林青鸦婉拒了孟江遥的用餐邀请。

临走之前，林青鸦起身告辞，却又在下台阶后停住脚步，她转身望向那个轻捶着腰起身的老太太。

"您今天叫我来，是为什么？"

孟江遥回头，无辜地问："我没有说吗？"

"没有。"

"上了年纪还真是健忘……只是话家常，唐家冷冷清清，活人都没几个，唐亦是不会踏足一步的，我有些时候也想找个后辈说说话。"

林青鸦凝眸不语。

孟江遥："你不信？那你以为我为什么叫你来，就这么放心跟来了？"

林青鸦沉默两秒，垂眼："我想您要提醒我，当初作为唐家救他脱困的条件，我承诺过不再和他有交集。"

孟江遥："你当年不是照做了？"

林青鸦欲言又止。

孟江遥笑道："而且我从不拿别人的错惩罚自己——承诺履行与否是你的选择，心安或愧疚是你的结果，和我有什么关系？"

林青鸦哑然。

见孟江遥确实没有再谈什么的意思，林青鸦告辞转身。

走出几步，身后拎起园丁剪的老太太突然想起什么："哦，你不说我还差点忘了。"

"？"林青鸦回身。

孟江遥："你有个未婚夫,是冉氏传媒老总的独子,对吧?"

林青鸦心里微微冒出点不安的预感:"您认识?"

孟江遥:"我只是刚巧知道,唐亦最近筹划了件不太光彩的事,十分钟前他以你那个未婚夫的名义,把你外公外婆接往某个餐厅——最多半小时就会到。"

林青鸦眼神一紧,心底的不安顿时成倍扩散开。

孟江遥转回去,手里的园丁剪抬起来,朝着面前的灌木类植物比画:"地址我已经让人给你那个助理了,你往外走,会有人把她还你的。"

"……谢谢,孟奶奶再见。"

余光里见林青鸦朝自己躬了躬身才快步离开,孟江遥左右挪移,最后愁得放下园丁剪:"你说现在怎么还会有这样奇怪的年轻人?"

女管家平静反问:"您是说林青鸦,还是唐亦和唐红雨?"

孟江遥脸一垮:"别提那个不入流的。什么职业都做,唐家的脸都要被她丢尽了……当初让唐亦处理,本以为他会把她遣送出国,竟然还留下来了。"

女管家:"或许,唐亦是看在血缘上。"

孟江遥失笑:"唐亦会看重血缘?你也被那个小菩萨传染了?"

女管家:"那为什么他会留下唐红雨?"

孟江遥:"反常吗?"

女管家:"是,唐亦上位以后,没对任何人手下留情过。"

孟江遥:"那答案不就一目了然了。"

女管家:"?"

孟江遥:"唐亦的所有反常,一定和林青鸦有关。至于到底什么原因,可能就他自己知道了。"

孟江遥终于瞅准位置,弯了腰,她抬起园丁剪咔嚓两声,枯黄的碎叶落了一地。

孟江遥没急着起身,继续猫着腰用园丁剪翻找在灌木丛,随口说了句:"想问就问。"

女管家走近:"您真的不管唐亦和林青鸦的事情了?"

孟江遥专心盯着植物，慢悠悠道："人啊，就像这些树，小时候可以多修剪一下，细枝嫩节的，免得它长歪。可要是大了……"

孟江遥放下园丁剪，撑着地，扶着腰慢慢站直："这大了，就算歪得贴着地长，那也动不了了。要么拔了，要么拗断。"

女管家摇头："拔不得，唐家就这么一根独苗了。"

孟江遥："是啊，拔不得，我也懒得拗。"

女管家不解抬头。

孟江遥玩笑道："人越活越老越得看得开，不能太较真儿，就算拗得断，闪着我这老腰怎么办？"

女管家没表情的脸上难得露出点笑。

孟江遥轻轻拍掉了面前一片大叶片上蹭的灰，然后拿园丁剪当拐杖似的，拄着往外走。

"何况，毓雪生的小疯子，早就不是那个只能任人摆布的孩子了。"

孟江遥给的那个餐厅地址距离唐家有 20 分钟左右的车程。

白思思一路把车速逼在最高限速上，向着目的地狂奔，总算赶在 20 分钟内把林青鸦放到餐厅楼下。

"角儿，您先上去看看什么情况，我去找地方停车，有状况就先给我打电话。"

"好。"

北城的周末傍晚想找个停车空位绝对是灾难事件，林青鸦没时间和白思思一起耽搁，当即同意了她的方案。

地址很具体，直接指向这家餐厅的 VIP 楼层 1 号包间。

林青鸦乘电梯上楼。

一出电梯，就有餐厅侍者迎上前："小姐，这里是 VIP 楼层，请问您有预订吗？"

林青鸦迟疑了下："我朋友预订了 1 号包间。"

"您朋友姓？"

"唐。"

侍者点头："好的小姐，请您随我来。"

林青鸦跟着对方走进包厢外的长廊，走出几步时，她想起问："这间有其他客人到了吗？"

"没有，只有唐先生在。"

林青鸦悬着的心放下来。

她虽然不知道唐亦要做什么，但只要外公外婆还没到，那总来得及补救或阻止。

"就是这里了，小姐。"

"谢谢。"

侍者躬身后离开。

林青鸦站在房门前，平复呼吸后，抬手轻叩包厢房门。

林青鸦在心里数到第五个数的时候，房门被拉开，只穿了件单薄的黑色线衫和休闲长裤的男人出现在视野里。

四目相对。

那人眼神里的倦懒一点点褪了，漆黑的瞳子轻缩，像紧紧缠上她的身影，带着恍如梦中的意外。

林青鸦轻声："我是来……"

半句话还没来得及出口，林青鸦手腕一紧，就被那人拽进了包间内，房门直接扣合在她身后。

她背抵上坚硬的墙壁。

林青鸦有点回不过神。

在她几乎要怀疑自己是迈进什么提前设好的圈套里时，面前一直低眼凝着她的唐亦终于舍得低下头。

他左手小臂撑着她头顶的墙面，哑着声笑俯到她眼前："我差点以为我在做梦了，不然怎么会见到小菩萨自己送上门？"

林青鸦张了张口。

"唐赟和几个别家的孩子……"

"粗心大意……"

"就把他和那狗锁在同一个屋子里了……"

孟江遥的话音遥远又模糊地飘回耳边，回荡不休。

听一遍，她心里就涩酸刺麻地疼一遍。

林青鸦用力地闭了下眼睛。

专心。

她必须先解决接下来可能发生的事。

"看来是有人给你报信了？"

"……"

林青鸦意外睁眼。

唐亦笑里带起点戾意："谁？"

林青鸦轻声问："你想做什么，毓亦？"

唐亦："报信的人没告诉你？"

林青鸦摇头。

见小观音这样诚实，唐亦忍不住笑了："问什么答什么，小菩萨今天怎么会这么乖？"

林青鸦莫名被他调笑得脸上发热，她避开眼，低声说："我只知道你让人接走了我外公外婆。你想做什么都没关系，但不要把他们牵扯进来，好吗？"

"我想做什么都没关系？"唐亦慢条斯理重复了一遍，声音里笑意压得又低又骚气，"……你还真敢说。"

"什么？"

林青鸦正不解，就察觉身前人起身，他扣着她手腕把她带进房间："可惜今天有场大戏，不然我一定不舍得浪费这个机会。"

"大戏？"林青鸦心底不安更甚，"谁的？"

"你自己看。"

"？"

唐亦很突然地停下来。

就停在包间里玄关通向开阔的就餐区的垭口。

林青鸦顺着唐亦的视线侧过身，看见了墙壁上的一面……

"镜子"。

准确说，这应该是一面单向透视镜——

林青鸦能清清楚楚地看见，一镜之内，穿着西装的男人被一身艳丽红裙的女人拎着领带压在沙发上。

抹得红艳的唇妖精似的摩挲过男人雪白的衬衫衣领，姿态狎近，媚眼如丝，似乎在暧昧低语。

林青鸦听不到，但看得到：两人对几米距离之隔的她和唐亦毫无反应。

更何况那两个人她还认识。

冉风含和唐红雨。

林青鸦惊得吸气，这几秒里她已经想到什么，张口就要出声。

"呜……"

没来得及。

唐亦早有预料，他就站在她身后，欣赏够了她被吓到的惊诧反应，然后他从背后抬手，扣住小菩萨雪白的下颌，也完全遮住她的唇。

"嘘。"

唐亦低头。

"小菩萨在台下就该做个合格的观众，不要打扰到这场大戏才行。"

林青鸦试图推开唐亦的手去隔壁阻止，可一步都没来得及迈出去，她就被唐亦扣住双手手腕，抵在后腰压到墙壁前。

挣扎中，束发的白绢滑落，那袭鸦羽似的长发垂散，拓过她单薄的肩，铺在雪白的长裙裙背上。

发尾勾勒出细窄的后腰，又从尾椎骨处托起微翘的曲线。

挣扎中她背贴到他怀里。

紧紧地。

她却好像没察觉，不但没收敛，反而在他身前那点不多的空隙里更着急地挣扎。雪白的裙色交织着墨黑的长发，极近的空隙里拉扯又贴近，她的发丝都被静电擦得勾攀上他颈身。那一抹乌色发尾勾勒过的凹凸弧度有多"杀"人，他被迫在亲密的距离里感知着。

某一刻。

唐亦眼神一深，狠狠抽了口凉气。

"林青鸦！"

他哑着声吼她。

这么暴躁又几乎是贴着耳垂地喊她名字，这还是第一次。

小观音当即就被吓住了。

过了一两秒，她才慢慢侧过脸望他，唇还被他捂得紧紧的，雪白的鼻尖红了一点。

她茶色瞳子里惊慌得藏不住，眼睫微颤了下，乌黑的睫毛上好像沾了细小的水色珠子，内外眼角也染着绯红。

就这么贴着他还看着他。

唐亦胸口窒疼。

……他快要疯了。

唐红雨额头沁出细细的汗。

她觉得自己这回大意了。她就不该听唐亦那个狗东西的话，把最终计划仓促提前到这么早实施，导致现在连个备用方案都拿不出来。

冉家小公子果然跟她拿到手的资料里描述的一样，根本不是什么省油的灯——真论调情手段，几乎要比她都高超了，和以前那些一撩就腿软、听任她把控摆布的废货根本不一样啊。

修长有力的手指抵上她腰侧，一把握住的尺度，像是无意地在她敏感区里轻划过。

唐红雨心里一抖，本能就抬了抬上身。

"……怎么了？"

被她拽松了领带的男人从她身前半撩起眼，声线温柔得慢条斯理。明明深陷情欲，那双眼睛却好像仍旧压着一线不容逾越的清明。

总让唐红雨分不清谁在局里、谁被谁掌控。

……

所以她可太讨厌这个男人了，以后打死都不能再接这种类型的单子。

唐红雨做羞赧状，顺垂下眉眼，环着男人后颈蜷下被红裙勾勒得细薄的水蛇腰："别碰那儿，痒。"

她软着声把红唇往他耳边贴，在对方视线盲区里的黑瞳却禁不住着急地瞥向男人背对的房门。

真是的！

关键时候堵车掉链子，再不来就要出大事了——

以往她只需要把人弄得五迷三道，最后卡着被"捉奸"的关键时机前松了绳儿，等那些急不可耐的扑上来抱着她一通瞎啃就好，反正他们也只来得及这样。

就当被唐亦养的那条狗舔了一脖子口水——脏点就脏点，她又不在乎这个，过程里她甚至都能心不在焉地数着腕表指针编道三角函数题……

哪像此刻。

"呜……"唐红雨咬住下唇，强抑下那声被激得本能出口的低吟。

"躲什么？"她下意识想拉开的距离被男人扣住，压回，那个被情欲染得发哑的声音依旧不紧不慢的，甚至还带一丝调弄的笑意，"不是说喜欢我这样吗？"

喜你个头。

唐红雨压下心头一万句骂人的脏话，颤着音儿伏到男人耳边娇气地笑："会痒嘛，你轻一点。"

"好。"

那人答应得从善如流，手底下却一扣。

最后一点缝隙消失，她轻薄的腰腹直接压在他胸膛前，隔着被她作弄得凌乱的白衬衫，唐红雨几乎能感觉到对方炙烫的温度。

唐红雨伏在他颈旁的呼吸窒住。

且不说被人时快时慢、时紧时松地把着调情节奏的感觉对她来说有多危险和失控，关键是进度太快了啊！

她是很敬业，可还没敬业到拥有为事业献身的觉悟好吗！

都怪唐亦这个狗东西乱改计划，她回去以后一定要讹他一百套香奈儿。呜呜呜……

就在唐红雨拼命自我麻痹的时候，左耳塞入的隐形耳机里终于传来"救命"的话声。

"修姐，我们要出电梯间了。"

"……"

可终于来了。

小五这公鸭嗓的动静此刻听着都像是天籁，唐红雨被感动得差点落泪。

她眼瞳亮起，抵在男人胸膛前的纤纤手指终于舍得不做欲迎还拒的挣扎，转将手勾到他颈下，涂着艳红指甲油的手指慢慢钩住他领结，然后轻轻理下去。

唐红雨一转，想从他腿上滑下来，没得逞就被握住。

"别弄，疼的。"唐红雨不意外，娇着声。

"去哪儿？"

"哪儿也不去，"唐红雨拿手指缠他领带，"就是不想坐着嘛。"

"……"

冉风含手指一松，唐红雨滑到他腿旁的沙发里，她手腕轻勾，就拎着男人的领带拉向自己。

砰然闷声。

她被他压在身下的沙发上。

冉风含撑着沙发，自上而下地俯视她，似笑非笑："做什么？"

"唔……"唐红雨松开他领带，转而抬起雪白的胳膊环住他后颈，把人勾下来。

耳机里："修姐，我们十秒钟后进门。"

"……"

红唇贴上他耳畔，媚眼如丝，唐红雨轻软着声妖精似的一笑："做什么都行。"

"好。"

男人像被她眼神蛊住，俯下身去吻她雪白莹润的肩，又顺着凹陷的锁骨，游弋上她纤细脆弱的颈。

湿漉漉的啄吻让唐红雨皱了眉，那颗毛茸茸的脑袋就伏在她颈窝里，弄得她有点痒，她不用再担心他发现，也就散了故作娇媚的神情。

沙发有点硌，至于身上这个男人，除了调情的手段确实了得，好像和以前的傻子们也没什么区别。

唐红雨嘲弄地勾唇。

六、五、四……

"呜，"唐红雨偏开艳丽的脸，躲过那人啄吻到她下颌的薄唇，她压着最后一丝耐性，"别，我们说好不接吻的。"

男人停下，温柔抬眼："那你以前设计过的那些人，也是这样吻你的？"

"……"

唐红雨猛地回过头。

她生了一张漂亮也艳丽得过分的脸，浓妆也藏不住。此时那双眼睛里再也没了那些假作的情绪，宛如惊鹿。

冉风含抬手，修长手指毫不留情地扣住她纤细的颈。

唐红雨惊回过神："你——"

"不接吻，是你的职业准则吗？"

"！"

冉风含眼底温柔终于撕碎开，恶意流出来。

他没给她说第二个字的机会。

在身后门被推开的刹那，冉风含俯身，第一次毫不温柔地吻到女人柔软的唇上。

他捏着她下颌，逼她承下这个吻。

"老先生，老夫人，就是这个包——"

去接人的小五熟练地让开身，话声在他望向沙发时戛然而止。

房间里的男人好像完全没听见他们开门的动静，正把身着血红开衩长裙的女人扣在沙发上，一点都不斯文地压着女人亲吻。

小五受惊不轻。

这么投入的"受害者"他还是第一回见。

"——冉风含？"

被惊吓过度的元淑雅竟是房间里第一个回过神的。

随即是落后两步走进来的林霁清，老爷子一贯温和的表情变得严肃，他抬手扶住惊得身形都晃了下的妻子，然后扶着她转身。

"让他整理好，自己出来。"

最后一句冷冰冰的沉声扔给小五，林霁清把元淑雅扶到门外。

小五终于在慌乱里回神："好、好的。"

门被带合。

小五不知所措地看向沙发。

直至此刻，上位的男人才松开被他摁住的唐红雨，从容淡定地起身。

站在沙发旁，冉风含垂着眼，一边慢条斯理地整理领带、袖扣，一边从容不迫地欣赏沙发上雪肩半露、被他吻得唇色血红欲滴的女人。

在那样像要把她扒光的斯文又败类的眼神下，唐红雨终于回神，她攥紧手指坐起来，强忍住一巴掌扇上去的冲动。

默念了三遍"是你理亏"，唐红雨抬眼。

黑瞳重染水色，她笑盈盈地搭叠起雪白的小腿，胳膊撑着下颌往膝上一支，她慵懒含笑地睨着冉风含："冉先生，你什么时候察觉的？"

"嗯，忘了。"

"……"

那个不在意的语调差点把唐红雨气得笑容维系不住。

她咬牙，微笑："那怎么还肯入彀呢？"

冉风含温和回望她："送上门的，为什么不吃？"

唐红雨："……"败类啊啊啊！

冉风含系好西装外套上最后一颗扣子，此时他俨然恢复到来之前那副斯文又温和无害的模样——

完全看不出几十秒前还兽性大发地压着唐红雨动情欲地强吻。

要不是唇角的疼还在提醒自己，唐红雨都要以为自己是被下了什么迷幻药了。

她冷眼看着男人转身，从沙发缝隙里摸出自己提前放的金属盒，钩出一根细长的女士香烟，唐红雨张口咬到唇间。

红唇一牵，唇角就疼了下。

唐红雨皱眉，正在心底骂人呢，她突然又感觉一道阴影从头顶罩下来。

唐红雨一顿，拿下香烟，抬头。

冉风含去而复返，眼神还是假作的温和，但看得出来没什么耐性粉饰，按捺着有点明显的审视。

目光落在她……肩上。

唐红雨顺着他低下眼。

雪白的肩上像落了几瓣红梅。

唐红雨红唇一勾，嘲弄回眸："原来冉先生属狗的吗？"

"……"

冉风含一言不发，就开始脱外套。

唐红雨僵了下，香烟差点没拿住，身体也本能绷紧。

然后那件外套就兜头盖下来。

罩了唐红雨一脸。

冉风含转身往外走。

唐红雨愣完，没表情地把外套扒拉下来，拎在手里打量："冉先生这算什么，嫖资？"

男人西装皮鞋停顿了下。

他只侧了下头，似乎温和地笑了。

"那就谢谢款待。"

房门关合。

唐红雨深呼吸三次，敛下情绪。再抬眼时，她扭头看向正对着房门的另一侧。

墙上"贴"着面落地镜。

望着镜面她咬牙切齿："赔偿金！我要三倍！"

镜子后。

唐亦懒下眉眼，缓松开手。

被他抵在墙壁和身体间的林青鸦靠到墙上，她方才挣扎得厉害，尤其是在看见元淑雅和林霁清进到隔壁房间里，可惜还是没能挣开。

此时大约知道事态不可挽回，她无望又难过，情绪疲惫得像要脱力了。

唐亦垂眸睨着她，似乎察觉，就又抬起手臂环过她细瘦的腰，给她借力靠着。

"还想继续去看吗？"唐亦一边把人环着护在怀里，免她脱力倒下，一边低声嘲弄，"走廊上应该还会有场退婚的谢幕戏。"

半晌，林青鸦安静地眨了下眼睫，轻声问道："毓亦，你为什么要这样做？"

"我说过，我会让你后悔的。"

林青鸦轻合上眼。

原来又是她的错啊，就像当年的选择一样。明明她只是想保护好身边最重要的人，不教他们难过或受伤，但怎么也做不好。

像个在涨潮的海滩上堆沙子城堡的孩子，多努力都是白费。

浪涌上来，城堡就塌掉了。

于是她想保护的唐亦在深渊里坠得更深，她想安抚宽慰的外公外婆也被她的婚约伤透了心。

"林青鸦。"

"……"

林青鸦茫然地睁开眼。

她看见唐亦俯在她面前，半点没有计划成功的愉悦，那双眸子濯了水似的更黑更深，眼角发红。

他低哑着声："不准难过。"

林青鸦怔了好一会儿，轻叹气："那你想我怎么做，"她抬眸，"我全部都听你的。"

"……"

唐亦哑然地看了她很久，像是不能确信自己听见的话是真的。

他撑在她身后墙上的手指慢慢捏紧，涩声："你再说一遍。"

林青鸦轻声重复："你想我怎么做，我听你的。"

唐亦："知道后悔了？"

林青鸦摇头："我不会后悔我的选择，多少遍也一样。"

唐亦眼神冷下来："那为什么还要听我的？"

"作为偿还，你想要什么补偿、想要我怎么做才足够，我全部听你的。"林青鸦认真望着他，"不要再牵扯到任何人了。"

死寂之后。

唐亦慢慢松开手，退后两步，他低着头哑声失笑："哈哈哈哈，补偿，原来是补偿……行啊，那就一点点偿。"

尾声落下，唐亦抬眼。

那双漆黑的瞳里透着阴郁，又渲上戾气。眼神像冰冷的刃。

唐亦垂手，勾起她一缕青丝，在掌心里慢慢把玩。

"那就给我做情人吧，"须臾后他缓声，冷淡地笑，"随叫随到、予取予求的那种。"

林青鸦眼睫一颤。

唐亦恶意轻薄："不答应？"

林青鸦指尖紧紧扣进掌心，失了血色的唇轻咬住："……好。"

唐亦掌心那缕发丝蓦地攥紧。

颧骨一抖，他转开脸。

"不用怕，小菩萨——等我玩够了，一定放你离开。"

周三。

成汤集团，常务副总裁办公室。

这月有个唐亦亲自督责的大并购项目，调查会议开了半个上午才结束。会后，唐亦让人把打印出来的资产评估报告和相关的调查报告送过来了，在他的办公桌上堆积如山。

临近中午，唐亦才合上最后一份调查文件，揉着脖颈靠进椅里。

程仞适时敲门进来。

"这部分是存疑的。"唐亦抬手，在矮的那沓文件上叩了叩，"各组按批注重新核实，责任人签字，出问题我要追责。"

"明白。"

"这家债权构成特殊，让法务部把《债权债务重组协议》草拟完成后送来给我过目。"

"是，唐总。"

交代完，唐亦靠回老板椅里，手指轻捏着高挺的鼻梁骨根部，合目养神。

沙沙记录声停下。

空气安静。

唐亦等了几秒，没等到脚步和关门声。他垂下手，睁眼看向办公桌前："还有事？"

程仞没说话，扶了扶眼镜，表情微妙地沉默。

唐亦察觉什么，眼神轻动了动。

工作里冷淡又麻木的情绪从他那张漂亮凌厉的面孔上褪去，他清了清嗓子，声音好像无谓随意："说吧……她那边有什么动静。"

程仞："并没有。"

唐亦："？"

程仞："我只是想说，您好像已经两周没有安排私人行程了。"

"……"

在方才会错意的唐亦此时本来就有点生气，等回过神听了这话，他更是恼羞成怒，冷淡地一挑眉："我安不安排私人行程，关你屁事。"

跟在这个喜怒无常的疯子身边，程仞最值得称颂的大概就是那副泰山崩于前而不惊的好脾气了。

所以他完全没被激怒，仍平静开口："冉家小公子一周前已经解除婚约，圈里传闻是他个人过错，惹得冉劲松大怒，据说还动了手。"

唐亦懒洋洋地耷下眼，对这个消息显得冷漠又无动于衷："唐红雨找来结单的时候不是给过结果了？"

程仞："如果您是因此没再安排私人行程的话，那可能安心得太早了。"

"？"唐亦抬眸。

程仞："林小姐上周在芳景团有一场新演出，听说有男观众献花表白，情绪十分激动地冲上台——"

唐亦那张冷淡没表情的美人脸一秒就阴沉下来了。

他不自觉地从椅前绷直身。

程仞接回话头："然后被保安叉出去了。"

唐亦："……你说话可以不用大喘气。"

程仞镜片闪了下，微笑："抱歉唐总，我以后改正。"

唐亦瞥他："你到底想说什么？"

程仞："显然以林小姐的人品、气质、相貌，在梨园内外都不乏追求者——为了避免给我们助理组全体日后的工作增添负担，我诚心提醒您，现在还不是高枕无忧的时候。"

"……"

唐亦的表情变了。

他慢慢转开脸，目光在空气和窗外游弋过后，落在窗边趴着晒太阳的大狗身上："过来。"

小亦支了支耳朵，过了几秒才爬起，爪子上的肉垫啪嗒啪嗒地拍着地面跑过来。

唐亦垂手摸了摸。

程仞眯着眼站在旁边看。

以他跟在唐亦身边这么多年的经验，唐亦这个几乎从来没出现过的表情只代表一个意思——

心虚。

程仞感觉太阳穴跳了跳。

他算是知道，为什么助理组这两周的工作密度都被迫跟着这个安了永动机似的老板翻倍提升了。

为了组内员工的幸福，程仞诚意发问："您是没忍住，对林小姐做了什么发乎情但没能止乎礼的过分事情吗？"

唐亦僵了下，晦着眼："不是。"

程仞："那您做了什么？"

那句"关你屁事"忍回去，唐亦难得坦诚："就算冉风含出局，林家也不会放弃给她找适合的结婚对象。以她那个谁都舍不得的菩萨性子，不会忍心让她外公外婆失望。"

程仞越发有种不祥预感："是，然后呢？"

唐亦眼神幽冷："我要把她占着。"

程仞："？"

办公室里安静得落针可闻。

程仞忍了又忍，最后还是没忍住："所以您跟林小姐说了什么？"

"情人。"

"？"

唐亦不说话了，专注撸狗。

程仞半晌没等到解释，自己转回去把仿佛听错了的那两个字细细品了几秒。

程仞面无表情地扶了扶眼镜："唐总，您知道这件事要是传出去，梨园界多少小观音的死忠票友会提着刀来成汤地下停车场埋伏等您吗？"

唐亦轻哼出声冷笑："那我也占着了。"

程仞："放完狠话就夙了的不叫占着。"

美人僵住笑。

程仞："两周不敢见面不敢联系的更算不上情人。"

"……"

"嗷呜！"

伴着小亦蹿开前敢怒不敢言的凶吼，恼羞成怒的疯子没表情地撩起眼，睐向程仞。

程仞端起平板电脑，电子笔唰地一滑，打开备忘录。他拿笔头支了支眼镜架，平静开口："按照 TA 传媒钱兴华那边专门发过来的参赛方行程安排，芳景团会在今天中午前出发，包车去往 A 市，准备第一期演出赛录制。"

唐亦眼底黑焰似的情绪跳了下，声线懒散："我又不是参赛方，关我屁事。"

程仞："芳景团是林小姐带队，您或许可以开车过去送一下？"

唐亦冷哼："我是狗吗，主人出门还要颠颠地跑去送？"

程仞："……"

小亦机警回头："汪！"

程仞面无表情地扶眼镜："您确定不去吗？"

"不去。"

半小时后。

北城通往 A 市的高速公路上，一辆载着芳景团所有参赛演员和学徒的大巴车平稳行驶着。

因为是工作日，又是中午，所以高速路上的车辆并不多。

直到某刻开始，司机频频望向一侧的后视镜，表情迷惑。他忍了将近两分钟，才终于忍不住出声："林老师！"

大巴车里原本就安静，这一声又不低，立刻引起所有人的注意。

坐在前排的林青鸦听见，睁开眼。

白思思坐在她旁边，解开安全带挪过去："师傅，怎么啦？"

司机一边开车一边说道："从几分钟前，后面就一直有辆车跟着我们，是你们剧团的人吗？"

白思思："啊？"

白思思转头就趴到就近的车窗上往后看，车里后排的其他人也跟着转回去探望。

更有耐不住的小演员，干脆跑到最后一排，趴在车座上扒着后窗看。

"还真是哎。"

"哇，那辆车好帅，应该是超跑吧？线条真酷。"

"这跑车开得也太慢了，我要是有这么帅的一辆车，都上高速了，那最低也跑120啊！"

"咦……我怎么看着这辆车有点眼熟呢？"

林青鸦在包里翻出手机，想确认剧团或者节目方是否有发来什么信息，但并无收获。

她刚抬头，就见白思思一脸神秘兮兮地跑回来，凑到她耳边低声："角儿，找你的。"

林青鸦："嗯？"

白思思："是唐总的车，就上回在德记分店楼下，他急刹在咱们出租车前面的那辆！我当时盯着看了好久，车牌号都背过了，肯定没认错。"

"……"

林青鸦一怔。

等回过神，她下意识打开了手机里的信息，但唐亦的备注下，最近两周内都是一片空白。

准确说，自从那天提出那个要求以后，半个月来唐亦就再没给她打过一通电话，也没发一个字的信息，更没出现在她面前过。

这么突然地跟过来，也不知道是不是出了什么事。

林青鸦皱眉，露出不安的神色。

白思思嘀咕："这高速路上也不能随便停车啊，唐总有什么事干吗也不跟您说一声，就这么追过来了？"

林青鸦："我是不是不能给他打电话？"

白思思："要是他自己开车，那是不太好。"

林青鸦握紧了手机。

白思思："啊，有了！"

林青鸦："什么？"

白思思朝林青鸦眨了眨眼，就跳下座位往前跑。

林青鸦惊了下："你小心点。"

"没事没事。"白思思摆着手跑去司机旁边："师傅，我们去下一个休息区停一会儿吧，也该吃午饭了。"

司机点点头："那也好。"

"……"

白思思回过头，嬉皮笑脸地朝林青鸦比了个"耶"的手势。

林青鸦无奈又释然，轻拍了拍身旁座位，示意她坐回来。

十分钟后。

大巴车在一个高速休息区的岔道拐弯，开进了停车场里。

剧团演员里有一直好奇盯着后面的，忍不住出声惊道："那车也跟进来了哎！"

"哇，待会儿我要下去看看。"

"我也去我也去！"

"哎呀你们别去，丢不丢人啊。"

"……"

这片休息区的停车场里一共也没停几辆车，空旷得很。大巴车司机随便找了个空停车位，把车停下了。

没承想，他这边还没拉稳手刹，旁边空地上"吱嘎"一声。

那辆线条冷硬的黑色跑车反着晃眼的光，在扒在车窗边上的剧团演员们震惊的目光下，直接刹停在他们车旁。

超跑顶部，漂亮的深褐色敞篷徐徐打开。

穿着深蓝夹克的青年单手搭着方向盘，冷白凌厉的面孔上扣着一副茶色的大墨镜，他靠着车门懒洋洋地转回头，仰起下颌。

隔着半透的墨镜镜片，那双漂亮的美人眼轻慢眯起。对上其中一扇车窗后的安生，美人薄唇扯动。

"你们角儿在车上吗？"

安生想起上次那个被砸碎的可怜的茶碗。

此时这个安静的疯子，在他眼里更像个懒洋洋打哈欠的大狮子，朝他张开了血盆大口。

安生哆哆嗦嗦地回过头："林老……师？"

前座空的。

大巴车的前门打开。

林青鸦扶着长裙裙尾，小心踏下那些间隔极高的金属踏板。

等脚尖落地，她刚一抬眼，手里的裙摆还没放下，面前的艳阳就被遮了大半。

长长的阴影投下来。

唐亦好像专门换了一身衣服，白T恤外面套着深蓝色的牛仔夹克，还有条被他那双长得过分的双腿衬得像条九分裤的牛仔长裤。

茶色大墨镜扣住了半张美人脸，只剩打着卷的黑发垂下额角来。

林青鸦第一次见他这样的打扮，茫然地怔在那儿看他。

唐亦被小菩萨那太专注的眼神看得耳朵发热，他不自在地侧了侧身，给她挡住今天中午格外刺眼的太阳："看什么，好看？"

林青鸦下意识地思索，然后认真点头："好看。"

唐亦："……"

阳光下，白T恤上的颈皮像被晒得微红。

安静里，林青鸦回神："你怎么来了？"

唐亦闻言冷哼："不是答应了给我做……半个月不管不问，没见过你这么不称职的。"

林青鸦迟疑过后，轻声："我怕你忙，而且我不知道要怎么做。"

唐亦："谁说我忙了？"

林青鸦："你不忙吗？"

唐亦昧着良心："我有什么好忙的。"

林青鸦轻轻点头："那我以后会给你发信息的。"

"……"

薄薄的唇线忍不住就想偷偷往上翘，唐亦忍了好几秒才按下来。

此间，林青鸦想起什么："我们要去 A 市录制演出赛了，等我回来以后再联系你，可以吗？"

"不行。"

"？"

林青鸦没想到会被拒绝，不解地仰起脸。

唐亦插着口袋，撇开眼："有个想你想得茶饭不思、夜不能寐的，一定要跟着你一起去。"

林青鸦怔住："谁？"

唐亦侧过身，让出身后的跑车。

后排的改装版本"儿童椅"里，被拴着绳困在车里的小亦正着急地扒拉车内座椅："汪汪！"

唐亦："它。"

林青鸦："……"

几周不见，想小菩萨想得茶饭不思、夜不能寐的小亦看起来又圆润了一圈，膘肥体壮，毛皮油亮。

连叫声都格外响。

林青鸦站在车旁，伸手摸它，它迫不及待地就想往林青鸦怀里钻，可惜被那个"改进版儿童座椅"捆得死死的，根本没法离开座位的范围，只能急得转一圈原地刨爪，再转一圈，又呜呜直叫。

唐亦歪靠在前车门上，不为它呜咽所动，还冷冷哼笑两声。

林青鸦不忍心："现在不开车，你给它解开吧。"

发现小菩萨完全没有和他计较之前事情的意思，唐亦这会儿已经放肆地回归本性了："我为什么要？"

"……"

林青鸦又安抚地摸了摸急着往她手心蹭的小亦，然后无奈转回眸望斜倚着车前门的唐亦。

唐亦懒奢着眼，正要说什么，眼角突然一凛，两步走过去，薅住小亦的项圈。

小亦被从林青鸦纤小的手掌下拉开，可怜兮兮地朝林青鸦呜咽。

林青鸦更于心不忍："你别欺负它。"

"我欺负它？"唐亦气笑了，俯下腰身撑在门前，眼神凶恶地警告被自己拎着项圈的狗："再敢舔她手，让你下去跟着车跑信不信？"

小亦："呜……"

兴许是被疯子眼神镇住了，小亦委委屈屈地趴下去，狗脑袋搁在自己长爪上，还不忘拿黑溜溜的眼睛可怜地瞟林青鸦。

林青鸦本能想伸手过去给小亦顺顺毛。

可惜还没等她的手越过车门上方，就被起身的唐亦察觉，一把攥住了手腕拽回来。

唐亦："不准摸了，你没看出来它只想占你便宜吗？"

林青鸦无奈："小亦是狗，不是人，它只是想亲近人。"

唐亦冷嗤："那我怎么没见它亲近别人？"

林青鸦语噎。

空气正安静。

一个鬼鬼祟祟的影子从旁边的大巴车后面冒出来，探头探脑。

唐亦眼帘一撩，冷淡瞥过去。

对方被这目光冻得一顿，小心翼翼挪过来："角儿。"

林青鸦听见，回身："思思，怎么了？"

白思思目不斜视，都不敢看唐亦的方向："那个，我们在休息区的超市里买好了午饭，团里他们让我过来喊你去吃饭。"

林青鸦点头："嗯，你们先吃，不用等我，我等下过去。"

"好。"

从某人方向压过来的目光威压越来越重，白思思得了回复，毫不犹豫立刻脚底抹油了。

林青鸦转过来，犹豫了下才轻声问："你真的不回去吗？"

唐亦完全不心虚："我回去谁领着狗，你们剧团里的人可以？"

林青鸦摇头。

芳景团的演员们早就被小亦吓出心理阴影来了，别说领着，靠近它大概都不敢。

唐亦得逞，一弯唇角："这不就行了。"

林青鸦："那你吃午饭了吗？"

唐亦："没有。"

林青鸦："你要不要过去和我们一起……"

唐亦轻笑了声。

"？"林青鸦停下话，不解地抬起漂亮的杏眼来凝他。

唐亦正巧撑着车门低了低身，眼神放肆睨着她笑："你是不怕我，可你们剧团的那些蠢货，和我一起吃饭确定不会消化不良？"

林青鸦一哑。

他们会的。

刚默认完，林青鸦又想起什么，细眉轻皱了一点，她轻声反驳："你别那样说。"

唐亦："哪样？"

林青鸦张了张口，没能重复那个词，然后就皱着细眉抬起眸，认认真真对唐亦说："那样不尊重人，不好。"

唐亦直身，懒洋洋地轻嗤了声："想让别人尊重？那他们也得做过值得尊重的事情。"

林青鸦想了想："安生他们还是很努力的。"

"几个孩子努力有什么用，青黄不接。"唐亦嗤之以鼻。

"嗯，""青黄不接"这个词正点中芳景团当下困局，林青鸦被勾走注意力，"你觉得问题出在哪里？"

"……"

对芳景团这种可预见的投资回报比低到令人发指的团队，唐亦平常绝对看都懒得多看一眼，更别说替他们做评估和方案了。

可是见小菩萨认真求知地仰起脸看他，茶色眼瞳清清亮亮的，眼神也和以前看他的时候从来不一样。

唐亦没忍住，轻咳了声说："一个民营小剧团，没实力没背景，只仗着有你撑台，戏怎么演都不会垮，他们就真当自己是吃公粮的大爷了。戏剧行业都到今天这种式微地步，固定薪资制度下只会一潭死水，不思进取必然是常态。"

林青鸦边听边皱起眉，轻点头："那要怎么做呢？"

唐亦："知道鲇鱼效应吗？"

林青鸦轻摇头。

唐亦解释："以前渔夫捕捞沙丁鱼，到岸时沙丁鱼常因窒息死大半。后来他们发现只要放进一条以沙丁鱼为食的鲇鱼，沙丁鱼群就会出于求生本能而群体逃窜，大量存活。"

林青鸦听得杏眼微微睁圆，惊叹都安安静静，就专注看着他。

唐亦抬手，把林青鸦从左边往右拉了一点——恰好够他的身影帮她遮住今天中午有点刺眼的阳光。

然后他继续说："无论是你们团内还是当下的戏剧行业，都缺乏这种内在激励。尤其是京昆文化被抬到人类非遗的殿堂级别，博物馆式的保护传承把它捧得高高在上，却剥夺了它与时俱进的外部动力。这时候想要谋求发展和进步，就更需要依靠业内良性竞争。"

林青鸦本就聪慧，只是从前不接触这些商业或者其他与昆曲无关的理论。现在听了也是一点就通。

她轻抿着唇思考："所以，我们需要一条鲇鱼？"

"嗯。"

"那……"林青鸦眼瞳微熠，张口想说什么。

"你不行。"唐亦先她一步，阻住她的话。

林青鸦："为什么？"

唐亦："你在梨园辈分高成名早，他们视你为长辈、老师，只会把你当作依靠而不是竞争。"

林青鸦慢慢点头。

想了好久后她抬眼："等这次回去以后，我会和团长好好谈一下这件事的，也告诉他是你提的。"

"别给我邀功，传出去丢人还不够。"唐亦懒垂下眼，"而且要不是因为你，谁管他们死活。"

林青鸦眼睫眨了下："谢谢。"

唐亦一低眼，薄唇勾得有点骚气："怎么……谢？"

林青鸦思索着转头。

他们现在是在高速的休息区，除了加油站和超市，就只有蓝天白云和无边旷野。

林青鸦突然想起什么："我请你吃午饭好吗？"

"……啧。"

唐亦气笑了。

他低着头在林青鸦茫然的目光里笑了好一会儿，才气不过地抬眸问："你知道我出面做一次资产评估是什么价格吗，就拿份高速餐敷衍我？"

"嗯？"

涉及盲区，林青鸦更不解了。

对着小菩萨难得懵懂的眼神，唐亦的眸子是黑了又沉，沉了又黑。

他坐靠在车门的上身慢慢倾下，漆黑眼瞳丝丝缕缕似的无形拉扯着她，像在等小菩萨的应允，靠近都轻缓。

旷野的风吹起林青鸦垂过细腰的长发，发尾勾缠。

阳光微微染红了她脸颊。

她知道唐亦想做什么了。

疯子从来放肆，只有做这件事的时候，说得再凶，也是小心的，像怕一不留神就能碰碎她。

林青鸦垂下细长乌黑的眼睫。

她已经答应了他的亲密关系邀约，没见面的这两周也为此做了很多很多的心理准备工作。

虽然付诸行动比她想象的好像困难了一万倍，但她还是不想让他再失望了。

林青鸦攥起手。

她轻踮了下脚尖。

呼吸交错。

小菩萨第一次主动，有点生涩，吻到了唐亦的下颌上。

两人都僵了下。

林青鸦回过神，脸颊染上绯红，她回过头就往休息区的超市方向走。小菩萨从小就淡雅端和，头一回走得这么不稳重。

等唐亦回过神，超跑外面的空地上，已经就剩他一个人了。

唐亦低嗤："……出息。"

话这么说，某人还是没忍住，抬手轻轻触向自己刚被小菩萨亲了一下的地方。但他没舍得真碰上去。

好像碰一下，林青鸦的气息就会被抹掉了。

唐亦笑了一会儿，实在看不过自己那丢人模样，从口袋里拿回茶色的大墨镜，扣回脸上。

然后他靠坐在车身外，后撑着胳膊仰头，微鬈的黑发拂过他额角。

唐亦合了合眼。

食髓知味，能成瘾啊。

他想要更多。

"呜……汪！"

小亦的叫声一下子把他的思绪拉回。

唐亦侧过身，懒洋洋地低下眼瞥那只没出息的傻狗："饿了？"

小亦："汪汪！"

唐亦从后备箱里拎出给小亦准备的狗粮盒，拉开屉式盒盖和专用饮水盆放到它面前。

小亦欢快地去舔水了。

唐亦耷着眼思索是去随便买点吃的，还是等到 A 市再说的时候，他听见身后响起细轻的脚步声。

一听就是小菩萨的。

唐亦直身，回眸。

走开这么久了，林青鸦脸颊上的绯红还没消退，那双茶色瞳子也湿漉漉的，像春山下的湖。

她拎着一只便利袋走过来，停下后才轻声："午饭。"

唐亦接过，袋子压得他手腕一沉。

他低头看了眼，笑："三人份，你当我饭桶吗？"

林青鸦："有一份是我的。"

唐亦一愣。

他下意识抬眸，看向林青鸦来路的方向。

超市门前有专门提供给客人吃午餐的桌椅，芳景团的人都太好奇，此时正有人眼巴巴往这里瞧。

只不过一对上他目光，全都低下去了。

唐亦落回眼："你不和他们一起吃吗？"

"他们有很多人陪着，"林青鸦声音浅浅的，和从前一样，"我陪你。"

"……"

唐亦指节蓦地收紧。

……

"你没有一起玩的人吗？"穿着雪白裙子的女孩走到他面前，拎着裙角蹲下来。她背着光，眼睛是浅浅的温柔的茶色。

少年嘴角添了新伤，下意识地侧开脸，藏到她看不见的那一面，然后他冷冰冰又讥讽地睨她："干吗，小菩萨的善心又没地儿使了？"

女孩像是没听到他带刺的话，仍旧轻轻地望着他："那我和你一起，好不好？"

少年轻一抬眸，就能看见她身后角落里聚集的男孩子们，他们忌妒又渴求地看着女孩的背影，他转回来，声音硬邦邦的："想跟你认识的人多着呢，别来烦我。"

"他们可以互相认识，"女孩浅浅地弯下眼，"我来和你玩。"

……

阳光也如旧。

林青鸦等了好一会儿，不见唐亦动作，茫然抬眸："不吃饭吗？"

"……嗯，不吃了。"

"？"

唐亦俯下身，他得咬着牙才能克制自己脑海深处那种疯狂边缘的欲望。

等忍下去，他才哑着声，像懒洋洋又不正经地开个玩笑："吃小菩萨好不好？"

林青鸦："！"

虽然听不懂，但又是那种眼神了。

小菩萨慢吞吞绷起脸，认真坚决："不好。"

唐亦哑然失笑。

下午三点多，芳景团抵达 A 市。

大巴车下了高速，结果在提前说好的地点停了将近半小时，还没等到节目组来接的负责人。

团里成员都等得焦躁，在车里不满地低声议论。

白思思打完不知道第几通催促电话，脸色难看地从前门上车。她走到林青鸦身边："那边说还有五分钟就到了。"

"嗯。"林青鸦回眸，"是有什么事耽搁了吗？"

"接待小组说虞瑶的歌舞团是集体搭飞机过来的，本来应该中午到，结果飞机晚点，他们的车就在机场等到把虞瑶他们送去酒店，才来接我们。"

林青鸦点头："晚点的话，他们确实也没办法。"

白思思气道："什么没办法，角儿您就是太心软太容易相信人，还信他们扯的这种借口！"

林青鸦一怔："借口？"

白思思："他们就是不把我们小剧团放在眼里，之前有您和冉先生的那层关系在，他们顾及冉氏传媒作为资方所以还算客气，这两周你们解除婚约的事情传开，他们那态度转弯，您是没看见。哼！"

林青鸦微皱起眉："会不会是你多想了？"

白思思："哪是我多想，您太不懂圈里这些看人下菜碟的了。今天要是把我们团和虞瑶他们歌舞团调换顺序，他们绝对麻溜地就去接虞瑶的团了。"

"……"

假设无法求证，结果如何也不可考了。不过林青鸦对白思思的话还是不太相信的：她以为这种正规比赛的节目组，就算有态度上的偏向，应该也不会把区别对待做得这么明显。

直到满脸笑容的接待小组负责人把他们带去节目方安排的酒店。

"不是，凭什么让我们住在最低的楼层？"

酒店大堂，白思思拿到分给芳景团的房卡后，恼怒地问负责人。

负责人："抱歉啊，林老师、白小姐，这附近的酒店都比较小，房间有限，其他标间已经安排满了，我们来得晚了，只能排下面的房间。"

白思思气得想翻白眼："到达时间是你们节目组通知的，接待时间比说好的还晚了半个小时，我们没说什么，你现在倒怪我们团来得晚？"

负责人讪讪地笑："今天的车辆调度出了问题，确实是我们的过失，以后一定改正。"

白思思："那房间怎么说？"

负责人："这个我实在没办法。瑶升团他们已经住进去了，我总不能让人挪出来。贵团要是实在介意呢，等下期录制开始前，您可以跟节目组里管事的人反映。"

白思思："你——"

白思思被对方这个明面和乐、话里却阴阳怪气推脱的态度气得都想撸袖子打人了。

而纵使是对人际关系并不敏感的林青鸦，此时也察觉到白思思之前说的那番话确实是对的。

她微皱起眉，茶色瞳子清清冷冷地望向那个负责人。

负责人没在意被气得脸色通红的白思思，倒是被林青鸦的眼神怵了一下。

他毕竟是节目组的人，虽然不是什么管理层，但也算个小主事，很知道面前这个他哪哪都瞧不上的小破剧团之所以能受到他们节目组的邀请，完全是因为面前这个看起来年纪轻轻、却在梨园里早享盛名的昆剧"小观音"。

这位要是真动了火，一状告到节目组里……

负责人正担心着，一个声音插入三人之间胶着的气氛里。

"怎么不上楼？"

林青鸦听出声音，回眸。

唐亦从几米外走过来，手搭在一只黑色真皮行李箱的拉杆上，修长漂亮的指节轻握着。

他腿长得过分，再懒散也几步就过来了，停在林青鸦身侧。

林青鸦："安顿好它了？"

唐亦低应了声："有专人看着，丢不了。"

"嗯。"林青鸦停了下，还是垂眸，迟疑地望向他长腿侧的行李箱，"你带这个过来做什么？"

唐亦薄唇一勾，睨着她不说话。

在旁边打量了扣着茶色墨镜的唐亦好一会儿的负责人终于忍不住，开口问："林老师，这位也是你们剧团的成员吗？"

林青鸦回眸："他不是。"

"啊，那他是您的？"

"……"

林青鸦迟疑住。

她记得唐亦之前的要求，但那个称呼对她来说实在难以启齿，又想不到什么可以替代的——

"跟班。"一个懒洋洋的声调。

"？"林青鸦抬眸。

负责人疑惑地转向白思思："白小姐，敢情是林老师的助理？"

白思思僵笑，不敢反驳。

"我负责体力活，"唐亦修长指节轻屈，叩了叩行李箱拉杆，他不在意地说，"比如给她拎箱子……是吗，小菩萨？"

林青鸦无奈。

负责人很是怀疑，这人和跟班完全不搭边的气场，尤其是这头微鬈黑发还有这张清隽凌厉的美人脸，总让他觉得似曾相识。

可在圈内的明星里想了一圈也没结果，再加上见小观音都默认，他也只能点头，转身去询问空房了。

负责人一走，唐亦瞥白思思，随口问："刚刚怎么了？"

白思思征得自家角儿的默允，小心翼翼把来龙去脉和唐亦说了一遍。

白思思越说越义愤填膺，唐亦听完以后却反应淡淡："趋炎附势，正常。"

白思思小声咕哝："但做到他们这种程度也太过分了吧？"

唐亦冷淡一嗤："多见点世面，这算什么？"

白思思噎住。

林青鸦却听得眼瞳微黯。

她想起孟江遥说的话。

"……就像唐亦小时候在唐家的那几年，不管他被唐赟他们折磨得多么惨，从没一个人敢对他施以援手。"

所以，他才对人性不抱有任何期待吧。

唐亦第一时间察觉林青鸦情绪不对，他皱起眉，扶着行李箱拉杆低了低身，俯到她面前："小菩萨怎么这个表情？"

林青鸦不敢提起，杏眼回望："什么……表情？"

她一抬头，唐亦就好像嗅到她发丝间淡淡的香，更叫那双茶色眸子勾人又溺人的。

唐亦轻咳了声直回身，然后反应过来什么，挑眉："明白了，你是不想让我住这儿？"

林青鸦一停。

她方才确实不太想。

唐亦低眼，压着眼底沉郁情绪："不住就不住，一副委屈得要哭了似的表情，威胁我？"

林青鸦脸颊微热："我没有。"

唐亦显然不信，低哼了声。他从夹克里拿出钱夹，拽出张黑卡递给白思思："以私人名义给他们改成套房或者行政房吧，明天我让钱兴华提点两句，之后就不会了。"

白思思吓了一跳，手抬到一半又不敢接，去看林青鸦。

林青鸦回神，把唐亦拿卡的手拦回去。

唐亦："不让住就算了，花钱都不行？"

"不是，"林青鸦认真地说，"是你说的，鲇鱼效应。小剧团生存环境理应不好，知耻而后勇，不能养成他们依赖的惰性。"

唐亦一顿，收回卡，他懒奢下眼："行吧，那我走了。"

"……"

唐亦拉着行李箱转身。只是他一步还没迈出，就感觉到行李箱的拉杆上传来一点很轻的阻力。

唐亦低眼一看，小观音细细白白的手指钩在他手掌下的竖杆上。行李箱的单竖杆粗壮，更衬得小观音攥紧的手小得怜人。

唐亦不知道想到什么，眼神一深，搅开了浓墨似的。

好几秒过去，唐亦才压下眼底近戾的情绪："没跟你生气。"

"知道，"小菩萨声音压得轻，听起来软得勾人，"你如果想，就留下来吧。"

唐亦眼神一跳："真的？"

"嗯。"

因为心软而答应，结果不到两分钟，林青鸦就后悔了。

酒店标间低层，长廊尽头的房间门口，小菩萨微绷着雪白里透一点绯红的脸，纤细的手很努力地扶着房门。

"不，不行。"

唐亦也扶着房门，不过是控制着力道往里抵住，不让她关上。

他还趁她努力压着躲不了，俯下身笑声轻哑，戏弄："怎么不行？"

"你住另一个房间。"

"是啊，"唐亦低睨着她笑，眼底丝丝缕缕的墨色情绪好像要满溢出来，把她一点点缠住，"我就是来给你送行李箱。"

林青鸦还想挣扎一下："可是，送行李箱应该是思思的工作。"

唐亦："刚刚在楼下我们不是说好了？"

林青鸦茫然抬眸："说好什么？"

"白思思是你助理，而我……"那声近得入耳的笑声骚气极了，"我负责体力活。"

林青鸦："？"

唐亦的"体力活"，成功终止于把行李箱推进林青鸦的房间里——

行李箱还没停稳，节目组的电话就很不是时候地打进来了，通知各参赛团队的领队或负责人到二楼的酒店会议室开会。

"我也要去。"唐亦懒洋洋地撑着行李箱，看林青鸦穿上外套。

林青鸦抬手的动作停了下，她为难地转向他："汤监制他们如果在，你会被认出来的。"

唐亦轻眯起眼："认出来有什么，我跟着给小菩萨丢人？"

林青鸦说不过他，只能温吞吞地轻声否认："不是……"

安静几秒。

唐亦到底没舍得为难她，他低了声问："认不出来就可以了？"

林青鸦："嗯？"

唐亦："你先下去，我待会儿去找你。"

林青鸦还没来得及问唐亦想做什么，那人已经放好她的行李箱，转身出去了。

节目组那边很快又发来一条敦促信息，林青鸦来不及多耽搁，拿了房卡离开。

二楼会议室。

兴许是通知时间不同，林青鸦进到会议室里时，长桌旁已经坐满大半的位置。

房间里站在门边上的节目组人员喊了声"林老师"，就把她领到参赛方的那一片坐下。

配套的一次性毛巾和矿泉水也被放到她身旁，紧跟着工作人员问道："您团里就您一个人过来吗？"

林青鸦犹豫了下，轻声答："可能还会有一位。"

"好的。"

对方又拿来一套，占上她右手边的空位。

不多时，节目组负责今天会议的副导演和其他一干人都进了会议室，陆续坐上空置的主位。

其中一个客套几句后，就示意工作人员关上会议室的灯，打开幻灯片，然后拿起激光笔开始介绍：

"今天主要说一下第一期的赛程安排情况。我们这一期的主题是《初见》，为了给观众留下对不同剧种舞种的基本印象，本期将以团队独立表演赛的形式展开，各队表现主旨集中在独家特色呈现上……"

节目组给参赛方们开的会议以传达为目的，自然没有多么严谨刻板的会议流程。负责人的介绍间隙里，还给各团队留下了自主讨论的时间。

林青鸦这边是独自来的，但方知之一早就主动换位置换到她左手旁。

这位铁杆"迷弟"总算不像之前初遇时那么过度追捧了，不过对林青鸦依旧热切。

趁着一个话题间隙，方知之插空和林青鸦搭话："林老师，不知道您听说没有，这档节目确定冠军前的四期正式赛程里，其中可能会有团队间合作的分期赛程。"

林青鸦摇头："我第一次听说。"

方知之立刻兴奋起来："这样说的话应该还没有团队找你们谈合作，那我们京剧团可以先预定和你们合作的名额吗？"

林青鸦："这个可以看节目组安排……"

"什么安排？"

"……"

会议室里讨论声杂乱，林青鸦竟然没察觉什么时候有人站到自己身后的。而且那声音俯得很低，透着低低哑哑的磁性，好像要钻进她耳心里。

林青鸦轻抖了下，回眸。

入眼是条黑色长裤，休闲版型的，却被来人的长腿撑起笔直利落的裤线，腰腹往上盖了件深蓝色麻花针织纹理的高领毛衣，一直收束到颈前。

遮住了那条最扎眼的红色刺青。

林青鸦眨了眨睫毛，视线抬起来点，对上那双在黑色口罩和压低的棒球帽檐下唯一露出的漆黑的眼。

她放轻声音："你怎么……"

唐亦再淡定不过地拉开她身旁空置的那张椅子，委屈着长腿坐下："不是你嫌我丢人吗？"

"我没有。"

"现在这样，就可以跟你一起开会了吧？"

"嗯。"

唐亦口罩下轻薄地哼笑了声："还说没有。"

"……"

林青鸦随着他身影移动视线，到他落座时，正巧能看见黑色口罩藏不住的漂亮的下颌线。

还有棒球帽边檐没能完全藏住的，露出来几小撮打卷的黑发。

林青鸦突然想起小亦，跟着就有点想伸手给他顺顺毛的想法。不过这个想法刚冒出来就把小菩萨自己惊得眼睛微微睁圆了，她不知道自己怎么会冒出这么失礼的念头。

默然之后，她心虚地转回去。

方知之在旁边疑惑地打量二人很久了："林老师，这是您团里的哪位演员吗？"

"……"

林青鸦回神，轻眨了下眼。

小菩萨不太会说谎话，尤其是这种当面的时候。

还是唐亦从她身侧转过半张脸："不是，我是她助理。"

方知之："啊？我记得林老师的助理是个小姑娘啊！"

唐亦："新买的，不行吗？"

方知之："？"

这种奇奇怪怪的像非法买卖契约似的用词是怎么回事？

唐亦显然对林青鸦以外的所有人都缺乏耐心，长袖毛衣下露出的修长冷白的指节已经不耐地在桌面上轻轻叩击起来。

方知之明显感觉到对方那双半掩在帽檐下的眸子里露出的冷冰冰的不善，还有那种莫名慑人的气场，他只得把好奇都压回去。

正巧京剧团其他人来跟他聊事，他就转向另一边去了。

唐亦拿眼神凶跑了人，不爽地靠进椅子里，歪着身哑着声："小菩萨，你身边怎么总有这么多小白脸？"

林青鸦一哑。

方知之是个唱小生的，五官端正、面容清秀算基本要求，一定要形容的话，"小白脸"这词虽然难听但确实恰当。

林青鸦低头轻声："他没有恶意，你不用敌视他。"

"他没有，我有啊，"唐亦懒洋洋地说，"我对出现在你身边的所有人都有恶意。"

林青鸦抬起眸："这样……"

"这样不好，我知道。"唐亦靠着椅子扶手转过来，倾身靠近了点，他像玩笑又像认真，"可我本来就是个烂透了的人，小菩萨，你还指望在我身上看见什么好品质吗？"

僵持数秒。

林青鸦终于不是那副清清淡淡的神情，她皱起眉："胡说。"小菩萨的语气明显有了气恼的起伏。

唐亦："是事实。"

场合不宜，林青鸦忍下情绪，只低低垂了眼："你再胡说，我就……明天之前都不和你说话了。"

唐亦怔了下。

几秒后他回过神，哑然失笑，一双总也凌厉薄情似的美人眼都笑弯下来："你怎么那么招人啊，小菩萨？"

林青鸦还没消气，微绷着脸不解地望他："？"

换回来一声遗憾的低叹。

"你以后一定会被我'欺负'死的。"

像狼叹兔子。

林青鸦："……"

节目组的第一期例会开得很烦琐，没有明确的流程监督，等同于可预见的效率低下、进度缓慢。

尤其是后半程暂停了交流，只听会议主持一个人在讲话，唐亦本就不多的耐性更快要逼近临界点了。

这要是成汤的会议……

唐亦阴沉着脸。

那就让会议主持把他自己的发言一字不落地抄三百遍，看他们以后还会不会这么废话连篇漫无重点。

又半小时。

终于熬到了节目组会议结束。

正式演出赛录制从明天就要开始，林青鸦向节目组借了会议室之后一个小时的使用权，准备和芳景团的演员们就《初见》这期演出赛的表演做一个讨论和确定。

白思思负责通知传达，几分钟后，她就和芳景团第一批下来的演员到达会议室外。

此时节目组官方和参赛方里还有人没离开会议室，其中就包括长桌尽头的主位旁、托着笔记本在和节目组副导演探讨什么的虞瑶。

这边白思思等人进来以后，虞瑶似乎察觉，和导演笑着说了几句话，起身朝他们走过来。

"你们不会是要用会议室吧？"虞瑶停下，眼睛瞟过他们。

白思思敌意地回视："是又怎么样，虞小姐有事吗？"

虞瑶："不巧，这个会议室我们也得用，只能麻烦你们先等等咯。"

白思思："凭什么让我们等不是你们等，我们先来的好不好？"

虞瑶胳膊一抱，嘲笑道："你以为这里是菜市场吗，谁先到谁就能占着了？"

"那你们之前来酒店不也是——"

白思思被林青鸦轻轻一拂。

她自觉停下话，转头看向身侧："角儿。"

林青鸦越过白思思身旁，平静对上虞瑶挑衅望来的视线："虞小姐认为不讲先来后到，应该讲什么，谁更蛮横无理吗？"

虞瑶一噎，心虚地挺了挺腰："你这叫什么话，当然是讲规则啊。"

"嗯，这里是讲规则的地方。"林青鸦淡淡点头，"我们已经向节目组预约过会议室使用权，那也请虞小姐遵守规则。"

"什么……"虞瑶没想到林青鸦就等着她这句，脸色顿时变了，"你们什么时候预约的，我怎么不知道？"

"虞小姐不必知道。"

林青鸦不想和虞瑶多作任何计较，说完以后她就转过身，朝白思思示意了下。

芳景团几人气哼哼又得意地瞪过虞瑶，跟着林青鸦走去会议桌旁了。

虞瑶气得脸色难看，一跺高跟鞋回导演组那边告状。

没一会儿，副导演身后跟着面带冷笑的虞瑶，走来芳景团的演员们旁边。那位副导演姓刘，老好人似的面相，一上来就捧着笑对林青鸦说："林老师，会议室安排上出了点岔子，可能得麻烦您过来商量一下。"

林青鸦少有地情绪冷淡，无声抬眸望过去："您有话直说就好。"

副导演大约没想到这位出了名温和无争的小观音这么不给他面子，尴尬地咳嗽了声："是这样，虞小姐之前已经和我预约过会议室的使用了，比你们更早一些，但刚刚开会，我没来得及和下面人说，这才闹出来答应了两个团的岔子。"

"……"

这话一出，芳景团人人都变了脸色。

从方才虞瑶反应来看，显然根本没想到预约这一茬，而副导演此时站出来替她背书，还刻意强调了比他们芳景团更早预约的事情，也是倚仗他们没法查证。

简直把偏心写在了脑门上。

白思思气得撸袖子："我们团预约还提前通知了团里成员下来，现在全员在这儿等这么久了，却想让我们让位置——刘导您怎么能这么偏心呢？"

副导演变了脸："哎你这个小姑娘说话有点难听了啊，我说的是预约顺序，和偏心有什么关系？"

白思思涨红了脸，还想说什么。

"谁说只有你们团的人在等？我们团的人也在门外等很久了，"虞瑶对旁边助理歪了歪头，"叫他们进来吧，省得有没素质的小剧团仗糊行凶，还想玩人数压制那一套？"

后面芳景团里，有气性大的演员怒了："你少血口喷人！"

虞瑶冷笑："干吗，你们还要打人啦？"

"你……"

两方闹得僵，会议室里的无关人都赶紧离开了，虞瑶的歌舞团成员陆续进来，站到虞瑶身后，俨然摆出个小型的两军对垒的阵仗。

节目组又过来了几个人，和副导演一样夹在中间拉偏架。

骂战愈演愈烈——

"节目组邀请你们，你们就真以为一个小破昆剧团能和我们平起平坐了？也不照镜子看看，你们团有什么拿得出手的东西？"

"是你不懂欣赏传统文化的美！"

"呸，现在国内都在讲英文，看歌剧、现代舞和交响乐这样的高雅艺术，谁还想学你们传统艺术这种早该淘汰的老玩意儿？"

"你、你个崇洋媚外的没骨气的东西！你数典忘祖！"

"你骂谁呢！"

"骂的就是你！"

"给你们三分颜色就想开染坊，你们配吗？不就是在没落梨园里沽名钓誉的玩意儿，真以为被人称呼声'老师'就了不起了啊？什么狗屁小观音，你们也不怕风大闪了舌——"

"砰！！"

一声震响。

会议长桌都颤了两颤。

两团和导演组都毫无预料，离得近的被吓了一跳，纷纷煞白了脸转向声音来处。

会议桌对面。

有个人倚在窗前，背着光，又戴着黑色棒球帽和口罩，看不清长相。倒是看得到他屈起一条长腿，正踩在身前的椅子上。

椅子被踹得紧贴在桌旁。

显然就是前面那声巨响的罪魁祸首。

会议室里安静了。

那人慢慢呼出一口叹气，转回来。他声音低低哑哑的，听起来很好脾气，像在笑——

"有完没完？"

众人愣住。

唐亦换了衣服，又捂得严实，连芳景团的人都没认出来。只有林青鸦眼神一紧，就要开口。

副导演偏偏此时抢了话："你是谁？哪个团里的？"

唐亦理都没理他。

他靠着窗台歪了歪头，视线跳过副导演，落到后面的歌舞团里。

修长指节间把玩着的香烟转了一圈，他目光也扫完那群人，落在其中一个男舞者身上。

"最后一句话是你说的？"

"什、什么话？"

"骂小菩萨那句。"

"什么小观音小菩萨的……"那男舞者当着众人，虽然莫名胆寒却不想服软，他梗了梗脖子，"是、是我又怎么样？"

在众人意外又莫名的眼神里，那人听了竟偏过头，像个疯子似的哑声笑起来。

"不怎么样啊。"

香烟在他指间骤止，被狠狠一攥，扭曲折断。

唐亦垂手把香烟弹飞。

再抬眼那一秒，他眸子里冷得清寒黢黑，半点笑意都没。

唐亦提膝，便就着踩在椅子上的长腿，直接跨上长桌，踩过褐色的会议桌面，一步一步走向对面。

两团和节目组的人吓了一跳，惊得仰头看着这神经病似的男人。

离得最近的都本能想往后退。

可惜来不及。

疯子走得不慢，几步就到眼前。他跳下长桌，毫无停顿，径直走到那个男舞者面前，抬手就一把薅住对方衣领，往前一拽。

"咯……"

领结被死死扣紧，呼吸不畅让对方瞬间涨红了脸。

帽檐微掀起。

露出那双漆黑的眼。他低垂着细长的睫，像怜悯又疯意十足地俯睨着被他攥在指间挣扎不开的人。

"来，再说一遍，"他笑起来，调情似的，眼神却寒得骇人，"问我能把你怎么样。"

在场的人都吓傻了。

懒得绕整条长桌和直接踩着过来是两回事，前者常有，但后者怎么看也不像是正常人能干出来的事情。

更别说那个男舞者都被掐得脸红脖子粗了，面前戴着棒球帽和口罩的男人却半点没有松手的意思。

虞瑶团里方才叫嚣得凶的这会儿被吓得手脚发麻，没一个敢上前阻拦的。

林青鸦终于回神。

她张了张口，但在那些惊恐的眼神下她到底没喊破唐亦的名字，而是走上前，握住唐亦的手。

和唐亦手背上血管都凸起的手比起来，小菩萨的手小了整整一圈，柔软纤细。

"别生气了，"林青鸦在那只僵住的手上轻轻用力，她握住他的手缓缓松开指节，一点点拉到身旁，"我没事。"

"……"

唐亦戾着眼，但再不满他也怕伤着她，只能妥协地被小菩萨把手拉下来。

林青鸦没松开，轻施力把唐亦牵到身后，她自己往前踏出半步，拦在唐亦和虞瑶团的人中间。

她淡淡抬眼，凝向松了口气的副导演："刘导，这是最后一次。"

副导演一愣："什么最后一次？"

"我们团在贵组受到的不平等对待，中午的酒店房间安排为其一，现在的会议室安排为其二，"林青鸦声音轻和平缓，"事不过三，所以这是最后一次。"

副导演眼神闪烁了下，尴尬地笑："林老师这是说的哪儿的话，酒店房间安排——"

林青鸦："再有下次，我会带领芳景团退出节目录制。"

副导演脸色一变："那怎么行？预告都放出了，你们临时退出那是违约行为！"

"违约也有过错方，"林青鸦不为所动，"如果想究责，那我们就开诚布公，包括方才这位先生对昆曲文化和我个人的侮辱性言论，我们会一字不差公之于众——是非过错，交由公众评判。刘导想选这个结果吗？"

副导演哑然，面色铁青。

站在他眼前的女人自始至终都平和如初，即便是方才对峙时双方大动火气，也只有她一人不以为意，清雅如高山白雪，不可触及。

可越这样，他越不敢轻视。

僵持数秒，副导演到底没敢冒风险——如果真在这个关头，林青鸦一方直接退出录制，那因此产生的所有责任和损失都得由他这个副导演独力承担。

"随你们便吧！这事我不管了。"

说完，副导演就立刻带头，领着节目组的几个人快步离开房间。

门一关。

连捂着脖子咳嗽的那个男舞者都不敢出声了。

虞瑶惊疑不定地看着林青鸦身后那个被棒球帽和口罩遮得严严实实的男人——

这会儿他倒是没半点疯劲儿，也不动，就专注地低着眼，紧盯着小菩萨牵他的手。

虞瑶猜得到这是谁。

尽管答案惊悚，她也不知道林青鸦怎么办到的，但对方就是把这么个大杀器随身带着了。

对谁都凶得吓人的，偏偏在她那儿还听话得厉害。

有这疯子在，全节目组加起来也别妄想能在芳景团这儿讨到好处去。甚至，要是副导演知道这口罩下是谁，估计一早就得对着芳景团把尾巴摇上天了……

虞瑶恨得咬牙，扭头："我们也走！"

歌舞团不解，但显然他们还对一两分钟前发生的那一幕心有余悸，没人异议，都跟着就要出去。

唐亦终于舍得抬了视线，懒声问："就这么放他们走？"

"……"

虞瑶团里集体一僵。

林青鸦顿了下，无奈回眸："你还想做什么？"

唐亦轻眯起眼。

但在小菩萨清落落的眼神监督下，他很遵纪守法地开口："至少该给你道个歉。"

林青鸦点头："本来是应该。"

唐亦："那怎么不追究了？"

林青鸦眸子撩起来，茶色瞳子里蕴着点小情绪，她转向他，把声音压得轻轻的，近距离听着格外软："谁让你拎人衣服的，他要给我道歉，那你也就要给他道歉了。"

"我道歉？他敢接吗？"唐亦薄唇一勾，轻嘲抬眸。

被疯子视线一扫，那边男舞者顿时觉得那种窒息的感觉又上来了，他下意识捂着脖子哆嗦了下，转开。

林青鸦微皱起眉，轻声说："你不能不讲道理，做错事道歉，道理理应比武力大。"

唐亦又气又好笑，带着重音叫她："小菩萨。"

"……"

林青鸦微绷起漂亮的脸。

唐亦更忍不住笑，也有情绪在心底翻搅得厉害，让他很想不管别人目光就把她抱进怀里，带到只有他知道的地方藏起来。

谁都不给看。

唐亦缓慢地在心底抑出一声喟叹，把那些情绪再一次压到深不见底的黑暗里。他落回眼，声线懒散："那我就给他道歉，他给你道歉。"

林青鸦摇头："还是抵消。"她望向身侧："你们走吧。"

唐亦："为什么要抵消？"

林青鸦犹豫了下。

等虞瑶团里的人都迫不及待离开房间，她才轻声说："我不想听见你给别人道歉。"

唐亦眼神微熠，慢慢勾起点笑："你说什么？再说一遍。"

"……"

林青鸦不理他了，松开握他的手："我们还要开会，你不要捣乱。"认真说完，小菩萨就带芳景团的人去会议桌那边。

唐亦沉默几秒，慢慢握起变得空落落的手，这才压下眼退回墙边。

然后他伸手，拽下了黑色口罩。

还没收回视线的芳景团成员们陆续僵住，有几个偷偷凑到一起。

"真是唐亦啊。"

"我就知道。"

"他刚刚过来前我都感觉在他手里折断的不是香烟，是我的脖……"

这边话没说完，那边抱臂靠墙的男人蓦地抬眼懒洋洋瞥过来。

交谈声顿时停止。

林青鸦擦完桌面，抬眸时就见他们一个个目不斜视，正襟危坐地围在会议桌边。

察觉原因，但林青鸦没说什么，在旁边坐下来："演出赛第一期的主题确定了，叫《初见》。所以我们这场演出赛要做的，就是给观众呈现美的昆曲初印象。"

芳景团成员的注意力都被吸引过去。

《初见》？我之前还听说会有附加要求呢，但这样听起来和平常的演出没什么区别啊。"

"那太简单了，有林老师在，我们这场肯定没问题的。"

"对！给瑶升团一点颜色看看，让他们再小瞧我们！"

"……"

芳景团成员的交谈声里，林青鸦轻皱了下眉，只是很快又抚平了："有两个问题。"

众人一静，转回来。

林青鸦："首先，即便第一期没有附加要求，在这档节目里的演出赛也不会像普通表演那样简单。"

"啊？为什么啊林老师？"

林青鸦："在往日演出里，我们面对的观众多数是接触戏曲多年的票友，他们对经典折子戏耳熟能详，没有理解门槛。"

"没错。"白思思在旁附和，"虽然这样说很气人，但昆剧词本多工雅啊，别说比虞瑶他们了，就算比起京剧之类的传统剧种，那咱们也是门槛最高的那类，普通观众对着字幕能听懂多少都难说呢。"

这话说完，芳景团中对视交流，有些心志稍差的都露出丧气的神情。

林青鸦没有说什么，白思思已经看不下去了："哎呀大家都有点志气好不好，这还没比呢，你们怎么就一副要认输的模样了？"

"也不是认输，"有人愁眉苦脸道，"但国内普通民众对传统剧种的认可和欢迎程度，确实远不及对西方流入文化的接纳和喜欢。"

"对啊，别说现代舞和西方乐器这种了，就算是歌剧，同样是几百年前的旧东西，只不过因为它们是西式文化的舶来品，好些人就觉着去看歌剧就是时尚洋气高格调，京剧、昆剧就是老掉牙该淘汰的东西。"

"所以虞瑶他们团里的才那么嘚瑟，总瞧不上我们嘛。"

三言两语下来，会议室里情绪更低落了。

白思思没法，求助地看向林青鸦。

林青鸦倒是淡雅如初。

她微屈起细白的手指，轻轻叩了一下桌面，等团里众人注意力落过来，她才温和地开口问："谁能告诉我，世界三大古老戏剧，是哪三种？"

团里互相看看，一时无声。

几秒后，角落里小心地举起一只胳膊。

林青鸦："安生，你说。"

安生看了一眼师兄师姐们，小声道："应该是中国戏曲、印度梵剧，还有古希腊戏剧。"

林青鸦："它们的现状呢？"

安生犹豫了下，不确定道："印度梵剧和古希腊戏剧的表演形式很早以前就失传了，只有中国戏曲延续至今。"

林青鸦："那在中国戏曲中，昆曲是什么地位？"

"百戏之祖！"这句安生说得斩钉截铁，毫不犹豫，"即便京剧最早的四大徽班，也是起源于昆剧前身昆山腔的。"

"嗯。"

林青鸦轻颔首。

这次不用她再提问，已经有人忍不住说了："不止！2001年那会儿，联合国教科文组织在全球遴选第一批人类口头和非物质文化遗产代表作，咱们昆曲可是全票当选、名列第一！"

说完以后，那人又不好意思地摸了摸后脑勺："虽然能进'遗产'名单也是因为咱们濒危了……"

团里众人被他逗得笑了起来。

气氛总算不再那么沉重。

林青鸦也淡淡一笑："所以昆曲不缺底蕴，不缺资历，更不缺文化层面的认可，我们只是需要与时代磨合，尚在黎明前的黑暗里独行，这有什么需要自卑的吗？"

团里演员们的眼睛已经重新亮起来了："林老师说得对，不需要。如果我们从艺者都自卑，认为我们所从事的传统文化事业不及别人，那怎么让民众瞧得起？"

"嗯。"

团里士气重振。

不知道谁想起来："林老师，您之前说两个问题，另一个是什么啊？"

林青鸦停下和白思思的交谈，清和抬起眸："第一期的常规演出赛，我不会参加。"

"……"

会议室里顿时一寂。

没几秒，先反应过来的已经忍不住问了："您不参加？那我们、我们怎么演？"

林青鸦望过去："在我来芳景团之前，你们怎么演出？"

那人噎了下。

林青鸦眼角微弯下一点："那时候如何，现在就如何。我在团里带了大家两个月有余，不敢说进步多少，但总不至于教得你们退步了。"

对方挠了挠头："我也觉得我唱念是有进步的，就是，感觉您不上，我们心里没底。"

"对。"

其余人跟着点头。

林青鸦说："如果真是这样，那我一直上场，你们不是要永远都心里没底了？"

她语气清浅随和，带点玩笑意味，团里那些演员学徒也就不太紧张，跟着不好意思地笑起来。

闲聊几句，林青鸦稍稍正色。

"其实参加之前，我是不太同意进入这档节目的，但向团长说服了我。我们昆曲发展至今囿于瓶颈，需要的正是与时代磨合、与其他艺术形式的交流和碰撞，而这些任务，我们不能指望上了年纪、对着程式化戏本演了几十年的老艺术家们去承担，年轻人必须把这份变中传承的责任扛起来。"

"林老师，那我们……能行吗？"

"有的人可以，有的人不行，浪淘沙前沙砾和金粒混在一起，"林青鸦眸子含笑，温雅又认真地看对方，"你是哪一个？"

对方一愣。

几秒后他在对面那双美得让人恍神的眸子注视下，涨红着脸握紧拳："没试过就不会知道，我也不知道，但我想试试。"

"嗯。"林青鸦轻轻点头，温柔一笑，"这次节目的全程我们会遇见各种各样的艺术团体，矛盾、磨合、碰撞、兼容并蓄，这是很好的机会，你们还年轻，不要太在意成绩和荣誉，去交流和学习。未来很长，我希望你们每个人都是筑起昆曲殿堂的金粒。"

一番最温柔的鼓励后，芳景团成员们的热情被提到最高，也压下了那些忧思和浮躁。

他们摩拳擦掌地开始讨论《初见》要演出的选折，会议室内气氛空前地热情高涨。

林青鸦在给出适当的建议后，就主动淡出讨论。

如她所说，她更希望他们在这里得到锻炼和成长，一期或一档节目的挫败都不算什么，她选的这些年轻人需要学会独立的机会。

"昆曲殿堂？"

"……嗯？"

林青鸦回眸。

唐亦不知道什么时候走到她身后："我还是第一次听你说这么多。"

林青鸦微赧，轻声："其实是有一点卑鄙的。"

"嗯？"

"沙砾和金子都会筑起殿堂，哪个也不可或缺。以前我希望他们跟随天性自由发展，但现在……"

唐亦："现在改观了？"

林青鸦停了下："嗯，你说的是对的。昆曲乃至整个戏剧行业，都需要一场鲇鱼效应。立戏须先立人，这潭死水里，也必须有人先搅起波澜。"

"你希望，芳景团来做这条'鲇鱼'？"

"嗯。"

漆黑漂亮的眼低下来，似笑非笑地睨着她："原来小菩萨也会有这么大的野心。"

"不是野心，是初心和梦想。"林青鸦认真地说，"每一个走到这条路上来的艺者一定都有过这样的想法——就算黎明前这条路再黑再长，我都要护着这颗火种，把它烧得更旺，哪怕只多燃起一丝，然后把它交到下一个人的手里，再一次传递下去——总有一天，这颗火种会变成黎明的光。"

"传承吗？"

声线低沉下去没几秒，唐亦神情又回到平常那点倦懒散漫，不正经地笑："那正好啊。"

林青鸦茫然："什么正好？"

唐亦："你有初心和梦想，我也有初心和梦想。你的是昆曲，我的是你——不是正好吗？"

林青鸦怔住。

唐亦是没忍住说出口。

但也不想她被自己的"枷锁"束缚。

所以停了一两秒，他就转走话题："等等。"

"？"

林青鸦的注意力又被他拉回来。

唐亦微眯起眼，扶着她的椅子靠背俯身："我怎么听小菩萨的意思，你之前说的那一点卑鄙，还是我教的？"

林青鸦一顿，慢吞吞眨了下眼，轻声："鲇鱼效应，确实是你教我的。"

"是，还要怪我教坏你了。"唐亦轻舔过上颚，哑声笑着在她面前蹲下身去，"我们小菩萨原本在九天之上，多么一尘不染……"

"？"

林青鸦顺着唐亦蹲身抬手的方向望去，才发现自己鞋子上的装饰性细带不知道什么时候开了。

她刚要说什么，却被那人轻一抬手，紧勾住脚踝。

唐亦仰头看她，眼神漆黑得像墨，又濯了水色似的熠熠地亮："——现在却被我捉到，要一点点染上颜色了。"

林青鸦被他这样的眼睛望着，莫名赧然，耳垂都烧上烫意来。

"唐亦。"

唐亦笑着低下头，慢条斯理地给她勾起细带，在指间缠绕，打扣，然后蓦地拉紧。

细带系成结扣。

唐亦黑着眸子，眼底欲意压抑得近痛楚，又带着最后一丝界限前的极致愉悦。

"让我想想，要把雪白的小菩萨，亲手染成什么颜色才好？"

第十二章

污泥偏要沾染白雪

周五。

冉氏文化传媒，新媒体事业部。

"叮。"

从会议楼层下来的电梯打开，冉风含身后跟着他的行政助理，西装革履地从电梯里出来。

"……营销组那边今晚下班前必须拿出三套公关方案，策划组和文案组配合跟进。下午两点半让 IDC 组负责人和新聘的那几位 PHP 工程师到会议室开会。"

"好的，冉总监。"助理一边跟上一边低头在笔记本上速记。

正值中午，楼层内办公区已经空了，员工们多去员工食堂用餐，只剩助理组还有个值班助理。

见冉风含和行政助理从电梯间过来，她立刻起身："冉总监。"

"嗯。"冉风含抬起手腕，看了眼腕表时间，转头对身旁助理说，"下午把刚才的会议记录整理一份给我。不早了，你去吃饭吧。"

"那您的午餐还是安排昨天那家私厨餐馆送来吗？"

冉风含思索了一秒，无所谓地点头："嗯。"

"好的，我这就安排。"

冉风含回身，正要往办公室门口走："对了。"他脚步一停，侧了侧身。

行政助理连忙抬头："您说？"

冉风含："你之后让 M 国分部那边查一下，邹蓓回国带回来的那个消息是真是假。"

行政助理一愣，随即恍然："您是说上周五传那个唐家的……"

"去吧。"

"好的，总监。"

冉风含侧回身来，抬手拽松了领带。

旁边站着的值班小助理脸红了下，刚要低头突然想起什么："啊冉总监，那个，您办公室有一位《兴南财经报》的记者小姐。她半小时前就过来了，这会儿正在休息间等您。"

冉风含皮鞋一停，皱眉："《兴南财经报》预约的专访不是在明天吗？"

"她打来电话，说收到了我们这边的时间调整邮件通知。"小助理说，"我以为是您做的预约调整。"

"前台那边核过预约时间放上来的？"

小助理愣了下："前台没来过电话，她倒是给我看了她的工作证件……"

小助理越说越慌神。

冉风含没再说什么，西装外套在手臂一挽，面上退去温和，他迈步神情冷峻地朝休息间走去。

"我、我来问吧。"

小助理连忙绕出办公区，快步跑到冉风含前面，先一步拉开了休息间的门。

房间内。

黑色质地的柔软真皮沙发上坐着一道身影。红色淑女衬衫勾勒出薄肩，黑色打底裙勒出细窄腰身，还绾了个干净利落的发髻，背对着他们。

似乎听到门开的声音，女人不紧不慢地放下手里的咖啡杯。她也没起来，只转过上身，不需眼线也微微上勾的眼角挑起来，含笑睨向两人。

"好久不见，冉总监！"

小助理呆了下，如果说进门前还不能确定，那从现在的态度怎么看也不像来专访的记者了。小助理紧张得涨红脸："这位小姐你到底是什么——"

"你出去吧。"

"？"小助理听见身后话声，蒙然回头，然后就看着总监缓声从她身旁走过去，"关上门。"

"好、好的。"

房门在冉风含身后拉合。

他停在门前，审视似的望着沙发上的女人，停了一两秒，他才露出个温和的笑，走向沙发旁："《兴南财经报》，记者小姐？"

"对啊。"女人捏起自己胸前挂着的工作证，朝他举起来慢悠悠地晃了晃。

冉风含没去看，视线就盯在她眼睛里。他随手将西装外套搭在靠背上，隔着张小茶几，在她对面的沙发上坐下来。

然后冉风含才抬眼，似笑非笑："修小姐，伪造证件的罪名可大可小，不要自误。"

"伪造？"唐红雨刻意放慢地眨了下眼，无辜地问，"冉总监这是什么话，我上周才就职而已。"

冉风含不语。

他靠在沙发里看她，好像在判断她说的话是真是假。

唐红雨也不动，任他盯着，像是怕不够，还刻意扶着沙发扶手凹出来个最能完美展现身体曲线的姿势。

然后她眨了眨她的卡姿兰大眼睛。

冉风含看得不禁失笑，挪开视线："修小姐的高招我领教过了，看来只能找《兴南财经报》的总监确认一下——他们的专访预约到底有没有被推迟了。"

"哎？"唐红雨没想到这个狗男人不久前占了自己便宜还这么较真儿又绝情，眼见着冉风含就要去摸他挂在沙发靠背上的西装外套了，她连忙起身，顺势朝两人中间的茶几上一趴。

嘶，真凉。

唐红雨偷偷瞪了一眼贴着她腿的玻璃茶几。

冰块似的。

果然物肖其主，就跟面前这个总也挂着张温文尔雅的假面具的狗男人一个样。

那偷瞪的一眼被她自己妖媚地拉回来，顺着她向前伸出去的胳膊，落到她按在冉风含腿上的手。

涂着亮晶晶的无色指甲油的手指轻撩了撩。

冉风含身影一顿。他侧回眸，眼神深浅沉浮地看向面前的女人。

女人红唇一勾，朝他露出一个无害又无辜的笑。

如果不是那只手还在他腿上画圈圈，那双眼更水色勾人似的，那他可能真要信她一点都无害了。

"别这么绝情嘛。"

见冉风含停了拿手机的动作，唐红雨笑得更柔了。她坐靠在玻璃茶几上，黑色的短裙被她的姿势拉起来一点，露出雪白的腿。

莹润完美的弧线一直延到脚踝，她撑着茶几身体轻一转——足尖跷过茶几划过弧线，落下，到冉风含这边。

四目相对。

唐红雨的手指立起两根，细细白白的，却很不听话，顺着那条西装长裤一前一后地往上"爬"。

直爬到薄薄的西装裤下，有人的肌肉明显开始绷紧。

唐红雨笑意更深得妖媚。

她抬起上身。

"啪。"

不轻不重的，唐红雨还想上移的手被一把握住。

冉风含抬眼，情绪在他眸底撕碎了温和，搅开墨一样的深沉。他却还噙着温柔如绅士的笑："修小姐这是做什么？"

"不知道哎。"唐红雨垂下细长的眼睫，露出无辜又可怜的神色，"我的手最近总是不听我的话。"

像是配合这话，被握住的纤细手腕不挣扎，反而侧转过来，迎合地反握住男人的手腕。

她的指尖慢慢钩开衬衫袖口位置的那颗钻石袖扣，听得啪嗒一声轻响，袖扣掉到沙发上，弹去了一边。

"哎呀，"唐红雨毫无诚意地低呼了声，"袖扣掉了，应该很贵吧？我帮冉总监找一找哦。"

说着，唐红雨就朝冉风含身侧靠过去，像是无意又曲线地拉近。

冉风含低着眼，突然轻笑了声。

唐红雨一顿："？"她有点不确定这个狗东西是不是在嘲笑她，就像她不确定之前那么久他到底有没有真进过她的陷阱一样。

不行，不能急。

这是个公狐狸成精的家伙，太急只会让她的计划夭折……

"呜！"

猝不及防，还在思考里停住的唐红雨就被手腕上突然的拉力拽得往前一跪——

直直跌进了冉风含怀里。

那要死不死的短裙被最大限度拉到了最危险的高度，她像只被拎了短前爪的青蛙似的蒙睁着眼趴在他腿上。

西装裤真的很薄，凉凉的丝绸一样的质地，迅速就被炙热的肌肤温度炙烤。

近在咫尺，冉风含温和地笑："修小姐和我认识那么久、关系那么亲密过，不需要这么多弯弯绕绕的，直接点就好——这样够吗？"

唐红雨："……"够你个头。

凭借超强的心理素质和职业修养，唐红雨硬生生逼着自己挤出个柔媚的笑："冉总监怎么这样，我真的只是想来给冉总监做一下专访呀。"

随着话声，女人柔若无骨的身体已经慢慢软下来，攀附到面前男人的胸膛上。

领带之前被冉风含自己拽松过，此时垮撑在衬衫下，被唐红雨玩弄似的轻钩过。她如兰的吐息拂过他的喉结，轻柔亲昵的耳语里也带着若即若离的撩拨。

呼吸渐重，耳鬓厮磨。

唐红雨勾着沉吻在她颈旁的冉风含的双手不知道什么时候只剩左手，细白的指尖刻意地隔着他的衬衫勾描着。

藏在他身后的右手，轻缓地、无声地，慢慢移向冉风含搭在沙发靠背上的西装外套。

——找到了。

唐红雨眼睛一亮。

她正要小心翼翼地把那部手机从西装外套里摸出来时，就感觉到颈旁的啄吻突然停下。

继而转成一声哑笑。

"我刚刚想了好久，都躲藏这么些天了，你为什么会自己送上门。思来想去，只有一种可能，"冉风含轻吻了下她的锁骨，笑，"邹蓓回国，你想联系唐亦，却找不到他——是吗？"

唐红雨陡然僵住。

抽到一半的手机停下，她回眸，自己的手腕被那人攥住抵在了沙发靠背上。

冉风含最后还亲了她锁骨一下，然后才直身，慢条斯理地把唐红雨的手腕拉到自己面前，从她指尖间把自己的手机拿出来。

他轻挑了下眉，朝她笑意温和："拿我的手机，要给林青鸦打电话？"

"……"唐红雨淡了情绪，睨着冉风含。

被拆穿得这么彻底，她确实没了半点狡辩的余地。

当初的资料调查也太水了。

扒了一层温柔皮，下面是个浪荡子，结果浪荡子这层也是皮，扒完以后还有一层。

冉家生的小公子竟然是这么个本质本性——当初生下来的时候，他们祖坟上怕是得连冒三天的妖烟了吧？

又恨恨地在唐亦头上记了一百套香奈儿的账后，唐红雨也没松手，她就勾着冉风含的后颈，坐在他腿上缓缓低了眼压下腰。

剥去矫揉造作，真实而慵懒的女人更妩媚得像只妖精。

"说吧，只要我付得起，"她勾了勾他手腕，"换你手机打一通电话。"

冉风含望着她艳红的唇，唇缝间舌尖随着话声轻动。他微眯起眼，视线撩上去，落到她眼睛里："唐亦和你什么关系？"

唐红雨皱眉，懒暗着声线："要你管。"

冉风含眼神微凉，却笑得更温柔了："不说就没手机。"

唐红雨："……"

唐红雨轻眯起眼："我要是说了，可就算你的要求了。"

"嗯。"

"你不能告诉别人。"

冉风含自然懒得和任何人说，但他偏一挑笑，斯文又莫名欠揍地调戏她："告诉了会怎么样？"

"那我就……"唐红雨红唇一勾，贴到他耳上，灼热的气息拖慢了往里面钻，"阉了你。"

"……"

冉风含眼底温和被凌厉刺破，却又压下去，他反手在她后腰上一勾，把两人腰腹间最后一点空气距离挤到零。

"好啊，"他也贴近她，轻吻她耳鬓侧的长发，"我等着。"

"冉风含"的电话打进来时，林青鸦正在录制片场听台上芳景团的年轻演员们唱《长生殿》。

上周演员们几经讨论，最后还是定在从《长生殿》里选出经典的折子戏：既是昆曲的代表性戏本，唐明皇与杨贵妃的故事又有家喻户晓的群众基础，收录进中学语文课本的《长恨歌》更能提高年轻人对这折戏的理解。

作为面向全民的选折，算是比较合适的选择。

除了演员们询问建议，林青鸦从头到尾没做干预。

到今天，芳景团这期演出赛的录制已经接近尾声，她也只是全程记录了一些台上优劣和演员们的个人表现，准备在回到剧团后进行因材施教的侧重性教学。

看到手机上"冉风含"的来电显示时，林青鸦难得露出疑惑的神色。

冉风含应该算是林青鸦见过的同辈里，最知守分寸的年轻人了。这样无故直接电话私联，实在不是他的风格。

尽管不解，林青鸦还是接起电话。

"冉先生？"

"唐亦是不是和你在一起？"

电话对面的女声让林青鸦怔了下，她下意识地拿下手机，确认了一遍来电显示确实是冉风含。

林青鸦沉默两秒，抬起手机："是唐红雨小姐吗？"

"我姓修不姓……算了，"唐红雨咬牙微笑，"我那个神经病弟弟是在你那儿吧？"

林青鸦回眸，目光落向片场角落。

某人正在开视频会议。

背对着这边，看不见神情也听不到声音，棒球帽还听话地戴着，正面的口罩应该拉下来一半——他总嫌戴着它呼吸不畅。

这几天就跟只被捆了爪关进笼子里的森林之王似的，打着懒洋洋的哈欠的时候都透着凶，为此，芳景团年轻小演员们都被监督得格外刻苦了。林青鸦看得出他不喜欢这个地方，但不管她怎么劝，这人都不肯离开。

林青鸦在心底轻叹声，转回视线："嗯，他在我这里。"

对面憋了好几秒，终于像是咬牙切齿地挤出几个字："他可真行。"

林青鸦问："出什么事了吗？"

唐红雨："上周四就出事了，他就一点都没告诉你？"

林青鸦："他没提过。"

唐红雨："厉害啊。我这倒霉催的都被殃及池鱼了，刚被人从小岛上拎回来，他这正主儿还在外逍遥呢，唐家的电话没把他手机打爆了？"

林青鸦轻皱起眉。

她有印象，最近两天唐亦和她在一起时也时常挂断些电话，但每次她问起，他都随意得云淡风轻，她还以为真的只是可以跨地区解决的公司事务。

林青鸦微攘起袖子，直身轻问："是什么事情，能告诉我吗？"

唐红雨犹豫了下："你了解唐家多少？"

林青鸦一默。

唐红雨问："比如，你知道邹蓓和唐赟吗？"

林青鸦："嗯。唐亦的继母和他同父异母的弟弟。"

唐红雨："那你应该也知道，唐亦当初被接回唐家的根本原因是唐赟和我们那个短命渣爹出了车祸，一死一重伤，伤的那个就是唐家原定继承人唐赟——他成了植物人后，被他母亲带出国理疗。"

林青鸦："我知道。"

"哦，"唐红雨冷漠道，"那可以告诉你了——上周四邹蓓回国，带回来一个天大的'好消息'，说唐赟可能要醒了。"

"！"林青鸦一惊，蓦地抬眸。

"北城里大面上消息还压着，但圈里都要闹翻天了，结果那个疯子在这要命的关头还在外地陪你。"唐红雨气笑，"不爱江山爱美人，唐总可以啊？"

林青鸦无奈垂眸："我知道了。谢谢唐小姐，我会转达给他的。"

林青鸦挂断电话不久后，就感觉一道阴影从头顶罩下来。

她松开攥着手机的手，仰起脸，毫不意外地看到站在她面前的唐亦。黑色口罩已经戴回去了，衬得帽檐下露出那一截肤色更白得发冷。

眸子则相反，望她时总像灼着墨色的火焰，视线触一下都好像会被烫到。

林青鸦："公司会议结束了吗？"

"嗯。"唐亦答了，双臂撑住她椅子两边的扶手，面朝着她俯下身，"谁的电话？"

林青鸦低了低头："唐家的事情我知道了。"

唐亦停住。

林青鸦半晌没等到唐亦再开口，抬眸："你在想什么？"

唐亦冷笑："我在考虑找个机会，把唐红雨送去西伯利亚陪北极熊。"

林青鸦一怔，没忍住弯下眼。

正沉默着，白思思小心翼翼从旁边探头："角儿，您让我查的今晚飞北城的机票，订好了。"

"……"

空气一寂。

唐亦冷撩起眼："机票？"

林青鸦："我和司机一起送你去机场，好吗？"

唐亦眼神明显缓和了，但还是有点紧绷："你们的录制还没结束。"

林青鸦："最晚后天就收尾了。"

唐亦："那我就等到后天，和你一起回去。"

林青鸦叹气。

唐亦："怎么，不想和我一起回去？"

林青鸦还是没说话，低着眼，似乎在犹豫什么。

唐亦眼神都有点阴郁了："小菩萨是不是忘了答应我——"

话声戛然而止。

唐亦僵在那儿，好几秒一动不动后，他才慢慢低下头。看着轻抱住他的林青鸦，唐亦声音僵涩发哑："你……这是干吗？"

抱就持续了那么一会儿。

小菩萨自己先不好意思地垂回手，雪白的脸颊染上一层淡淡的绯红，但她还是认真不逃避地望着他："你不要怕，唐亦。"

唐亦再次一僵。

然后他狼狈地转开眼，声音低哑："……我有什么好怕的。"

林青鸦轻声说："我答应过你了，喊停的权力在你手里。所以这一次，我不会再离开你了。"

她抬手，慢慢握住他的手，又轻声重复了一遍："你不要怕。"

"……"唐亦被林青鸦握住的手好像轻颤了下。

他眼角微泛起点红，颧骨被咬得抖动，然后他转回，漆黑的眼像淋漓的墨汁，那里面的情绪都快要压不住溢出来了。

但那些情绪被死死压下去。

最后只剩两个字，带着战栗的。

"真的？"

"嗯。"她任疯子用力，紧紧地攥住她的手指，轻着声，"真的。"

北城距离 A 市的车程实在算不得短。唐家的事情迫在眉睫，又已经耽搁了这么久，林青鸦就让白思思给唐亦订好机票，然后安排车送他们去机场。

到那儿时，距离起飞还有一段时间，林青鸦陪唐亦等在航站楼里。

有唐亦在，白思思不敢靠近她家角儿，离得远远的，给他们留出二人世界来。

唐亦还是不情愿，并且极力想拐小菩萨和他一起回北城。

林青鸦脾气极好，被他烦扰一路都还耐心，直到候机厅里，被某个不要脸的凑上来往她颈窝钻。

小菩萨终于忍不住了，微红着脸抵开他："你怎么像小亦一样……"

话没说完，林青鸦自己怔了下，微睁圆了眼睛慌忙地问唐亦："小亦怎么办？"

唐亦很不是人地随口道："扔这儿吧，省得它总想舔你手。"

林青鸦恼得睩他。

唐亦哼出声薄笑："我就知道，在你这儿我从来人不如狗。"

林青鸦若有所懂："小亦那边，你已经安排好了吗？"

"……嗯，让专业的宠物机构送回去了。"唐亦想起什么，"'小亦'这个名字太难听了。"

林青鸦语噎两秒，轻声说："可你当时同意的。"

"嗯，因为我喜欢听你软着声喊人，可你又不喊我，取这个名就能当成你是在叫我了。"

"……"即便是小菩萨，也委实被他这话惊得不轻。

等回过神，她眼睛都笑得弯下来："可我那是在喊狗呀。"

"我不是和它差不多吗？流浪狗，丧家犬。"唐亦一勾嘴角，竟分不出是在自嘲还是玩笑，"不被你捡回去，就大概率要死在阴沟里的东西。"

小菩萨的笑停了，然后她细细的眉皱起来。停了一两秒，林青鸦回头，茶色瞳子认真地望着唐亦。

"不许说这种话。"

唐亦靠到候机厅的椅背上，眉眼间半点难过都没有，凌厉还带笑："程仞教我的，他说你菩萨心肠，这种话多说几句，你就再也不舍得扔下我了。"

林青鸦抿起唇。

茶色瞳子里郁郁的，也不知道是不是偷偷在心里记了程仞一笔。

唐亦靠过去，哑着声笑："真生气了？"

"嗯。"

"那我以后不说这个了，换一个。"

"？"林青鸦仰眸看他。

唐亦睨着她，忽地笑："'唐亦'的'亦'字是毓雪给我取的，你知道为什么吗？"

林青鸦摇头。

她知道毓雪，唐亦的亲生母亲，那个很久以前就已经去世的、她也只曾见过一次老照片的、美得惊艳却又过分艳丽的女人。

"唐家不给我名字，不许我姓唐，所以她取的。然后她亲口跟我说，一是因为字意，亦，就是她希望我以后像唐昱一样。"唐亦声线懒散，不在意地笑了下，"二是因为，'唐昱'的'昱'字还有一个发音，也读亦。"

"……"林青鸦攥紧了指尖。

唐亦的手臂搭在林青鸦身后的靠背上，懒洋洋地问："你知道我那个弟弟叫什么吗？"

"唐赟。"林青鸦低声说。

"对，唐赟。'赟'只有一个意思，就是美好，寓意父母的宝贝。"唐亦懒着声笑起来，"……他是父母的宝贝啊，那我是什么呢？"

"……"林青鸦眼睫一颤。

在唐家花房里听孟江遥说过的一切都在此刻涌上来，带着胸口那种针扎撕扯的窒疼。

"别笑了。"她声线都在战栗，睫毛颤着垂下，"……别笑了唐亦。"

唐亦僵了下，低头。

就看了一眼他就慌了：小菩萨的睫毛垂了再抬起，就沾上细小的水珠子，瓷白的眼睑也镀上层浅红，好像下一秒就要落下眼泪来了。

疯子慌得彻底，差点从椅子上跳起来，他第一次这么手足无措，俯在她面前却不知道该做什么，想亲亲她都怕惹她哭得更厉害："我不是——我随便说的，你别信啊小菩萨。"

林青鸦在气恼和心疼里抬眸，茶色瞳子湿着水色，用力地睖他。

然后她又看见他颈前那条被文成血红色的疤。

横在颈动脉前、不知道那时候割得有多深的疤。

于是啪嗒一下，小菩萨的眼泪就真下来了。

唐亦也真要疯了。他绝望地扶着她身后的椅背，声音低得近乎嘶哑："我错了小菩萨，你别哭啊……只要你不哭，让我做什么都好，好不好？"

"……好。"

小菩萨用力地吸起口气，把眼泪憋住。

她眼瞳湿漉漉地望着他。

"你过来。"

唐亦攮着椅背，靠她更近，低着声哄："我以后再也不——"

声音戛然而止。

林青鸦合着微颤的睫，轻吻上他颈前那条血红的刺青。

《初见》演出赛录制完，芳景团回到北城，转眼就过去了半月有余。

剧团后台还在修整动工，演出场次的安排上也按团长向华颂的要求，贵精不贵多。时间因此空余不少，演员们在以林青鸦为首的老师们的言传身教下，很快进入艰难磨砺的阶段。

月底，这档颇具纪录片风格的节目正式上线。收到节目组通知后，团里特意安排停课半天，让演员们聚集到剧团后台新装修好的多媒体间，投影播放芳景团的选段。

没去的演员观摩感受，去了的自查反省。在严厉和毒舌两方面各有建树的大师兄简听涛和白思思则作为"评论遴选官"，把那些专业中肯的意见挑出来让演员们讨论。

向华颂管这叫"打击教育"。

"可不能怪我对他们太狠心啊。最近团里这风气太飘了，尤其成汤集团的资金支持一下来，硬件待遇一上去，我看他们都快把自己当官营的了。"

隔壁团长办公室里，向华颂给林青鸦斟上茶，苦笑着叹道。

"不过林老师你带去参加节目的那些小演员，比起走前倒是沉着很多了啊，我看回来以后，安生他们练习态度都更扎实了。"

林青鸦接过茶盏时道谢，浅尝一口就放下了："有进步就好，我也想借这次机会在团里考察一下。"

向华颂："你的意思，是想收几个正式的徒弟？"

"嗯。"林青鸦点头，"基本功和唱念做打是可以大课教授的东西，但更深入的层次，像昆曲演员在具体某一折戏里的音韵和用气如何、咬字如何、起'范儿'又如何，这些终归是要一对少甚至一对一仔细地言传身教的东西。"

向华颂目光微微闪烁了下，似乎想说什么，又有点迟疑。

林青鸦看出来："向叔，您有什么话和我直说就好，不用拘泥。"

向华颂："我也不瞒你，其实从你在我们团里任职出演的消息传出去以后，就有不少人慕名而来，想送他们的孩子来拜到你门下。"

林青鸦有些意外："之前没有听您提过。"

向华颂说："是，我之前总觉着青鸦你名气辈分都高，但毕竟还年轻，这个年纪的多数人更看重个人发展。而且以你的性子未必想要这种束缚，所以我就一直没答应过，也没让他们拿这些事来烦你。"

林青鸦淡淡地笑："个人发展和传道授业不相违背，我也不会敝帚自珍。"

"是啊。"向华颂笑起来，"你带他们上节目说的那些我都听团里几个孩子说过了，这才觉得是我太狭隘了。"

林青鸦摇头："向叔也是为我着想。"

向华颂："既然你确定要收徒，那我会让人把这个消息从私人渠道散出去。"

林青鸦不解抬头："？"

向华颂苦笑道："团里的好苗子没那么多，这个我还是有数的。你肯收徒，就算只是机会，也一定有人愿意来试试的。"

林青鸦迟疑："我没关系，但如果不是剧团的……"

向华颂坦然地说："如果真被你收徒，那师父在哪儿徒弟就在哪儿，这不是理所应当的吗？"

"……"

对上一贯憨厚的向华颂笑脸里的老成戏谑，林青鸦也不禁垂眸，莞尔而笑："我明白，这件事交给您安排。"

向华颂："没问题，你等我信儿吧。"

之后，林青鸦和向华颂又谈了一些关于剧团发展和规划的事情，包括林青鸦之前受唐亦启发的良性竞争方面的思考问题。

下午过半，向华颂接了通电话要出去，林青鸦也起身告辞。

不过在她走到门口时，向华颂又突然想起什么，迟疑地问："青鸦，成汤集团唐总那边，最近怎么样了？"

"嗯？"

林青鸦回眸。

向华颂说："我前两天和几个老友聚会的时候听他们聊起来的，都说是唐家又冒出来个新继承人还是什么的，只不过还在国外……"

听到向华颂提唐赟，林青鸦眸子里的情绪微微绷紧。

向华颂见状以为是自己说错了话，连忙解释："我不是想向你打听什么事情的意思。之前咱们团里都对唐总有误会，而眼下看，在剧团建设方面他真的是用了心，所以我担心他那边的情况，才想问问你。"

林青鸦黯下眼，轻摇头："他最近很忙，他特助说有合作方因为这件事的流言出尔反尔取消合作，责任牵连很广，弄得项目组里焦头烂额……所以我最近没有打扰过他。"

向华颂："这种时候怎么能算打扰？"

林青鸦怔望过去。

向华颂察觉自己语气急了些，老脸一红，松下语气："我也是听团里小演员说，唐总忙成那样还专程去 A 市陪团里一起录演出赛，要真按你的想法，那参加节目你也忙，他在的时候难道也是打扰你？"

林青鸦摇头："当然不是。"

"这不就行了？"向华颂说，"我之前就跟你乔阿姨提过，你这孩子哪里都优秀，就是性子太淡，教养极好，但人情世故和感情方面接近一窍不通——你换位想想，唐总那个脾性，这种时候但凡稍能空闲休息些，一定最想见着你吧？"

林青鸦怔然："这样吗？"

"可不是？"向华颂说，"你也不能因为他疯——喀，活泼、活泼了些，就总等着他奔向你啊。"

"……"

林青鸦从小沉心昆曲，父亲去世后，母亲很快也精神失常。再后来背井离乡在异国陪母亲治疗，更没人顾得上教她这些事情。

此时听向华颂说，她才若有所悟，微蹙起眉心轻轻点头："谢谢向叔，我懂了。"

"那就好。你先回去吧，我也得赶紧去一趟。"

"嗯。"

林青鸦在剧场后台斟酌了好久，才终于拿起手机，一字一思索地编辑好一条信息，给唐亦发过去：

你今晚的晚餐有安排吗？

放下手机后，小菩萨轻轻松出口气。思来想去，她还是担心会打扰到他的工作，所以一起共进晚餐应该是最合适的……吧？

没谈过恋爱也没喜欢过别人的小菩萨不确定地想着。

林青鸦还在认真地细想如果唐亦有时间，那她要带他去哪儿吃晚餐的时候，剧团前台方向跑过来一个学徒："林老师，林老师？"

"嗯。"林青鸦回过身。

"剧场里有个找您的，让我来请您过去一下。"

"是什么人？"

"对方没说，只说您见了就知道了。"

林青鸦有些疑惑，但还是没有多问，跟着来找的学徒穿过后院长廊，进到前面的剧场里。

对上站在那儿的西装革履的男子，林青鸦很快就想起了对方身份。

唐家的司机，也是上次代孟江遥来接过她的人。

"林小姐，"对方也没客套那么多了，直接朝自己身后的正门方向做了个"请"的手势，"孟女士有请。"

林青鸦迟疑了下。

她旁边的学徒有点不满："我们林老师下午还有课呢，就算有什么事情，你们至少也提前询问一下吧？"

年轻人不以为意，冷淡的神情里透着点高傲："长辈有请，晚辈应约是礼数。如有不周，那大概是我表达有问题，请林小姐见谅。"

"……"

小学徒还想说什么，被林青鸦拦住了。

她本就知道孟江遥看似温和亲近外表下的强势本质，而以林家家教，她对长幼之序也确实看重。

"请稍等，我需要跟剧团里请假报备。"

"那我在外面恭候林小姐。"

轿车徐行。

让林青鸦意外的是，最后停下的地方不是唐家，而是在一家私人茶馆外。此地距离最近的商业区也有一两公里，行人不多，茶馆的店面也不大，招牌都隐蔽得很，看得出是靠口碑招徕熟客的店。

唐家的那个年轻男人把她领进茶馆内。里面不见包厢，只有竹木质地的屏风立着，隔出来一块块半封闭的茶室。

孟江遥在最里面那间。

比起上回在玻璃花房里见到的"园丁"装扮，孟江遥今天穿得规矩了些，但还是很日常，就像个在路边随处可见的老太太。

林青鸦过来时，她正和蔼地和茶海旁边的年轻女茶道师聊天，小姑娘看起来年纪不大，说话很甜，一点都没对孟江遥设防。

林青鸦问候过，在孟江遥的示意下，落座到她对面。茶道师被孟江遥三言两语就支开了。

孟江遥推茶盏给林青鸦，笑呵呵地说："上回欠你的下午茶，这次补上吧。"

林青鸦道谢接过。

"本来前几天就想找你聊聊天的，可事情太多了，"孟江遥吹散茶盏上方的热气，"好不容易得了空，我就让司机去接你过来，没耽误你什么事吧？"

林青鸦分不出她是真心问候还是随便一说，只微微颔首："剧团最近清闲，没什么事。"

"那就好。"孟江遥笑，"邹蓓回国的事情你听说了吗？"

"……"

林青鸦手里茶盏停在半空。

不怪她意外，孟江遥这话说得全无铺垫和预兆，连语气都轻描淡写得像问了句"今天吃饭了吗"。

这让林青鸦莫名就想起唐亦。

血缘的力量太过神奇。比如，越是细想，林青鸦就越发感觉得到这祖孙两人有那么多的相似之处。

唐亦要是听到自己的想法，应该会很生气吧。

林青鸦半垂下眼睫，想起唐亦让她的眸子里浮起点浅淡笑意。很快她就回神，答了孟江遥的话："听说了。"

孟江遥："邹蓓这个人很有野心，也不是什么善人。当年车祸那事以后，她死了丈夫废了儿子，做的第一件事却是联系律师，想避过婚前协议，通过儿子那边的继承权把成汤的股权拿到手里。"

林青鸦没作声，安静地听。

孟江遥似乎是被茶苦了一下，喝完以后露出点不太满意的皱眉嫌弃的表情。不过很快她就放下茶盏："所以你也猜得到，我当初去琳琅古镇找他，就是因为邹蓓。"

林青鸦搭在茶盏边沿的指尖轻微地颤了一下："他知道吗？"

"没说过。"孟江遥道，"以唐亦的脑子，不至于连这都猜不到，也不用说。"

孟江遥又笑着摆了摆手："他不会在意这些事情。"

林青鸦轻抿住唇。

孟江遥越是温和平淡、唐亦越是习以为常，她就越难过，为他心冷也心寒。

"唐赟会醒的消息是邹蓓带回来的，可信度不高，但也不是完全没可能。"孟江遥叹气，"医学发达的坏处就是给人一些没必要的希望，顺便带来更多的问题和祸患。"

林青鸦抬眼："您不希望唐赟醒来？"

"哎，我怎么说也是他奶奶，怎么会不想他能醒过来？"孟江遥和蔼地笑，"只是他母亲心怀不轨，会拿他做很多文章；而且这么些年了，再醒过来还能不能算是唐赟，谁说得准呢？"

林青鸦眼睫一颤，垂下去。

茶室角落旁，仿山泉石潭，水声淙淙。茶香氤氲里，孟江遥又和林青鸦讲了许多旧事。

唐家的，邹蓓的，唐昱的……许多连唐亦或许都没有听过的事情。

这份"下午茶"一直喝到傍晚。

日头西斜，店里的玻璃落地窗内铺洒上夕阳的暖光，有几束落进旁边的假山池子里，水光粼粼，给摆件都镀了金边儿似的。

谈话接近尾声，孟江遥笑呵呵地问林青鸦："知道我为什么要跟你说这些吗？"

林青鸦摇头。

孟江遥："唐亦有多冷血，我是知道的，我不担心他本身，但我担心你。"

林青鸦抬眸："我？"

孟江遥："你是他唯一的弱点嘛，你们年轻人管这个叫什么，死穴是不是？戳一下就要命的那种。"

林青鸦一僵。

孟江遥露出了些长辈的和蔼，慢悠悠地说话："所以，该知道的你要知道，这样才不会害了他。"

林青鸦听懂了，淡声问："您是要我提防邹蓓？"

"对。"孟江遥玩笑似的说，"我要是她，我就从你这儿下手——掌控你就能随便玩弄唐亦，这可太容易了。"

林青鸦慢慢攥紧指尖，然后垂眸："好。谢谢您的提醒，我会注意。"

孟江遥意外抬眼："我以为你会不喜欢我这么说。"

林青鸦："我不想唐亦再因为我承受任何伤害……他承受过的已经够多了。"

孟江遥笑了。

两人间没来得及再有交流，安静了半下午的茶馆门口方向，突然传来一点骚乱。

"唐先生，孟女士有事要和林小姐谈，就算是您也不能进去。"

"……"

没有话声回应。

几秒之后，倒是传来了有人倒地闷哼的声音。

林青鸦眼神一慌，立刻起身就要绕向竹木屏风外。

不过没用她出去，唐亦的身影很快就出现在她和孟江遥的视线里。孟江遥还坐在原处没动，笑眯眯地喝茶。

唐亦冷着脸，像是从公务场合直接过来的，还穿着一身西装，只不过领带拽歪了，扣子也被扯得松松垮垮。

一看就是刚打了一架。

林青鸦在担心他伤没伤到的时候，已经被唐亦黑漆漆的眸子从头到脚一根头发丝也没放过地扫视了一遍。

确定小菩萨没事，唐亦长松口气，寒着一张美人脸睃了孟江遥一眼，然后他不放心地朝林青鸦抬手："小菩萨。"

声音低低哑哑的，像是刚跑过很长的路。

林青鸦犹豫了下，还是把指尖放进他掌心："我没事，只是和孟奶奶喝茶……"

话没说完，就被他用力地攥握住指尖，然后整只手包住，他把她藏到身后，目光危险地看向孟江遥。

孟江遥终于放下茶盏，乐呵呵的："你那是个什么表情，我又不会吃了你的小菩萨。"

唐亦不为所动，声音压得凶狠："你，还有唐家所有人，都该离她远点。"

孟江遥努了努嘴，笑："我倒是没什么，你确定邹蓓能听你的？"

唐亦眼神一冷："你跟她说什么了？"

"嗯，大概就是我让你提醒她但你不肯的那些话。"

唐亦额角青筋跳了下："我说没说过，那些肮脏事不要挨着她！"

孟江遥更乐呵，脸上褶子都多了两圈："年轻人啊……"

她扶着膝盖慢慢站起来，感慨地往外走："这世上要是什么事都能如你们所愿，那该多好，啊？"

唐亦眼神一狞。

他情绪几乎要炸了，却又因为什么强抑下来。他克制地松开林青鸦的手，走到孟江遥面前。

看着这个比他低了两头的、他本该称呼奶奶的老人："我不会在她面前和你计较。"他声音压得低，眸子里黢黑冷寂，"邹蓓的事情我一个月之内给你交代，别再来打扰她。"

"……"

林青鸦没听到两人说什么，只见片刻后，孟江遥就笑意盎然地离开了，走之前还跟她挥了挥手。

林青鸦循着教养本能就颔首要去回礼，然后就被气得不轻的唐亦"抢"进竹木屏风内的茶室隔间里。

"谁你都信！"

林青鸦被气极的唐亦直接抱到腿上按住了。

"我没有……"小菩萨哪经历过这场面，顷刻雪白的脸儿就烧上红来了。旁边的屏风才半遮，虽然店里没其他客人，但只要有人路过窗外，那都能隐隐约约看见里面。

她挣扎了好几下都没成，声腔慌得带颤了："你快放我下来。"

唐亦原本就是跑过来，一身火气，这会儿被不懂轻重的小菩萨在怀里一通恼挣，更拱得他情绪往上烧。

那双漆黑眸子里都快要着起火来了。

"不放。"

唐亦俯身更紧地箍住她，埋首到她颈旁，嗅着她长发上淡淡的勾人的清香，他又恨又气地哑着声吓唬她。

"你知不知道唐家最恐怖的就是孟江遥？她就是狼外婆，吃了你都不用吐骨头的那种！"

"……"

那人凶巴巴地沉着眼，淡淡的乌色在他冷白的眼睑下格外明显，一看就是好几天没休息好了。

林青鸦挣扎里无意抬头瞥见，然后她就僵了细腰，再沉默了一会儿，原本抵在他身前的手指慢慢握起细白的拳，停住了。

这就算默认，放弃挣扎。

唐亦等了一会儿，怀里没再传来任何想推开他的力，他意外地低下眼："怎么不反抗了？"

林青鸦轻问："你是不是没休息好？"

"嗯？"

她犹豫了下，抬起指尖，轻轻拂过他下眼睑："都有黑眼圈了。"

"……"

小菩萨的指尖甫一搭上来，唐亦的手就很没出息地抖了下。然后他慢慢收紧把她圈住的手臂，埋进她颈旁："嗯，很累。"

林青鸦心疼地反抱住他："那休息一下再回去，好不好？"

"好，但是休息起效太慢，"唐亦高挺的鼻梁微微蹭过林青鸦细白的颈，他漆黑着眸子，"我有个更好的办法。"

"嗯？"

"人参果，"唐亦薄唇轻张，"让我咬一口吧。"

"……"

林青鸦听得茫然："什么人参果？我没有……"

唐亦哑然失笑："你，你就是人参果。"

林青鸦："？"

她后知后觉地想起，早在当初剧团用地纷争赌约的最后一场里，唐亦好像就曾俯身到她耳边，又恨又气咬牙切齿地说过一句"人参果"。

林青鸦更茫然了："是说我的？"

唐亦："嗯。"

林青鸦："为什么？"

唐亦低眸，哑出一声笑："不能告诉你，至少现在不能。"

林青鸦："那要什么时候？"

"嗯……"唐亦俯低了身，声线尾调拖得慢懒，"等以后，你求我别说下去了的时候。"

林青鸦："……"

小菩萨绷起雪白的脸，茶色眸子里情绪还怪认真的："我不求人。"

"好，我知道。"唐亦好气又好笑，"你怎么对这件事执念这么重？"

林青鸦轻抿唇。

唐亦看得出她不想开口，也不逼迫她，就把怀里的人抱得更深了点，然后低下头去嗅过她乌色长发，用高挺的鼻梁拨开她耳旁发丝。

唐亦低着漆黑的眼，睨她细白的颈，声音被情绪熏得哑："让我咬一口。"

林青鸦赧红着脸，微皱起眉。

她觉得唐亦真的和小亦越来越像了。

唐亦本来就没指望林青鸦亲口答应，能得默许已经是天大的好事了。见小菩萨没有推开他，他垂了眼睫就压下去。

而就在此时——

"铮——"

一声丝竹质地的清鸣，惹得林青鸦蓦然回眸。

紧随其后，宛转悠扬的乐声穿过镂空的木屏，贯入这一方茶室的隔间里，如清音绕梁，不绝如缕。

林青鸦抵开唐亦的手指轻轻收紧，茶色的瞳子里露出惊讶又悦然的情绪。

唐亦被推开已经很委屈了，偏偏小菩萨完全没有注意到他的委屈，像被那乐器声勾走了。

唐亦："怎么了？"

林青鸦顾不得回眸，指了指木屏外轻声说："你听，古筝曲版本的《春江花月夜》。"

唐亦："好听吗？"

林青鸦没说话，很认可地点了点头。

唐亦还试图拉回小菩萨的注意力，可惜似乎被林青鸦察觉，她侧回眸子，细白的食指抵在嫣红的唇前。

"嘘。"

林青鸦无声地朝他示意了下。

唐亦："……"

气。

但气也得听着。

唐亦对这些音乐类的东西无感，但林青鸦从小就喜欢。曲笛、笙箫、三弦……尤其是这些昆曲伴奏常用的乐器，他跟着耳濡目染也听过不少。

不过他大概天生音痴，勉强能听出这乐器音色是古筝，但水平技巧情绪如何，就一窍不通了。

一曲已尽。

余音绕梁。

林青鸦听得沉迷，似乎没回过神，唐亦在醋海里都自由泳三百圈了，终于忍不住："有这么好听？"

林青鸦蓦地回神，用力点头，雪白的脸颊上红扑扑的，难得情绪这样明显："技巧的细节处还有生涩，乐师应该年纪不大，但情绪非常饱满，很有感染力，灵气非常足！"

唐亦："你如果喜欢听，那我让程彻去查找这种大师级器乐演出的票场，干吗非得在这种小茶馆里——"

"啊！"

林青鸦像是被唐亦的话提醒到，惊了一下，从他怀里起身，立刻就要往外走。

唐亦怀里一空，本能抬手把林青鸦的手腕攥住："你要去哪儿？"

林青鸦回过身解释："芳景团里是五人小乐队，弹古筝的那位老师年纪大了，精力跟不上全程的演出，团里一直想找位合适的古筝老师接班，但没找到。"

唐亦："你想请这个人？"

林青鸦："问一下，说不定会有希望。"

唐亦忍了忍，只得松手，起身："好。我陪你去。"

"嗯。"

绕出竹木屏风，林青鸦和唐亦在茶馆里转过半圈，最后却只看到空了的乐器台。

林青鸦正怔着，见店里的人从旁边走过，她回过身："您好。"

"啊？"对方回头，"您有什么事吗？"

林青鸦指向身后空荡的演奏区："我想请问一下，方才的古筝乐师去哪里了？"

"啊，他走了吧？"服务生不确定地说。

林青鸦意外："已经下班了？"

"对，他是在店里兼职的大学生，每天来店里的时间不长。好像是店长和北城大学勤工部那边的合作吧，他们学校会给家里贫困的学生安排薪资相对高些的兼职工作选择，我们这儿的奏乐就是其中一项。"

"原来还有这样的安排吗？"林青鸦听得失神，随即想起什么，"那您这边有这个学生的联系方式吗？"

服务生愣了下，不解地打量林青鸦："您是想？"

"我很喜欢这个学生的古筝演奏，想和对方联系一下。"

"……好吧，我给您找一下。"

林青鸦无论长相还是气质，都是极易取信于人的，不管是谁第一眼看到，大概都不觉得这么一位白雪似的美人会有什么坏心思。

服务生显然也很"外貌协会"。

不一会儿，他就拿着一张小字条回来了："这上面抄的是他在北城大学的专业和班级姓名，手机号应该只有店长那边有，我也没办法给你。"

"好，谢谢。"

林青鸦接过去，道谢之后才和唐亦离开了茶馆。

唐亦让人开车到茶馆外面等。从司机那儿拿到车钥匙，他就让对方打车回去了。

夕阳已落，混色的天空擦了昏灰。

唐亦把车开到路边等着的林青鸦面前，看见刚亮起的长路灯火下，穿着浅青色长裙的女人垂着眸，眼角微弯地望着手里的字条。

满满一副欢喜动人的模样。

唐亦忌妒又贪餍地看了一会儿，叹声下车，把人领进副驾驶座里，顺势就俯身给她扣好安全带。

等落回眸子，他问："就那么开心？"

"嗯，向叔找好久了都没找到，这个感觉希望很大，所以……"林青鸦一抬眸，就对上唐亦黑漆漆的眸子，她犹豫了下，"我们这是要去哪儿？"

唐亦薄唇一扯，恶意地笑："去卖掉你。"

小菩萨抿住唇。

唐亦也回到驾驶座，发动起车："到了你就知道了。"

"嗯。"林青鸦点头，垂眸把字条小心收好。

唐亦："你还真放心我？"

林青鸦没抬眼，声音里带着一点淡淡的莞尔的笑："你是毓亦啊，我怎么会不放心你呢。"

"……"

唐亦一顿。

沉默几秒，某人慢慢偏开脸，轻咳了声。

后视镜里，那张冷冰冰又棱角锋利的美人脸上，慢慢浮过一点错觉似的害羞情绪。

"——哎呀！你瞧瞧你那个便宜的样子！出息一点、争气一点好不好！人家才一句话就给你哄成这样啦？"

"滚滚滚！"

刚一拉开面前的包厢门，扑面过来的吵闹动静就让林青鸦怔了下。

她抬眸，正看见白思思贱兮兮地笑着，被团里一个玩得不错的女孩子追打着从面前跑过去。

"空谷幽兰"四个墨汁淋漓的大字，就在她们身后的置物柜上方悬着。

林青鸦呆了两秒："这里是？"

唐亦正停在她身后，扶着拉开的包厢木门，似笑非笑地说："好像是你以前某个未婚夫带你来过的私房菜馆吧。"

林青鸦惊讶回眸："你让团里的人都过来了？"

"嗯，我称之为剧团的福利聚餐。"唐亦低了低头，故意俯下来探到她肩侧，然后转过去，扬着一双饱满凌厉的美人眼，黢黑眸子得意地睨着她，"喜欢吗？"

林青鸦总觉得哪里不太对，毕竟她一直觉得唐亦骨子里不坏，但也和平易近人没什么关系。

更别说这种"善举"。

思索之后没得结果，林青鸦向后躲了一点，稍拉远距离，问："为什么突然这样做？"

唐亦："感谢他们以前和以后对你的照顾，更新坐实一下我们的关系，然后……"

林青鸦："嗯？"

唐亦被小菩萨茶色瞳子蛊了一下似的，低下眼睫凑近了在她唇角轻吻了下，细语低哑带笑："顺便让他们洗刷掉你在这儿有过的任何回忆。"

林青鸦："？"

顺着唐亦的手势回眸，林青鸦看见了满屋子撒了欢闹腾的团员。

确实很能"洗刷"。

"……唐亦，"林青鸦无奈回眸，"这样会吵到其他包厢的客人。"

"没关系，我包场了。"唐亦领她走进去，"但只用这一间。"

"……"

团里的演员们见到唐亦之初，还有点拘谨，毕竟某人给他们留下的各方面阴影实在不浅。

不过很快他们就发现，这位含着唐家金汤匙出生的成汤太子爷，实际接触起来似乎和那些上流圈子里的公子哥儿完全不一样——

没半点架子，一身看起来就贵重的西装也没耽误他和他们一样在铺着木板竹席的地上坐下揉上褶皱，不计较不在意无所谓，那点懒散里似笑非笑互相打趣的模样，称为好脾气也不为过了。

除了那张过于卓越的美人脸外，简直能被他们在酒过三巡以后无差别地当作大学寝室里一起烧烤摊撸串喝酒的兄弟了。

唐亦和团里男性演员、工作人员们那桌是越喝越嗨，女生这边看得惊奇，白思思都忍不住凑到林青鸦耳旁问："角儿，这位是……一直这么平易近人吗？"

看着那边侧影，林青鸦想起小镇上后来的那个少年。

思绪翩跹，林青鸦垂回眼，轻淡地笑："嗯，所以我说他并不坏，以前有很多女孩子喜欢他。"

白思思："您以前说我是真不信，除了您谁敢喜欢这么一位啊，不得都吓跑了？现在看，好像是能理解了。"

林青鸦："嗯，他只是偶尔，性格会有点差。"

白思思："嘶，那哪是偶尔，他要真是偶尔，圈里也不能都知道他跟个疯子似的喜怒无常啊。"

林青鸦眸子一黯。

白思思还没察觉，疑惑地嘀咕："要真按您说的，他为什么中间那几年突然就脾气那么——"

话声在视线落到林青鸦身上时，戛然而止。

长发垂身的美人在侧，让白思思秒懂了自己这个问题的答案。她尴尬地挠了挠头："咯，角儿，那个，我不是故意提您伤心事的。您当初离开，肯定是有难言之隐的嘛。过去的事情就让它过去了吧，也没后悔药吃不是？"

"我不是后悔，"林青鸦把着手里薄胎的杯盏，轻声说，"我只是……那时候我别无选择，但我以为那样是对他好的，我没想过他会更受折磨。"

"哎没事没事，现在不是慢慢好了吗？"白思思最怕她家角儿难过，连忙劝说，"我们老家管这种叫'先激发，后治疗'。"

"……"

林青鸦原本低落的情绪被白思思奇奇怪怪的用词搅和得彻底，她无奈又好笑地抬起视线，轻嗔："又乱说。"

白思思得意吐舌："我这不是为了逗我家角儿开心吗？看，您这不就——喀喀喀！"

后脖领子突然被人一拎。

白思思像只被命运掐住喉咙的猫，一下子从林青鸦身旁蹦起来。

松了手的唐亦懒洋洋地站在旁边，似笑非笑地垂下眼："谁家角儿？"

"咯咯咯……"

惨遭自己衣领锁喉的白思思揉着脖子敢怒不敢言，委屈地看向林青鸦。

林青鸦回神，连忙起身，确定白思思没事，她才轻皱起眉："唐亦，你别伤着她。"

"我有轻重。"唐亦勾着唇，又在笑里警告地瞥了白思思一眼。

白思思灰溜溜又愤愤地捂着脖子跑另一边去了。

唐亦坐到白思思原本的位置上，然后拍了拍自己身旁。他歪着仰了仰身，凌厉的下颌线勾着，薄薄的唇抿一点笑："坐啊，小菩萨。"

林青鸦见白思思无恙地和别人又嬉闹起来，这才坐下。

林青鸦这个位置在女生这桌的角落，这会儿饭局过半，好些女生都觉着新奇，跑去旁边阳台外的私人竹林子闹腾去了，桌旁仅有的几个也刻意避着眼，不往这边看。

林青鸦轻声开口："思思还是个小姑娘呢，你别再那样下黑手了。"

唐亦笑哼哼的："她自找的。"

"？"林青鸦回眸，"思思说总觉得你对她格外有敌意，我还以为是她多想了。"

"……"

唐亦手臂撑在身后，闻言乌黑的眼睫一奓，美人眼里半合着一隙漆黑微熠的光，他就那样睨着林青鸦。

对视好久，他哑声笑："对，我最烦她。"

林青鸦怔了下，解释："思思从小在孤儿院长大的，没父母教导，有时候是容易不懂分寸，但……"

"不是因为这个。"唐亦微眯起眼，"不过看在这个和我一样没人教养的分儿上，我以后尽量不收拾她。"

林青鸦无奈，尽量略过他一些用词："那是因为什么？"

唐亦收手，往屈起的膝上一搭，顺势俯到她眼前："我最讨厌听她喊，'我家角儿'。"

林青鸦："嗯？"

唐亦冷淡地笑："角儿就角儿，还敢她家。"

林青鸦一默。

她倒是忘了。

后来古镇上的少年脾气好了很多，什么时候见着都懒洋洋的，唯独在这方面，或许是接近于零的安全感带来的"领地意识"，谁触一丁点儿都要被记仇好久。

也因此，才会因为几句话和徐远敬酿出那样的斗殴事件吧……

林青鸦在心底轻叹了声。

晚上九点一刻，饭局结束，芳景团的成员们被唐亦提前安排好的车辆接送回去，最后一辆是来送林青鸦的。

唐亦陪着到了林青鸦的公寓楼下，车停稳。

树影被路灯挑得斑驳，风在影子里一吹，月色涌得像水色。

车门还关着。

司机大气不敢出。

后排座椅里，半醉的唐亦倚在林青鸦的肩上，也委屈了他那双大长腿，非得被主人叠着错着，才斜过身靠得到小菩萨。

"你是不是……要回去了？"酒精熏染得那人声线低沉沙哑，在这样的夜色里，又格外蛊人似的。

"嗯。"

"我们小菩萨，怎么就住这里啊……"他声腔低低慢慢的，像是随时要睡过去。

"这里环境好，很安静。"林青鸦耐心哄他。

"嗯，我那儿也很安静，特别大……太大了，"他合着眼，哑着声，"太大了，空空荡荡的……刚搬去的时候我每天晚上都会梦见你，梦里你抱着我，又说不要我了。"

"……"

林青鸦手指一抖。

她眼睫颤了颤，想说什么。

唐亦却像是醒了酒，说完以后慢慢撑着车座起身："很晚了，你回去吧。第二期也要开录了吧，我之后会很忙，就不能陪你去了。"

说话时那人半垂着眼，落进车窗里的路灯映得他肤色更冷，像要透明了似的，苍白脆弱。

唯独唇是红的，发是黑的。

反差得叫人心疼。

林青鸦轻握住他的手："没关系，等我录制结束，就去找你。"

"嗯。"

林青鸦下了车，唐亦垂着眼，乌黑的鬓发勾在额角，看起来像只被人丢在路边的流浪狗。

林青鸦不忍心地抱了抱他。

视线交错开时，那人趴在她肩上，像是委屈的大狗，突然哑着声问："我要是又被赶出唐家了，那怎么办？"

那个"又"字听得林青鸦心里一疼。

她颤着眼睫抱紧他，轻声哄："有我在，来找我。"

"……好。"

"那我，先上去了？"

"嗯。"

夜月高悬。

晚上十点。

林青鸦洗漱完，正听着那首《春江花月夜》的古筝曲准备入睡，就听见门铃响起。

她意外地下床，在监控门铃的屏幕上看过，惊讶地拉开房门。

唐亦拖着行李箱，站在门外。

"我被唐家赶出来了，"唐亦面不改色，"养我。"

林青鸦："……"

林青鸦在北城的住处是间三室一厅的公寓，一百平方米多些，平常只有她自己住。偶尔哪天因为剧团事情回来晚了，白思思才会在这边留宿。

除此之外，还没别人踏进来过。

所以此时林青鸦有点头疼。

沙发上，唐亦搭着身前的行李箱，长腿委屈地憋在茶几旁："我可以付房租。"

"……"

"不用给我房间，一个角落也行。"

"……"

话说得乖巧，但黑发下露出的眸子里完全不是那么回事。

林青鸦拿他没办法，只得转身去餐厨间给他倒了一杯水，拿出来放在唐亦面前的大理石茶几上。

想了想，林青鸦又弯腰去橱柜里拿出一罐蜂蜜，舀了一勺溶进玻璃杯的温开水里。

汤匙被她拿着，在杯子里轻轻搅拌。

唐亦半靠在行李箱的拉杆上，安静地垂眼看着。

小菩萨显然是准备睡觉了，身上只穿着一套黑色缎面的睡衣，睡衣很宽松，袖口下伸出一截雪白纤细的手腕。

被黑色睡衣衬得，那抹白看起来苍弱又勾人。

唐亦情不自禁地伸手过去。

林青鸦被握住手腕，停下动作，她抬眼望唐亦，停了一两秒才不解地问："不喜欢蜂蜜水？那，我给你煮解酒汤？"

唐亦回神。

他压下眼角一点薄薄的笑："我今晚没醉。"

林青鸦："可是之前在车里……"

"是骗你的。"

林青鸦微蹙起眉："我看到你跟他们喝了很多。"

"就你们团里那几个小鸡崽的酒量？"唐亦淡淡一嗤，手上用力，把林青鸦拉到身旁的沙发上，"我能喝得他们吐三五轮。"

林青鸦犹豫了下，没挣开，任唐亦把毛茸茸的黑鬇发脑袋靠过来。林青鸦轻声说："吹牛不是好习惯。"

唐亦睁眼："我吹牛？"

"嗯，"林青鸦说，"你以前就不会喝酒。"

"那是以前……"唐亦眼睫毛又耷回去，半遮住眸子，留下一隙黢黑，声音低低懒懒的，"生意场上全是酒局，我身经百战，早练出来了。"

林青鸦有点惊讶："还有人敢灌你酒吗？"

"刚进成汤时，那些老家伙明面抹得过去，事实上可没一个把我放在眼里的。"唐亦合着眼，薄唇轻勾了下，不知道是笑还是嘲，"第一年年尾，好像是大年夜吧，喝得胃出血，还进医院了。"

林青鸦眼神一抖。

等回过神，她轻叹气，抬起手摸了摸靠在肩上的唐亦："为什么要那么拼命？"

唐亦："不告诉你。"

林青鸦无奈垂眸望他。

唐亦却把她的手拉下来，攥在掌心，然后勾起来浅浅啄吻，他声音低低哑哑的，似有若无："有些事情……我想你永远都不知道。"

林青鸦凝他许久，垂眸。

"……好。"

林青鸦又哄了好久，才终于"骗"得某人把那杯蜂蜜水喝下去。喝的时候那人表情苦巴巴的，美感凌厉的五官都快皱到一起去了。

要是让外人看到，说不定要以为他喝的是什么黄连水。

林青鸦倒是不意外：唐亦从前就这样"异于常人"，酸苦辣他都能尝得面不改色，唯独不喜欢甜。

越是甜得厉害的，他越讨厌。

折腾着喝完蜂蜜水已经将近十一点了，林青鸦自然不忍心再把人赶回去，只好把一间客房的床铺好，让唐亦这一晚"暂住"在这里。

第二天一早，林青鸦醒来时，唐亦已经去了公司，餐桌上搁着他让人送来的早餐，还留着张字条。

　　小菩萨，行李我已经重新打包好了，你要是不想收留我，扔到门外就好，我会自己来拿的。

末尾还画了只可怜巴巴的趴在地上的小亦。

对着字条无言几秒，林青鸦还是忍不住垂了眸子，眼角被清浅温柔的笑意压得微弯下去。

早餐后，林青鸦到剧团里，和向华颂提起昨天在茶馆里偶遇的那位非常适合剧团小乐队古筝乐师位置的大学生。

向华颂听了也很激动，随即又担心地问："可毕竟是学生，虽说人才难得，但这种的不确定性会不会太高？"

林青鸦说："我想我们还是和对方当面确定一下。能争取到再好不过，不能至少也不必留遗憾。"

向华颂点头："好，不过我今天还有戏曲协会的会议要去，那……"

林青鸦："我去见对方吧。"

向华颂笑着说道："其实我也是这个意思，你现在就是咱们昆剧团的门面和招牌，挖墙脚这种事情，你出面应该是最有说服力的了。"

林青鸦应下。

从剧团里出来，白思思开车送林青鸦去北城大学。

离目的地越来越近的时候，白思思却开始频频往后视镜里看。

等拐进通往北城大学西门主干道上时，白思思终于忍不住开口："角儿，你有没有觉得后面那辆车在跟着我们？"

林青鸦回眸："什么车？"

"就蓝色的那辆轿车，"白思思一边把着方向盘一边怀疑道，"从剧团出来没一会儿我就注意到它了，这一路上都拐多少弯了，它一直在我们后面跟着。"

林青鸦看过那辆车，转回来："车牌我没有印象，会不会是巧合？"

白思思："要是跟我们一样去北城大学的，一直同路倒也可能，但总觉得有点太巧了。"

林青鸦："光天化日，应该不会出什么事，我们走我们自己的路，到北城大学再看看。"

"好吧，就是……"

"嗯？"

白思思纠结了好一会儿，才不太确定地说："其实从前段时间我就隔三岔五感觉被什么人盯着似的，但也不知道是不是团里最近太忙太累的幻觉。"

林青鸦想起某人昨晚的话，唇角轻弯："被唐亦盯着吗？"

白思思一愣，在后视镜里的小脸顿时惨白："不会吧，那位还记我的仇呢？这人怎么醋性这么大啊……"

林青鸦一怔："你怎么知道他在记仇？"

白思思想冷笑又没敢，最后就怨气满满的："昨晚走之前他特意警告我了，说要是再听见我喊您的时候在'角儿'前面加'我家'两个字，就要把我送去南极养企鹅。"

"……"

林青鸦哑然失笑。

白思思把车开进北城大学校外的停车场里，一回头怨念就更重了："角儿您还笑，我都要被那个醋王送去南极做'文化交流'了哎。"

林青鸦忍俊不禁，难得玩笑："那你可要多背几出折子戏再走。"

白思思长叹一声，故作夸张语气："近墨者黑啊，角儿您都要被那个'冷血资本家'带成黑心儿的了。"

"……"

停稳了车，白思思靠着驾驶座椅背回头，脸上又回到平常笑嘻嘻的模样："不过我还是挺喜欢的。"

正准备下车的林青鸦："嗯？"

"哎，怎么说呢，"白思思晃了晃脑袋，"就感觉角儿您更有人气儿、活过来了！"

林青鸦怔过，无奈失笑："我以前是死的吗？"

"不是，但以前是画里的，看得见摸不着。"白思思做出一副观世音托玉净瓶的模样，睁一只眼眨一只眼，俏皮又欠欠的，"现在，小菩萨终于从画里走出来了。"

"……"

林青鸦在白思思的话里怔了许久。

直到那边白思思下了车，已经站在车窗外蹦蹦跳跳地朝她挥手了，她才回过神，推开车门走下去。

北城大学是开放式校园，不禁外人入内参观。

来之前，林青鸦专程联系了外公林霁清的一位朋友，潘跃伟。对方是林霁清的晚辈，对林老一向尊重得很，他在北城大学里任教多年，如今已经不再授课，转向行政职务了。

见面后，林青鸦问候过这位与自己父辈年纪相当的老师，简言几句说明了来意。

潘跃伟听完点头："这是好事啊。昆曲是中华文化瑰宝，也是世界非遗重要代表，文化自信建设道路还远，学生们能在这方面的传承和发展里贡献自己的一份力，我们老师当然是最愿意看到的。"

林青鸦："是，所以我想和这位学生见面聊一聊，看他是否有这方面的意愿。"

潘跃伟："他是什么专业、哪个班级的？"

林青鸦告知信息。

潘跃伟："这样，我领你去见他们专业班级的辅导员吧，通过他来联系这位同学会合适一些。"

林青鸦："嗯，谢谢您。"

潘跃伟："不用客气。你可是昆曲文化继承人年青一代里□人物，以后如果有机会，我还要邀请你来我们学校做昆曲文化方□讲座呢。"

林青鸦欣然点头："我的荣幸。"

潘跃伟在教务处查了信息以后，就带林青鸦到北城大学辅导员办公楼，找到了那位学生的辅导员。

对方也在第一时间电话联系了那个学生，但没能直接联系上，□折腾一圈后，他遗憾地告诉林青鸦："我问过他室友了，蒋泓同□天有勤工部的兼职，下课以后就出学校了。"

林青鸦问："是茶馆演奏的那个兼职吗？"

"这个不能确定。"辅导员说，"蒋泓同学家里□□较差，□在勤工部破格领了好几份兼职，当时为了他这□□□□勤工□门写过陈情书呢。"

潘跃伟问："他没有奖学金吗？"

辅导员苦笑道："有是有的，但咱们专业里也有竞争嘛。蒋同学成绩不算差，但也算不上拔尖，虽然拿着助学金和一部分奖学金，但听说还要补贴家里，估计是不太够……"

林青鸦在旁边听辅导员介绍那个学生家里的情况，心情也有些沉。又在办公室里等了一刻钟，不见蒋泓回电话，林青鸦不好多耽搁辅导员的时间，让白思思拿出了一张名片。

那是团里前不久刚给她定制的，非常简易的一张纯白色卡纸，上面印着名字和剧团地址，还有一串剧团办公室电话。

背面则是一株浮雕印的兰花。

林青鸦想了想，在上面写下自己的私人号码，交给了辅导员："请您帮我把这个转交给蒋泓同学吧。等他有时间，随时可以联系我。"

"没问题，等他回来我会第一时间交给他的。林老师放心吧。"

"谢谢。"

林青鸦和潘跃伟道谢后，就和白思思离开了北城大学的校园。

白思思跟在她身旁，蹦蹦跳跳的，像只安分不下来的猴子："今天上午算是白忙活了哎。"

林青鸦回眸望她："累了？"

"那倒没有。"白思思眼珠转了一圈，"不过角儿，这个蒋泓真的这么棒，值得您亲自来跑一趟啊？"

林青鸦想了想："他的古筝演奏灵性很足，是有感情和表达的。昆曲，包括其他戏曲，虽然在很多人看来是程式化的刻板表演，但一板一眼里所赋予的感情——那个才是真正能打动观众的。演员是否优秀凭此判断，我相信乐师也一样。"

白思思听得似懂非懂，然后嬉笑道："算了，反正我家角儿说的一定是对的！我只要听着就——"

话声被她自己掐断，白思思惊恐地捂住嘴巴看向林青鸦："我刚刚是不是又说'我家'了？"

林青鸦愣了下，莞尔失笑："是。"

白思思欲哭无泪："角儿您慈悲为怀，一定不会跟唐总告我状的吧？"

"不会。"林青鸦笑，"他又不吃人，看你吓的。"

白思思苦着脸："也就您一点都不怕他了好吗？"

"……"两人在闲谈里走到停车的位置。

白思思刚准备遥控开车锁，眼神突然就呆滞地定格在林青鸦那辆白色轿车的旁边。

"……角儿！"白思思吓得一把拉住林青鸦的手腕，"那那那那辆车！"

"嗯？"

林青鸦顺着白思思另一只手指的方向望过去。看见一辆有点眼熟的、深蓝色的轿车。

白思思惊慌道："它就是跟了我们一路的那辆！"

林青鸦眼神一停。

下一秒，不知道是不是听见了白思思的话声，那辆深蓝色轿车车门打开，一个职业装打扮的女人从驾驶座里走下来。

她没急着动作，也没说话，而是在车门旁停着打量了林青鸦几秒。

"中午好，林小姐。"女人露出一个并不亲近的笑，"我姓邹，邹蓓。"

"……"

林青鸦眼神恍惚了下。

她不得不承认，唐家这三代人，行动力和心思都是一个比一个可怕。

沉默数秒，林青鸦轻叹出一口气。眼睫毛垂下，遮了清浅的茶色瞳子，她轻声问："您也想请我喝下午茶，顺便聊一聊吗？"

邹蓓意外地一顿。

显然林青鸦的反应和话语都让她有些意外——来之前她已经做过很多调查工作，自以为很了解林青鸦的脾性了。

但邹蓓那点意外连一秒都没过，很快就恢复如常："那我有这个荣幸吗？"

林青鸦淡声说，"长辈相请，不敢推辞。我能带人一起吗？"

邹蓓瞥了一眼旁边呆若木鸡的白思思："当然。"

"谢谢。"

半小时后。

北城某咖啡馆内。

邹蓓面无表情地看着对面的唐亦。

这家咖啡厅在二楼，临窗的一排是沙发座，里面紧挨着落地窗。窗外阳光正明媚着，绿叶隙下，行人匆匆。

林青鸦喝不惯咖啡，就捧着这家店里一种不伦不类的红茶底加了果汁的果茶，望着窗外出神。

离她咫尺，唐亦倚在沙发座的皮质靠背上，眉眼间情绪懒散，但又透着股子冷。他也没什么表情地掀着眼，望向桌对面的邹蓓。

邹蓓久等，等到青年在她对面坐下两分钟，愣是一个字都没说。

这场耐性较量里，还是邹蓓先认输。她意味深长地瞥了一眼置身事外的林青鸦，才转回来："我记得你今天应该有一场董事会会议要出席。"

"嗯。"唐亦敷衍地应了一声，"程仞代我去了。"

邹蓓："程仞能力再杰出，职务名义上也只是个特助，让他代你参加董事会，这合适吗？"

唐亦无所谓的语气："不合适吧。"

"……"

邹蓓被这份"坦诚"噎住。

她是了解唐亦的怠懒脾性的，深知他惯来"疯"得厉害，不被任何教条规矩束缚，也对任何世俗的荣辱评判无谓无感。

和这种思维永远游离在教条之外的人面对面硬碰硬地打交道，吃亏的只会是自己。

所以她才选了林青鸦做突破口。

邹蓓忍下情绪，也维系住面上冷漠的笑，她换上一副长辈的语重心长的语气："怎么说你也是成汤的常务副总，既然知道这种行为不合适，那以后还是要注意些，少做莽撞事，免得给外人落了话柄。"

"嗤。"

唐亦低下头轻笑了声，然后他勾着薄唇，胳膊肘懒洋洋地往桌上一撑。

那双漆黑眸子冷冰冰的，睨着邹蓓——

"那你倒是少给我找点事情。"

邹蓓脸色蓦地变了。

在公共场所还当着别人，就这么被毫不客气地落了面子，她差点没把住自己的火气。

邹蓓冷下脸："注意你说话的态度，名义上我是你的母亲。"

"母亲？"唐亦笑了，"就算毓雪配不上这两个字，也轮不到你。"

听见那个名字邹蓓表情更难看了："不认我没关系，你至少应该拿出一点对长辈的尊敬。"

唐亦："不好意思，我从小没人教养，不懂什么叫长辈，更没听说过什么尊敬。"

"……"空气里好像都充斥着火药味。

邹蓓气恨地瞪着唐亦，精致的妆容都藏不住她微微抽搐的眼角，保养细腻的手压在桌下攥得紧颤。

好几秒过去，她才慢慢舒出一口气，将目光转向林青鸦。

"我对林小姐耳闻已久。"

"……"林青鸦回眸。

她不想涉足唐家的事情，但邹蓓确实是长辈，她的出身教养让她没办法对对方置之不理。

邹蓓似乎也吃准了这一点，垂挽下手，假笑疏离："听说林小姐师承昆曲大师俞见恩，十六七岁就在梨园唱响了'小观音'的名号，更是这一代昆曲艺术传人里给闺门旦撑顶的人物！"

"同行谬赞，我离老师尚差得远，也担不起。"林青鸦淡淡接话，"您如果是对昆曲有兴趣，欢迎到任何一个昆剧团的演出现场捧场。"

"但是比起昆曲，我对林小姐更有兴趣。"

"……"林青鸦听出这话里的不善，微皱起眉望过去。

笑意把邹蓓眼角的皱纹加深："昆曲艺术阳春白雪，林小姐更是其中一尘不染的人物，所以我实在是想不通。"

林青鸦："什么？"

邹蓓笑问："林小姐何必要和唐亦这种人搅到一起！"

"……"

林青鸦身旁，那人身影蓦地一滞。

邹蓓的"翻脸"来得如此突然，连林青鸦也愣住了。

就趁这片刻死寂里，邹蓓冷着笑继续了话音："毕竟是我唐家的晚辈，我也算是亲眼看着他长大的，他本性如何，我再了解不过——所以也是诚心劝林小姐一句，有些人沾惹不得，林小姐清白名声，可不要自污。"

林青鸦回神，瞳里像落了凉雨，她神色一绷就要开口。

却被人抢了先。

"我是什么本性？"唐亦眼神阴郁地抬眸，"你倒是说。"

邹蓓被对面那凶狠的眼神一慑，本能有点退缩。但她很快就绷住了，强迫自己绽开个虚假的笑："你不承认我是长辈，但我还当你是晚辈的。有些事情不说破，以免显得我揭你短处。"

"不用，你说。"

邹蓓笑意一冷："你确定？"

"少废话，说！"

"好啊，你别怪我不给你面子。"邹蓓拧着眼神转向林青鸦，"七八年前，琳琅古镇上那场斗殴事件，林小姐不会没印象了吧？"

"……"

林青鸦睫毛一颤。

邹蓓冷然转回："要不是唐家出面调解，你早被徐家送进少管所了。徐远敬后来在北城到处'传颂'你唐家大少爷的威名，圈里有几个人没听过？"

林青鸦攥紧指尖，压下眼睫，忍不住替唐亦说话："少年血热，打架算不得罕见的事。"

"打架？"邹蓓问，"林小姐真这么觉得？"

"……嗯。"

"林小姐不要自欺欺人了——那可不是打架，徐远敬就算被徐家接回来悉心照料，也是在家养了整整三个月！"

"……"

不知道想到什么，邹蓓保持笑意都有点难了，她嘴角微搐，望向唐亦的眼底的情绪更是又厌恶又畏惧："只是几句口舌，他就敢把人打成那样。"

唐亦缓掀起眼："……他活该。"

邹蓓被那双黑得死沉的眸子看得心里一抖，立刻转开视线，她咬牙对林青鸦说："你看，林小姐，到现在他对这件事毫无悔改。"

唐亦戾沉了声："我说了，他活该！死都不为过！"

"……"

咖啡厅内，其他桌的客人被这边的声音惊到，纷纷回身看过来。

"……唐亦。"

林青鸦不忍，抬手握住唐亦的手。

那人指节凉得像冰块，甚至还带着点战栗。

林青鸦从没见过他稳不住手，慌得抬眸，看见那人侧脸上颧骨都忍得抖动。暴躁又阴沉的情绪汇集在他漆黑的眸子里，看起来骇人极了。

邹蓓收到最想要的成效。

在那双眼睛的注视下，她强忍着夺路而逃的恐惧感，挤出个艰难的笑："又是几句话就要惹得你动手了？"

邹蓓紧跟着就转向林青鸦："和这么一个疯子待在一起，林小姐就不怕将来哪天他彻底疯了，要杀人吗？"

"……够了！"

林青鸦忍无可忍，前所未有地提高了音量。

她看向邹蓓："我敬你是唐家长辈，但不代表要忍你胡言乱语。如果之前这种刻薄就是你身为长辈的教养，那担待不起——请你永远不要再出现在我面前。"

林青鸦说完转回去，就想拉着唐亦的手起身："我们走吧，好吗？"

唐亦没有回答。

就在林青鸦想要再把人哄走的时候，她的手突然被唐亦反握住。

林青鸦一怔，低下眸子。

那人手指修长有力，好像是带着某种坚定和……

安抚？

林青鸦意外抬回眸。

唐亦的情绪果然已经压了回去，像原本要掀起暴风雨的海面，突然又重回一片平静。

静得更可怕。

唐亦低声："不走，让她说。"

林青鸦一怔："唐亦！"

桌子对面的邹蓓更是震惊又不解地看着唐亦，好像突然就不认识面前的这个青年了。

毕竟按照她方才临时调整的计划，他的反应明明应该是……

"你不就是想激怒我吗？"唐亦冷漠又嘲弄地勾了下唇角，"来啊，继续。"

"！"那个逗狗似的语气让邹蓓脸色气得涨红，"你什么意思？"

"别装傻，也别放弃。"唐亦往桌前俯了俯身，"你再试试，看能不能惹我发疯，在众目睽睽下对你动手——这样才方便你有后面的手段文章，不是吗？"

"你少在这里胡说八道！"

"不试就算了。"

唐亦倚回座里，懒恹恹地奄下眼："反正怎么试也一样。想让我动手，你也不照镜子看看，你配不配。"

"唐亦！"

邹蓓气得拍桌站起来，声音都嘶哑了。

唐亦却反而笑起来，他掀了眼帘："你以为说那些话就能激怒我？小菩萨是一尘不染的白雪，我是阴暗沟渠里的污泥，凭我也敢、也想玷污她——你是想说这个？"

邹蓓脸色苍白，张了张口，没说出话来。

唐亦哑声笑着，靠到桌前，仰起下颌。

声音压得低低的。

"你以为，这些，我自己不知道吗？"

邹蓓咬牙，还想再挣扎："你既然知道——"

"我也想放过她的干净。"

唐亦握紧掌心里那只纤细、柔软的手。

"可怎么办？"他笑，"放不开。污泥偏要沾染白雪……看不惯？杀了我啊。"

"你能张狂到什么时候，我等着看！"

扔下最后一句话，邹蓓甩手离开。

笑从唐亦侧颜上淡去。

他眼睑一垂，缓慢把紧握着林青鸦的手拉上来，双手交握起来攥着她的，抵住下颌。

"对不起，"唐亦的声音里褪掉面对邹蓓时的攻击性，变得低哑柔软，他合上眼轻轻吻她手指，"……对不起，小菩萨。"

林青鸦从那道背影上回神。

她转回眸子，认真地："为什么要道歉？"

"我不想唐家的任何事打扰到你，"唐亦自嘲，"但我没做到。"

林青鸦好像明白了什么："所以，你才要搬去我那里？"

"嗯。"唐亦从沙发上转回来，"我的行李有被丢出来吗？"

林青鸦："你留的字条那样写了，我怎么会……"

"舍不得？"

唐亦的声线终于多了一丝戏谑上扬的起伏。

林青鸦轻抿唇，算是默认。

"小菩萨总是心软。"唐亦似笑地叹气，"所以好坏不分，什么人都敢同情。"

林青鸦记得他说过类似的话。

在旌华酒店顶层长廊里，那时候她刚把自己的大衣外套送给第一次见面的唐红雨。

"唐红雨并不坏。"林青鸦在思索之后，认真得出这个结论。

"就算她不坏，当初救我呢？觉得我也算好的？"

"嗯。"生怕唐亦不信似的，林青鸦还点了点头，"一定是。"

唐亦气得失笑，又在笑里重读她："小菩萨。"

林青鸦早习惯他，眼皮都轻垂着，抬也没抬一下。

唐亦靠到椅背上，懒洋洋地夯下眼："说起唐红雨，就算是她来找你，你也要装不认识。"

"嗯？"

"职业能力问题，她做事不干净，把自己卷进了麻烦里。"

林青鸦又想起什么，微皱起眉："你不要利用她做不好的事情。"

"什么事？"唐亦嘲弄地一勾薄唇，"比如踢走你那个道貌岸然的前未婚夫？"

"……"

"前"字被某个醋缸咬得极重。

林青鸦无奈："外公外婆到现在还在为这件事生气，两家差一点就闹僵了。"

唐亦轻嗤："冉风含自己咬的钩，可怪不到我身上。"

"你下的。"

"那又怎样？"唐亦偏过身，很不要脸地凑近到小菩萨眼皮上方，放肆地拿黑眸低睨着她，笑，"小菩萨咬我一口？"

"……"

林青鸦没想到这人在公共场合就这样，回过神来，一张雪白的脸很快就泛上红。

她抽回手指试图抵开他："唐亦……这是在外面。"

可能是怕被别人听到，小菩萨的声音压到最低最小，近在咫尺听着轻轻软软的，长了小钩子的羽毛似的，刷得唐亦喉咙里、胸膛里无一处不痒。

偏是挠不到的、填不满的痒。

这确实是在外面。

要是在这儿对小菩萨做出点什么过分的事情，按她薄得不能再薄的脸皮儿来说，绝对能很长时间不搭理他。

唐亦反复说服自己数遍，才终于把那点蠢蠢欲动的情绪压下去。

他伸手把还想抗拒的小菩萨抱进怀里，紧紧地，连她的挣扎一起。然后他俯低了身，气息落到她垂下的长发间露出泛红小巧的耳朵旁。

唐亦张口。

还没来得及做什么，甚至都还没说一个字，他就感觉怀里柔软纤细的身体很轻地抖了一下。

唐亦一顿，垂眼，好气又好笑地压着她："我就抱一下，"他声音哑得厉害，"又不会吃了你。"

林青鸦在两人快要紧贴的身体间攥紧了拳，低藏着红透了的脸，没说话。

沉默里时间过去了好一会儿。

林青鸦终于找回声音的准线，她低着声问："你公司里很忙吗？"

"嗯。"

"那个人说你今天还有要开的会议。"

"嗯。"

"那你不回去吗？"

"……回。"唐亦贪餍又不甘心地叹了气，"我让司机来接，在那之前，让我再抱一会儿。"

"……"林青鸦默然好久，才轻声抗议，"被人看很久了。"

"随便他们看。"

"这样，影响不好。"

唐亦闷声笑起来："你是上个世纪的小菩萨吗，林家怎么把你教得跟小古板似的？"

林青鸦轻抿起唇，想反驳，但还是没说什么。

唐亦："你觉得影响不好？"

"嗯。"

"可我还是想抱着你，"唐亦故意把声音放得委屈，"怎么办？"

小菩萨绷了一会儿脸："那，抱到你走之前吧。"

"……"隔着她柔软长发，耳边那个低沉气息笑得更不稳了。

唐亦问："你怎么这么好说服啊，小菩萨？"

林青鸦轻声反驳："我才没有。"

唐亦："那就是只对我这样？"

林青鸦沉默好久，唐亦也没指望她能回答，她却突然很轻地应了一声："嗯，我只对你这样。"

唐亦一怔。

林青鸦攥紧的手慢慢松开，反过来也抱住他："所以邹蓓说得不对，你很好，不比任何人差，嗯……最多脾气有一点差，还有抽烟酗酒对身体不好，我以后想帮你慢慢改掉……"

耳边声音低轻温柔，听得唐亦恍如梦中。

这些年有美梦也有梦魇的夜里，他总是听见她这样温温吞吞地和他说话，是他年少记忆里心肠最软的小菩萨。

他以为再也不会回来了的，他的小菩萨。

唐亦合眼，压下声线里的颤："好，你帮我改。"

"你怎么了？"林青鸦却察觉，她怔了下想从他怀里出来，只是还未抬起上身就又被他抱回。

"我知道小菩萨心肠软，总是同情我，从当年古井旁见到你那天起我就知道。"

"唐亦？"林青鸦有点慌了。

"那就尽管同情我，只要你在。"唐亦抱她更紧，像恨不能骨血相融，"我不在乎被当成什么……只要你在就好了。"

林青鸦终于回神，慌忙道："我不是——"

"嗡，嗡嗡。"

突然的手机振动声打断了林青鸦的话。

僵了几秒，唐亦放开林青鸦。

林青鸦不安地望着唐亦，迟疑过后还是先翻出放在包里的手机。

屏幕上是一串陌生号码。

林青鸦接起电话："您好。"

"请、请问是林老师吗？"电话对面响起个语气生涩的男声。

林青鸦微怔："你是？"

"我是蒋泓，北城大学的一名学生，我们辅导员今天跟我说，林老师您、您来学校找过我？"

林青鸦神思回醒，轻侧过身："原来是蒋泓同学，你好，我是芳景昆剧团的……"

林青鸦侧身坐在阳光下，朝着落地窗外，用浅白绢布束起的长发垂着，迤逦在身后，乌黑细密地铺展开。

唐亦垂眸望了许久，忍不住把手落上去，轻轻摩挲过她的发尾。

柔软，顺滑。

在这样灿烂的阳光下，他却很突兀地想起八年前那个阴沉的夜晚。

酒吧的后巷逼仄肮脏，青里泛红的石砖，雨水冲刷过留下的绿苔，暗不见天日的蚁虫都藏在那些缝隙里，巴望着偷窥一线天光。

劣质的霓虹灯在巷口忽闪，坏了几盏，把夜色搅得光怪陆离。站在那几个流里流气的青年前，被他堵住的徐远敬叼着烟，笑得下流又下贱。

"哟，这不是亦哥吗，这么晚还出来，怎么舍得小美人独守空房啊？哈哈……"

"别私藏啊，跟兄弟几个说说呗，小美人味道怎么样？要我猜肯定神仙滋味，瞧那小脸儿生得，那小身段长得，尤物啊，弄起来得多……"

那是唐亦打得最不要命的一架。

势单力薄的是他，堵人的是他，挨黑手最多的是他，最后孤零零站在冷清惨白的月光下，扶着墙浑身是血也要一步一步把徐远敬逼进死路里的，还是他。

他记得小巷里充斥着的那股味道，泥土被前一晚的雨水翻搅得腥潮，阴郁湿闷，墙的尽头裂着碎开的砖，像张着漆黑的嘴巴，朝他狰狞地笑。

徐远敬躺在肮脏泥泞的水洼里，绝望又恨惧地看着他。

被霓虹灯的光拉得扭曲陆离的少年的身影晃了下，跪下去。

徐远敬一愣，龇开被血染红的牙，声音嘶哑地笑："你不是能打吗？！你继续啊……来！来啊！"

他喘了口气，转过去咳得撕心裂肺，狠狠啐出一口带血丝的唾沫，徐远敬恶心地笑："我告诉你，你算个什么玩意儿，跟我抢……你有什么好牛的，不就是比我先到？她要是早认识的是我，那就是我的马子，我睡她的时候你就只能在旁边看着！我——"

那个嘶哑难听的声音戛然而止。

徐远敬惊恐地瞪大了眼，看着少年扶着墙，慢慢站起来。

修长的手指皮肉开绽，血把白染得模糊，他拎着那块被他硬生生挖下来的碎砖，一步一步，走向巷子的尽头。

后来徐远敬说了什么，唐亦已经忘了，模糊的记忆影像里，有那个人扒着他裤脚哀求的丑态，还有他举起又落下去的砖。

月色惨白，砖落时的影被月光照在阴仄的墙上，像把漆黑的弯刃。

森冷透骨。

邹蓓说错了。

不用等将来哪天，那天晚上在那个巷子里，沾满了血的砖要落下去时，他就是想杀了徐远敬。

他这样在暗不见天日的沟渠里偷生的，就像徐远敬说的，骨子里早该烂成和他们一样。

他死了或者腐烂掉都没什么可惜的，但要把垃圾一起带走才行。

她那么干净，不能脏了她。

后来……

那块砖是怎么偏开的？

"——唐亦。"

"！"

漆黑的眸子一栗。

唐亦蓦地抬眼。

咖啡厅的中午，阳光温暖，贴覆在她眼角眉梢和发尾。

她仰脸望着他，茶色瞳里清浅。

唐亦想起了。

在那块碎砖落下去的前一秒，他听见扭曲陆离的幻影里，有个轻浅的、干净的声音，轻轻唤了一句：

"毓亦。"

像在黎明的天际，有人唤黑夜尽头的他回去。

第十三章

流浪狗不能随便捡

与蒋泓约定的面试时间在第二周的周六上午，地点就定在芳景昆剧团。

巧在同天，团里也接到节目组发来的第二期演出赛的主题简报。简报以加密大信封的形式送来，要求各团队的领队亲自拆开，还带了录像人员。

到芳景团这儿，自然是要由林青鸦负责出面。

节目组的人到时是中午，林青鸦正在新装修好的练功房里，带着安生这些学徒小演员练习一个闺门旦的亮相水袖动作，名为"相映红"。

隔着玻璃，望见窗明几净的练功房内那道素浅身影时，节目组过来的助理导演立刻就亮了眼，示意身旁的摄像师傅举镜头拍。

领他们进来的是剧团大师兄简听涛，见状他迟疑地把助理导演往旁边拉了拉："现在就开始拍吗？"

助理导演说："你们林老师上一期没露过面，这个出场再有感觉不过了，您觉着不合适？"

"那倒不是。"简听涛说，"只是没跟林老师通过气，这样拍总觉得不好。"

"没提前说过才显得自然唯美，刻意反而就失了味道了嘛。"助理导演安抚道，"大不了拍完问问林老师，她要是不愿意，我们再删掉就是了。"

"好吧。"

助理导演又给简听涛讲了一下待会儿的过场镜头，这才示意摄像师跟上。简听涛走在前面，轻推开练功房的门。

"一抛，二拎，三划，四开。"清婉女声淡淡传来，像沁着夏里的荷香。

水袖间她盈盈起望，不知道瞧见哪个孩子蹩脚仓促的模样，她眉一弯，含笑凝眸。

"安生，二三之间，足下动作也要跟上。"

"好的老师，我这就改。"红着脸的孩子乖巧地应。

"嗯，我们再来一遍……"林青鸦将水袖三叠，正要再带小演员们做一组，就瞥见练功房门口站着的简听涛。

他身旁还站了一个有点眼生的男子，旁边摄影师傅扛着黑洞洞的摄像机，镜头朝着屋内。

林青鸦收了动作："安生，你先带他们练习，不能偷懒。"

"是，老师。"

安排好小演员们，林青鸦垂了水袖，一身素白戏服里衣，亭亭款款地朝练功房门口走去。

那道身影褪去平日在高台上的浓重粉墨，只白衣乌发两色，由浅渐浓又由浓及浅，像一幅墨汁淋漓的山水画，写尽了六百年昆曲的极致之美。

摄像师傅在镜头后都看呆了，还是助理导演提醒他，他才想起，连忙按进来前说的退后运镜。

"林老师，我是助理导演武泽明，来送第二期演出赛的主题简报。"

"简报？不是会议形式了吗？"林青鸦抬手接过那个封了节目组名称签条的包裹，轻声问。

武泽明："因为这一期虽然主题相同，但对不同参赛团体的具体要求差异比较大，所以是以这种形式传达的。"

林青鸦轻点头："明白了。"

林青鸦把包裹拆封，拿出里面一份白色的文件袋。

文件袋右上角有节目组的小标志，正中则是水墨风格的两个大字。

"《轮回》，"林青鸦浅声读了，"这是第二期的主题吗？"

"没错，林老师可以打开看看。里面除了主题企划外，还有对我们昆曲队伍在这一场演出赛里的艺术表现形式和元素占比的具体要求。"

林青鸦清淡扫过，随即在某处顿住。停留两秒，她意外地抬眸："以现代艺术形式为载体，体现核心昆曲元素？"

助理导演笑出了来自节目组的得逞和促狭："第一期是《初见》印象，难度设定最低；第二期既是《轮回》，自然要讲究一个古今并蓄，中外兼收。"

林青鸦了然："每支队伍在这一期都要放弃自己的原生表演形式，对于我们团来说，即不能以昆剧形式出演，但仍要体现昆曲艺术核心，是这样吗？"

"没错，就是林老师说的这样，"助理导演提醒，"而且必须是现代艺术形式，类似京剧戏本改作昆剧唱腔这类空子可不给钻。"

林青鸦点头："嗯。我们有多久的准备时间？"

助理导演愣住，下意识答："一周……等等，林老师不觉得惊讶吗？"

林青鸦："惊讶什么？"

助理导演："呃，就这个，为难你们的主题？"

林青鸦意外抬眼："这是不同艺术形式的交流，也是试验昆曲这种传统艺术对新时代的应变，难道你们只是在为难我们吗？"

"……"助理导演一噎。

良心在上，他一时真不知道该承认还是该否认。

生怕说错一个字这个月奖金就泡汤了，助理导演不敢多话，讪讪地插科打诨闲谈几句节目组下场录制的事情，把这个话题带过去了。

简听涛在旁边憋笑憋得脸都涨红。等送走了节目组助理导演，他这才笑着来请林青鸦去团长办公室开临时会。

"蒋泓在乐队老师们那儿的面试已经通过了。"向华颂上来就开门见山，"我旁听了一段，你说得对，这个孩子确实是难得的天赋不错，但技巧上有点不足。"

"向叔了解过原因吗？"

向华颂说："没有，我们没问。他这个情况比较清楚，多半是原生家庭的问题，没有练习条件。现在的孩子想学声乐，单说乐器也不是小价钱。"

林青鸦点头。

向华颂："我们也和他说清楚了，先留他在团里半学半工一段时间，尤其得让老师们带他练习练习昆曲里常用的曲牌，看看他在这方面的潜能。"

"嗯。"

向华颂又谈了一些面试里蒋泓的具体情况后，似乎想起什么，问："我记得你小时候还专门学过一段时间的曲牌吧？"

"母亲想让我加深戏本的理解和角色诠释，"林青鸦温和地说，"所以学过一点。"

向华颂笑："我可太了解你了，你的'学过一点'肯定不是别人的那种'一点'。"

林青鸦想了想，认真地说："比起精研数十年的老师们，我学过的确实只能算是一点。"

"这……"向华颂一哑，摇头失笑，"行吧，那就一点，你这一点也够我们团里用了。"

林青鸦问："您是指？"

向华颂从沙发后拎起来一沓封得严严实实的包裹，方方正正的，看起来像是书籍。

他把这沓东西往茶几上一搁，推到林青鸦面前："这是我托人收集的一些昆曲曲律相关的古书拓本，还有新的在路上，不过还没访到你想要的那本《九宫大成谱》。"

林青鸦眼神微动："团里要考虑推进新编戏本的计划了吗？"

"是，我和团里几位，尤其你乔阿姨认真研讨过你之前提出的建议，都认为你的想法是对的。"向华颂抚膝，笑着叹了口气，"我们这些老人啊，是容易墨守成规，总觉得那些传唱了几百年的戏本就是最好的，新的难免生涩、稚嫩——但哪一出传颂几百年的折子戏没有最初的时候呢？"

林青鸦点头。

向华颂："之前团里资金不够，什么都做不了，现在有条件了，能以新复旧是好事。如今的折子戏传下来的是越来越少，再不守正求变，过十年百年恐怕就只能残喘求存了。"

林青鸦接过那沓并不厚的古籍拓本，轻抚过后，她低声说："薪火相传，总会有烈烈重燃的一天。"

"有你这样的年轻人在，会有。"向华颂欣慰地笑，"你母亲要是能知道你现在有多优秀，她也一定会很替你高兴。"

林青鸦眼神轻晃，随即笑着起身："等清闲些，我会去给她讲这些故事的。"

向华颂："唉，你最近确实太累了，我听听涛说演出赛第二期的主题简报也送来了？"

"嗯。"林青鸦抱着古籍拓本，"我准备让他们今天开会讨论。"

向华颂："再加上曲牌研究和戏本新编的事情，你会不会忙不过来？我还是让听涛去给你搭把手吧？"

林青鸦淡淡一笑："他是团里大师兄，平常杂乱事情不比我少，不用劳烦他了。"

向华颂不放心地说："那要是有什么问题，一定记得跟我提啊。"

"嗯。"林青鸦走到门边，低眼瞥见怀里古籍，她又想起什么，转身问，"那本《九宫大成谱》，是没有找到任何消息吗？"

"访书的人倒是听到过，只是几次都扑了空，你放心，我知道你对它的重视程度，之后会让他们加紧寻访的。"

"嗯，麻烦向叔了。"

傍晚。

白思思开车把林青鸦送到公寓楼下，还不放心地先下车转过几圈，才拉开车门让林青鸦出来的。

林青鸦抱着那沓古籍，下车时笑得无奈："你是不是太小心了？"

"完全没有啊角儿，我现在是真的身兼数职：助理，司机，保镖。"白思思掰着手指头数完，"走到哪儿我都觉得有人在看您呢。"

林青鸦轻叹："你是被去北城大学那天吓着了吧？"

白思思苦着脸，嘟囔："倒也不是没可能……他们唐家的人真的都神经兮兮的，从老到小没一个正常人的出现方——"

白思思还想吐槽两句，抬眸对上林青鸦笑意淡淡的茶色瞳子。

她一顿，闭住嘴巴："我什么都没说，您可不要和唐总告状啊！"

林青鸦无奈："你当我是你吗？"

白思思如释重负，伸手要去接林青鸦手里的东西："那我送您上楼吧？"

林青鸦刚要同意，突然想起什么，侧过身避开了白思思伸过来的手。

白思思："？"

林青鸦顿了顿，难得心虚："书不重，我自己拿就好。"

"哦……"白思思没做他想，点了点头，"那角儿您上楼小心哦。等晚上七点半，我就送安生他们过来开第二期的主题会，没问题吧？"

"嗯。"

林青鸦站在电梯轿厢里。

看着面前 LED 小屏幕上的数字缓慢增加，她微蹙起眉。

要不是某人一周前就收拾起来的行李箱还一直在她家客厅最醒目的地方搁着，她都快要忘记他还在她家里出现过的事情了。

晚上节目小队要来家里讨论《轮回》这期的表演，得提前把他的行李箱收到卧室才好。

也不知道他怎么样了……

林青鸦了解唐亦。

如果能有一丁点机会，唐亦也一定会出现在她家里的。而这样一周多都没露面，只说明那人多半忙得三餐罔顾，睡觉都在公司里了。

如果她能帮上什么忙就好了。

"叮。"电梯门打开。

林青鸦压下心头有些芜乱的思绪，走出电梯，转身朝家门口走去。

刚拐进外玄关，林青鸦的身影蓦地停下。

许是她脚步轻的缘故，这片外玄关的感应灯并没有亮起，只有细微的光从她身后落下来，拓出靠坐在墙角的那人身影。

修长的腿支起一条，屈膝给他自己靠着，打卷的黑发垂下额角，半遮了合着的眼。

那人肤色白得透冷，更衬得垂着的睫毛乌黑细密，像戏台子上打起的两把花扇的缩小版，在眼睑处描着淡淡的荫翳。

西装褶皱，衬衫扣子开了几颗，领带松散，不羁又落拓。

"呜……汪！"

林青鸦被突然的声音惊得一怔。

她抬眸顺着声音望去，这才发现似乎累得睡着了的唐亦身旁，还趴着一只威风凛凛的大狗，小亦。

它这会儿站起来了，兴奋地朝她摇尾巴吐舌头。

林青鸦怕它惊醒唐亦，快步过去，绾起身后长发，俯身刚伸出手想要安抚小亦——

"啪。"雪白纤细的腕子被一把握住。

侧靠在膝上的那人仍懒洋洋地垂着黑发，合着眼，只薄唇勾起点笑。

"不是说过了，流浪狗不能随便捡啊，小菩萨。"

那人眼睫掀起，露出漆黑的、落了碎星似的眸子。他仰睨着她，眼底熠熠地笑。

"除非……买一送一。"

晚上七点。

唐家，玻璃花房。

仍是那一身园丁围裙的打扮，孟江遥端着一把园丁剪，在一片单独圈起的蔷薇科植物丛前修剪。

入口处的玻璃门响动。不一会儿，女管家神色严肃地走到她旁边。

"邹蓓来了。"

"嗯。"

那一声应，敷衍得仿佛从九霄云外的天边儿拽回来，孟江遥开口时还没挪眼地瞅着面前枝子，嘟嘟囔囔，像个农家老太太。

"你说这一棵怎么就那么不听话，长歪了，剪了，再长出来还是歪的。"

女管家看了一眼含苞的花枝："或许应该早点圈起来，挡着不让它往歪处长。"

"这么说，是我拾掇得太晚了？"孟江遥笑眯眯地回头问。

女管家刚要应，恰巧对上老人那双眼，笑出来的褶子把老人显得格外慈祥，但那眼神却看得女管家心里一抖。

她低下头："不怪您，是它自己长得歪。"

"但我没监护好，还是有责任啊，好好的一丛花，好不容易打理好了，就歪这一枝，瞧瞧出格成了什么样。"

孟江遥转回去，放下园丁剪，扶着叹了口气——

"叫她进来吧。"

女管家愣了下才反应过来，点头转身。半分钟后，邹蓓跟在她身后进了玻璃花房。

邹蓓一进来就拿目光巡视了一圈，等找到孟江遥的身影，她快步绕过女管家，急匆匆过来。

"妈！"

孟江遥扶着园丁剪轻敲的手指停了下，她回头，笑呵呵的："你来了啊，走，过去坐吧。"

"我就不坐了，妈，我来是有急事想找您。"

"……"孟江遥已经转到一半的身影顿住。

她没说话，刚跟过来的女管家冷着脸开口："夫人请您坐您就坐，有什么事也不用急这一时吧！"

"火烧眉毛的大事，怎么不急于一时！"邹蓓压不住火气提了声量，说完以后她才察觉失态，又白了脸去看孟江遥的反应。

老太太像是没听见似的，撑着园丁剪停了一会儿，点点头："那就站这儿说吧。"

邹蓓咬了下嘴唇，放低放轻了声音："妈，您知道唐亦最近两周都做出什么事情了吗？"

"嗯，他成年以后就没迈进过唐家的门，这你不该清楚的吗？他的私事我管不着，也懒得管。"

"这可不是什么私事——"见孟江遥装傻，邹蓓急了，"最近董事会和集团高管层洗牌闹出这么大动静，您不可能没听到吧？！"

孟江遥一皱眉，回过身来。

"邹蓓，"女管家沉了声，"注意你跟孟女士说话的态度。"

邹蓓脸色一白，眼神拧巴地瞪了女管家一眼，她落不下面子想开口训这个不懂尊卑的女管家，但又深知对方假借的是谁的威严。

好几秒过去，邹蓓才终于咬着牙忍气吞声："妈，唐亦这是要把我们娘儿俩往死路上逼，您难道真就要这么看着吗？唐赟可是您的亲孙子、唐家当年唯一的继承人啊，如今唐亦逼人太甚，就要连他的一张病床都容不下了！"

"才两周啊，这么急吗？"孟江遥意外地往女管家那儿看去。

女管家不作声地点了点头。

孟江遥思索两秒，想通什么似的："你去找林青鸦了吧？"

邹蓓一僵。

孟江遥却笑起来："我就知道，你是忍不住这一招的。你说说你，好好在国外过安生日子不好吗，回来招惹他干吗？"

邹蓓脸色煞白，张口辩解："小赟的病情可能有转机，我是想回来把这个好消息告诉您……"

"转机？好消息？"孟江遥笑得更乐呵了，"好好，就算都是你说的这样，你既然是急着回来跟我说这个好消息，怎么偌大北城圈里，传开得比我知道得都快？"

邹蓓脸色更难看了。

孟江遥拿园丁剪敲着泥土地，笑不止地转回来："你说你这是急着让我听，还是急着让那些天天在家墙外竖着耳朵的新闻媒体听啊？"

邹蓓眼神败下来，嘴唇抿紧。

她不甘心地攥紧手，好一会儿才开口："我承认，我是一时糊涂，想替小赟争点东西。可唐亦，他现在是连我手里原本那份股权都不放过，您看看他清算的那些高层，哪个不是和我——"

"你少往自己脸上贴金！"孟江遥突然提了音量。

邹蓓吓了一跳，惨白着脸。

孟江遥恨铁不成钢地瞪了她好几秒，长长舒出一口气，这才将语气缓回平时的准线。

"什么时候了还敢说这种没分寸的话，就算再给你一百次机会，你把握得住吗？赢得了他吗？"

邹蓓张口想反驳，又在孟江遥的眼神里忍了下去。

孟江遥说："唐亦看董事会里一些人不顺眼不是一天两天的了，经营理念不合，有高层位置变动也是正常轮换。是你，你给了他一个施为的契机。"

邹蓓急道："可他处理了那些人还不停，又来对我手里的股权下手。要么卖给他，要么等他定向增发把我手里的这点股权稀释成废纸。这么一点他都不肯留给我，他这不就是要逼我上绝路吗？"

孟江遥："所以我才说，你为什么要招惹他，给他这么一个朝你发难的机会呢？"

邹蓓上前，伸手想拽孟江遥衣袖："妈，我真的知道错了，这件事您帮我出面处理——处理完我立刻出国，再也不回来了，行吗？"

孟江遥："你想我怎么给你处理？"

邹蓓眼底燃起希望："让他放过我，我绝不再收买股权，我就只要留着我和小赟的那部分就——"

邹蓓的话没说完。

因为她看见孟江遥转过来望她的眼神了：怜悯、悲哀，而又冷漠……

那眼神刺得邹蓓一疼："妈……"

孟江遥拂开她的手："你是有那份野心，可惜啊，没长个配得上它的脑子。"

"……"邹蓓面色顿时煞白。

她僵硬地站在原地，浑身寒冷，如坠冰窟。

董事会那边有话语权的已经没人站在她这儿了，她之前回国仓促曝光的行为不只是动了唐亦一个人的蛋糕。

那些行将就木的老家伙在这方面最是理性，冰冷的理性，没有人念什么人情和私交，他们就算再讨厌那个狂妄的疯子，但在利益面前，他们的选择还是会毫不动摇。

除了孟江遥，邹蓓手里已经没有任何救命的稻草了。

而孟江遥，也要放弃她。

邹蓓脸色变得铁青，不知道过去多久，她紧紧咬着牙，攥着手指，恨恨地瞪着孟江遥："您真的要这么见死不救吗？"

"死？"已经重新开始修剪花枝的老太太从胸腔里挤出声凉薄的笑。

"把股权卖给他，拿着你还能拿到的钱，尽早走吧。下半辈子只是活得没那么滋润罢了，谈什么生死呢，显得可笑。"

邹蓓咬牙咬得面容扭曲，转身就要往外走。

"当初啊……"

老人的话拉得她身影一停。

明知道不该再有希望，邹蓓还是忍不住颤着手转身，想听孟江遥还会说什么。

孟江遥抖了抖面前的花枝，看枯碎的叶子落下去："你说当初，要是唐赟把唐亦往死里作弄的时候，你没有'见死不救'，那兴许也没今天的局面了，是吧？"

邹蓓眼神一栗，彻底暗下去。

孟江遥晃了晃那花枝："你说这叫什么呢，小安？"

女管家在旁边冷冰冰地笑了下："大概是天道轮回，报应不爽吧。"

"……"

邹蓓咬得嘴巴里泛起血腥味。

走之前她最后望了一眼老太太慈和又绝情的身影："行，因果报应，我认了。但您别忘了，您身上的因果未必比我少！"

邹蓓再没多说一个字，扭头离开。

安静的花房里。

孟江遥缓缓蹲下去，抬着园丁剪，把蔷薇科的这片花丛里的一株从根上咔嚓一声剪断了。

她把那株断枝挑开，遗憾地叹气："是该怪我拾掇得太晚了。太晚了，修剪也没用，只能拔掉了。"

女管家沉默地站在旁边。

而花房外清冷的月光下，面无血色的邹蓓终于停下，她恶狠狠地攥着手机，对着屏幕颤了良久，最后还是对着其中一个键按下。

拨号状态亮起来。

"小杂种"三个字，跃动屏上。

林青鸦把买一送一还送货上门的小亦和唐亦"领"回家里了。

进门以后，她小心地把古籍拓本安置好，去玄关的柜子里翻找起来。没一会儿，林青鸦拿着什么回来了。

唐亦此时正坐在沙发前，训练来到新环境到处都想嗅一嗅的小亦老实坐进给它带来的垫子上。

然后他看到客厅的灯光把一束纤细的影儿投到他身上。

唐亦抬头，望见林青鸦伸出来的手。白净的掌心里躺着把钥匙。

唐亦喉结轻滚了一下，眼尾扬起来："这是什么？"

林青鸦："备用钥匙。"

唐亦："给我做什么？"

林青鸦不解地说："用来开门。"

唐亦："这里是你家，你确定要把钥匙给我？"

"嗯。"林青鸦弯腰，拉起他垂在身侧的手，把钥匙放在他手里，"以后哪天我回来得晚，不要在门外一直等——"

她的指尖刚触到他掌心，就被他手掌一握，连钥匙一起握住。

林青鸦怔了下，长发从她肩上滑落。她正不解抬眸，还没来得及看清那人神情反应——

猝不及防，林青鸦被唐亦直接拉到腿上，抱住。

这还不够。

那人凑近了，戾着眉眼，凶狠又用力地在她唇上亲了下。

"……"

小菩萨被亲蒙了。

《农夫与蛇》的寓言故事开始在她的脑海里回荡，而她甚至还没想通唐亦为什么要这么"恩将仇报"。

唐亦低合着眼，睫间那一隙里漆黑熠熠，他退开一点，哑着声诱哄她："张嘴，小菩萨。"

林青鸦下意识要顺着他的话，浅色的唇刚张开一点，那人俯身凑近，她陡然回过神。

"呜！"林青鸦先一步捂住嘴巴，杏眼在惊慌里睁圆，茶色瞳子像铺洒上一层又一层的水色，荡漾而勾人。

唐亦停在咫尺处，被小菩萨单薄白净的手背拦了去路。

他眼神黑沉得吓人，像要一口把她吞下去。

林青鸦慌得躲开眼神，慢吞吞想往后挪，可是没得逞——她刚挪开一点，就被那人抵着后腰勾回来，力道大得她差点贴到他胸膛上。

退开一厘米，拉近五厘米。

林青鸦恼得想哭。

她试图跟他讲道理，就小心地松开指头缝："你不能这样……"

唐亦巴不得哄她多说话，低哑着声配合："我怎么样了？"

林青鸦："恩、恩将仇报。"

唐亦一笑："我想恩将仇报这么些年，小菩萨才知道？"

林青鸦："……"

看这人不以为耻反以为荣的样子。

唐亦似乎也知道林青鸦拿他没办法，更放肆地低着眼凑近她的指缝，呼吸像要勾缠上她似的。

"而且这点儿，才哪儿到哪儿？"他望她的眼神都要拉丝了似的，又极具侵略性，"这么一点儿，能算什么恩将仇报，小菩萨？"

林青鸦太听得出唐亦的潜台词了。

她决定阶段性地放弃对他的感化教育。

比如眼下。

"你……先松开我，"细白的手指缝间漏出她低轻的声音，努力绷得严肃，可话尾还是没忍住缀上一句，"……好不好？"

唐亦："不好。"

林青鸦："？"

唐亦故意贴着她手指，似吻非吻："平常这样说可能我就听话了，现在不行。你总得有点忧患意识，不被咬上一口应该是不会有的。"

话声一落。

林青鸦突然轻抖了下。等僵回神，她恼得眼圈都微泛起红了。

唐亦真咬了她，在手指上。

而得逞的那人终于舍得克制着松开禁锢她的手。见林青鸦慌张起身退开一米，唐亦仰撑回沙发里，噙着笑朝她做口型。

"人，参，果。"

林青鸦："……"

气。

林青鸦转身走了。

那边小菩萨的视线一转开，唐亦的笑就褪了。冷白的美人脸绷得凌厉，颧骨被咬得一抖，他面无表情地拽过旁边的沙发抱枕，往身前一按。

抱着抱枕，唐亦负气似的向内窝进沙发里。

林青鸦端着碗金黄的小米粥回到客厅里时，唐亦已经在沙发上睡过去了。头枕在沙发扶手上，黑卷的发垂过细长合起的眼，长腿憋憋屈屈地蜷着，怀中还抱着个抱枕。

小亦趴在沙发后角落的垫子上，也睡得正香。

林青鸦轻轻放下手里仿青花瓷的蓝白碗，在沙发前绾着长发蹲下来。睡梦里的唐亦转向外，朝着她，呼吸低低沉沉的。

在冷白皮的肤色上，黑眼圈格外明显，浅浅的一抹，又像化了什么颓废风的妆，并不影响这张脸的美感。

只是看得林青鸦有点心疼。

小亦到底是真的狗，更机警，林青鸦刚蹲下它就醒过来了。

大约知道大魔王还睡着，它抓紧时机从垫子上爬起来，啪嗒啪嗒跑到蹲着的林青鸦身旁，觍着狗脸往上蹭。

可惜狗主人的领地意识更机警。

蹭了没几下，沙发上弧线饱满地合着的美人眼慢慢睁开了。刚醒的男人暗自一双黑漆漆的眸子，眼神不善地睐着大狗，声音低哑。

"回窝。"

"汪呜……"小亦甩了甩尾巴，心不甘情不愿地跑了。

唐亦从沙发上坐起来，撑着膝盖揉了揉太阳穴："我睡很久了吗？"他声音听起来低低的，有点懊丧似的。

林青鸦："一小时左右。你有什么公事要处理吗？"

唐亦："没有，事情都告一段落了。"

林青鸦："那你……"

唐亦轻叹了声："两周没见你了，好不容易见到，还是在这么天时地利人和的地方，我却没珍惜这宝贵的每一秒。"

"？"等终于在那人抬起的戏谑目光里似懂非懂地明白了什么，林青鸦脸颊抹上红晕。

她轻绷眼神，把盛小米粥的碗推到唐亦面前。

唐亦皱眉："这是什么？"

林青鸦："你吃晚饭了吗？"

唐亦回忆了下："上一顿是在今天上午，所以应该没有。"

林青鸦皱眉："小米粥，养胃，以后每天都要喝。"

唐亦这才从睡得混沌的意识里反应过来什么："这个是你刚刚熬的？"

"嗯。"

"……好，"唐亦抬手接过去，唇情不自禁勾起来，"那就每天都喝，喝到我死那天也没问题。"

"……"林青鸦眉头蹙得更深了。

她觉得她必须认真和唐亦谈谈，包括咖啡厅那天他表达出来的感情在内，都不是——

"嗡嗡！"林青鸦的手机毫无征兆地在玄关响起来。

"你先喝，我去接电话。"

"嗯。"

林青鸦在玄关找到手机，屏幕上显示的是白思思的来电。这一秒脑海中某个念头一闪而过，林青鸦感觉自己好像忘了什么。

她接起电话："思思？"

"角儿，我和团里的演员们到楼下了，正在等电梯，这就上去了啊！"

林青鸦一僵。她回眸，呆望向沙发上正在喝粥的男人。

旁边，耀武扬威地趴着他的狗，还有他的行李箱。

门铃声响。

三十秒后，林青鸦拉开玄关的门，对上门外把笑脸摆得发僵的白思思，还有她身后团里的安生等人。

林青鸦耳前垂下一缕青丝，雪白的脸颊微微透红，眼神也不像平时不见波澜。

她拉开房门，侧身让出玄关过道："进来吧。"

白思思揉了揉脸颊，第一个迈步进门，疑惑地问："角儿，你在家里有什么事情吗？"

"……锅里煮了粥，耽搁了下。"林青鸦心虚地偏过视线，轻声对旁边小演员说，"不用换鞋。"

白思思被勾回注意力："啊，这个我有准备。"她不知道打哪儿摸出一袋一次性鞋套出来，挨个分发下去，"角儿，我们是在哪儿开会？"

"客厅吧。"

"好嘞，那我去给他们倒水。"

"……嗯。"林青鸦领着安生等人走进客厅，路过时不安地往主卧方向望了一眼。房门紧紧合着，里面一丝动静都没有。

"来来来，水来啦。"白思思端着一托盘的玻璃水杯进到客厅内，在茶几旁边停下。

"思思你怎么跟店小二似的？"团里那个和白思思要好的唱贴旦的小姑娘打趣。

白思思："我店小二？行啊这位客官，白开水是没您的了，等我待会儿下去给你买娃哈哈啊。"

"去你的，你才喝娃哈哈呢。"

两人拌嘴了没几句，就被团里其他人招呼过去，围着茶几坐下开会了。

《轮回》这期要求芳景团以现代艺术形式载体来体现昆曲主题的元素，对团里来说必然是初创，之前都没有过这方面的经验可以借鉴。

白天讨论了一下午，否决了小型昆曲电影等多个方案后，最终团队里投票定下昆曲歌舞的方案。

编曲，编舞，戏腔唱词和念白缺一不可。怎样保留原汁原味的昆曲元素，也就是如何守正，一直是传统文化创新发展里最难把握分寸的难题。

于是团队内又做分工小组，把这几块单独拿出来讨论。

带来的资料翻得唰啦啦响，客厅里热闹得像白日里的剧场。

主卧内。

唐亦坐在没开灯的卧室里的大床上。

窗前的帘子拉开着，带流苏垂到地板上。楼外清冷的月光下，万家灯火，熠熠地像洒在晚空里的碎星。

林青鸦是让他来主卧休息的。唐亦也确实有两周没睡个整觉了，来之前困得很，坐在门外和沙发上都能睡着，但此时真让他坐在林青鸦的房间里，闻得到房间里到处都是她身上那种淡淡的气息，他反而怎么也睡不着了。

客厅里热热闹闹的，声量都压着，并不算高，但能听得出兴之所至，志同道合的年轻人凑在一起，难免热血沸腾、斗志昂扬。

可那份热闹又和他无关，遥远得像另一个世界的事情。

她也在另一个世界里。

"呜呜。"

小亦趴在床边的垫子上，蹭他的腿。

唐亦懒懒垂了眼，敷衍地给它摸了摸脑袋："他们有小菩萨陪着，还那么高兴。我这儿怎么就只有你？"

"汪呜。"

小亦又叫了声，不知道是不是在朝他表达不满。

黑暗里，唐亦眼神里情绪跳了下："你说想去捣乱？"

小亦："汪呜？"

唐亦薄唇一勾，拍了拍它脑袋，起身："好，听你的。"

小亦："汪？"

与此同时，客厅内。

团队里结束一轮小组间联合讨论，正在休息阶段，白思思和那个唱贴旦的小姑娘坐在最外边。

小姑娘突然往身后回了下头："你们有没有听见什么动静？"

白思思没当回事地问："什么动静啊？"

小姑娘不确定地转回来："我也没听清，好像是从卧室方向传来的？"

"我刚刚也感觉有动静，跟一声狗叫似的。"旁边有人冒头。

白思思笑："怎么可能，我们角儿又不养——"

话到中途，白思思的目光对上林青鸦的侧颜。

电光石火里某个想法一闪而过。

白思思表情扭曲起来。

"那那那什么！"

旁边正在讨论声音到底有没有、哪儿来的时候，白思思一拍大腿站起来，大概是力道没控制好，拍得她自己龇牙咧嘴的。

团里所有人员的目光都落过来，白思思连忙收住。她装模作样地抬起手机看时间："我看也快八点半了，今晚就到这儿吧？各组都定得差不多了，太晚回去不安全，剩下的我们就明天到团里再——"

"吱。"

"啪嗒啪嗒啪嗒……"

随着房门打开的响动，一阵熟悉的"脚步声"从白思思身后非常轻快地跑近了。

白思思绝望地转回头——

一只毛皮油亮、还穿着件小西装的大狼狗。

林青鸦都是第一次看见小亦这副打扮。想也知道，是和它的狗垫子一样，被唐亦一起带过来的"衣服"。

"哇，林老师家里养狗了？"

"哈哈，这狗穿着西装好可爱啊。"

"想起了一个词：人模狗样，哈哈哈哈。"

"小心它记仇咬你啊。"

"哎呀不会的，林老师家里养的狗肯定温驯，你看它看着就是挺乖的样子……"

白思思身旁，唱贴旦的小姑娘犹豫地看了好一会儿，问出了部分人的心声："这狗，怎么感觉有点眼熟呢？"

"嗯？眼熟吗，怎么会？"白思思连忙打掩护，"我都是第一次看见。"

"穿着衣服是不太好认，但毛色和体形总觉得在哪儿见过。"

白思思心虚地给林青鸦使眼色："哈，哈哈，狗不都长这样吗，一鼻子俩眼的？"

小姑娘："瞧你说的，那你还长这样呢。"

"……"白思思一噎，"滚滚滚，我能跟狗比吗？不是，狗能跟我比吗？"

"噗。"

"哈哈哈哈……"

白思思成功带偏了所有人的注意力，趁他们一晚上讨论编曲编词编舞讨论得头昏脑涨、这会儿还没反应过来，白思思半哄半赶地把团里的演员们带走了。

中间也有人陆续反应过来什么，但都很懂事地没说话，跟幼儿园大班门口放学的学生似的，排着队从玄关离开。

林青鸦去电梯间送他们，穿着狗西装的小亦也甩着尾巴跟着。

一拨人分了两批，白思思在后一批。梯门关上前她朝林青鸦无奈地挥了挥手："角儿，您快回去吧，别让他等——喀喀那什么，别让狗等急了。"

林青鸦无奈凝眄。

等梯门合上，确定两座电梯都平稳下到楼下，林青鸦这才唤着小亦回到家里。

一进玄关，林青鸦就看到手插着裤袋侧倚在卧房门外的唐亦。

唐亦很自觉，走过来蹲下身，把小亦招过去。他懒着眉眼，故作沉声："谁让你出去的？"

"汪呜。"对自己被甩锅毫不知情的小亦欢快地摇了摇尾巴。

"下次再这样，就罚你关禁闭。"唐亦形式性地训完几句，站起身，"我已经严肃批评过它，它说它下次不敢了。"

林青鸦淡淡一瞥里，不笑也温柔得像晴天的湖："你就欺负它不会说话吧。"

她从他身旁绕过。

唐亦哑然失笑。

他停了两秒，仗着腿长优势，转身没跟几步就把人从后面抱住了。他往她发后藏着的雪白的颈下蹭了蹭，埋在她乌发间合着眼哑着声。

"嗯，我做的。"他语气态度仿佛诚恳极了，"我开的门，我放的狗，我捣的乱。"但合着眼在她颈后轻吻里缱绻灼热又战栗的气息，却完全不是那么回事，"我向你忏悔，我的小菩萨。"

林青鸦轻抖了下。她想躲开，可他声音哑得厉害，抱得也很紧。又在她身后，让她无从察觉他的情绪状态，一时分辨不出是难过还是动情。

林青鸦垂下眸子。她的目光落在唐亦环在她腰间的小臂上，衬衫下的肌肉绷得紧栗，像是要用尽全力，又拼命克制住自己不勒疼她。

林青鸦忍不住抬手，轻轻覆上去。

指尖下蓦地一僵。

落在她颈后湿漉漉的碎吻也停下，好几秒后，那人在她耳后气息微灼，声音透着低低的哑："知道你默认什么了吗，小菩萨？"

林青鸦诚实地答："不知道。"

"不知道也晚了。"唐亦这句话像是咬着牙说出来的。

"……"

伴着一声没说出口的轻惊，林青鸦被身后的人打横抱起，径直就向卧室方向去。

昏黑的卧室里，林青鸦被放上柔软的床。明明是熟悉的，背抵上那一刻，却让她莫名战栗。

唐亦察觉，俯下身来。

就算在昏暗里，他也能看清她茶色的瞳子漉上水色，惊慌得微微缩起。

唐亦低下去吻了吻她的眼睛："怕了？"

"怕的话，"林青鸦的声线难得失了准，带上一点颤，"你能停下吗？"

唐亦："不能。"

林青鸦轻咬住唇，白皙的眼角透上浅红。

唐亦眼神深下去，他低头吻她柔软的唇，想迫她松开紧合的贝齿，就故意惹她说话："那你求我吧，求我我就停下。"

林青鸦闭着眼摇头。

"这么坚持原则啊，也好，"唐亦低哑着声，吻覆在她耳垂上笑，"是骗你的，你就算求我我也不会停下。"

林青鸦被赧得生恼，睁开湿漉漉的眼："你——呜！"

唐亦终于得了时机。

他吻下去，扶住她后颈又轻托起，迫得她抬起下颌，生涩又无法退避地承接这个像要深进灵魂里的吻。

一个吻里，就好像要把她吃下去。

唐亦要疯掉了。

他感觉大脑皮层里每一个细胞都在狂欢，那种兴奋到极致的感觉逼得他头皮发麻，他迫不及待也无法遏制地想要得到她的全部。

连他最看不得的她沾在睫间的眼泪，都仿佛在把他往狂野的深渊里再推一步。

这样下去，小菩萨或者他，总有一个要死在这房间里。

唐亦握紧了拳，迫使自己停下。

然后他听见了交响乐的声音。恢宏，波澜壮阔，由低到高，由远及近。某一刻他几乎无法分辨是现实还是幻觉。

又然后，他听见爪子和地板的摩擦——

小亦叼着唐亦正在奏乐的手机，瞪着狗狗眼，无辜又乖巧地在床边蹲下。

唐亦额角一跳："滚！"

小亦一惊，松开嘴巴，交响乐伴奏啪叽掉到地毯上，它飞快地逃了出去。

乐声更加恢宏。

"……"唐亦咬牙，"明天我就炖了它！"

满室旖旎不复。在唐亦的禁锢下，雪白长裙被揉皱了的林青鸦也忍不住侧开脸，眼角浸泪地轻笑了声。

唐亦回神，轻叹："这样不行。"他没理那部在地毯上兴奋歌唱的手机，俯下身吻了吻林青鸦的耳鬓，然后又吻舐去她眼角的泪。

林青鸦回眸："什么？"

"我怕我真的疯了，我控制不住，"唐亦合紧眼，沉默好久总算选了个不那么粗鲁的词，他哑着声吻她，"我会弄死你的，小菩萨。"

"……"

如果说第一次听到时林青鸦还不懂他话里意思，那方才这一点初阶段的接触，已经足够让她窥见他心底那欲望沟壑的可怖一角了。

林青鸦听得又惊又羞又恼，眼瞳里茶色更欲滴。

她抿唇好久，一点点把人抵开："你去……接电话。"

唐亦仍没理那个响过数遍的手机："那你做什么？"

林青鸦偏开脸不看他，却连雪白的耳垂都是红得欲滴的，还带着被某个疯子"肆虐"过的痕迹："我要睡觉了。"

"那我怎么办？"

"不管你。"

唐亦失笑。他从没听她这样负气过，更惹人想欺负。

片刻死寂后，手机来电的交响乐声再次响起。

唐亦眼底笑色转为戾意。他起身下床，缓缓躬身，从地毯上拿起手机。

黑暗里亮得刺眼的屏幕上是一串没备注的号码，但唐亦见过这串数字排序。

在记忆里搜寻几秒，他就想起了这串电话号码的主人。

唐亦眼神顿时更阴郁。

他手指一落打算接起，随即想到什么，侧眸望了一眼把自己盖进薄被里的林青鸦。

唐亦俯身过去，隔着被子在她长发上轻吻了下。

"今天放过你了，人参果。"

"……"

"等我回去研究一下食用方法。"

"……"

饶是林青鸦菩萨脾气，也差点忍不住给他踹到床下去。

唐亦这才离开房间。

房门在他身后合上，那双情欲泛滥过后更黑得熠熠勾人的眸子里像覆上一层薄冰。

他靠到墙上，滑开手机通话。

"邹蓓，"他阴郁低声，"你有病吗？"

对面气得一寂。片刻后就是咬牙切齿的笑声："对，我有病，所以才会打这通电话给你啊。"

"有病叫120，别烦我。"唐亦拿下手机。

对面似乎察觉，尖了声音——

"你不想知道林青鸦当年为什么离开你就挂电话！"

"……"唐亦动作陡然僵住。

不知多久。

他把手机拿回耳边，漆黑眸子里死寂一片，他没表情地动了动唇。

"有一个字是假的，我就亲手撕烂你的嘴。"

"邹蓓还在国内？"夹在书页间的干花标本被拨得一颤，孟江遥意外地抬了抬眼皮，"唐亦知道吗？"

女管家张口。

孟江遥却低回去，重新理正标本里的花瓣："他张狂归张狂，但不会犯这种错。他一定知道。"

女管家："确实如此，事实上，邹蓓落脚的地方都是他让人安排的。"

"嗯？他安排的？"

女管家："对，我也觉着奇怪。唐亦这几年的行事风格一贯是不留情面，放任这么一个明着敌对过的人在国内，不像他。"

"……"

孟江遥皱眉，把标本本子合拢，若有所思地放回到一旁的扶手箱里。

唐家这辆标志性的长轿车正平稳行驶在傍晚的北城主干路上。

今晚成汤集团高层和董事会内安排了一场小型餐会。明面上说是加强管理团队交流的团建活动，事实上与会的都清楚，不过是一场小换血后的例行巩固和秩序重整。

作为成汤集团明面上的第一股东，孟江遥就算不再直接参与集团管理，但这种场合也必然在受邀之列。

女管家看得出孟江遥的困惑，在旁边小声揣测："或许是邹蓓用接近收买的价格，向唐亦转让了股权？"

"邹蓓当然想，但利益诱惑对唐亦没用，"孟江遥说，"不然她也不会求到我这儿了。"

女管家说："可能不只是利益，也有情分考量在吧。把自己的亲弟弟和名义上的母亲逼得流亡他乡，于情于理都不好听。"

"情分？"孟江遥差点笑出来，"你还觉着唐红雨是他出于情才留下来的？"

女管家犹豫地说："毕竟这两方落魄时，都没有其他能和唐亦做交换的条件。"

"一定有，只是我们还没发现罢了。"孟江遥幽幽道。

女管家问："那要不要我再让人追查下去？"

孟江遥摆了摆手："算了，让人盯着邹蓓吧。"

"她现在除了那笔股份转让的钱款外一无所有了，还需要在意吗？"

孟江遥摇头："她虽然蠢，但野心这东西可不好灭，就当是以防万一吧。"

"好，我这就安排下去。"

孟江遥在女管家的陪同下抵达那间私人会所。车牌号码一录入停车场系统，带着"孟女士"三个关键字的信息就发到会所经理那儿。

孟江遥从电梯出来时，对方已经毕恭毕敬地等在外面。

"没想到您会亲自过来，差点怠慢您了。"经理问过好后，小心询问，"您今晚过来是有什么临时安排吗？"

孟江遥走出去的脚步一停，回身："嗯？"

经理也停下，被孟江遥的反应弄得惊慌又茫然。

女管家站在旁边，冷淡开口："唐先生今晚以成汤集团的名义在这边安排了公司高层餐会，你说孟女士有什么安排？"

经理一愣："啊？可成汤的餐会不是已经结束——"

话声未落。

"孟董，您怎么过来了？"

孟江遥转身，看见公司里的一位老董事。

对方走来的目光里不掩惊讶，助理或是司机那样身份的人正跟在他身后，帮他提着外套和包。

那人停在孟江遥面前。

孟江遥眼底慈和里掀起些波澜，很快就压回去，她眼角皱纹一深，露出招牌式的笑："老金啊，今晚吃得怎么样？"

"年轻人的口味，跟不上喽。"对方笑着和孟江遥唠了几句，像随口说，"唐总不是说您身体不舒服吗？咱们这种上了年纪的，还是得多注意才行啊……"

"嗯，我出来走走，见一见老朋友，也散心。"

"这样啊，那我不耽搁了，您忙吧。改天有时间，再去我那儿走几局棋啊。"

"好。"孟江遥的温和笑容保持到对方电梯门关上的那一刹那。

一秒之后，她表情冷下。

旁边女管家早就气得变了眼神，忍到此刻身旁没了外人，她才开口："唐亦这是翅膀硬了，连您都敢放鸽子？"

"没那么简单。"孟江遥微微眯了下眼，左手拇指像无意识地在右手拇指上轻轻摩挲过去，"我好像忽略了什么。"

"丁零——"非常老派的来电铃声在女管家身上响起。

她立刻接起电话，听对面说了几秒就脸色顿变。挂断电话以后，女管家看向孟江遥，微微咬牙："夫人。"

"嗯？"孟江遥收敛思绪，抬头。

女管家低头："唐亦他——回唐家了。"

孟江遥身形一震。几秒后，她突然想到什么："不好！"交叠的拇指一颤，甩开，"快，回家里！"

唐家。

一排运沙车浩浩荡荡地开到唐家宅院的正门外，被大门拦下来。

从旁边安保房里走出两人，警惕地按着对讲机走近，手里的夜光警示棍刚举到一半，就见为首的那辆大卡车副驾驶的门被推开。

一道修长瘦削的身影踩着踏板，从车上跳下来。

两个安保人员走过去，其中一个挥着警示棍凶声问："你们是什么人，这车队是干什么的，我们这边没有收到提前通知，不能放你们进去！"

对面的人没说话，像是在夜色里低下头，轻嗤了声。随着咔嗒的轻响，那人手心里圈着的金属打火机弹开盖子，一串笔直幽蓝的火苗冒了出来。

斜撑着长腿靠在车旁的年轻人抬手，不紧不慢地点上了薄唇间衔着的那根香烟。

火苗把他修长的指节衬得透明似的冷白，又照出那张五官凌厉的美人脸。他懒垂着眼点烟，甚至没看他们。

"我在跟你说话呢，"开口的安保怒了，上前就要拽开对方的手，"你跟谁装大爷——"

"唐、唐先生？"借着那缕冷火，另一个安保终于看清站在车旁的青年的长相，他惊得身影骤停，连忙拉住同伴。

他的同伴愣了下，下意识回头问："哪个唐先生？"

这人差点气死，咬着牙用气音低低回他："唐家还剩几个唐先生？！"

"……"对方咽了口唾沫，脸色煞白地转回去。

香烟正巧点上了。唐亦撩起眼，眸子被那缕冷火衬得幽深。他轻合火机，夹下香烟，挑薄唇一笑："嗯？"

这美人一笑落进年轻安保眼里，却跟厉鬼索命没区别，吓得他差点没站住。还是稍年长些的安保见的场面多些，虽然也慌，但把持住了，赔着笑小心问："唐先生怎么突然回来了？孟女士今晚刚巧外出，不在家里，要不要我们去通报一声？"

"不用，"唐亦夹着那根黑暗里猩红一点的香烟，朝大门一指，"开门就行。"

两个安保对视了眼，年长这个僵着笑："您这车队是？"

"沙子之类的。"

"啊？家里没听说有什么新的建设装修计划——"

"怎么，"唐亦走过去，搭着年长安保的肩膀，懒洋洋地笑，"要不我跟你过去，先给你写个三万字的计划汇报？"

"不、不能，那哪能啊。"对方假笑着，"我们这就开门。"

那两个安保慌忙掉头跑回去。

唐亦嘴角的笑意抹平，他望了一眼黑洞洞的唐家正门，那双漆黑

137

眸子里情绪冷得骇人。

几秒后，大门在电脑控制下，徐徐打开。唐亦轻转动手腕，修长的指节松开了，夹在食指、中指之间的香烟带着那点猩红，落进他掌心里。

唐亦没低头，慢慢收紧手。烟头滚烫，刺痛，再到麻木。

他就站在那儿，面无表情。耳边死寂的安静，又好像有轰震如雷的幻听。

"孟江遥多骄傲的人啊，你都没想过吗？你那样拒绝她，她怎么还会在几个月后就好心地把你保回唐家？

"是林青鸦！是你嘴里那个一尘不染、高高在上的小菩萨啊！

"她连夜求到北城唐家来的！孟江遥让她在唐家花房外跪了整整一晚上！唐家多少人看见了！

"你怎么没问问你的小菩萨，疼不疼啊？膝盖肿成那样，后面几个月里还能站着唱戏吗？"

……

唐亦垂在身侧紧握成拳的手猛地一抖，抖掉了他唇上所有血色。

他转身踩上踏板。

夜色里那一声阴沉，嘶哑。

"开车。"

车队轰然入门。

唐家的副管家闻讯仓皇跑过来的时候，老太太的花房外围了一大圈，全是卡车、工人，忙碌来回。

地上挖出的坑洞，莫名其妙的沙子积起，还有看不出材质的合成板原地堆立……

夜色被幢幢的影搅动，灯火陆离。

只有一处安静。

唐家花房门外，正对着的空地，中间搁着一把临时搬来的太师椅。身形颀长的青年倚在里面，靠着扶手，懒洋洋地把玩一只金属打火机。

副管家顾不得擦额头的汗，慌忙跑过去："唐先生，您、您这是？"

唐亦耷着的眼皮抬了下。

望见来人,他轻扯起薄唇:"你看不见吗?"

"看得见,"副管家擦着额头上的汗,环顾那些似乎开始收尾的工人,更不安了,"就是看得见才不明白,孟女士今晚不在家,您这么大动静,我们总得给她个交代。"

"行,我教你。"唐亦指着那些收工的工人,"这叫防火线。沙子是隔离带,哦,空地也是。那些是隔离带,材料有岩棉、酚醛……"

副管家越听越汗如雨下,声音都颤起来了:"您……您这是要干吗啊?"

唐亦哑声笑起来:"不干吗,我决定搬回唐家了,这块地不错。我要在这儿搭个屋子,以后住这儿。"

副管家:"家里的地多了去了,您非得选这儿?"

"嗯。"

副管家:"就算选这儿,那也等我叫人把花房里的花草都移走,这里面好些珍贵品种,有孟女士从国外叫人挪回来的种子,还有——"

"别废话。"唐亦冷了声,笑意散掉,"也别拦路。"

副管家被年轻人那一抬眼的沉戾慑住。

几个人从他身后的花房出来,到椅子旁边:"唐总,检查完了。"

"倒上了?"

"是。"

副管家仓皇回身,正看见最后一个人抱着塑料桶,从花房门口开始,在地面上倒出一条油亮的线。

直到椅子不远处。

唐亦从椅里起身。金属打火机在他掌心转了半圈,正立停住。他轻扣住金属盖子,指节一拨。

咔嗒的翻盖声听得人心一颤。

围花房一圈的工人们全数完工,退到空地上的防火线后。

唐亦一拎西裤裤腿,慢慢蹲下身。他撑着膝盖,抬眸望向不远处的花房,那双眸子里情绪懒散,冰冷。

他又抬头,看了看天边那钩弯月。

"……真冷啊。"他轻声说，"疼不疼？"

"唐先生！您不能这样！"

惊嘶的声音里，副管家终于回神，冲到那条油线中间，伸出双手惊恐地拦住——

"这花房可是孟女士的命根！您、您要是烧了它，孟女士回来一定会出大事的啊！！"

唐亦懒恹地垂下眼，声音沙哑："让开。"

"我、我不能让！"

"让开。"

"我死、死也不会让的，您真的不能这么做，孟女士她……"

话声一颤，戛然而止。

副管家紧缩的瞳孔映着的影子里，蹲在地上的年轻人指掌间竖着幽蓝色的火苗——

那火苗，抵在他自己袖口下。

初夏的夜风一吹，就能乘势而上。

副管家头皮麻了，颤不成声："您，您……"

那人朝他抬眸，薄唇轻勾着笑。

"我点了它，或者点了我自己，你选。"

孟江遥回来时，花房的火把偌大庭院照得耀耀如白昼。

她僵站在原地，腿一软，差点没站住。

离着空地最近的地方放着把椅子，跷着长腿坐在上面的年轻人听见动静，慢慢转回身来。

"孟女士。"

唐亦站起来，背对着那灼目的火光，他张开双臂，恣意地笑。

"送给你的——'新年礼物'。"

第十四章

我要神明独属于我

夜色喧嚣。

BLACK 酒吧外五颜六色的灯牌，在巷子深处的复古风红砖墙上熠熠地闪动。

酒吧门口站着几名健壮的保安，有两人在台阶上，一个负责拦住进门的三名女客人，另一个朝对方示意："身份证拿出来。"

"哎呀小哥哥，你看人家像是未成年吗？"

"18 岁生日我都过了五六个了，还是第一次被怀疑没成年呢。"

"别的酒吧都没你们这么多规矩，出来喝酒嘛，干吗这么严肃？"

三个女孩嬉笑一团。

可惜虎背熊腰站在门口的保安看起来不为所动，严肃凶悍地望着三人，没有任何让开的意思。

"噫，真没趣。"

"谁让你们非得来看什么大帅哥，还不一定有没有呢……"

女孩们围着嘀咕几声，各自低头去自己亮晶晶的手包里翻找身份证。两个顺利翻到，剩下一个只差把口红彩妆盘全从包里倒出来，还是没找着。

那两个也急了，干脆拽到一旁，帮她一块儿翻包和身上的口袋。

"哎我明明记得走之前放进包里了啊，怎么会找不到？"

"不会是丢了吧？"

"我明天晚上还得去赶飞机呢，真弄没了要麻烦死的哦。"

"快找找……"

台阶上的两个保安无奈又好笑地对视了一眼。

这片刻，巷口拐进来一个人。

夜风在夏燥里透出一丝还未消退的春凉，拂得衣角微翻。那人身影被巷子外的路灯拉得修长，直直地打在巷里的地面上。

他走得并不快，但腿长弥补了这一点，又懒洋洋地插着口袋，低垂着头，帽檐遮了他大半张脸，远远地只看得到冷白凌厉的下颌和颈线。

片刻风停。

青年走到台阶下，从口袋里拿出钱夹，打开，修长分明的指节夹出张薄薄的卡片。

保安愣了下才反应过来，伸手接过那人的身份证，匆匆一扫。

"唐亦"。

即便早有准备，看见这个频繁出现在北城各种财经报刊上的名字时，保安的嘴唇还是轻抖了下。

他忍住去看那人帽檐下的脸长什么模样的冲动，双手把身份证恭敬递回去："没、没问题，您请进吧。"

长腿迈入。

BLACK 酒吧厚重的木门合上。

台阶下的三个女孩回神，交换目光后兴奋起来。

"是不是就是他？"

"我感觉应该是，特别像小五的描述。"

"哇，没想到啊，竟然真的能遇上，快快快，赶紧进去，看看是不是真的那么神颜！"

"……"

齐心协力翻出身份证的三个女孩迫不及待地跟进了酒吧内。

台阶上的另一个保安也回过神，赶紧走过来，低头问负责检查身份证的那个："真是那位又来了？"

"身份证上的名我亲眼看的，不会有错，你快上二楼说一声。"

"行，我立刻去。"

酒吧二楼，长廊尽头。

"笃笃笃。"

房门被推开，走进来的人借着身后的光线穿过黑暗的房间，拍了拍沙发上盖着薄毯睡着的女人："红雨，别睡了，你先起来。"

"嗯……"

沙发上的女人揉着长发，发出不情愿的哼声，好半晌才在又一番催促下，混沌着眼神坐起身。

来叫她的女人已经趁这会儿打开房间的灯，回到沙发旁。

唐红雨揉着长发，睡眼惺忪地问："现在几点？"

"七点多。"

"我昨天晚上去查那批酒的上货，可一直到今天下午一点多才睡下……"唐红雨哼哼着，"你有没有点人性，现在就把我叫起来？"

"如果没要紧事，那我不会叫你的。"

"嗯？能有什么事？"唐红雨在揉乱的发丝间迷蒙抬眼，"这个月的货不是都上完了吗？"

"……"

四目相对。

房间里安静长达十秒。

唐红雨一把捋直了长发，表情惊恐："他又来了？？"

"没错。"

"我——"生生把要出口的脏话憋回去，唐红雨带着起床气，崩溃地从沙发上跳起来，"这个疯子是不是跟我有仇？他为什么要这么折磨我？他是这几天和他家小菩萨两地分居欲求不满，所以才这么神经病地天天跑来酒吧对我施加精神折磨吗？"

等唐红雨崩溃地抱着脑袋中枪一样蔫趴回去，合伙人才无奈地问："你确定他已经知道这是你的酒吧了？"

"我当然不确定，我又不能当面质问他知不知道，"唐红雨无力地呻吟，"不过现在看肯定是知道了。就算一次两次是巧合，那疯子能来第三次，肯定是有原因的啊……"

"那干脆，明天他要是再来，就让保安把他拦下？"

"不行！"

唐红雨一听就炸毛了，迅速从沙发上坐起来，表情严肃地在身前做打叉姿势。

合伙人不解："怎么了？"

唐红雨："你不了解这个疯子，他是真的彻头彻尾地疯——你都不知道他这周干了什么丧心病狂的事情，天，要不是唐家就剩这么一根独苗，那个老巫婆肯定连给他挫骨扬灰的计划都做好了！"

"老巫婆？"合伙人思索后恍然，"你奶奶？"

"别，高攀不起。"

唐红雨脸上略微夸张的表情顷刻就退潮似的淡去。她从旁边矮桌上摸起发圈，穿上左脚的拖鞋，又单脚蹦着去房间角落里踩另一只被她踢飞的。

穿上以后，她走去窗旁落地镜前绑头发。

合伙人坐到沙发上，交握着手说："咱们店里因为他这周连续过来了三天，口口相传的新客人已经增五成了。我看再这样下去，用不了多久他就要带着咱们酒吧在各大探店软件上小小地出一把名了。"

唐红雨叹气："羡慕，长得美可真得厚爱。"

合伙人看着镜子里那张脸蛋，嫌弃道："你还有脸说这话？"

"我和他能一样吗，漂亮小姐姐多得很，长成他那副祸害样、气场上还能帅到腿软的男人你见过几个？"

"也是。"

见唐红雨随手一把扎起长发就往外走，合伙人愣了两秒："你干吗去？"

唐红雨："好言相劝。"

合伙人："哈？劝什么？"

唐红雨回眸，慵懒又毫无淑女气质地翻了下眼白："劝他莫来祸害我的酒吧啊。"

合伙人："能管用吗？"

"不管用也得试试。"唐红雨咕哝着拉开门，"他出名没事，咱们酒吧还得低调过活呢。尤其另一个脑子也不太对的最近到处找我，我可不能在这种关头被唐亦牵连暴露。"

合伙人笑着靠到沙发里："你说你身边怎么净是些不太正常的？"

"嗯……"

唐红雨无辜地一耸肩，她抬起手腕敲了敲自己太阳穴，话声潇洒地摞在身后——

"可能我多少也有点神经病吧。"

唐红雨摸着暗纹的蔷薇花壁纸，从灯火昏暗的二楼走下来，守在一楼楼梯口的保安听见动静，转回来朝她点了点头。

唐红雨随口问："今晚怎么样？"

保安苦笑道："您自己看看就知道了。"

"嗯？"

唐红雨这一声慵懒轻闷的音刚从鼻腔里哼出来，最后一步就踏进一楼的地盘。她的身影蓦地顿住。

目之所及，全是人。

BLACK酒吧虽然名字取得野，最早还被合伙人戏称为"黑店"，但实打实地是个清吧。

而且"黑店"非常遵纪守法，店内成本里最大开支就是在安保方面，唐红雨要求从根源上杜绝包括"三害"在内的任何违法犯罪擦边可能性，属于每年如果有那一定评得上"酒吧规范榜样店"名号的那种。

也是因此，店内客流量一直很一般，毕竟多数酒吧夜店的客人追求的还是刺激，这种规范到像上学、又没什么大噱头的店，性价比再高，也只能留得住那批习惯的老顾客。

从开店至今，唐红雨就没见过今晚这样的"盛况"。

唐红雨扫过一圈，看得她都迷茫了，扭过去问保安："女孩子们来我还能理解，怎么男客人也多了不少？"

保安笑道："女孩子多了，那男客人跟着增多不是必然的吗？"

唐红雨品了两秒："哦，还真是。今晚辛苦了啊。"说完她就扭头往酒吧高台区去了，语气也听不出是高兴还是不高兴。

保安早习惯"黑店"老板娘这和钱不熟的脾气了，不以为怪，转回身去继续值岗。

唐红雨一路走过舞池，音乐舒缓得不像在酒吧夜店，更像什么音乐厅，但就这样，还是有不少年轻男女在舞池里扭着腰肢。

临近高台区时，她见两个女孩从那边过来，其中一个化着淡妆，漂亮得扎眼，只是嘴巴噘得能挂油瓶。

另一个像在逗她，两人并肩打她眼前过去。

"男人多的是，追在你屁股后面的更一大把，你干吗非盯这一个？"

"那我不管，我就不信了，以后我天天来这家，什么时候把他追到手什么时候算完！"

"这酒吧里漂亮姑娘一多半是为这目的来的，你打算领牌排队啊？"

"排就排，哪怕只和他在一起一天也稳赚不亏。"

"行啦，你就别执迷不悟了，来之前不都说他难搞着呢吗，'南黄棺'的外号可不是白来的。"

唐红雨原本都走过去了，听见这句又绕回来："男皇冠？那是什么东西？"

两个小姑娘一怔，漂亮的那个敌意地看向唐红雨，显然把她当作"领牌排队"的竞争对象之一了。

另一个犹豫了下，解释："南墙，黄河，棺材。简称'南黄棺'。"

唐红雨："……什么玩意儿？"

漂亮的那个小姑娘不耐烦地抱起胳膊，气鼓鼓的样子："不撞南墙不回头的南，不到黄河心不死的黄，不见棺材不掉泪的棺。"

她一顿，瞪了眼身后高台方向，稍加大声："南、黄、棺！"

这一声惹来不少目光。

她朋友一窘，拉着她往舞池里面跑："丢死人了你！"

"……"

唐红雨回神，笑得拊掌，朝高台区走过去。

小姑娘一腔真心"喂了狗"。

"南黄棺"本人靠在高台区的最边角，低着头，眼都没抬。他手里拎着只水晶玻璃杯，琥珀色的酒浆在杯底慢悠悠地晃。

光色漂亮，却没拿着杯子的那只手漂亮。

那人身旁高腿凳是空着的，唐红雨也没客气，走过去一踮脚，直接坐了上去。

杯子仍在晃着，帽檐下鬃发垂过的眉微微一凛，喉结轻滚出的声音低哑又满浸不耐。

"有人了，去旁边。"

唐红雨挑眉，转向自己身前。

那儿确实是放着只杯子的，还添了酒，显然是某人为了清静，安排给一只空凳子付钱"喝酒"。

唐红雨好气又好笑："那你还来酒吧干吗？自己在家里喝多好，还没人打扰。"

酒杯一停。

唐亦懒撩起眼，漆黑眸子的焦点落到唐红雨身上。他看了她一两秒，视线落回去："太安静了。"

"家里？"唐红雨也没客气，拿起那只没人动过的酒杯，"安静不好吗？"

"不好。"

"为什么？"

"全是她。"

不用问唐红雨也知道这个"她"是谁。

叹了口气，唐红雨决定对自己这个并没什么人性和亲情的弟弟稍微展露一下姐姐的关怀。

所以她转开了话题。

"听说这周初，你把孟江遥的花房烧了？"

"嗯。"

"她宝贝得里面一根草都不让外人碰哎，结果你一根草都没给她剩下？"

"嗯。"

"……哈，厉害，老巫婆没被你弄得心肌梗死也是命大，"唐红雨抬了抬眼，"所以她怎么惹你了，玩这么大？你要不是唐家独苗，她非跟你不死不休。"

"没惹我。"

"啊？那怎么——"唐红雨一顿，"林青鸦？"

"……"

不知道想到什么，唐亦眸子一晦，冷冰冰地搁下酒杯："酒。"

酒保立刻过来了。

唐红雨绝望地再转开话题："你是什么时候知道BLACK是我开的？"

"忘了。"

唐红雨："那你以后还是少往这儿跑，这可是我秘密基地，再给我弄得暴露了。"

"秘密？"唐亦低懒地轻嗤了声，"尽人皆知的秘密吗？"

"嗯？"唐红雨警觉回头，"什么叫尽人皆知，除了你还有谁知道？"

"……"

唐亦抬头，望着她，眼睑轻收，笑意嘲弄："你不会真以为，当年打赌的那一个月，我最后不知道你藏在这儿吧？"

唐红雨表情僵住："你当然不知道，你要是知道，我现在不早滚到国外去了？"

"啧。"

唐亦懒得和她说话，落回眸。

唐红雨却不想翻过去："不行，你说清楚，少装出一副早就知道还放了我一马的德行！"

"……"

"你真早就知道？"

"……"

"你还真放了我一马？"

"……"

无论唐红雨怎么问，唐亦似乎懒得就这个话题再多说一个字了。

唐红雨悻悻地转回去："反正我不信，当初我们又不熟，你更不可能在乎唐家的血缘关系，为什么要放过我？"

安静半晌，唐亦在阴影里轻勾了下薄唇。

"坠子。"

唐红雨一滞："什、什么坠子？"这样问着，她却下意识摸了摸空荡荡的颈前。今天没戴，但以前那儿是挂了只小玉佛的，以前也从不离身地戴着。

她生母留给她唯一的物件。

唐亦慢慢俯下身，枕着手臂靠到吧台上。

他合上眼，声音沙哑，梦呓似的。

"我也送了她一个坠子。"他声音低下去，渐消弭于无，"那时候想她也能一直戴在身上，就好了。"

唐红雨哽在那儿。

她感觉自己好像被刚刚咽下去的那口酒噎了一下似的——上上不来下下不去，把人搅得乱七八糟，心烦意乱。

"喂，唐亦。"

"……"

"唐亦？"

"……"

无人回应。

唐红雨观察几秒后转回来，头疼地敲了敲额角，然后她朝酒保勾手指："我来之前，他喝多少了？"

酒保表情无辜，从吧台下面拿起一只空掉的洋酒瓶，放在唐红雨面前。

唐红雨眼角一跳，转头想骂那个醉过去的，就见酒保慢吞吞起身，又放上来第二只空瓶。

然后是第三只，第四只……

数秒过去。

对着面前空着的三瓶外加半瓶的洋酒，唐红雨磨着牙朝酒保勾手。酒保俯身下来，被她拽着领结往面前一拉。

唐红雨咬牙切齿："你知不知道酒吧里喝出人命，我们也是要、负、责、的？！"

酒保表情无辜："我提醒他了，他不听。"

唐红雨："……"

气极地松开手，唐红雨恨恨转头，用力瞪了唐亦一眼，然后伸手去他口袋里摸出手机。

唐红雨一边在那一片没备注的号码里翻找，一边低声咒骂："唐家绝对是损了阴德了，不然就唐昱那么一个全北城闻名的花花公子，怎么能生出你这么个痴情种？"

骂完，那串熟悉的、她曾经在冉风含手机上看到的号码也被唐红雨翻到了。

不出她意料，是唐亦手机里唯一有备注的。

还很长。

"白雪、人参果、小菩萨。"

唐红雨气得笑骂。

"神经病。"

电话拨出去。

等对面一通，唐红雨就转换腔调，靠着吧台慢悠悠地、彬彬有礼地开口："您好，我们这里是失物招领中心——请问您家丢狗了吗，成了精还会喝三瓶半洋酒的那种？"

北城机场。

林青鸦和芳景团白天结束了第二期《轮回》主题演出赛的录制，乘下午的航班回来。

从北城机场的航站楼里出来时，外面天色早已黑得如墨淋漓。星子三三两两地嵌在夜空里，偶尔还有几颗划过去的，是飞机的机翼灯。

芳景团安排的车将他们分批送回。林青鸦坐在其中一辆里，同乘的还有白思思和专门来陪送的简听涛。

车开出去不久，简听涛关心地问："林老师，我听团里演员说，您对这期录制的演出赛不太满意？"

林青鸦正在看白思思平板电脑里拍下来的芳景团这一期录制时的照片，闻言轻起了眸。

安静之后，她微微摇头："不是满意不满意的问题。"

"嗯？"简听涛侧过身来，"我看过节目组那边传回来的完整录制，无论水袖舞还是那段生旦净丑的戏妆连镜，包括唱词和念白，年轻演员们的整体表演应该还是不错的。"

白思思在旁边赞同地点头："节目组的人都说了，专业人士出马就是不一样。咱们的戏腔表演一张口一亮嗓就能听出戏曲底蕴来，和一些掐着嗓子哼哼两句就敢说自己是戏腔歌曲的表演完全不同。"

"节目组也这样说吗？"简听涛露出喜悦神色。

"嗯，我亲耳听导演组聊的！"

林青鸦想了想，开口："就一种新的表演形式来说，演员们的表现可圈可点。"

简听涛回头，不解地问："那您是觉得哪里不合适？"

林青鸦斟酌着开口："还是之前的问题。任何一种传统文化的表演形式想要跟上时代，须有创新，有每个时代的烙印。"

简听涛："戏腔歌曲，不正是一种创新吗？"

林青鸦轻摇头："但创新的前提是要守正。"

"守正创新一直是大家想要追求的，"简听涛苦笑道，"可什么样的标准和分寸算是守正，这个好像很难定义啊！"

林青鸦："从我的角度，守正至少要保证，这种艺术形式的根和灵魂没有变。"

简听涛思索几秒，有点明白了："您是认为戏腔歌曲这种表演虽然也是有观赏性的，但本质已经变了。"

"嗯，"林青鸦拨过那些照片，轻叹，"它们以昆曲为主题，体现了戏妆、唱腔、身段等各种昆曲最重要的元素，但这是形的拼凑，而缺失了最重要的灵魂。"

"……"

简听涛没再说话，陷入沉思。

白思思撑着脑袋想了想，用力点头："角儿说得对，我也觉得不行，这是衍生品，不是昆曲。"

林青鸦回神，无奈笑她："你怎么像棵墙头草？"

"我哪里是墙头草了？要是我也是角儿您墙头下的。"白思思理直气壮地叉腰，"角儿您往哪儿，我就往哪儿倒。"

林青鸦摇头轻笑。

她目光轻起，瞥见还在愁皱着眉的简听涛，轻声安抚："你也不必太担心了，新路总要慢慢试着才能走出来的。而且这一条虽然不通，但受它启发，关于团里剧本新编的主题方向，我有了一点想法。"

简听涛惊喜回头："您想到新剧本了？"

林青鸦淡淡一笑："算是失败尝试后的一点灵感方向。"

"太好了，团长和乔老师他们那边最近半个月都在为这件事发愁呢。"

"嗯，这两天有时间，我们可以在团里讨论一下。"

"好！我尽快安排！"

简听涛还兴奋地想和林青鸦继续往下聊新剧本的想法，白思思那边却突然有了动静。

她从包里翻出振动的手机，看了两秒递给林青鸦，表情古怪："角儿，找您的。"

林青鸦一怔，接起电话。

片刻后，她挂断电话，抬眸望向简听涛："抱歉，回家之前，我需要先去另一个地方。"

简听涛："您说，我让司机送您过去。"

林青鸦低头，把手机上发来的地址读给简听涛听了。

简听涛一愣，咳嗽了声才趴去前座让司机换地址。而坐在林青鸦旁边的白思思也表情古怪起来。

林青鸦察觉，问："怎么了？"

白思思表情拧巴了好一会儿，小心开口："角儿，您要去那边啊？"

"嗯，那里有什么问题吗？"

白思思说："您说的那个店我倒是没听说过啦，不过这个店所在的那条街……"

林青鸦："嗯？"

白思思："好像是，北城最有名的酒吧街之一了。"

"？"

BLACK 酒吧的位置堪称非常隐蔽，当然也因此，它的房租价格相较于这条街上的其他店便宜很多。不过托某人的福，这几天的小清吧 BLACK 门庭若市，客流量完全不输给其他比较热的酒吧了——

至少在简听涛让司机把车停在巷外后，林青鸦这一路走来，遇到的来酒吧的客人一点都不少。

投来她身上的目光更不少。

搭上离开北城的飞机前，林青鸦代表昆剧团出席了节目组的晚会，因航班时间没有来得及换衣，从机场要回家，又被那通电话直接带过来，所以此时她穿在身上的还是参加晚会的晚礼服。

那是条雪色长裙，毫无装饰，只衬出曲线，像把一袭月光穿在身上。

垂在裙后的长发如瀑如缎，露在外面的，无论肩颈或脚踝，都透着雪似的白。

美得易碎，更与周遭格格不入。

无论是进巷，过门，还是踏入酒吧，客人们的目光都不自觉也忍不住地跟着她。

人人把想法写在脸上，想上前问她是不是走错地方了。

而此时的林青鸦确实要以为自己走进另一个世界里了。她所看到的形形色色都奇异，前所未见，陆离的灯光和人群、放肆的注视和打量，甚至一路都不乏人朝她吹口哨。

黑夜把黑掩藏得极好，它们可以在这里肆无忌惮地滋生、疯长。

要不是有白思思跟着，林青鸦自己大概找不到目的地。

这样艰难地穿过整个酒吧，她终于到达高台区附近。

"角儿，是不是那边？"白思思在音乐和喧闹里扯着嗓子问林青鸦。

"……"

在林青鸦走过来前，守在吧台边上的唐红雨就先发现了她的到来——

毕竟当周围半数以上的男性都在对着同一个目标惊奇和蠢蠢欲动的时候，想不注意也实在很难。

唐红雨转过头去，然后痛苦地扶住额："大意了。"

因为人手不足正在吧台内临时充当酒保的合伙人听见："什么大意了？"

唐红雨痛苦地转回来，指了指身后："忘了祸害家里的那位也是祸害。"

"嗯？"合伙人不解，抬头顺着唐红雨的手看过去，停了两秒，合伙人失笑，"你这都能忘就离谱。"

唐红雨木着脸："大概是我今晚脑子坏了。"

林青鸦披着一身汇集的视线，停在这片高台尽头的位置。

唐红雨抹了一把脸，转回身来："晚上好啊，林小姐。"

"晚上好，"林青鸦难得心不在焉地应下，目光紧张地看向伏在吧台上的身影，"他怎么了？"

"显而易见，喝醉了。"唐红雨保持和善的微笑，侧让开身，露出身后吧台上的四个洋酒瓶并告状，"这就是他的杰作。"

林青鸦望过去。

沉默数秒。

唐红雨："……林小姐是不是不认识这些酒，也不懂把这么三瓶半喝下去是个什么概念？"

林青鸦轻点头："抱歉。"

唐红雨再次抹去脸上的痛苦面具："没什么，这也不用道歉。大概描述一下就是，这么三瓶半喝下去以后，就算你给他扔路边，狂风暴雨电闪雷鸣他也能眼皮不睁地睡到明天。"

话间，靠过去的林青鸦挽着耳边长发，正俯身轻唤了声："唐亦？"

说完她才听到唐红雨的话，起身回眸过来，茶色瞳子里满噙着不安："那要不要——"

"人参果……"

沙哑得梦呓似的声音从伏着的人柔软鬈曲的黑发下漏出来。

几人同是一顿。

"嚯，"吧台里合伙人憋住笑，低头擦酒杯，"医学奇迹啊！"

唐红雨："……"

唐红雨深觉得绝望又丢人地扭回头，低声嘀咕："他是狗鼻子吗？"

林青鸦没顾得上他们的玩笑调戏，听见声音就忙转回去。伏在吧台上的身影撑起手臂，卷起的衬衫下慢慢绷起冷白的肌肉线条。

那人终于起身，靠到高腿凳侧的墙壁上，他从黑发下抬眸，眼瞳乌黑，带着醉湿的水光，黑曜石似的漂亮。

他望着她，又好像没望见。

林青鸦看过所有模样的唐亦。张狂的，可怜的，安静的，放肆的，动情的，装委屈的……

她唯独从来没见过他这么难过的眼神。就算当年在琳琅古镇，那

155

个起初还孱弱的少年被欺负得再厉害，他的眼神也像只凶狠的狼一样。他从没为他自己难过或流一次眼泪。

可他此时这样望着她，那双黑曜的眼，就好像要哭了。

林青鸦眼圈红起来，她颤着轻声："你怎么了啊唐亦……"她忍不住松开拎着长裙的手，上前扶抱住他的手臂。

唐亦眨了眨眼。

他大概是又嗅到林青鸦身上熟悉的气息了，在醉意里也情不自禁俯身，迎合地把她抱进怀里。

他埋进她长发间，合上眼："对不起，对不起……"

无论林青鸦问什么、怎么喊他，埋首在她颈旁的那人都固执又沙哑地一直重复这三个字："对不起。"

问不出缘由，又担心他到底出了什么事，林青鸦也慌得快哭了。但她只能一边轻轻安抚地拍着唐亦，一边隔着他问唐红雨："他这是怎么了？"

唐红雨回神，敷衍地答："我也不知道，我们两个之间真的没什么姐弟情分……"对上小菩萨透红眼角和湿漉漉的茶瞳，唐红雨慢慢咽下话，苦恼地揉了揉头发，"我要是没猜错，应该和孟江遥有关系。"

林青鸦露出少有的慌张："她对他做什么了？"

唐红雨说："那倒不是，反过来的。"

林青鸦："？"

唐红雨："好像是你和你那个剧团去外地录节目那天吧，唐亦不知道发什么疯，回唐家把孟江遥的花房点了。"

林青鸦一怔。

过去几秒，林青鸦像是突然想到什么，她轻攥起手指，垂下眸子望向身前的人。

醉得昏沉的唐亦还在低声重复着"对不起"。

林青鸦听得心里酸涩地疼："没关系，唐亦，"她更用力地抱住他，轻声说，"那不是你的问题。"

"……"

唐红雨眼神一动，表情微妙地打量过两人。但最终她没说什么也没问什么，只当自己没听见。

唐亦醉得实在厉害，毫无"姐弟情分"的唐红雨第一时间表示了绝不收留的意愿，林青鸦只得叫简听涛帮忙把他带回家里。

等送白思思和简听涛离开，林青鸦回到家里，就发现某人已经从沙发上下来了。

他坐在茶几旁的地上，乌黑的鬈发垂搭过冷白的额，被酒精熏染泛红的眼角透着凌厉又艳丽的美感。

扁扁的洋酒瓶被他举到灯下，琥珀色的酒浆漾着晃眼的光。

林青鸦无奈地望着他。

她想明天等这人清醒以后，一定要和他约法三章，这些伤身的坏习惯果然不该太纵容，应该帮他改掉。

林青鸦低头看了一眼身上，雪色长裙仍没换下。不过比起衣服，还是要先按唐红雨教的，给他煮上解酒汤。

林青鸦想着就转身，要往厨房走。

"……小菩萨。"

身后突然传来低低哑哑的一声唤。

"？"

林青鸦停住，回眸。

靠在茶几旁的那人早脱掉了西装外套，只剩一件单薄衬衫松垮褶皱地挂在身上。

黑发下眼瞳乌黑，光色在他眼底恍惚着，斑驳陆离。

怎么看也不像清醒模样。

"别走。"

他哑着声又喊她一遍。

"小菩萨。"

林青鸦："我去给你煮汤，很快回来。"

"……"

那人眼睛黯下去。搁在支撑起的长腿膝上的那只手抬了抬，被他攥着的那只洋酒瓶朝她举起来。

像个敬酒的姿势。

林青鸦无奈，刚要收回眼转身，就见他手腕一翻——

"哗啦。"

半瓶琥珀色的透明酒浆，顺着他微鬈的黑发，浇在冷白色的脸庞、脖颈、锁骨上。

白色薄衬衫被酒浇得湿透，底下肤色半显，黑色西装长裤也没能幸免。

乌黑的鬈发狼狈地耷下来，翘着发尾贴在那人冷白的额上。比发色更黑的是他的瞳，黝黑到极致反透起一点熠熠的亮，明明眼睫上都沾了细小的珠子，可他还是一眨不眨，固执望着她。

林青鸦从蒙在原地的呆滞里回神："唐亦？"

她慌忙朝客厅里跑过去。

眼见林青鸦身影渐近，始作俑者毫无犯错的自觉，还坦荡地朝她伸出手。

像想要拉住她。

林青鸦没顾得理他，先转到客厅角落的长柜前，拉开最下面的抽屉，从里面拿出雪白的毛巾。

回来的林青鸦蹲到唐亦面前，抬手想给他先擦头发。

可是还没落上去，就被唐亦攥住手腕："不能。"

"唐亦，你这样会感冒的。"那人意识不清，力道却一点没少，林青鸦挣了几下也没能挣开。

"不会。"酒醉的人格外固执。

林青鸦实在拿他没办法了，她只能轻着声哄问："为什么不能擦？"

"太干了。"

林青鸦："你口渴了吗？我可以帮你倒水。"

唐亦摇头，眼神里看起来半点清明不存，攥着她手腕的修长指节倒是一根也没松开。

林青鸦绝望地放弃挣扎："那你这是在做什么？"

那人犹豫了下，难得配合，缓缓地说："浇花。"

林青鸦一怔："浇……花？"

"嗯，"唐亦点头，"我在，种莲花。"

林青鸦听得更茫然了："为什么要种莲花？"

"……"

那人没答这句，睫毛一扫就低垂下眼去，看着整个人也有点萎靡，不知道是困了还是醉意又上来了。

林青鸦正在想这是不是孟江遥遗传给她孙子的奇怪爱好时，就听见低着头的唐亦好像咕哝了句什么。

"唐亦？"

林青鸦没听清，扶着他的手往前俯了一点。

"种莲花，"那个哑哑的声音终于清晰了，"小观音和小菩萨，都喜欢莲花。"

"……"

林青鸦怔住了。

好几秒过去她才回过神，直回身。明明是觉着好笑的，但不知道怎么了，林青鸦就没忍住红了眼眶。

她垂下眸，反握住唐亦的手，压着哭腔又带着轻浅无奈的笑，"骂"他："你是不是傻啊，唐亦。"

唐亦抬了抬头，一滴琥珀色的酒随他动作，恰巧从他乌黑的发梢落下来，掉到林青鸦的手背上。

唐亦眼神里似乎清明了点："你不喜欢莲花吗，小菩萨？"

"喜欢，"林青鸦只能顺着他哄，"可你浇得太多了，莲花要淹死了，必须擦一擦。"

"多了？"

"嗯，多了。"

"……"

唐亦这才松开林青鸦的手腕。

林青鸦连忙拿毛巾给他擦拭头发，还有发尾下滴着酒的湿漉漉的颈旁和锁骨窝。而被擦的那人懒洋洋的，像只困得不行的大狮子，眼皮一点点耷拉下去，也不动，就靠着茶几随便她。

直到林青鸦微翘起来的小拇指不小心从他凸起的喉结上划过去。

"嗯……"

"大狮子"动了动他的黑卷毛，从喉咙里闷出沙哑又要命的哼声。然后他靠着颈旁小菩萨凉冰冰的手，轻慢地蹭了蹭。

林青鸦的手蓦地一停。

她僵了好几秒，毛巾被她发白的指尖攥得生紧，几乎发颤。但那点情绪很快就被它的主人抑下，被攥紧的毛巾继续在敞开的衬衫领口间轻拭。

越往下擦，小菩萨的脸越后知后觉地红起来。

等终于把露在外面的地方都擦干了，林青鸦原本雪白的脸颊早就红得欲滴。

她慌乱地从抽屉里又拿回一条新毛巾，塞给唐亦："你要把衣服换下来，身上的酒也要擦一擦，我去你行李箱里看一下，应该有换洗的衣服。"

"……嗯。"

唐亦醉意里哑着声，听话地接住毛巾。

林青鸦说话时一直没再敢抬眼认真看他，直到这会儿起身离开前，就见靠着茶几的唐亦已经解开了两三颗衬衫扣子，被琥珀色酒浆染湿过的胸膛在衬衫边缘若隐若现。

"唐……唐亦！"

林青鸦吓了一跳。

小菩萨哪见过这种场面？

她脸上温度顿时就灼到顶峰，本能地攥着手里半湿的那条毛巾转回身去，背对那人："你……你不能在这儿换衣服啊。"

她声音慌得发颤，听起来像是要带上哭腔似的。

这一次她身后的沉默尤其久。

久到林青鸦忍不住想回头看看他是不是睡过去了，可又不敢，心底挣扎中听见身后声音沙哑低沉。

"为什么，不能？"

这一次，那人话声里的情绪和方才"种莲花"那会儿的神志迷蒙有了明显的区别。

可惜林青鸦慌得太厉害，完全没注意。

"客厅的窗帘还……还没拉，"林青鸦攥着手指卧室，"换衣服要回房间才、才行啊。而且我还没给你找到换洗的衣服。"

"那我回房间等你？"

"嗯，嗯。"

听见身后没了动静，林青鸦屏了好久的那口气总算能放下来，她还是没敢回头看，快步朝一直收放着唐亦行李箱的次卧走去。

直到次卧房门关合，她身后茶几前那双黑漆漆的眸子才垂了回去。唐亦手指钩着衬衫领口，晃了晃。湿透的衬衫贴在身上。

他轻皱起眉。

酒精带来的神经兴奋刺激还在，但基本的分辨和判断控制能力，已经在小菩萨受惊之后的那声惊呼中被叫回来大半了。

这种飘忽的眩晕感和理智同时存在的感觉非常奇妙，唐亦也是第一次体会，他扶着茶几起身，走向主卧。

剩下两三颗衬衫扣子懒得解了，唐亦边走边把湿得薄透的白衬衫从领口拽下来，泛着水色的光顺着流畅的肩背线条漫上去，微卷的黑发被他轻甩了甩。

唐亦单手解开黑色长裤与腰腹分界线前的金属扣，不知道想到什么，修长的指节又停住。

薄唇轻勾了下，半湿的鬓发下那双眸子却更暗下去，他走到主卧门前，推门进去。

动静来得比唐亦意料的早很多。

几乎是他刚进主卧不久，就听见没有完全关合的房门被轻轻叩响，隔着木门轻得温软的声音传进来。

"唐亦……"

唐亦走回门旁，半裸的上身虚靠着门："嗯。"

林青鸦安静好几秒，轻问："你能自己拿衣服吗？"

"？"

"我把行李箱给你放到门口，好不好？"

"……"

酒精在一定程度上麻痹了唐亦的思考能力，所以在行李箱被他从无人的门口拎回来前，他都没想明白林青鸦"出尔反尔"的原因。

直到拉开行李箱的衣物层拉链，唐亦看到了放在最上面的防尘塑封袋里的男士内裤。

扣住行李箱，停了两秒，唐亦低头笑了出来。

煮解酒汤的全程，林青鸦都是红透了脸的。越是想这热度消退，情绪它越是不听，一直持续到她端着盛解酒汤的青瓷碗从餐厅出来。

在主卧外轻叩房门时，林青鸦的耳垂还是染着余红的。

叩门声后，里面低低应了一句。

林青鸦问："我把解酒汤煮好了，可以进去吗？"

"嗯。"

林青鸦按下门把手，走进主卧。习惯性地带上房门后，她刚一转身，抬头，就陡然愣在那儿——

蜷着长腿坐在床尾凳上的男人转回来，黑鬓发，懒淡眉眼，绷紧的长裤，哪里都一样。

唯独一点。

他是裸着上身的。

林青鸦受惊过度犹记得紧紧地端着碗，但也只能做到这儿了。

唐亦一垂眸，神情像无辜且无措，声音还带着酒后的低哑："我没找到衬衫。"

林青鸦回神，垂下眸，迫着自己挪进房间："没关系……等我把你之前那件衬衫洗完熨烫，到明天应该可以晾干。"

"好。"

林青鸦停在床尾凳半米的距离就不再往前了，低垂着眼不看他地把碗递向大概的方向："给。"

唐亦故意没接，眸子黑黢黢的，借着酒劲儿放肆地睌着小菩萨的眉眼："这是什么？"

"是解酒汤。我按唐红雨说的配方做的，你尝尝看。"

林青鸦全程都很努力地低着头，一点眼角余光都不肯分到唐亦身上。

唐亦往后靠了靠，嘴角扬着，放在膝前的手就吝啬地抬了一点，声音却无辜得很："你要往前一点，我够不到。"

"嗯？够不到吗？"

林青鸦意外，但不疑有他，又往前挪了一点，手里解酒汤的青瓷碗努力端得平稳。

"再往前一点。"

"哦。"

"还是够不到。"

"……"

林青鸦心里再慌，也终于觉得哪里不太对了。她犹豫地抬了一点视线，就看到只隔着几厘米、几乎就要贴到她腿上的那人蜷曲的膝盖。

林青鸦一僵："你——"

话声未落，她手里一轻。

青瓷碗被人拿走了，她的手腕也落入对方掌控："好了，现在够到了。"

林青鸦后知后觉地反应过来，艳丽的红也慢慢覆上脸颊："你真没找到衬衫吗？"

"嗯，真没找到，"那人懒着低哑好听的声线笑，"不过找到了这个。"

"？"

林青鸦手里一沉。

她下意识抬眸看过去，就望见一只深蓝色的长方形盒子，盒子外面还用一条在灯下流着光似的黑色缎带扎了个十字蝴蝶结。

林青鸦怔了下："这是什么？"

唐亦："准备了很久的礼物，一直放在行李箱里，没找到机会给你。"

林青鸦迟疑："我要现在看吗？"

唐亦："你不想知道里面是什么？"

林青鸦停了一两秒："那我拆开了？"

"嗯。"

系着的蝴蝶结被轻轻抽开，松散下来，那条两指宽的黑色缎带滑下，被唐亦钩住。

林青鸦打开盒子，望见托在天鹅绒衬底上的坠子。

一枚栩栩如生的翡翠观音坠。

林青鸦指尖一颤，终于禁不住抬眸望向唐亦。

唐亦仰着黑眸，望着她："上一枚丢了吗？"

"当然没有。"林青鸦想都没想，认真严肃地反驳回去。

"一直留着？"

"嗯。"

唐亦眼一垂，笑："看来没白放过唐红雨啊！"

林青鸦没听清："什么？"

"没什么。"

唐亦笑意淡下去，他抬手，轻揽住面前小菩萨被长裙勾勒的纤细腰身，抱靠上去。

林青鸦一僵，只隔了薄薄一层长裙衣料的温度实在无法忽视，让她迅速记起面前这人此时的"衣着不整"。

"对不起。"

"……"

还未推拒的手指停下，轻攥起来。

唐亦合了合眼，声音哑下去："对不起，小菩萨，我不知道……我明明什么都不知道。"

林青鸦眼底微泛起潮。

这一刻她心底像卸下了很多年的担子，变得无比轻盈："那不是你的问题。你不知道，也没有人告诉你，怎么会是你需要道歉的事情？"

"但我一直在误解你。"

"那也不算误解，唐亦。选择是我们做出的，结果由我们共同承担。只是那时候的我们还不够成熟，没来得及成长不该是任何人的错，对吗？"

"你真的不怪我？"

"我从来没有怪过你。"

"……"

身前的人沉默下来，环在腰间的手臂收得更紧。

林青鸦感觉得到他的情绪，她想回抱一下唐亦的，可到底还是无处落手。她指尖犹豫地停了好几秒，最后无奈攥紧，落回之前的问题："唐亦，你真的没找到换洗的衬衫吗？"

"嗯，没有。"

某人大言不惭。

林青鸦只得放弃。

房间里重归安静。

很久之后，唐亦松开手臂。

那点灼热的温度离开，林青鸦松了口微微屏住的气，刚想退一步，就被那人话声拉住。

"那我送你的和好礼物，你算是收下了？"

"嗯？"林青鸦垂眸，望见手里深蓝盒子，"嗯。"

"那我的呢？"

"你的什么？"林青鸦茫然抬眸。

唐亦不知耻地伸手："和好礼物。"

小菩萨脸皮薄极了，一下子就被问得红了脸，小声心虚地说："我没有准备。"

"没准备？"

"嗯……"

"那我自己讨一件好了。"

"嗯？"

林青鸦茫然抬眸。

唐亦从床尾凳前起身，大片白得发冷的肤色晃得林青鸦眼神一慌，忙往旁边躲。

唐亦哑然失笑："闭眼。"

林青鸦："？"

唐亦低下声："你都没给我准备礼物，现在连一句话也不肯听我的？"

"……"

林青鸦迟疑之后，还是小心地把眼睛闭上了。

轻微的窸窣声和细细的触感后。

"睁眼。"

绕到耳后的声音低低哑哑的。

林青鸦依言睁开，然后一顿。

呆了两秒，她慢吞吞抬手，在那个昏暗的、只有一点细微的光透进来的世界里，摸到眼睛前。

触感，凉冰冰的。

是之前包礼物的那条黑色缎带。

林青鸦："？"

灯光炽白。

细笔饱蘸过色彩混淆的颜料盘，在水润盈光的液体里轻捻慢滚而后抬起，软笔尖由浅及重地落到雪白细腻的画布上，游走勾勒，或疾或徐。

笔触回转间，心跳声越发疾劲。

门缝里漏进几句。

"……唐总是真的不在呀，高部长您下午再过来吧。"

"不可能，前台说了唐总早上就来了，我是真有急事，你进去说，让唐总就见我一面也成！"

"不是我不帮您……"

笔尖蓦地勾挑，一滴乌黑的颜料甩溅到挽起的衬衫袖口上，却丝毫没被在意。执笔的人把笔杆握得紧绷，漆黑眸子里欲意沉浮，一眼不眨地死死盯着画布。

雪白画布上，美人栩栩如生。

画里长裙曳地，美人垂叠着腿坐在床尾凳上，乌黑的长发柔软地搭过她细薄半露的肩头，直铺到长裙后的床上。

一条黑色缎带遮了她的眼，在脸庞垂下，缠着青丝，能逼疯人的模样。

而画中人并不自知，她正惶然旁顾，浅淡透红的唇轻张合，像在不安地唤什么人的名。

"唐亦……"

细软惊慌的轻声，幻觉一样在画室里响起。

画板前执笔的手蓦地一抖，一滴浓重的墨汁落下，污黑了长裙下雪白纤细的脚踝。

被情绪冲撞发红的眼角一紧，懊恼破坏了他眼底深沉又墨黑的欲意。

正在此时。

身后那道薄薄的门板旁的夹缝里，没能被拦下的话声冲破玻璃门的阻隔，在宽阔的办公室里变得清晰。

"唐总，这次人事调动我不能——你别拦我，让我和唐总说清楚！"

"高部长您真的不能这样……"

"砰！"

霍然一声巨响，休息室的门板被楔到墙壁上，撞出震颤的余音。

推拦中的两人停住。

穿着职业装的女助理回过身，吓得连忙低头："对不起唐总，是我没有拦住高部长！"

"高部长？"戾沉着眼的唐亦拽松了领带，跨步从改装成画室的休息室里走出来，"调任书已经下了，这周开始生效，现在哪来的高部长？"

女助理连忙躬身。

旁边中年男人在唐亦一出来时就本能虚软了点气势，这会儿他鼓足劲儿对视上唐亦那双阴沉的眼，张口想说话："唐总，我——"

唐亦眼一垂，冷冰冰地剪断视线："程仞人呢？"

女助理："程特助在跟进的一个项目里对方公司负责人出了车祸，程特助临时接到电话，刚赶过去。"

唐亦："他不在，你们就连个人都拦不住了？"

女助理白着脸低头认错。

到此时，唐亦才终于又看向那位成汤总部某部门的前任部长，他漠然地望着对方，眼底抑着某种亟待爆发的情绪："你要是对调任书有什么不满，去人事部质问。"

"部长级别的调任，就算人事部出文件，那也是要您签字决定的啊！"

"……"

见唐亦不说话，那人更壮胆："我在总部工作这么些年，没有功劳也有苦劳，这么突然就把我调职去子公司，那怎么也——"

"工作这么些年，成汤都没教会你守规矩？"

冷冰冰的沉声打断了他。

唐亦靠坐在办公桌前，手撑着身侧的桌沿，指节按捺又暴躁地叩动，实木质地也被他敲出低沉的响。

那人抬头，对上双阴郁的眼，不由得一栗，又立刻低下头去。

他气势弱到最低："唐总，您别动气，我、我就是一时冲动……"

"我不管是董事会里哪个老家伙让你来探底，回去告诉他，调任书就是调任书，哪一桩也不可能改。"

被一句点破根底，闯进来的男人脸色顿如菜色。

"想说理，去人事部走流程，"唐亦冷下声，"想学你来我这儿示威？也行，那就都带着辞职书一起！"

"……"

唐亦疯归疯，公事公务上动怒的时候并不多，到这种程度的就更少见。这位出头鸟一遭殃，常务副总裁办公室所在的整个楼层都跟着噤若寒蝉。

半个上午过去，程彻从外面回来，刚出电梯间就察觉气氛微妙。

在助理组问过两句，程彻转身敲响办公室的门。

他进去时，唐亦正巧从画室出来。

程彻步伐停住。

那间画室，助理组的人都知道，是唐亦的私人领地和禁区，除了他自己以外的任何人都不准进入。

而程彻作为唐亦一直以来的贴身特助，非常"有幸"地在早期大家还没有形成规矩的时候，误入过那里。

他记得那儿挂了一墙的大大小小的画，风格或写实，或诡异陆离，唯一不变的只有画里的戏服美人。

那个好像不管在怎样幽暗诡谲的背景下，也始终像黎明一样，站在光的起点的女人。

程彻第一次知道"林青鸦"这三个字，也是从那一室的戏服美人的画起。

后来可能还是有人在唐亦不在的时候误入过，多半是被唐亦那时而正常时而离奇的画风吓得不轻。没人当面直提，谣言却慢慢传开了，还越传越离谱。

到最后，干脆都在说，成汤那位副总是个变态的疯子，扒了戏服美人皮挂了一屋子。

戏服美人是真的，挂了一屋也是真的——不过全是同一人的肖像画。

那个阴诡谣言里藏了一个疯子多少年的深情，传谣的没人知道，而疯子自己也从来懒得解释。

不过这次不同以往。

程彻深深记得从前每次唐亦从那画室里出来，情绪都非常低沉，更别说刚刚助理组的小姑娘还提醒了他上午的事。

于是程彻做足了心理准备，就看见唐亦拿着一块被他亲手卷起的画布，慢条斯理又心情很好地，拿一根黑色缎带……

扎起来了。

唐亦给画卷打了个漂亮的单结，又从办公桌下拿出一个不知道打哪儿变出来的长礼盒。

把画卷小心收进盒内防磕碰的黑色拉菲草间，唐亦盖上礼盒盖子，把它推到程彻面前。

"你来得正好，"唐亦心情愉悦地笑，"把这个送到芳景昆剧团，一定要当面、亲手，交到小菩萨手里。而且一定要确保她打开看过，你才能回来。"

程彻对着盒子沉默几秒，扶了扶眼镜，问："这是您画室里的某张油画吗？"

"嗯。"

程彻好心提醒："方便问，您选的哪一张吗？"

"？"

唐亦眼角一挑。

美人薄唇仍是勾着的，眼底笑意却凉下来，甚至转出几分凌厉。

程彻叹气，自觉后退一步："您不要误会，我没有别的意思，只是想提醒您，您的画室里绝不是每一张画都适合让林小姐本人看到。"

唐亦眼神没松："我上次就叫你自己删除那部分记忆，把不该你看见的东西忘掉。"

程仞："很遗憾我是个人，不是机器人。"

唐亦懒垂下眼，四处一扫。

然后他摸起桌上的寿山石印章，掂了掂，没情绪地撩起眼："那就麻烦我亲自帮你物理抹除一下好了。"

程仞："……"

跟在疯子身边最懂的就是适可而止，程仞非常及时地端起盒子："我明白了，我会尽快催眠自己忘记的。"

唐亦哼笑了声，放下印章石。他眼神幽幽地盯回到盒子上："其实我更想亲眼看她什么反应。"

程仞："您十点还有高层例会。"

唐亦笑意沉没。

程仞抱着盒子准备转身，皮鞋鞋尖转过九十度又转回来："或许，我需要提醒林小姐在没有别人的时候拆开看吗？"

唐亦阴郁地望了他一眼："不是你想的那些画。"

"……"

程仞恍然，安心点头。

他转身离开了办公室。

芳景团这边也开了将近一上午的会，为了讨论新编戏本，团里的所有决策层和新聘专业人员都参与在内。

《轮回》这期的歌舞舞台更是被拿出来作为典型，探讨流行元素与昆曲艺术表演形式难以融洽的冲突点。

据此否认了几个戏本新编的主题方案以后，持续了两小时的会议总算在团长向华颂的提议下暂停。

"休息一刻钟再继续吧，大家活动一下，上课也没这么上的，是吧？"向华颂玩笑着让他们散会了。

林青鸦和跟着她做会议记录的白思思就在首位旁下，听完以后林青鸦抬了眸子，转头去问向华颂。

"向叔，新戏本的曲律部分会是我们的短板，那本《九宫大成谱》有消息了吗？"

"我最近也催问着呢，知道戏本新编多半用得到，我让他们加紧了，访书那边说是有点线索眉目，正在细查。"

"这样。"

"放心吧，"向华颂笑，"有确切情况我肯定会第一时间告诉你的。"

"嗯。"

简听涛来找向华颂聊团里事情，林青鸦没打扰，落座回自己那儿。抽空查完会议记录的白思思左右无事，目光就飘了过来。

她没能忍太久，就抱着好奇悄悄朝林青鸦这边歪了歪身："角儿，您昨晚没休息好吗？"

"……"

林青鸦细微难察地停了一下身影，很快就淡淡抬眸，不说话地望向白思思。

白思思趁她侧过来，歪下脑袋："真的，虽然表面上看起来和平常差不多，但我总感觉您今天特别没精神，开会的时候您好像还走了好几回神哎——以前可从来没有过。"

林青鸦慢吞吞点开她越凑越近的脑袋，眼神清静落回去："你想说什么？"

白思思再藏不住笑："您昨晚把唐亦带回家以后，真没发生点什么啊？"

林青鸦："发生什么？"

"就，就，就是，"白思思几番欲言又止，最后沮丧地趴回去，靠着会议桌遗憾，"算了，估计也没有，不然您今早怎么可能这么早就来团里了。"

林青鸦莫名望她。白思思自己趴在那儿，不知道瞎想瞎嘀咕了什么东西，到某一刻她突然惊坐起，回头看林青鸦："角儿！"

"嗯？"林青鸦从会议记录里抬眸。

"唐总他不会是真的跟传闻里的一样，"白思思惊恐又小心，"身、身体不、不太好吧？"

"？"在白思思竭尽所能的暗示下，林青鸦听懂了这句话里的意思。

红晕一瞬漫上她脸颊。

羞赧到极致的情绪冲撞上来，林青鸦感觉眼前仿佛又蒙上那层黑色的缎带，一切光源都在昏暗中变得模糊，只有更加敏感的听觉和触觉，还有在炽白的灯下隐约映在眼前的场景。

那人一定是故意的，说着要循序渐进，却迫她坐在床尾凳上，不许她动，也不许她说话。

她只见得到在昏暗缎带下变成浅色的那面应当雪白的墙壁前，那人故意隔着她咫尺，缓慢坐下。

看不清的模糊身影倚在她对面，靠在墙角。

然后是一场漫长的"折磨"。

那些声音是林青鸦最陌生的，但她听得到他低哑的呼吸，又仿佛能隔着那条黑缎带望见他的眼睛。

她好像看得到那人靠在墙上，用黑得要湿了的眼眸望着她。

气息里沉沦没顶。

而在最后，她听见他用前所未有的声音喊她。

"林青鸦。"

一字一字，他好像把她的全部都吞了下去。

"林老师？"

林青鸦蓦地惊回意识，红着脸颊抬眸，就见团里的学徒站在会议室门口，而其他房间里的人正茫然望着她这边。

林青鸦轻呼吸压下思绪，起身："抱歉，我刚刚没听到，怎么？"

"呃，成汤集团的程特助，给您送来了一个盒子。"

"盒子？"林青鸦一怔，随即看了一眼钟表时间，"先放在桌上吧，会议结束我会带走。"

"可是程特助说，这个盒子必须得您亲自接。"

"？"林青鸦正意外着。

向华颂在旁边笑起来："没事，程特助也不是外人，之前剧团整修他没少来亲自监工——让程特助进来吧。"

"好的团长。"

林青鸦没来得及阻拦，那边的学徒已经出去了。没一会儿，程彻抱着个几十厘米的长礼盒走进来。

和团长向华颂等人打过招呼，程彻径直走到林青鸦身旁。

"林小姐，这是唐总让我送来的。"程彻非常"体贴"地低声对林青鸦说。

"谢谢，麻烦你专程过来了。"林青鸦抬手接过去。

"林小姐客气了，这是我分内职责。"

"……"

没等到程彻告辞的话，林青鸦茫然地看他。

程彻扶了扶眼镜，露出礼貌的微笑："按唐总要求，我必须得等您亲眼确认过礼物，才能回公司复命。"

林青鸦惊怔："在这儿？"

程彻："没关系，我可以等到会议结束。"

林青鸦语噎。

会议室里虽然是在休息时间，但大家的视线总是不自觉就拢过来，连声音都跟约好了似的慢慢低下去。

林青鸦抱着盒子的指尖微微收紧。

首位上向华颂咳嗽了声："看什么看，人家送个花、送个礼物什么的，你们哪儿那么多好奇心？"

林青鸦咬唇犹豫了几秒，抬眸问："我看过你就可以回去了吗？"

"是的，林小姐。"

"……好吧。"

林青鸦走到会议室角落的方桌旁，白思思早就忍不住好奇地跟着凑过来："角儿，我也能看看吗？这么大一个盒子，会是花还是娃娃啊？"

林青鸦迟疑地打开盒盖。

拉菲草上，躺着一只拿黑色缎带扎起的画卷。

甫一看见那条黑色缎带，林青鸦刚"退烧"没多久的脸颊就立刻又漫染上艳丽的红。

她指尖微颤了下，拿起画卷。

那条黑色缎带难能被小菩萨有点小脾气地拆掉，偷偷塞进拉菲草里面，藏住了。这叫眼不见为净。

林青鸦想着，长松了口气。然后她的目光好奇地落到卷起的画布上。

林青鸦知道唐亦从少年时期最擅长的除了数理相关外就是画画了，不管多烂的绘画条件，就算只拿根树枝在院里的泥土上随便戳几圈，他画得也总是栩栩如生。

从年初被他画在手绢上的观音坠来看，这些年不像是扔下的样子⋯⋯

林青鸦有点好奇他画了什么。

于是画卷被轻而温柔地展开。

林青鸦看到大片的墨色泼彩上星星点点，是深蓝的夜景天空，窗框隔断前月光皎白，一道身影坐在月光间。

侧过身的长裙曳地，黑发雪肤，唇红微启。

还有青丝缠着遮眼而垂的缎带。

纤细白皙的小腿在裙下，被一笔勾至脚踝，然后被浓墨"污染"。

林青鸦怔望下去。

那笔"浓墨"多了微卷的纹理，又向下蔓延，勾勒出肩颈、腰背，是一道向画中人伏下的身影。

那道全由墨笔描绘的身影背对着画外。

污黑的他捧着她的雪白。

像在亲吻里，向上亵渎。

画卷尾一行黑色细笔的字迹——

我要神明独属于我。

第十五章

我爱你，我在乎

正午的阳光慷慨地铺洒在疗养院的草坪上。暖风扑面，带着夏的微燥和青草香。

两个孩子嬉戏，追逐着跑过推着轮椅的林青鸦的身旁。

浅灰色的棉麻长裙被风掀起一角。

"夏天来了啊，林小姐。"护工阿姨拿着遮阳伞回来，一边给轮椅上的林芳景撑起，一边笑着对林青鸦说道。

"嗯，夏天来了。"林青鸦轻声应了，"可惜母亲唯一不喜欢的季节就是夏天了。"

"哈哈，我也感觉到了，平常她不会这么烦躁的，是不喜欢热吗？"

"嗯。以前表演条件没有现在的齐全，厚重的戏服穿在身上，一场戏下来体力消耗很大。如果是在夏天，很容易花了妆。"

"原来是这样啊，"护工阿姨忍不住笑道，"您母亲是地地道道的戏痴，林小姐也差不多。"

林青鸦浅浅一笑，没说什么，推着林芳景慢慢往前走。

"哦对，说起戏我就想起来，前两天在电视上看到林小姐和您在的那个昆剧团了啊！"

"嗯？"

"就你们参加的那个节目，上一期在里面有一支昆曲元素的歌舞，叫《殊途》，对吧？"

"您也看过了吗？"林青鸦有点意外。

"知道林小姐参加，我本来就有在看嘛，"杜阿姨笑着说，"不过这期可不止我看，家里外甥来做客，一家人跟着看，连我外甥那个臭小子都说你们那支歌舞是最精彩的呢，你们在这期的场外投票肯定很高吧？"

林青鸦停顿了下，轻点头："嗯，《轮回》这一期的支持率排行里，芳景团是第一名。"

"我就知道，那首歌这几天都火起来了，好多年轻人喜欢。今早我去开水间的时候，还听一个小姑娘在那儿哼哼你唱的那段戏腔呢！"

林青鸦无奈地笑。

杜阿姨又兴致勃勃说了好一会儿，才发现林青鸦似乎情绪不高。她不解地问："这支歌舞被喜欢是好事啊，怎么看林小姐反而没觉着高兴？"

林青鸦微微摇头："能有更多的目光开始关注昆曲，是我很愿意看到的事情。"

"那林小姐这是……"

林青鸦想了想，轻声说："只是以这样的表演形式展现给公众的作品，逐渐在一些媒体的运营下成为眼下昆曲艺术的代表……我想如果母亲意识清醒，应该是会责怪我的。"

"哎呀，这怎么会呢？"

林青鸦没来得及回答这句话，手机在她随身的包里响起来。她把林芳景的轮椅交给护工阿姨，走到旁边的树荫下拿出手机。

打来电话的是外公林霁清在北城大学当教授的朋友潘跃伟，上次也是多亏有他帮忙，林青鸦才找到那个古筝演奏的男生。

和对方礼貌地客套几句后，潘跃伟直接说明来意："上次提到的，想邀请你来我们北城大学给同学们开一场昆曲文化方面的讲座，不知道你考虑得怎么样了？"

林青鸦意外地眨了下眼："邀请我去吗？"

"嗯？上次难道忘记提了？我怎么记得和你聊过这个。"

外公和潘跃伟也算相熟，林青鸦没太避讳，诚实地答："我以为您只是客气两句。"

潘跃伟一愣，随即在对面爽朗地笑起来："看来还是我太不客气了？"

"没有，"林青鸦说，"只是以前去过北城大学做讲座的都是德高望重的梨园前辈，我年纪轻，资历浅，比起同学们也没长几岁，担心会不太合适。"

"你年纪轻是真的，资历浅这话可就妄自菲薄了啊。"潘跃伟玩笑地说，"如果你这样的履历和实力都要算资历浅，那梨园才真是无人可出了。"

"您过誉了。"

"那我可没有。好了，我也不难为你，下个月几场讲座的时间都空着，我之后发给你。你看哪一场时间合适，就过来跟学生们聊一聊。要是实在不想也没关系，我们以后有机会再安排。"

"好。"林青鸦只得应允下来。

从林荫下绕出来，林青鸦一边对着手机恍神，一边慢吞吞朝方才的来路返回去。

等临近了，她抬眸四下一望，就在疗养院小广场中心的喷水池旁边看见了林芳景的轮椅和护工的身影。

林青鸦收起手机走过去。

只是在离着轮椅只剩下五六米的时候，林青鸦的脚步却蓦地一顿，然后迟疑地慢下来。

她看见林芳景的轮椅旁边、原本在她视线盲区的地方，半蹲着一个人，手里提着惯例的荔枝盒子，正在和林芳景说话。

林芳景还肯搭理的——那就只可能是一个人了。

太阳炽烈。

阳光烤得林青鸦雪白的脸颊一阵微烫，卷着嫣然的红漫上来。

那天以后，这还是唐亦第一次出现在她面前。

……把那幅画卷除外的话。

林青鸦的脚步已经慢到如果脚边趴一只蜗牛，那也能超过她了。但这样细微的动静还是被某人察觉。

正和林芳景说话的青年原本半低垂着头，好像突然就嗅到什么似的，乌黑的鬓发扬起，还带着散漫笑意的面孔径直撞进林青鸦眼底。

林青鸦身影骤止。

青年扶着膝盖起身，薄唇勾着的笑于是更张扬放肆，他不紧不慢地迈开长腿，朝她走过去。

那人腿长得过分，再懒散的步子也很快就被他缩短距离，等停到林青鸦面前，偏也不说话，他就插着兜俯腰低下来，故意欠欠地靠近她。

在夏风里，灼热的气息都烫人似的。

他凑到她耳旁，声音低哑："林，青，鸦。"

"！"一秒的恍惚，就会被带回到那片昏暗朦胧的月光下。林青鸦低垂眸子，慢吞吞地抖了一下。

唐亦察觉，再禁不住哑声笑出来："真有这么大的刺激吗？你都一周没回我消息了，小菩萨。"

"你……"护工阿姨就在不远处看着，林青鸦又不能不搭理他，只能尽量平着呼吸，"你来做什么？"

"守株待兔。"

林青鸦："？"

被小菩萨难得微恼的眼神逗得心里痒得不行，唐亦哑声笑着转开眼："去昆剧团堵人没堵到，听他们说你这周常来疗养院报到，所以干脆来这里堵你了。"

"……嗯。"

"可你还没回答我刚刚的问题呢，小菩萨？"唐亦又转回来，眼角压了笑意望她，"真有那么刺激吗？"

"！"林青鸦咬住唇，在心里给他记了一笔，她低着眼没看他，从唐亦身旁绕过去。

唐亦一笑，转身跟上。

护工杜阿姨是很有眼力见儿的，没一会儿就要推林芳景回去，还没让林青鸦跟。

林青鸦原本倒也想跟上去，可惜被唐亦一两句话就绊住脚步。

"我一周没见到你了，再让我看一会儿，好不好？"

"……"林青鸦回过头。

她正瞧见他站在阳光下，那一双漂亮得过分的眼睛被光描得像黑宝石似的，湛黑又透明，压着委屈望着她。比小亦还小亦。

林青鸦其实是最不该被他故作的这副假象骗到的，她见过那双眼睛里沾染过太多的情绪了，阴沉的，张狂的，恣肆的，疯劲儿十足的。

甚至她觉得，只要他想，一秒就能剥下这层无辜外壳，变回那个模样去。

可明知道这样……林青鸦轻叹了声。

她朝他伸出手："好。"

唐亦眼底那点真实情绪差点就撕碎了委屈冲撞出来，不过还是被慢慢克制地压回去，他上前一步，然后第二步。

停在离林青鸦半米的位置，唐亦还是没忍住，勾起小菩萨的手。

他歪过头，顺着她手腕吻进掌心。

林青鸦："……"

白雪似的小菩萨又被他染成浅红色的了，从头到脚。

所幸疗养院正午时人并不多，没人看到，只有一个追着玩具汽车的小男孩茫然又不解地睁着大眼睛，从两人身旁跑过去。

林青鸦回过神："……唐亦。"她还努力压着声，瞳子里恼得满盈了春茶似的，澄澈晃着亮。

她的手指攥紧了想挣开，可那人不松，就放在下颌侧。见她握紧手，他就吻她紧并的细白手指。

林青鸦羞恼极了，目光慌得望旁边，不等看到有没有被人注意，她手腕上已经再次一紧——

唐亦把她拉向前，抱进怀里。

"都怪你。"那人埋在她颈旁，声音哑得厉害。

"？"

"因为你，"唐亦叹着，"我已经好多天没睡好了。"

"……"

林青鸦被这一句话缚住了手脚，想推拒的力收回，她迟疑了下，手垂下去，慢慢环住他："很累吗？"

"嗯。"

"不能休息一下吗？"

"恐怕不能。"

"为什么？"

"嗯……"是林青鸦问，所以再无聊的问题唐亦也愿意勉为其难地思考，几秒后他就重新埋回她颈窝里，"因为蠢货太多。"

"？"

"纠正一个错误总比犯一个错误麻烦得多。"

"……"林青鸦被他噎了好几秒，失笑。

唐亦听见她笑，情不自禁也跟着弯起唇角："而且我不像你讨人喜欢，成汤里总有想给我添堵的。"

林青鸦想了想："我母亲就很喜欢你。"

"嗯？"

"她不和人交流的，除了你。"

"她上一个喜欢的是虞瑶吧，"唐亦像随口的玩笑，"下回我帮你问问她，她怎么总喜欢些坏东西？"

林青鸦终于回神，她没顾得反驳他的话，疑惑地从他怀里退开："你怎么知道虞瑶和我母亲的事？"

"那次都看到她的歌舞团那样针对你了，我会没察觉吗？"唐亦耷拉着眼，抓着她手腕不肯松开，"回来以后我就让程彻查过了。"

林青鸦不确定地问："你没做什么吧？"

"你想我做什么？"唐亦眼角微挑起来，似笑非笑，"小菩萨贿赂我一个吻，我什么都可以做。"

"……"林青鸦被这个好像随时随地任何话题都能发散到少儿不宜方向的人弄得没办法了。

见林青鸦躲开，唐亦更笑着贴近："真不要贿赂我做点什么？"

"不要。"林青鸦诚实答，"我本来就希望你什么都不要做。"

"什么都不做？"

"嗯。"

"那这个价格就更贵了，一个吻不够。"

"？"林青鸦还没绕出这人的强盗逻辑，就感觉到手机的一下振动。她从包里拿出来，看见团长向华颂发来的信息：

《九宫大成谱》有消息了！

林青鸦一惊后，不确信地又读了一遍，等确定无疑，愉悦的情绪瞬时在她眼底绽成笑意。

"我要先回团里了，"林青鸦仰起脸，杏眼弯弯，"你要一起吗？"

唐亦轻眯起眼，不爽地望了一眼那部手机："嗯，我送你去。"

"好。"

路上。

林青鸦情绪难得高，给唐亦讲了《九宫大成谱》的历史由来和珍贵程度，中间又提起它对剧团这次尝试戏本新编的重要性。

"程仞之前就说过你们团想创作新戏本的事情，还是没有进展吗？"

"嗯，有点困难。"林青鸦笑黯了点，"戏曲类艺术，尤其是最'雅'的昆曲戏词，和现代背景的故事一直很难结合融洽。"

"一定要是现代背景的故事吗？"唐亦轻转方向盘，随口说道。

林青鸦："我认为不一定，这是对戏曲的时代性创新的认知误区——跟进时代的应该是故事立意和内核思想，而不是拘泥于故事外壳。"

"那你们团里什么想法？"

"向叔他们还在讨论适合的故事方向，但进度不快。"林青鸦轻叹了口气，"我最近每天来疗养院，也想和她聊聊想法，但她没回应过我。"

"……"

车里安静几秒。

林青鸦低了低眼，轻声笑："你说得对，上一个被母亲喜欢的人就是虞瑶。她好像一直不太喜欢我，所以就算我总陪着她，她也认不出我，不想和我说话吧。"

"她或许不是不喜欢你。"

"嗯？"

林青鸦不解地抬眸，转望过去。

唐亦张了张口，又停住，那句话他第一遍没能忍心出口，而"不忍心"这种情绪的存在对他来说实在陌生。

林青鸦看出什么，轻声道："你知道什么，可以直说。"

唐亦："你有没有想过，那是一种不纯粹的忌妒。"

林青鸦一怔，本能张口："不可能，她是我的——"

"她是你的母亲，我知道。"唐亦说，"但在那之前，她首先是一个有着七情六欲的普通人，而且是一个对昆曲有着极端追求执念的艺者。"

林青鸦一默。

她了解林芳景，也知道"极端"和"执念"两字对她的母亲来说并不为过。若不是如此，当年事业的挫折和虞瑶的叛离也不会给林芳景造成今天这样的结果。

唐亦："和你比起来，虞瑶更像她。所以她一面忍不住帮虞瑶成长，另一面又忍不住对你用最严厉的要求和教导。"

林青鸦沉默很久，低着头问："是她告诉你的吗？"

"算是吧。"

"她就算偶尔清醒，也从来不和我说话。"

"因为她愧对你。"

"她不清醒的绝大多数时候，也从来认不出我。"

车停在芳景团正门外的路旁。

唐亦回过身，解开林青鸦的安全带："你知道我怎么做到让她跟我交流的吗？"

提到这个，林青鸦忍不住抬头看唐亦："没人做到过。"所以这也是她一直以来好奇的问题。

"很简单，我给她讲故事。"

"故事？"

"嗯，"唐亦俯身过去，指腹轻轻摩挲过小菩萨细白的眼角，他低下头来吻了吻她眼角，声音低哑带笑，"讲她错过的那几年里，琅琅古镇上那个一点点长大的小菩萨。"

"……"

林青鸦怔住，回神时眼眶已经微微发潮。

唐亦察觉，故作回忆，语气也变得懒散不正经："哦，对了，我还带去了一些我画的画。"

"画？"

小菩萨没来得及聚起泪，就在恍惚里被勾走了注意。

"对，比如我让程仞送给你的那一幅，喜欢吗？"

林青鸦一默。

看穿她的赧然，唐亦笑着俯过去，就着能吻上她的距离低声道："我那儿还有几幅珍藏的，我梦里的你，小菩萨不想看看吗？"

"梦里的……"

林青鸦没回过思绪，她本能地跟着重复了几个字，就在唐亦那没羞没臊还毫不遮掩的眼神里明白过来什么。

安静里，小菩萨白皙的脸慢慢泛上红。

绷了两秒，林青鸦努力做没听到的模样，侧转过身去推车门："我要回团里了。"

话没说完就被驾驶座里的那人拉住手腕："你忘了件事。"

林青鸦回眸："嗯？"

唐亦点点下颔，脸不红气不喘："告别吻。"

林青鸦："……"

看小菩萨被逗得要自燃似的羞赧反应，唐亦笑不能抑，又忍不住继续："快，不亲就不放你下去。"

林青鸦微绷起脸，试图用正经严肃的话语劝他"迷途知返"："唐亦，你不能这样，这样不……"

"这样不好，我知道，但我就要不好。"唐亦不当人地催促着靠近，黢黑的眸子压下来，故意眼神轻薄地睋着小菩萨柔软的唇，"你不肯那我就自己来了？我来的话，停不停得下我不敢保证。"

"！"

林青鸦不想理他了。

她偏过红烫的脸颊，低下头一根一根去掰他攥着自己手的手指。

唐亦薄唇噙笑，侧靠在座椅里，懒低着眼看小菩萨"玩玩具"似的掰他手指。他没刻意抵抗，虽然确实很想再尝尝人参果的味道，但也不舍得惹她太恼，就顺从地让她一根根掰平了。

等握平他最后一根手指，林青鸦脱困，细眉一松，一点难得的活泼情绪藏进她茶色瞳里。

她转身去推开车门。

唐亦看得心痒。

喉结轻滚，他低了眼想压下情绪，却没等到关门的声音响起。

"这是，什么？"

"……"

唐亦视线一起，就见林青鸦不知道怎么没下车，低头反握住他的手。

在他掌心中间，留了一圈圆形的深色疤痕，顺着那圆圈往外，还斜着拉开浅些的一道。

唐亦眼皮一跳，手抽回去："没什么。"眼神转开两秒，他哑声解释，"前几天，不小心被烟头烫到了。"

车里安静几秒。

"不小心？"林青鸦轻缓重复。

"嗯。"

"如果是不小心，怎么会烫下那么深的疤？"

"走神了。"

"唐亦，你看着我说话。"

拗不过小菩萨就坐在旁边望着他的眼神，唐亦转回来："真的，是不小心。"

林青鸦静静望着他："你要骗我吗，唐亦？"

"……"

几个字就迫得唐亦再说不出一句假话。

他还在想要怎么解决这个问题的时候，就看见小菩萨那双眼瞳里淡淡的情绪黯下去，变得很难过。

她不说话，也不哭，就垂眼盯着他掌心。

眼神特别难过。

她一个眼神都能"杀"死他。

唐亦刚鼓起的心气顿时就垮了，哗啦啦地坍成废墟。

疯子之前把燃着的香烟撮灭在手掌里的张狂全无，他低着声凑上前："我错了，我不该骗你……是我错了好不好？别难过，好不好？"

"我们以前说好的，"林青鸦抬起低了好久的头，眼瞳果然湿得像淋过雨，"无论因为什么事情，你不能再伤害自己。"

"我没有……"

"一次还不够是不是，"她抬手，凉冰冰的指尖抵上他颈动脉前那条血红色的刺青，"还要有第二次？"

"……"

小菩萨越说眼圈越红，细白的鼻尖都镀上淡淡的一点嫣粉，看得唐亦心里又疼、又滋生出某种阴郁的快感。

在哄好她和更厉害地欺负她之间摇摆了几秒，唐亦到底没忍心，他慢慢叹出气。

小菩萨伸到他颈前的手被他握住，然后包进掌心——纤细轻巧，小得不得了的一只。

唐亦没忍住，低下头去，在她细白的手指上亲了亲："这个刺青不是你想的那样，我没有要伤害自己。"

"在这条伤疤上下刺青的针，你还说不是——"

林青鸦气恼极了，又怕自己说什么伤他的话，只得咬住唇。

"真的，没骗你，"唐亦说，"这条刺青是我用来提醒自己的。"

"提醒什么？"

唐亦哑然地笑，声音低低的："那时候我怕再也见不到你，更怕自己有一天醒来就成了一个真的疯子，把你都忘了。"

林青鸦被他握住的手一颤："所以……"

唐亦安抚地吻了吻："嗯，所以我就让人帮我刺了这条刺青。就算有一天我真成了一个把你都忘了的疯子，只要看到它，我也一定能再记起你。"

林青鸦眼底的潮意再压不住，沾湿了乌黑的睫毛。

她紧紧攥起指尖，合着眼向前吻上去："不用它，我会一直站在你触手可及的地方，唐亦……我不会再让你一个人从噩梦中醒过来，不会让你忘记。"

唐亦怔滞良久，垂眸。

他轻勾起笑，捉住她回神后赧然要离开的手："这算许诺吗，小菩萨？"

"是。"

"小菩萨若有一诺，那可是一生都不许悔。"

"不悔。"

"……好，"唐亦垂眸，压下眼底情绪，他利落地解开安全带，俯身把人压进座椅里，"那先收定金。"

"？"

许久后，车里响起小菩萨懊恼的轻声："唐亦！"

一声哑笑敛入动情动欲的磁性里。

"说好了，不许悔。"

"！"

又磋磨一周，芳景团的新戏本终于有了定论。

确定的内容方向来自林青鸦的提议，唐亦在这里面也功不可没：由他提起的给林芳景"讲故事"，再经团里讨论出的古今戏本"无奇不传"的基点，林青鸦想到立足于中华文化起源的神话传说题材——受西式文化传播的影响，西方童话故事越发占据早教市场，孩子们对格林童话、安徒生童话的熟稔程度逐渐胜于对中国古代神话传说的了解，那些瑰奇而独具民族特色的神话故事渐渐失落在历史长河里。

而在成长后期，西式超级英雄设定迅速接手了孩子们的好奇管理，文化观念的影响潜移默化，年轻人开始对西方超级英雄故事里的主角配角经历故事如数家珍，而对中华文化起源的神话传奇逐渐遗忘，只剩个别的框架了解，所知不多的细节也在慢慢消散。

市场空白已然成事实。

经过一周推演探讨，团里将第一步"神话传奇复兴"的基点落在有一定民众基础而又逐渐被忘记的《八仙过海》故事序列里。

"国外有漫威的复仇者联盟，我们也有我们自己的'神仙团队'啊，一样是各有所长各显神通，我们比他们早了多少年？"

计划初定，白思思兴奋得一路上都手舞足蹈。

"在原有神话故事上做润色改进，融入更符合现代观念的立意和思想，又有传奇故事的趣味性——角儿你这个想法太绝了，我觉得这回肯定行！"

林青鸦无奈提醒："开车要小心看路。"

"哦哦，"白思思一边答应着一边问，"团里今天不是要商讨具体故事吗，定下来没？"

"按他们初定的方案，先从八仙中的何仙姑的故事着手，暂定名是《八仙·缘起》。"

白思思笑得嘴角快咧到后脑勺："我都有点迫不及待要看咱们编出来的戏本了！"

"你收收注意力，小心跑错路。"

"哎！"

题材方向确定，具体的戏本内容就是专业团队的事情了，林青鸦没有贸然参与，而是着手另一件事：

《九宫大成谱》的线索终于确定，其中一卷收藏在一位多年昆剧票友的老先生家里。

林青鸦这趟出来，就是要和对方借这卷孤本的。

来之前通过电话，老先生对林青鸦和她母亲林芳景的名号了解甚深，对林家的昆曲世家渊源也尊重有加，几乎没什么犹豫就答应将这卷孤本出借给芳景团。

由此，向华颂拜托林青鸦亲自上门来请这卷古书，林青鸦自然是欣然同意。

到了老先生家里，对方非常和蔼热情，和林青鸦探讨了一下午的昆曲唱段。

见老先生激动，林青鸦也成人之美地为他清唱了几段他最喜欢的折子戏，唱念身段和眼神更是看得老先生几次拍手叫绝。

兴之所至，时光匆匆。

一下午悄然过去，眼看着夕阳都在天边摇摇欲坠，老先生再意犹未尽也不好意思多耽搁林青鸦了。

他坚持要亲自捧着收敛古书的盒子，把林青鸦送到自己的别墅院外，林青鸦拗不过，只得同意。

结果出了别墅院门，没见白思思，倒是见到了倚车等着的唐亦。

那人懒斜着长腿靠在车门旁，也不知道等多久了，像棵被太阳晒蔫的树，没什么情绪地撑在原地。

直到望见林青鸦，他眼底情绪一跳，前一秒还蔫巴巴的"树叶子"登时抖擞。

林青鸦意外地一停。

等回神，她无奈垂眼，转身望向老先生："谢谢您送到这儿。等抄录过，我们一定完好无损地送回来。"

林青鸦说完抬起眸，才发现对方的视线一直定在她身后——老爷子脸上的慈和笑容不知道什么时候不见了，变得错愕又愤怒。

唐亦恰在这安静里，已经走到林青鸦身旁不远处。

"他、他是来接你的？"老爷子回神，颤巍巍抬手，愤怒地指着唐亦，问林青鸦，"你和他认识？！"

林青鸦怔住。

她心头升起不好的预感。

唐亦也同样。听见这话时他已经慢下脚步，眼神微沉。

他行事从来张狂放肆，林青鸦不在那些年更是无所顾忌，得罪了多少人他自己都数不清，更记不住。

而眼前这位老爷子，恐怕就是其中之一。

唐亦最聪明，心思也转得极快，一两秒后已经是懒散又疯的眼神，他恶意十足地盯着林青鸦："这不是小观音吗，不喜欢就不喜欢，躲我干什么——还躲来这么偏的地方？"

老先生一蒙，随即反应过来什么，他似乎并不意外唐亦的脾性，眼神厌恶地瞪了一眼唐亦，然后转向林青鸦："他纠缠你？没事，跟我回去，待会儿我让人送你——我看他敢不敢进去！"

他扭头："小七！"

"汪汪！！"

老人的独栋别墅院里，安保牵着的狗跟着一阵狂吠，凶狠得像要扑出来似的。

林青鸦怔怔地望向唐亦。

那人给她使了眼色，便懒垂下眼，轻笑了笑："不进就不进，谁稀罕啊！"

他插着裤袋，懒洋洋地迈着长腿，倒着往回退去。

疯子笑得依旧张狂又不驯，但他低了头，避开了她的眼。

那一垂眸里，是近失落的真实。

林青鸦心口忽地疼了起来。

"唐亦！"

她想都没想地喊住他，然后看见疯子抬眼。

像不可置信，又欣喜。

林青鸦心口疼得更厉害，她替他难过、委屈，替他怕院子里凶吠的狗，替他想起年少时投在地上、永远孑然孤独的影子。

这世界不爱他。

人人讨厌疯子。

可影子拉长又缩短，回到起点的脚底。

瘦瘦小小，蜷在古井边。

原来那个张牙舞爪的疯子，只是那个走错路的孩子。

如果有的选，谁要做"疯子"。

"……唐亦。"

林青鸦难过得快哭了，她朝他抬起手，又垂下。

这一次她走向他，然后跑向他。

她抱住唐亦的腰。

唐亦僵在原地，怔垂下眼："你别……"

"没关系。"

她靠在他胸膛前，听见里面震荡的心跳声，她颤着合眼。

这世界不爱你，但没关系。

"我爱你，唐亦。"

《九宫大成谱》自然是借不成了。

老先生见两人模样，早气得甩了袖子，他抱着盛着古书的木盒，转身回到自家院里。

别墅的院门被摔得震天响——

"以后都别来要，这书我不借你们了！"

"……"

院外寂静。

林青鸦在那一声震响里早回过神，长辈面前这样不止乎于礼的行为在林家的家教里该是反面案例的典型，从小到大她也没这么出格过。

但林青鸦并没有松手：这回既已经出格了，那就出得久些；要鼓起这样的勇气太不容易，下一次不知道要等到什么时候了。

尽管这样安抚自己，林青鸦还是忍不住地心绪有点乱，呼吸也不稳。

初夏衣衫正单薄，浅浅两层布料隔着，难过情绪过高时还没什么，到现在冷静下来，她几乎能感觉得到唐亦硌在她身前的有点硬硬的腹肌块了。

越想忽视就越敏感，雪白的小菩萨差点把自己"灼"成枝头嫣然欲滴的杏花。

她只等着唐亦一有动作，就松开手退开来。

可那人偏一动不动。

忍了又忍的小菩萨终于忍不住，但也没好意思仰脸看，就抱着他问："唐亦，你怎么不说话？"

头顶默然几秒，声线低低哑哑的："我在复读。"

"……啊？"

"脑内存了个复读机，现在正在循环播放你刚刚的那句话。"

林青鸦一默。

头顶声音压低下来一点："怎么不问我是哪句话？"

林青鸦不上他的当，轻声："我知道是哪句。"

"哦，是哪句？"

"……"

小菩萨憋着不说话了。

唐亦却笑起来，松下绷得发僵的肩背，笑尾里他轻叹了口气："我要是接下来一周都睡不着觉，小菩萨你要负全责。"

"为什么？"

"因为是你这句告白惹的。"

林青鸦迟疑地退开一点，仰起下颌观察他："可是你看起来是平静的。"

"是吗？"

唐亦握住她垂在身侧的纤细手腕，抬起她细白的手指抵在自己左边的胸口。

林青鸦微慌，刚想挣脱回来，就被他的手掌完全抵住——

"听。"

林青鸦停住。

是他的心跳声，急促、有力，像在她掌心里跳动。

"平静吗？"唐亦问。

林青鸦摇头。

"不，挺平静的。"唐亦说。

林青鸦："？"

"刚刚可比这个急多了，"唐亦懒低着眼，笑不正经，眼神却深如渊谷，"我还以为自己要死了呢。"

林青鸦严肃："不要拿生死大事开玩笑。"

"我没开玩笑，遗言我都想好了，就四个字，"唐亦扶着小菩萨的后腰，不让她退，而他俯身到她耳旁，"……死得其所。"

"？"

林青鸦不及反应，就见近在咫尺的那双黑眸里情绪汹涌掀覆，而她被一个再压不住凶狠的吻淹没。

林青鸦空手回到团里，第一件事就是去团长办公室找向华颂主动认错。细节避过，但主要成因上她没做隐瞒，坦诚说明了来龙去脉。

结尾她拢回自身："让唐亦卷进团里事情是我的过错，这件事我一个人承担。"

"哎，青鸦，你这样说就太见外了，"向华颂松开听时皱起的眉，"不说唐总的注资给咱们团解决了多少燃眉之急，就算只提古书这件事，人家老先生也是看在你和你母亲的面子上才答应出借的。"

林青鸦没有推诿："出借失败由我而起是事实，《九宫大成谱》的事情，我想请假回我外公家一趟，看他那边还有没有别的渠道。"

"没问题。能有再好不过，但就算没有，我们也不是离了它就没法编新戏，你别为难。"

"我明白，谢谢向叔。"

"不过唐总怎么会和那位老先生结怨？元老先生是位老票友，我认识他好些年了，他很少和外人来往，要不然我也不会知道这卷《九宫大成谱》就落在他手里。"

林青鸦也意外："所以他和唐亦应该没有交集？"

"是不该有，这老先生早年从商，但退休十年不止了，家里资产早就分给他的儿子们……坏了！我知道怎么回事了！"

林青鸦还怔着，就见向华颂急急忙忙从办公桌后起身，快步绕到她面前："我怎么把这茬忘了！他小儿子就是最早赞助咱们团的那家公司的老板，被成汤集团并购的那个！"

林青鸦怔住。

已经有点模糊了的记忆在向华颂的提醒下，浮现在她脑海里。

"……原本芳景昆剧团背后的那家公司，截止日期当天晚上差最后一笔银行放贷就能还清欠债、免于并购——可是隔了一个周末，人家银行不上班。为能宽限两天时间，老板带着一家老小，都去公司给那个唐亦跪下了！

"那疯子眼都没眨一下，该开会开会，该办公办公，愣是放那一家老小跪了半个钟头、自己走的……"

林青鸦恍回神，心情复杂又无奈。

向华颂尴尬地搓手："这件事还传得挺开的，元老先生明面上早不管儿子们的事情了，但心里肯定过不去，也难怪会为难你们。"

林青鸦轻叹："老先生的小儿子现况如何了？"

向华颂说："他的几个哥哥接济他们一家，听说已经转行做别的去了。除了名誉折损，倒没出什么大事。"

林青鸦稍稍放心。

向华颂思来想去，最后摇着头叹："成汤这位太子爷的脾气，北城圈里没几个不知道的。他自己有能力有资本，又有唐家这庞然大物罩着，这辈子估计没什么他能碰的壁——养出这个脾性，也难免啊。"

"……"

林青鸦想替唐亦解释，但又无从说起，只好放弃。

不过这欲言又止被向华颂看到，又误解成另一番意思："青鸦，你别多想啊，我可没挑拨你们的意思。唐总只要是真心追你，在你面前会收敛些的，你别太担心。"

林青鸦听得更欲言又止了。

但她到底不是会把相处私事说给外人听的脾性，所以最后只摇了摇头："嗯，我不担心。"

向华颂更尴尬地转移话题："那个，唐总是不是送你一起过来了，在剧团外面等吗？"

林青鸦："没有，他说有事，先回公司了。"

向华颂一愣，随即玩笑："那还真难得。"

"嗯？"

"哈哈，团里几个年轻人不都玩笑说吗，唐总追你追得跟粘上了吸铁石似的，只要有时间，到哪儿都一定要跟着。"

说者无意。

林青鸦却听得一怔。

到此时她才回想起，唐亦知道那卷古书的重要性，也看得出元老先生是因为他才拒绝出借，可打从离开元家前算起，他一个字都没提过那本古书的事情。

那绝不是他的脾性。

林青鸦表情微微慌了，她拎起包从沙发前起身："向叔，我要回去一趟。"

"啊？回哪儿去？"

"元老先生家里。"

"你想去找老先生说情啊？我劝你别去了，那老爷子固执着呢，恐怕不好说话的。"

"不是，"林青鸦不安地攥紧了指尖，"我担心唐亦回去找他了。"

"唐总？他回去干什——"向华颂话没说完，脸色也变了，"真是相处多了，我怎么也把唐总那暴脾气忘了？那老爷子一把年纪，可经不起他推拎一下！快快，我开车，咱一块儿过去！"

事态紧张，林青鸦没时间推辞了，和向华颂快步出门。

元家别墅。

院门口好一阵闹腾，元老先生身后跟着牵狗的安保人员出来时，唐亦已经和元家的两个安保对峙许久了。

"唐总好大的威风啊，"老爷子见着唐亦就气不打一处来，冷鼻子冷眼地讥讽，"怎么着，现在这块别墅也是你们成汤的地盘，所以你唐总耍威风都要耍到我家里来了？"

唐亦终于等到正主。

他轻一卸力，就把被他制衡住的两名安保的手臂松开。压了压眉眼间戾意，唐亦抬眸望过去。

"元鸿博是你儿子？"

"……"

老爷子登时被这仿佛不会说人话的小辈气得不轻。

他缓了两口气，也不打算作答，只冷飕飕地看唐亦。旁边的狗倒是很通主人心思，也或许能觉着面前这个人不是善茬，就在保镖手里牵着的绳的束缚下，龇牙咧嘴地朝唐亦叫唤。

唐亦视若无睹，得了默认他就懒耷下眼去："你手里那卷书我想要，你开个价吧。"

老爷子终于被气笑了，差点让人松绳放狗："都说成汤唐总了不得，年纪轻轻就心狠手辣，上位没几年收拾得半个成汤服服帖帖，我还以为多大能耐，原来是见面不如闻名啊！"

当着几个安保人员的面，唐亦被嘲讽也没什么情绪，语气几乎称得上是平静、认真的："什么价都能谈。"

"是我给你脸了还是你听不懂人话？"老爷子冷怒了神情，"或者你成汤副总就真狂妄到、以为这天底下所有东西都是能拿钱买的？！"

195

"钱当然不能。但你误会了。"唐亦终于抬回眼。

"我误会什么？"

"我说的出价不是说钱，是说任何事。"唐亦始终声音平静，他从那两个安保中间穿过，停到那只朝他狂吠的狼狗前面。

"汪汪！！"

绳子被绷得紧颤，牵狗的安保皱着眉看唐亦。

唐亦却蹲下去，隔着一米，和那只像要扑上来撕了他的狗对视，然后他抬眼，眸子黝黑又平静地看着老人。

"元鸿博去成汤那天总共他一家四口，在办公室外面跪了半小时——这些是公司里的人说的，我没注意，有错误你可以纠正我。"

老爷子气得脸色难看，字字从牙缝往外挤："你想说什么？"

"四个人加起来，就是跪了两个小时，想翻几倍，你可以提，我跪还给你。"

元老先生登时噎在那儿。

他怎么也没想到，这位堂堂成汤太子爷，北城圈里出了名狂妄的疯子，出口竟然是这么一句。

唐亦没等到回答，微皱眉，又指了指面前那还在狂吠的狗："你要是觉得不够，让它咬我，或者让他们打我一顿也行，我不会还手。"

他想了想，补充："轻重没关系，但不能伤到衣服遮不住的地方。"

"……"

近乎窒息的沉默后，老爷子终于回神，脸色铁青："你这是在威胁我还是恐吓我？"

唐亦安静起身："我只是在跟你谈那卷书的价格。"

老爷子一窒："你说的出价就是……"

和唐亦对视几秒，元老先生终于确定了：这疯子不是在开玩笑或者恐吓威胁，他就是认真的。

疯也是认真的。

老爷子感觉完全没消气，更气了，但比更气还气的是，他这么一大把年纪了竟然还要和这么一个完全不正常的疯子计较。

他总不能真让唐亦跪到元家门口！

老先生气不消，也不想见这疯子，扭头就想往回走。

"我让你开价。"

冷冰冰的声音从身后追来。

老爷子没打算理会。

"你子女很多，把柄和弱点更多，我不想威胁你。"

"……"

老爷子身影骤停，气得嘴唇都差点哆嗦。

他扭回去怒瞪站在那儿的青年。

青年依旧平静，凌厉而漂亮的面孔上懒淡得毫无情绪："我说了我不想威胁你，所以让你开价。"

"你还不如直接威胁我！"

"不行。"那人终于有点表情了，他皱起眉，似乎为难，"她知道了肯定要生气。"

"……"

老先生半晌才平复呼吸，但火气显然没消干净，嘲骂道："我还真以为唐家继承人是个什么硬气货色，原来只是个为了女人就能软了膝盖的软骨头！"

唐亦不为所动，眼神都没带起一丝波澜："你是要选跪吗？"

老爷子冷冷看着他，许久才突然说："你一点都不觉得自己有什么错，是吧？"

唐亦一顿。

须臾后，他轻撩起眼，薄唇一勾，竟笑了："对，我没觉得自己做错什么。商场如战场，愿赌服输，他自己犯的错，我为什么要容忍，再给他机会？"

老爷子嘴唇翕动，气得像要说什么。

"啊，对了，他带着他妻子和两个孩子去公司跪了半小时——可那又怎么样？"唐亦笑起来，眼底情绪渐恣肆而难以收敛，"跪是什么大事吗？半个小时怎么了？他跪了我就要同情、就要心生不忍？抱歉，完全没有——就像我说抱歉的时候也完全没有真的觉得自己需要抱歉。"

"……"

唐亦笑够了，抬起眸，对上那几个安保和老人看向他的眼神。他们有惊恐、有恨怨，不约而同的是厌恶。

他们看他像在看一个怪物。

唐亦早习以为常了，他懒惰地低下声："说完了，出价吧。"

老爷子终于回神："你既然什么都不在乎，还要那书干什么？"

"是她想要。"唐亦说。

老先生脸上露出更加厌恶的情绪："林家昆曲世家，阳春白雪的渊源，到这一代怎么会和你搅在一起？"

"……"

疯子眼底情绪猛地一跳，戾意差点就没压住。

几秒后他缓下气息，点头："就像你刚看到的，我没教养，不通人情，冷血，狂妄，自私，我行我素，疯子，神经病……"

"但她不一样。"他张开手，又握紧，像虚握住什么，"她和我完全不同。她身上有我见过的所有的美好的和明亮的东西，为了她和她身旁的这一点干净，我什么都可以做，我也什么都不在乎。"

他抬眼："所以我说随便你开价，是要打要跪还是别的什么，我都——"

"我在乎。"

"……"

唐亦身影骤然僵住。

"书我不要了。"一道纤细身影从他身后的院门外走进来，在他身旁停住，"非常抱歉，打扰您了，我们这就走。"

林青鸦朝老人躬身，然后她拉住唐亦虚握的手。

懊恼又无奈，而无奈又温柔。

"跟我回家。"

车上一路沉默。

开车的是向华颂，他自己的私人小轿车，空间不大，前排和后排之间更有点狭窄。

林青鸦拉着唐亦坐在后排，唐亦自己的车被撂在元家外面——林青鸦不放心他现在的状态开车，就把他也带上了向华颂的车。

于是一双大长腿被迫憋屈在后排的狭小空间里，唐亦低垂着眼，不说话，任林青鸦牵着手，整个人的状态堪称乖巧。

如果之前没听见他在元家门口说的那番话，那向华颂可能都要信了。

想想听到的那些，再看一眼后排"乖巧"得能叫外人觉得惊悚的疯子，向华颂默默地咽下所有疑问，把视线从后视镜里收回来。

漫长的一路终于结束。

车停在芳景昆剧团的剧场外面。

向华颂斟酌着转回身来："青鸦，你看我是先把唐总送回成汤，还是？"

"不用麻烦您了，向叔，我还有话想和他谈。"

向华颂点头："哦，好，那要不你们进团里……"

向华颂话没说完，看见后座里的男人慢慢撩起眼，黑黢黢的眸子凉睨过他，然后落向车门。

体会了几秒，向华颂恍然："……那还是我走吧。"

老团长泪流满面地下了自己的车，一步三回头地进了剧团。

车里复安静下来。

林青鸦垂眼，把唐亦的手翻过来，掌心朝上。那道香烟灼烫留下的疤痕还没有消，她手指轻触上去，指尖下就跟着一栗。

林青鸦忙缩回手，蹙眉问他："疼吗？"

"不疼，早不疼了，"唐亦合拢指节，藏起伤疤，想把手抽回去，"本能反应。"

林青鸦握住他要抽回的手："孟奶奶给我打过电话。"

唐亦眼神一冷："她还敢找你？"

林青鸦垂着眼，声音很轻："她把上次你烧花房前对唐家的副管家说的话，说给我听了。"

唐亦顿时心虚："你别听她胡说。"

林青鸦："二选一那个，是她胡说的吗？"

唐亦张口要回答。

林青鸦："你不能骗我。"

唐亦："……"

车里的安静就算是对林青鸦的问题如实作答了。她握着他的指尖更用力，微微发白。

不等唐亦想出哄小菩萨的法子，就见林青鸦抬眸，认真地望着他："唐亦，你不能再这样了。"

唐亦笑："我怎么样了？"

林青鸦轻皱着眉："你知道我说的是什么。"

"啊，你是说今天的事和烧花房那天的事？"唐亦微微挑眉，做不在意的神情倚回座里，"我今天会那样说，是因为我知道元家不敢得罪我，他也不可能真让我出什么事——不然就算我不计较，唐家颜面为重，孟江遥就不会轻易放过他的。"

林青鸦轻抿唇，没说话。

唐亦懒洋洋地抱起手臂，侧过眸子来，似笑非笑地轻睨着她："包括花房那天也一样，我知道他们不敢担责，所以才那样说。"

"……"

小菩萨低垂着眼，茶色的瞳子半遮，细密的睫毛小扇子似的奲下来，让唐亦看不清她的眼神。

也就无从判断，她是信了还是没信——

虽然是路上临时想到的借口，但唐亦推敲过逻辑，确实是基本站得住脚的实话没错。

这一次车里的安静持续得更久。

久得唐亦难得心里有点慌，他不自在地放下胳膊，手扳起横在两人中间的扶手箱，他撑着座椅躬身低头，想从下面看小菩萨的反应。

他一边低身，一边哄："我说的是真的，他们不敢……"

"以前的事，过去就让它过去。"林青鸦突然开口说。

唐亦意外，回神一笑："好——"

林青鸦："但这是我最后一次无条件原谅你，唐亦。"

唐亦笑容停住："？"

林青鸦："如果以后你再说出这样的话、再做出任何不考虑自己安危的事情……"

唐亦哑声："你就要再离开我一次吗？"

"？"林青鸦一怔，皱眉，"我当然不会拿这样的说法伤害你。"

"……这可是你说的。"

"嗯。"

唐亦眼底荫翳散尽，薄唇顷刻就勾回笑，他俯身要凑过去亲他的小菩萨，结果却被躲开了。

唐亦索性倾身，把林青鸦堵进车门和座椅的夹角间。

林青鸦退无可退，只能抬手捂住唐亦要低下来吻她的薄唇和下颌。

林青鸦不满又严肃："让我说完。"

"……行，行，让你说完。"唐亦不甘心地在小菩萨掌心亲了一下。

林青鸦把人推开点，坐直身："我不会那样做，所以我也不许你用任何行动或言语伤害你自己。"

唐亦懒垂着眼："嗯，只要你不离开我就行。"

林青鸦："但如果再发生这种事，还是要有惩罚。"

"什么惩罚？"唐亦弯起唇，眼神幽暗，"罚我给你画画怎么样？"

"……"

林青鸦微绷起脸。

虽然她不知道唐亦说的这个"惩罚"具体是怎么操作，但看唐亦神情模样也知道，一定不是什么好事情。

所以林青鸦想了一两秒，就摇头表示拒绝。

唐亦遗憾。

不过这没耽误他靠着车座也不忘把小菩萨往角落里迫，一双乌漆麻黑的眸子更是要粘在林青鸦身上似的。

林青鸦被他迫得蹙眉，然后就突然被提醒到什么。

茶色瞳子罕有地泛起点明落的浅笑意，林青鸦说："我想到了。"

"嗯？"唐亦正把着小菩萨一缕青丝，慢绕在指间。

反正他除了她没什么在乎的，只要她不离开，所有"惩罚"对他来说都算不上惩罚。

唐亦刚想完，就听见耳边声音轻轻软软的："如果再有一次，那就罚你一个月不准碰到我。"

唐亦僵住。

"哦，头发丝也不行。"林青鸦残忍地从他掌心里把自己的那缕头发拎出来。

唐亦："……"

僵持数秒。

唐亦："你认真的？"

林青鸦："嗯。如果继续犯，那就叫累犯，要加倍罚。"

唐亦沉着乌黑的眸子看她，微微磨牙："……果然观音都是最狠心的。"

林青鸦："你如果不再犯，那就不会受罚了。你答应吗？"

唐亦："我能不答应吗？"

林青鸦想了想："不能。"

唐亦气笑了："小菩萨怎么这次一点都不慈悲心肠了？"

林青鸦装作没有听到，又重复问："你答应吗？"

"……"唐亦长叹气，哑声笑，"好，我答应。是不是还需要我签字画押啊，小菩萨？"

"不用，如果你再犯，那我会单方面执行的。"

得了根本保证，林青鸦看起来终于放心下来，蹙着的细眉也松开了，茶色眼瞳清落落的，望他的样子特别勾人。

唐亦喉结轻滚了一下："你刚刚说过，这是最后一次无条件原谅我，所以我这次不需要接受惩罚，对吗？"

"嗯。"

林青鸦想都没想地点头。

"好。"唐亦轻舔过上颚，勾笑，抬起手掌，"放回来。"

"？"林青鸦露出迷茫神色。

唐亦没说话，眼神勾了勾，落到小菩萨软趴趴垂过肩的那一袭青丝上。

林青鸦听懂什么，陷入默然。

"怎么不动，小菩萨是打算说话不算话？"

"……"小菩萨雪白的脸颊透上粉。

又过去几秒，林青鸦终于扛不住唐亦的眼神攻势，慢吞吞揪起来一缕长发，然后自己送到唐亦掌心里。

唐亦勾在指间攥住，再忍不住笑，俯身压过去。

约法三章结束后，恢复到温柔无害状态的小菩萨看起来弱小又无助："我们还在团长的车里。"

"知道，我不做什么。"

"真的？"

"嗯，我就亲一下。"

"……就一下？"

"就一下。小菩萨听话，来，把手拿开。"

"……呜！"

事实证明。

疯子是个诚实的骗子。

《九宫大成谱》最终还是被元家的老先生托人送来剧团里。

老爷子自己没露面，只让来人捎了话，说这卷古书还肯借给他们，和成汤集团那疯子半点关系都没有，完全是看在林家和小观音的面子上。

然后他又专程写了字条让林青鸦捎话给唐亦：元家懒得计较，唐亦能开的最好的价格，就是永远都别再出现在他面前，看得实在叫人心烦。

老爷子嘴硬心软，昆剧团的礼节却不能丢，收到古书后，向华颂第一时间带上简听涛，亲自去元家道谢。

这段恩怨这才告一段落。

至于后来唐亦有没有如这位老爷子所愿，那就是后话了。

古书借到手，芳景团里的戏本新编工作更进行得如火如荼。节目组那边也没落下，第三期主题名为《碰撞》的演出赛很快就官宣开始录制。

林青鸦带着团里的演员，由节目组安排了包机，跨省去了新的录制地。

《碰撞》这一期也比较"奇葩"，之前六个团队都是各自为战，演出赛上线后由场外观众统一给六个艺术团体投票计分。

而这一期却要求两两联合，共成三组，组间进行演出赛的比拼，结束后会将这一期的计分在组内共享。

"碰撞"之意既取在组内合作的兼容和冲突，又落到组间的竞争点上，引发了不少观众的浓厚兴趣。

这期是自由组队，早在第一期《初见》的会议时，京剧团的方知之就拿到过这期主题内容的消息，早早和林青鸦预约了两方合作的事宜。

所以民族舞团体的负责人非常热情地找来邀请芳景团合作，林青鸦也只能婉拒了。

而北城京剧团这边，方知之算是和"偶像"同台演出，激动得不得了，他们组的录制全程，从几次会议到预演排演和正式录演，两团听的他最多的一句话就是："听林老师的！"

所以这期录制没两天，这话就闹成了个笑梗，在节目组的工作人员间传开了。

《碰撞》期录制的最后一天，下午三点。

正式演出赛的内容已经录制结束了，只剩下一些节目组需求作为预告或剪辑备用的镜头。林青鸦和方知之作为两团的主演老师，在台上带头配合着节目组的要求，进行镜头补录。

这个棚子里的工作临近收尾，节目组也都松散下来。没人注意到，一道戴着黑色棒球帽和口罩的修长身影出现在休息区里。

这边离着高台很近，能把台上看得清楚。两名工作人员等着收尾，就坐在椅子里压着声聊天。

"嘿，最后又是林老师和'听林老师的'的镜头啊？"

"哈哈，可别让京剧团的听见。"

"听见怎么啦，他们领队自己的口头禅嘛，节目组里谁不知道？而且那天有人跟方知之说，他不以为耻反而很高兴好不好？"

"方知之真是林老师的头号迷弟粉丝。"

"我看不止吧，前两天还有人打赌，说要看看他能不能把林老师追到手呢。"

"方知之对林老师有要追求的意思？"

"瞧你这话说的，小观音生得这么美，但凡身份地位相当、自觉能够得着的，谁不想啊？"

"也是。不过林老师现在是单身吗？"

"应该是吧？哦说起来，前两期组里不知道哪儿冒出来的谣言，说林老师和成汤集团的那位太子爷有牵扯呢。"

"啊？这两个人，感觉差得也太远了。"

"是啊，我也说他们是胡咧咧。这一个是成汤太子爷，心狠手辣还荤素不进一疯子；另一个是小观音，梨园里最阳春白雪的昆曲里一尘不染的天仙儿似的人物——这俩人哪像是一个世界的人啊？"

"……"

另一个人的回应还没到，高台方向一阵动静，引得这边连忙拉拽："哎你快看，看方知之瞧林老师那眼神，像不像丢了魂儿似的？"

"还真是。"

"啧，瞧这身段眼神，难怪他们说林老师是什么……哦，'观音的身，妲己的命'呢。"

"哈哈，你这话可别——"

"砰！"

一声惊响，吓得两人止了话，扭头看向旁边。

戴着黑口罩和棒球帽的男人俯身，单手就把那张倒地的椅子拎起来。

"啪。"

摆正。

做完以后，那人才懒垂下眼，黑色口罩上方，漆黑眸子凉冰冰地望两人："更衣间怎么走？"

"直、直走，左拐，第三个房间就是。"

"谢谢。"

最硬邦邦的道谢扔下，那人手插回黑色运动服的口袋里，迈着长腿走向更衣间。

等他走了，这两人才不约而同地抖了下，回神。

"那谁？看人怎么跟个阎王似的？"

"不认识，是节目组的吗？"

"不知道啊，捂得那么严实，就眼睛露在外面——话说他眼睛好漂亮啊，就是眼神贼吓人，刚刚他拎那椅子的时候，我还以为他要抢咱俩脑壳上呢。"

"是挺吓人的。"

"……"

第三期的录制终于结束。

林青鸦和意犹未尽的方知之作别，回到节目组安排的临时更衣室里。其他年轻演员的戏份早结束了，更衣室里一片死寂，还黑着，没开灯。

林青鸦刚结束录制，手机自然没在身上，只能凭记忆在黑暗里摸索墙上的灯开关。

进来几步后，她摸到开关上。

林青鸦眼神一松，刚要按下去。

"啪。"

黑暗里，她的手腕突然被人捉住。

林青鸦一惊。

"谁……呜！"

有人扣住她柔软的唇和下颌，从背后把她压抵到墙壁前，熟悉而微灼的呼吸隔着长发吻上她后颈。

"林老师，"黑暗里那人声线低低哑哑的，"我是你头号粉丝，喜欢你好多年了。我也不想这样对你的，可谁让你高高在上、光芒万丈的，永远都看不到我呢。"

林青鸦自然听得出唐亦的声音，事实上在他俯身压上来、开口前她就认出来了。

所以这话也听得她格外莫名。

那人扣在她唇前的手并没用力，林青鸦轻一偏脸就躲开了，她不解地侧过眸子："唐亦？"

"……"

黑暗里无人应答。

林青鸦："你先松开我，我要把演出服换下来。"

"什么演出服，妲己的？"

林青鸦茫然："什么？"

黑暗里沉默须臾，林青鸦长垂的青丝被拂勾在掌心，那人撩开她长发，这一次将炙灼的吻没有阻碍地落到她细白的颈后。

林青鸦攥起指尖，红透了脸颊："唐亦，你别在这儿——"

身后那人一本正经："爱妃别怕，朕来帮你换衣服。"

林青鸦："？"

唐亦的昏君游戏没能顺利进行下去。

他带着醋劲折腾小菩萨还没过去一会儿，就有人把更衣室的门敲响了。

黑暗里的动静收住。房门拉开一道光隙，一个芳景团的小演员探头进来，迷茫地在昏暗的房间里扫视一圈。

他的视野从亮突然到暗，显然什么也看不清，过去好几秒就挠着头试探地喊了声："林老师，您在更衣室里面吗？"

不远处的昏黑角落里，唐亦从后把林青鸦完全扣抱在怀里，不让小菩萨有活动的余地。

而到此时，他才昏君范儿十足地、懒洋洋地抬起了眸："啧。"他在她耳边不满地轻声。

唐亦慢慢松开扣住林青鸦的手，插回裤袋，退后半步。

林青鸦回身。

适应过昏暗光线的茶色瞳子像是描着盈盈水色，赧然又恼地望向唐亦，同时她应了门外一声："我在里面。"

尾音如往常地轻，还带一点细微的颤腔。

小演员只觉得声音不大一样，但又没太听出情绪，就迷茫地问："老师，您身体不舒服吗？"

"……没有，出什么事了吗？"林青鸦抬手理过演出服浅色立领下的细扣，就想走去更衣室的门口。

可惜一两步刚踏出去，她就被身后黑暗里伸出来的手臂拦腰抱住。

林青鸦："？"

小演员没察觉这响动，在门外开口："没出事，就是收到了节目组的通知，说今晚临时安排了一个酒会，邀请各团队参加……"

那些话声打耳旁过，唐亦听得心不在焉。就环着怀里盈盈一握的腰身，他低到她耳旁轻声："不许出去给人看……至少现在不行。"

林青鸦自己看不到，他却看得清。方才昏暗里把小菩萨折腾成怎样眸子盈盈眼角沁红的动情模样，唐亦自己最清楚不过。

白雪似的小菩萨已经够要命的了，这个模样怎么也不能被外人看到。

想起戏台子上和林青鸦一唱一和相映成趣的那个唱京剧小生的小白脸，唐亦满心都浸得酸溜溜的。

他怀疑这会儿从自己心脏泵出来淌进血管里的已经不是血，而是醋，还是陈年老醋。

"……所以他们让我来请您过去，车就在录制棚子外面，等——"门口的小演员耳朵动了动，停住话头，他迷茫地问，"林老师，更衣室里还有其他人吗？"

林青鸦顾不得和唐亦计较，只得放弃走出去的想法，轻声回道："之前和节目组说过，我们团不再参加这类与演出赛无关的酒会活动了。"

"啊，对，但他们说这次例外，"小演员被转走注意，"好像说是有个什么国际上特别有名气的舞团在国内办巡演，被节目组邀请来了，有可能在最后一期露面，所以让各团体今晚务必出席。"

林青鸦听得微蹙眉，思索几秒后她还是点头："好，我知道了。等我换好衣服就出去。"

"行，那我到外面等您。"

林青鸦微微停了下眸子，又恼又无奈地望了一眼还紧紧环住自己腰身的手臂："……不用，你们收拾好就回去休息吧。我自己过去。"

"好的，林老师。"

房门关合。

视线重回黑暗。

唐亦终于不再压着声："小菩萨怎么就这么好欺负？提前说过的事情，他们临时备车叫你去你就要去，他们算老几？"

林青鸦听出他情绪波澜，轻声解释："我自己一个人的话可以严格按原则办事，但芳景团都在节目组里，我不能太不通人情。"

"不通人情怎么了，他们还敢给你小鞋穿吗？"唐亦凉冰冰地低笑了声，"是谁这么'懂事'想我安排出场剧情，我得好好会会才行。"

林青鸦无奈："你别闹，也别去欺负人。以势压人不对，也不好。"

唐亦顿住，一字一停地重读她："小菩萨。"

林青鸦："我要换衣服了。你先出去，好不好？"

唐亦："说'不好'可以不用出去吗？"

林青鸦："……"

林青鸦发现对某些人确实不能太菩萨心肠，不然就会被得寸进尺，所以她不再留任何余地，轻声严肃地说："不可以，要出去。"

"……"

唐亦低哼了声，发泄似的在小菩萨唇上亲了下，这才转身离开更衣间。

等林青鸦换成来时的常服，从更衣间出来后的第一眼，就看到懒洋洋撑着长腿靠在墙壁前的唐亦。

像个靠在角落里关机充电的机器人似的，懒散又恹恹，不过等视线甫一抬起来触及她，那双黑漆漆的眸子里就当场电量满格了。

唐亦迈开长腿走过来。

林青鸦犹记得他在更衣室的黑暗里的"恶行"，本能地红起脸颊，茶色眸子避开那人侵略性十足的目光。

林青鸦说："我接下来要去节目组酒会，你先找酒店休息？"

唐亦低眼轻睨着她："我用不着酒店，看你就是休息了。"

林青鸦无奈："我身上又没有供能系统。"

"怎么没有？"唐亦笑，"他们用电能、太阳能，我用'小菩萨能'。"

"……"

林青鸦被他逗得脸颊透红，她说不过他，绕过去往外走。

出录制棚子前，唐亦就把口罩和帽子戴回去了，有工作人员带林青鸦走向芳景团的集合点。

临近车前，林青鸦慢下脚步，回眸去看唐亦："你真的要去吗？"

唐亦："嗯。"

"可是这种酒会都是团队负责人出席，你去……"林青鸦犹豫着说，"不合适。"

唐亦长腿一缓，朝她挑了挑眉："哪儿不合适？"

林青鸦怕前面领路的工作人员听到，刻意压轻了声往唐亦这儿靠近了一点："身份呀。"

"……"

多出来那一点和平常温柔清淡的小菩萨全然不同的语气词，听得唐亦心里挠了羽毛似的痒。

他喉结轻滚，抵出一声哑然的笑。

唐亦停住，完全转过身来，明目张胆地拉停了她："那多简单，随便给我个身份不就行了。"

林青鸦茫然："随便给？"

唐亦："嗯。"

唐亦牵住她手腕，又握住另一只，不准她躲开，然后他懒洋洋地俯下身，到她眼前去。

隔着黑口罩，唐亦高挺的鼻梁几乎要碰到小菩萨雪白的鼻尖了。

林青鸦退无可退，怕被前面没察觉的工作人员注意到，更不敢出声，只能恼着水盈盈的茶色瞳子看他。

唐亦懒着声："就说我是小观音的……司机？助理？"他一停，然后骚气地低头笑了下，"男宠也行。"

林青鸦："？？"

第十六章

小菩萨，不后悔

傍晚六点，林青鸦抵达节目组安排的小型酒会现场。场地由当地一家高级会所提供，选在市郊某生态园中间的花园别墅里。

这场算是半私人性质的酒会，进出管控严格，人高马大的安保人员穿着西服守在院门入口，做安检排查，顺便确认来客身份。

林青鸦和唐亦下了车。

来的中途，林青鸦被轿车载去酒店换上了一身更适合酒会的长裙，唐亦倒是完全没变，还是那身黑色运动服棒球帽加口罩的打扮——相较于酒会其他来客，这过于随意的形象看起来另类极了。

所以这边一下车，安保小队里就有人注意到他。节目组内安保组的负责人很快收到问询，走到院门口查看情况。

"原来是林老师？"负责人看清林青鸦，立刻露出笑容。问了几句录制顺利与否的情况后，他的目光往旁边落了落："林老师，跟您一块儿过来的这位也是您团里的？"

林青鸦目光一动，回眸。

唐亦来之前自己保证的能圆过去，又极力要求，林青鸦拗不过他，只能答应让他一起过来。

负责人目光落来时，唐亦正懒洋洋挑起视线，隔着黑口罩薄唇微动："保镖。"

"保——"负责人噎了下似的，"保镖？"

"嗯。"

"谁的保镖？"

唐亦给了对方一个"你傻了吗"的眼神，朝身旁林青鸦轻侧了下身："你说呢？"

"……"旁边林青鸦无奈，垂开视线。

她实在是不擅长说谎，哪怕只是这种无伤大雅的小事，可偏偏惹上唐亦这么一个不省心的。

林青鸦还在迟疑着要怎么应对负责人的询问时，却见对方愣了一会儿后恍然大悟似的："啊，我记得，您助理之前还专门来找过我们安保组，说总感觉有人在录制期间跟踪，让我们多注意点——就是因为这个才请的保镖吧？"

林青鸦一怔。

不过台阶都给搭好了，她自然要下，就只默认地点了点头。

"其实我们酒会的安保工作做得不错，您不用太担心。"负责人笑道，"不过既然您这边有安排，那也没关系，就配合我们做一下登记就好。"

说完，负责人朝旁边招了招手，让对方拿来登记册，递向唐亦："这位先生，您方便把口罩摘一下吗？"

"不方便。"唐亦眼皮都没抬一下，接过登记册唰唰落笔。

安保组的负责人被堵得一噎，尴尬地笑："您别误会，我们就是……"

"我没误会，"唐亦签完，"保镖还要看脸才能做？"

"也、也不是。"

"那还有事吗？"

"没有了，两位请——"目光扫过手里登记册，负责人话头又卡住了，"呃，这位先生怎么称呼？"

"……"林青鸦意外地望向负责人。

"不是写了吗，"唐亦抬手，指着登记册上的姓名栏，一字一顿，"小亦。"

负责人艰难地维系笑容："您这个名字是不是有点，不合适？"

唐亦："花名。"

负责人："？"

唐亦终于被磨尽了耐性，一直垂遮着眼的棒球帽帽檐一抬，那双漆黑眸子冷冰冰地睨住对方。

"你有完没完？"轻飘飘一句，压着的却是仿佛下一秒就能揪着对方衣领摁到墙上的疯劲儿。

林青鸦回过脸，清冷的眸子不赞同地看唐亦。唐亦这才把眼神收敛，又退了一步，垂手站在林青鸦身后，回到一两秒前的懒散模样。

林青鸦歉意地转向负责人："实在抱歉，他脾气不太好。您不放心的话，我这边可以替他做担保签字。"

"那就不用了，林老师我当然放心的，不过您这位保镖先生……"唐亦站在林青鸦身后，没情绪地抬眸。

负责人一僵，收回视线讪讪地笑："确实是，很有个性。"

林青鸦："给您添麻烦了。"

"没关系，这是我的职责嘛，也请林老师谅解。来，两位这边请。"

"谢谢。"

两人这才顺利进入酒会别墅。

等负责人把他们引入花园一段砾石路上离开后，唐亦抬手扯下了口罩，眉眼间蓄着点戾气。

林青鸦声音轻和："你怎么了？"

"嗯？"唐亦抬眼。

林青鸦："我感觉你刚刚在门口，突然就情绪不太好。"

唐亦沉默了一两秒，还是问了："他提到的助理是白思思？"

"应该是。"

"那他说的跟踪是怎么回事？"

"啊，那个……"

林青鸦说着话就往前走，可刚迈出一步去就被身后的人攥着手腕钳回来了："不许逃避话题。"

"真的没事。"林青鸦无奈地说，"思思在这方面一直比较敏感，跟她小时候的经历有关，有时候是容易疑神疑鬼的。"

"不止这一次？"

"上次我们去北城大学，被邹女士跟过车，那以后思思对这件事就更敏感了。"

唐亦眼神微动。

林青鸦适时补充："你年初时候总叫人跟着我，这个可能也是加重思思反应的诱因。"

唐亦："……"

看到唐亦被她猜中心思的表情，林青鸦浅浅地笑了一下，她在他掌心里挣开，然后反握住他的手："放心吧，保镖先生。"

唐亦不死心："真不需要我把人安排回来？"

"那样思思会'病'得更严重的。她最近几天都有点神经衰弱，还生了场大病，我今早刚让人送她回去休息，"林青鸦牵着唐亦沿砾石小路往前，"所以你就别折腾她了，好吗？"

唐亦："你确定你没有招惹到一些狂热粉丝？"

林青鸦思索了下，摇头。

唐亦："可我觉得有。"

"嗯？"林青鸦茫然，"比如呢？"

唐亦冷笑了下："比如京剧团的那个小白脸。"

林青鸦语塞。

唐亦："谁知道他每期跟前跟后的是不是对你有什么鬼心思。"

林青鸦莞尔，笑过后又正色："方知之是很好的京剧小生，他只是对戏曲艺术太痴迷，你不要这样揣度他。"

"哼。"唐亦蘸着醋哼了声。

林青鸦眼微弯："你还不信啊？"

唐亦："就算他不是，也有别人是。"

"嗯？还会有谁？"

"我。"

恰过回廊拐角，林青鸦在意外里迎上唐亦目光。

黑黢黢的，只伫着她一人身影。

林青鸦心里警铃拉响。

不等她做反应或者向后躲，手腕上一紧，林青鸦被那人捉着手，抵到旁边漆成棕色的廊柱上，那片黢黑已经避无可避地罩下来。

直把蒙住的小菩萨亲得呜咽想推抵开他，唐亦轻易就把她纤细的手腕扣在廊柱上，又故意压到她颈旁。既"折磨"她也折磨自己地肆虐过她柔软的唇，他吞下她的呼吸，贪婪又意犹未尽地，顺着她红唇到下颌，再吻到近处被他紧紧扣压着的小菩萨纤小的手上。

她被他吻得眼瞳都湿透了，惊慌里像春茶满溢，看着他轻声哀求："唐亦，别……"

但小菩萨不知道，这个时候她一个眼神、一个语气词都能把疯子逼得更疯。她的请求只会得到最大化的反效果。

近在咫尺，她的手被他亲得在羞耻里蜷握起来，细白的手指根根分明，脑海里那些阴暗的想法开始盘旋回荡在他耳边，像深渊低语。

也和小菩萨的眼神一起，要勾他无底沉沦。

唐亦狠合上眼。

最后还是报复似的用力在小菩萨手指上咬了一口，才算稍稍填补心底饿兽，不甘收尾。

"现在你知道……"他声音低哑地靠在她上方，笑起来，"你的狂热粉有多可怕了？"

林青鸦正委屈看着小拇指上的牙印，闻言含恼睐向他。

唐亦也瞥见，声音沙哑地笑："对不起啊，小菩萨，没忍住，"他近虔诚地躬下身去，在她手上被咬的地方又轻轻亲了一下，"我一定是太渴求你了，小菩萨。"

自助式的酒会场地已经布置上，各团队领队代表都提前来了，而节目组邀请的贵宾还迟迟没有露面。

侍者在圆桌间穿梭，来客三五成群，疏疏散布在场中。

林青鸦刚露面不久，就被方知之拉到他们参赛方领队的那几人间。

"不愧是林老师啊，出场都要压轴才行？"虞瑶一见林青鸦，立刻停了和身旁人的攀谈，笑里藏刀地递过话来。

抛开预告不算，也有正式三期录制下来了，如今的参赛方和节目组里，几乎没人不知道虞瑶和林青鸦不和。

所以听见虞瑶这话，他们也都见怪不怪。

林青鸦不想和虞瑶计较。

方知之转开话头："林老师，我看你刚刚和人一起进来的，你们团里还有其他人也来酒会了？"

"嗯，"林青鸦犹豫了下，还是替唐亦改了身份，"我助理，等酒会结束后要他载我回去。"

"这样啊。"

"哎，这节目组请的人怎么还没来？我专门推掉了晚上的应酬赶过来的，不会放了鸽子吧？"

"是啊，等半小时了，也不知道是哪家这么大的面子。"

"只听说是个国际舞团，最近在国内办巡演，被节目组以文化交流的名义邀请过来了。"

"最近？等等，不会是 Night 吧？"

"不会吧？要真是他们，那节目组的面儿够大的啊，Night 可算得上是国际一线现代舞团里的顶尖了。"

几人间气氛陡然升温，林青鸦听得茫然，回眸询问方知之："他们说的 Night 是？"

方知之："是非常有名的国际现代舞团，风格鲜明独特，国内国外都有很多他们的狂热粉丝。"

林青鸦蓦地一僵。

方知之察觉，不解地问："林老师，你怎么了？"

林青鸦当然没办法说自己是因为某人对"狂热粉丝"这个词差点阴影了，只能垂下眸子轻握起右手："没事。"

方知之："不过我记得林老师之前在国外住过几年，一直没听说过 Night 舞团吗？"

林青鸦："我只认识一两位现代舞的舞者，对团体不太熟悉。"

"没关系，术业有专攻嘛。林老师在昆曲界的身份，比起 Night 在现代舞团里的位置，那也绝对是不遑多让。"

方知之是任何时候都不遗余力地捧林青鸦的，但显然有人对这话不满：虞瑶抱臂站在这个小圈子的斜对面，闻言不满地哼了声。

她旁边是第三期的合作对象，拉丁舞团的领队："Night 一直是出了名的难请啊，节目组怎么邀请到的？"

歌剧团领队插话："听说哦，说是 Night 的主舞也看过演出赛，还特别欣赏我们参赛方里的某支队伍，所以主动要求的呢。"

拉丁舞团的领队轻碰了下虞瑶的酒杯，笑道："那肯定是虞姐了呗，人家现代舞团才是一家的嘛。"

"我猜也是……"

等小圈子里奉承过了，虞瑶才压下眉眼间的得意，拿捏着语气开口："还没说的事情，你们就别这么笃定了嘛。"

"节目组里可只有你们是现代舞团呀，这有什么说不定的？"

"就是，虞姐你也太谦虚了。"

三人一唱一和的，听得方知之直皱眉，终于忍不住插话："我看确实说不定，《轮回》那期场外观众投票最高的可是林老师的芳景团。"

"……"虞瑶脸色顿变，握着酒杯的手猛然收紧。

她身旁那两个领队也神色尴尬。

节目组这期录制前就传开了个小道消息，说上期节目播出后虞瑶对节目的计票结果非常不满，认为数据有造假，闹到导演组那边抗议。

结果被事实打脸——她这边闹出来的风波还没平息，芳景昆剧团在这一期表演的集水袖舞、戏腔唱念与流行唱法一体的《殊途》就在网络上迅速走红。

梨园里，包括芳景团内部，尽管对这场表演形式和影响的褒贬都存在分歧，但观众的喜爱已经是不争的事实。

拉丁舞团的领队尴尬地笑起来："林老师带的队确实厉害，不过Night 的主舞毕竟是外国人，对昆曲元素的欣赏恐怕和我们有壁啊。"

虞瑶脸色这才稍微缓和了些。

歌剧团的领队也附和："是啊，《轮回》毕竟还是上一期，咱们节目开播前和第一期投票里，都是现代舞团独占鳌头。这总计票里，也是现代舞团最高。"

"第二期之后就说不定了，"一直沉默的民族舞团的领队终于忍不住开口，"第三期的《碰撞》都录完了，就剩最后一期。《轮回》期把预告期和第一期的票数差距拉到最低，芳景团如今就是总票数第二——鹿死谁手尚未可知。"

虞瑶攥紧杯子，挤出笑："民族舞团就是因为这个才想邀请芳景团合作第三期的？"

民族舞团的领队坦然应下："对，谁不想拿高票？"

虞瑶："那真可惜林小姐提前和京剧团安排好了，不然我还挺期待你们的合作效果呢——毕竟芳景团唱昆曲没什么效果，唱《殊途》那种新玩意儿，还是挺能耍噱头的。"

这话一出，方才的暗波涌动直接被掀到了明面上。

一直懒得与虞瑶争锋的林青鸦缓抬了眼，冷冷淡淡地望着虞瑶："虞小姐，你想表达什么？"

虞瑶冷笑："没什么啊，就是感慨而已，昆曲式微还真是不可逆的大势，只能靠这种演出出名了不是？"

林青鸦："芳景团是按节目组要求参演。"

虞瑶："所以这期有让林小姐认清事实吗？"

"什么事实？"

虞瑶："当然是你们昆曲已经不可能凭自身回到辉煌里的事实，看开点吧林小姐，这东西早就该被时代淘汰了，你怎么还跟你母亲似的这么妄念它能——"

"虞瑶。"

桌旁一寂。

林青鸦脾性温和从不动怒，这一点在梨园里也是有名的，进组以来从没人听见过她高声说话。

不过即便此刻，那声音也只是比平常清寒了几分，唯独望向虞瑶的那双眸子，像冬雪初融，凉意入骨。

虞瑶被那眼神看住，僵了好几秒才回神："你……你喊我干吗，我说的是错的吗？这话多少人说过？"

林青鸦目光清冷："谁都能说这话，你能吗？"

虞瑶哽住话头。

林青鸦："你要真忘本至此，以后就别再提'昆曲'两字——你不配提。那个人你更不配提。"

几句交锋，惹得小圈子里另外四名领队目光震惊交错，他们虽然早就知道林青鸦和虞瑶有渊源，但没人知道到底是怎么回事。

而从方才虞瑶气极了的那句"你和你母亲"开始，他们都听出了不小的信息量。

再联想到关于当年昆曲界"一代芳景"陨落的传闻，几人心中各有猜测，表情就更精彩了。

如果当年的那个"叛徒"真是虞瑶，按两人如今的知名度和起势，再加舆论浇油，让虞瑶身败名裂都是一夜之间的事情。

但没人有实质性的证据，自然也就没人敢说什么。

"哎哎，大家都和气点嘛，"歌剧团的领队试图缓和气氛，"今晚的主角也不是我们，而是 Night 舞团的主舞，重心别——哎，真来了嘿！"

顺着那领队说到一半陡然跳走的目光，几人回过身，正见一个金发碧眼的年轻男孩在节目组总监制汤天庆的亲自陪同下走进场地。

"那就是 Night 的主舞？"

"哇，好年轻啊，看起来怎么感觉刚成年不久的样子？"

"听说是 Night 费了好大力气挖去的苗子，看身体条件果然是不一般……"

领队们的议论里，唯独林青鸦怔住，意外而惊讶地望着那边。

像是有所感应，下一秒，那边金发碧眼的男孩就突然停住了和汤天庆的交谈，机警地扭过头来。

对上这边几秒，对方蓦地绽开个灿烂的笑容。

"姐姐！"生涩又古怪的语调脱口，金发男孩快步跑过来，直扑向怔在几人间的林青鸦。

这一声"姐姐"，喊得领队圈里除林青鸦以外的人都蒙了。

而金发碧眼的少年全然没有给他们任何反应的机会，他甩开了汤天庆和被安排同来的媒体记者们，十米左右的距离被那双足够叫舞者傲视同侪的长腿几步就逾过。

一眨眼的工夫，金发男孩已经快要扑到林青鸦他们面前。

"Ludwig。"

林青鸦终于回神，在金发少年扑上来以前，她向后轻缓地退了一步。

茶色眼瞳里带着拒绝。

金发少年眼一黯，脚步蓦然收止在她身前半米，前倾的惯性使他摇摇欲坠，看起来就要扑倒了似的。

但凭着身为顶尖舞者那离谱的平衡性，他硬生生稳住了重心。

张开的手臂也放下，他语气失望极了："我不能拥抱你吗姐姐？

贴面吻是我们国家表达思念的方式。"

金发少年虽然讲中文的语调很古怪，但用词造句都通顺得很，显然没少学习。

林青鸦没被少年那可怜巴巴的碧眼动摇，声音依旧轻，只微微带起点笑："可这是在我们国家，要入乡随俗。"

"嗯，姐姐教过我，这个，我知道。"

在其他人还没回过神的寂静里，惊住的节目总监制汤天庆总算反应过来。

安抚下身后他带来的那些做"国际文化友好交流"宣传的媒记，汤天庆压着愕然，上前询问："林小姐和霍华德先生认识？"

林青鸦回眸，朝汤天庆点头招呼后，解释说："几年前我们在国外一场艺术长廊展览上结识。"

Ludwig 兴奋道："是姐姐救了我！美丽的邂逅！"

林青鸦不太赞同地想说什么，但还是压回去了。

汤天庆僵着脸："原来如此。"

Ludwig："这在你们中国，就叫'缘分'，是吗汤先生？"

"哈哈，是，是。"汤天庆头疼地赔着笑。

如果林青鸦只是节目中一个普通的参赛方领队，那汤天庆一定会对她能和国际顶流舞团的主舞熟识这件事感到非常高兴，这将挂钩节目的许多潜在利益。

但很不幸，汤天庆又深知林青鸦和成汤集团太子爷关系匪浅，这要是被对方知道自己"引狼入室"……

汤天庆突然哆嗦了下。

他茫然地回过头，客人们都聚焦在这边，而会所安排的侍者和工作人员也在其间来往匆忙——让他无从判断方才如芒在背的感觉到底是真实，还是他心理作用。

"所以被 Night 看好的队伍，其实是林老师的昆剧团啊？"民族舞团的领队回过神，不冷不热地插了一句，余光飞向虞瑶去。

"嗯？什么？"Ludwig 茫然地转了转脑袋。

"霍华德先生到之前，有人说你看完了我们的节目，欣赏的一定是同为现代舞团的瑶升团呢。"

"瑶升团，我知道。"Ludwig点点头，"他们还好。"

……这敷衍溢于言表。

虞瑶原本就被那些或明或暗的眼神里的嘲讽看得火大，这会儿更是挂不住脸了。

她俏笑了声，上前和Ludwig握手："霍华德先生，我对您仰慕很久了。只是没想到，您原来和林小姐认识啊。"

虞瑶目光转过去，对着林青鸦皮笑肉不笑："别的方面不说，但林小姐真的很会处理人际关系哦。"

"虞瑶，你这话什么意思？！"方知之听得一下子就蹿起火来，忍不住上前一步恼声问。

"我没什么别的意思啊，"虞瑶轻耸肩，"就是看到不管是你方先生还是唐——喀，总之林小姐确实人脉很广嘛，现在连Night舞团的主舞都对林小姐青眼有加，我很羡慕这种人脉能力啊。"

"你说话就说清楚，少这样阴阳怪气的。林老师梨园盛名，我敬重她那是我个人职业追求的原因，和人脉有什么关系？何况《轮回》期的场外投票芳景团大幅反超稳居第一，难道也是靠你说的人际关系？"

"反超？"虞瑶不屑轻声，"是真是假还说不定呢。"

"你！"

眼见方知之和虞瑶觇声觇得脸都涨红了，林青鸦早蹙了眉，想阻拦又无从插话。

身正不怕影斜，所以虞瑶的诛心言论她并不在意，只是虞瑶说的确实与事实相反——她最不擅长的事情大概就是人际交往。

"两位老师别激动，注意一下场合……"汤天庆皱着眉上前劝阻。

旁边看热闹的Ludwig就在此时插话问："姐姐，他们在说什么？"他的声音没有刻意抬高，但也没压低，少年嗓音清朗，咬字又古怪得清晰，一下子就把其余人的注意力惹过来。

林青鸦瞥过脸色微变的虞瑶，垂下眸子："没什么。"

"姐姐又欺负我跟不上中文语速，"金发少年做无辜模样，"但今年我专门找了中文老师，我可不再是姐姐认识的路德了。"

林青鸦一怔。

金发少年已经上前，走到汤天庆身边："我是和汤先生说过，我很喜欢节目里的队伍，也确实是昆剧团，但并不是因为姐姐。"

虞瑶终于忍不住，声音微尖："难道霍华德先生竟然觉得昆曲比现代舞更高一筹？"

"当然不是。"

虞瑶露出得意目光，瞪向林青鸦。

可惜不等她看到林青鸦的神情和反应，就听到耳边少年声音微冷地开口："表演艺术没有高下，昆曲不比现代舞更高，现代舞同样也不比昆曲高贵。你这样单一刻板的认识，让我很遗憾与你同是一名现代舞舞者。"

虞瑶不可置信："你觉得昆曲可以和现代舞的发展相提并论？"

"任何一种几百年的文化能延续下来，它所蕴含的生命力和积淀一定都是无与伦比的。"Ludwig 看向林青鸦，"有她这样的艺者，才能把艺术的美展现极致，而你……"

Ludwig 回过头，皱眉："你和你的团队一样，熟悉技巧，但我看不到任何情感，更看不到对这种艺术的尊重与爱，你只是在表演。"

少年一顿，无辜又犀利地轻讥："木偶也会表演。不是现代舞输给了昆曲，而是你永远比不过她。"

"你说什么？！"

虞瑶的表情管理彻底崩盘。

旁边汤天庆没敢打断 Ludwig，但自然不能看虞瑶撒泼。他连忙上前要把虞瑶拉向后面："虞小姐消消气，还有媒体朋友在场呢，别——"

可惜已经来不及了。

虞瑶的理智被愤怒燃烧殆尽，她顾不得面前这个少年代表着国际现代舞顶尖舞者的身份地位，也已经看不见那些抬起来蓄势待发的镜头了。

她只恨不得冲上去，挠花那张让她讨厌的脸："你懂什么昆曲！你就是为了维护林青鸦才这样说！"

Ludwig 垂下他灿金的发，碧眼漂亮又无辜："我和姐姐三年前认识的那场艺术长廊展览，就是姐姐和她的几位朋友举办的昆曲艺术宣传展。上面还有很多以前的演出照和故事呢。"

虞瑶一僵。

Ludwig却好像突然想到什么，惊讶地看她："啊，我想起你了。"

少年回过头，朝向眼神起了波澜的林青鸦，金发下笑容灿烂："姐姐，她就是你那个背信弃义、抛弃师承、叛出师门的师姐吧？"

"……"

话音一出，四方俱寂。

整个酒会上空安静了一秒，随即哗然。汤天庆带来的媒记团队最先反应，无数道快门和闪光灯的声音咔嚓咔嚓地响起。

虞瑶煞白的脸，被定格进失色的镜头内。

酒会上的骚乱许久才平息下来。

汤天庆把媒体记者们送出别墅，回来的一路都眉头紧锁。

今晚的事情发生时这么多媒记在场，想一点风声不漏地压下去是很难的。就算能办到，需要付出的代价对于节目组来说也得不偿失，而且这种节目内参赛方个人道德品行上的舆论，并不会给节目带来实质性伤害，反而可能引发更多的关注……

思索里，汤天庆脚步停住："林老师。"他掉转方向，走向另一边圆桌旁站着的一身长裙的女人。

金发碧眼的少年不满地转回身来："汤先生，是我先来和姐姐说话的。"

汤天庆尴尬地笑："实在抱歉霍华德先生，我确实有一点工作上的事情要和林老师确定。"

"好吧，"少年朝林青鸦飞快地眨了下眼，一边倒退着走开一边朝林青鸦挥手，"待会儿我还会回来找你的，姐姐。"

"……"

林青鸦目光落回，就对上汤天庆欲言又止的表情。

汤天庆："我也没想到，林老师和霍华德先生关系这么好。"

林青鸦："Ludwig总像个小孩，今晚是不是给你们添麻烦了？"

汤天庆："麻烦算不上，只是完全处理好估计要折腾几天。"

林青鸦："那汤监制找我是因为？"

"这个，我是想和你确定一件事，"汤天庆放轻声，"霍华德先生说的关于虞瑶小姐和林老师您的关系，是真的吗？"

林青鸦意外地一抬眼。

汤天庆立刻解释："林老师别误会，我们只是需要通过这个答案来确定节目组的公关方向和处理方案。"

林青鸦垂眸，默然许久，她轻点一下头。

汤天庆早有准备，但还是不免惊愕："虞瑶竟然真的就是当年那个……那林老师您回国以后，怎么都没跟任何媒体提过这件事呢？"

林青鸦："这是我母亲的意思。"

汤天庆一愣。

林青鸦垂眸，遮了眼底情绪，她轻声说："我不知道虞瑶怎么想，但即便是那件事后，母亲无论是清醒还是意识模糊的时候，都还是把她当作自己最喜爱的学生……"

"你少在这里假惺惺的了！"一个刺耳的声音蓦地插入圆桌旁的交谈。

林青鸦微蹙眉，抬起眸望过去。

虞瑶正甩开身旁人阻拦的手臂，踩着高跟鞋恨恨地冲过来："林芳景如果真的喜欢我，当初去古镇拜师学艺的就该是我而不是你！"

林青鸦："母亲向老师举荐的确实是你，这你知道。"

虞瑶："可最后去的不还是你吗？！"

林青鸦轻攥起手："那是老师选的。"

"对！是！"虞瑶歇斯底里地笑，脖子上血管都绽起，"在俞见恩眼里、在林芳景眼里、在他们所有人眼里，你就是比我强！你就是天赋第一！我天赋不如人，我再努力都没用，我是不是该去死？！那闺门旦你一个人去唱好了，还教我们这些人干什么，啊？？"

"……"林青鸦僵默许久，手指握得紧紧欲栗，她最后轻吸了口气，又逼着自己慢慢缓出，也放空那些情绪。

然后林青鸦轻声开口："你觉得，是我把你逼到另一条路上的？"

虞瑶恶狠狠地看她："是你和你母亲一起！我知道她就是同情我，什么最喜爱，你才是她的亲生女儿，她当然最喜爱你！她之所以对我好，不过就是知道我天赋底子样样不如你，她知道再怎么对我好，将来你也永远能在昆曲上死死地压住我！那我凭什么要给你做衬托，凭什么还要继续唱下去？！"

林青鸦抬眸，近悲悯地看她："你永远这样。"

虞瑶咬牙："我怎么了，我说错什么了吗？"

"你没错，你永远没错，"林青鸦说，"在你眼里，错的永远是别人。"

虞瑶猛地一栗，脸上最后一点血色褪去，但她仍咬牙死扛着，字字战栗："错的就是你、就是你们。"

"好，那你就一直这样觉着吧。"

林青鸦说完就转身，没有再多看她一眼，向酒会主场外走去。

虞瑶在她身后歇斯底里："你把话说清楚！你要去哪儿？！"

林青鸦脚步一停。但她没回头，声音清清冷冷，温柔又怜悯。

"我祝你一生都不被良心叩问，师姐。祝你就算白发苍苍垂垂老矣，也没有一刻后悔过——那天你甩开她的手、迈出林家的门，没回一次头。"

"！"虞瑶身影骤僵。

强抑了整个晚上的眼泪，在这一秒突然涌上她的眼眶。

林青鸦一直走进别墅后院的回廊里，那些目光和喧闹都远离，林木的影儿被路灯斑驳地拓在廊外的地上。

她低垂着眸子，心里空落落的，像根在一望无际的海面上漂着的浮木。

然后她撞进一个坚硬的怀里。

林青鸦慌忙抬眸，最先入目的就是今晚会所安排的侍者礼服的金色扣子。那人臂弯间挽着雪白的餐巾，另一只手还托着淡银色的托盘。

"对不起，"林青鸦退后一步，轻声道歉，"我没注意到您。"

她压回去的视野里，有人把托盘往她面前一低："小姐，来杯香槟吗？"

"不用了，谢谢。"林青鸦心绪正乱，没注意到那刻意压低的声音里的熟悉。她往旁边让了一点，侧身就要从对方身旁过去——

肩还未错开，她的手腕被那人搭着餐巾的手一把拉住。

毫不客气，过分且失礼。

林青鸦被握得微恼，正要抬眸，就听耳边呼吸压近："怎么，叫'小姐'不行，叫'姐姐'才行？"

"！"林青鸦惊慌抬眸。

一身侍者礼服，却顶着张凌厉漂亮的面孔。微鬈的黑发搭垂过他冷白的额角，发尾下那双黑瞳像宝石似的，幽沉又熠熠。

他一眼不眨地望着她，瞳里满噙着她的身影。

"……唐亦？"林青鸦终于回过神，想解释什么，"那个男孩是……"

"不许提他。"唐亦眼神阴郁地打断。

林青鸦安静两秒，轻"哦"了声。

唐亦眼神一黑："你就真不提了？"

林青鸦："嗯？"

唐亦："你要是再提一句，我还能借题发挥，你不提了要我怎么办？"

林青鸦："？"

疯子的脑回路，显然小菩萨也不是每一次都理解得了。

唐亦松开她的手，把托盘上唯一的香槟酒杯拿了，递向林青鸦："喝掉。"

林青鸦一惊："我不喝酒。"

唐亦："一口都不碰吗？"

"嗯。"林青鸦摇头。

唐亦："那我喝好了。"

林青鸦："？"

那杯香槟被修长手指托起，唐亦下颌一扬，半杯酒就随着喉结滚动，被咽了下去。

最后却余了一点点酒浆。

唐亦指节钩着杯托晃了下，眼角挑起来去看她。

林青鸦被他盯得杏眼微圆，有点慌地想往后退："我真的不喝……"

"没让你喝。"

唐亦把最后一口也喝了。然后他垂眸，那双眸子幽幽暗暗的，像无底的深渊里情绪暗涌。

林青鸦僵了下。

他没咽。

小菩萨心头警铃蓦地拉响，这次她一个字都不想多和他说了，转头就往来路跑。

可惜一步都没踏出去，她从后被人直接拦腰抱住。

将近20厘米的身高差全数显现，小菩萨被单手提得脚尖离地，还蒙绷着雪白漂亮的脸，就被直接拉开旁边的一扇门，抱进黑暗里。

轻声的闷响，她被抱到离门最近的不知道做什么用的像是张矮桌的地方。膝盖被那人压得向后一滑，林青鸦感觉尾椎骨抵上冰凉的墙。

仿古制式的窗就在她耳鬓旁，细微漏进一两抹光。

"唐亦，你……"

林青鸦刚顺着那人呼吸仰起下颌，话声未尽就被扣住，她被迫启唇，一个炙灼的吻混着酒精气息，蓦地灌下。

一口调了果香气的香槟被他强硬地渡进她唇间。

林青鸦猝不及防，扶在唐亦肩上的手指蓦地扣紧，她挣扎着推了他几次，连小腿和足踝都用上了，也没能让扣着她的男人退开哪怕丁点的距离。

直到迫着她把那口香槟咽下，唐亦睁开漆黑的眼，薄唇退开一点。

"喀……唐亦！喀喀……"

酒精刺激下，林青鸦压不住地低头轻咳起来，直咳得唇色由浅及深，欲滴似的艳丽。

唐亦在黑暗里，撑着她腿旁的矮桌桌面，俯着身，一点都没放过地收进眼底。他看着一滴未尽的香槟酒从她唇角滑下，拂过小巧的下颌，再到纤细脆弱的颈。

唐亦半合了眼，靠近过去。

薄唇轻张，昏暗里猩红的舌尖探向她雪白的颈。

"……甜的。"

那个吮吻最终停在她唇角。唐亦哑下声，低低地笑了一下。

小菩萨被他弄得说不出话，脸颊都因屏气憋得透起一层薄薄的嫣红，像春日里的雪色镀上晴光，潋滟又勾人的漂亮。

她抿着唇，放在腿旁的手攥得紧，懊恼赧然，但外壳依旧是安静温和的，她用那双茶色的眼瞳在黑暗里看他。

唐亦的眼帘慢慢扫下来，声线懒懒低哑："怎么不挣扎了，小菩萨？"

"……我没想让你难受，"林青鸦低下头，轻声说，"我不知道他是 Night 的主舞。"

唐亦怔了下。

林青鸦犹豫着抬起握得微僵的手指，轻攮上他衣袖，然后抱住他俯低的腰身："我知道你安全感很低，我想等结束就出来找你解释的。但虞瑶一闹，我就忘了。"

唐亦终于回神，他轻眯起眼："你这是缓兵之计吧，小菩萨？"

"嗯？"林青鸦茫然在他身前抬头。

唐亦："故意说这些话来安抚我，防止我接下来对你做什么。"

"我没……"林青鸦慢半拍地停住，不安抬眸，"接下来？"

"难道你以为，"唐亦低声，"惩罚已经结束了？"

"……"

小菩萨慢吞吞松开抱他的手，开始往后一点点蹭。

唐亦哑然失笑，撑在她腿旁的手抬起来一只，在那纤细的后腰上轻轻一托，小菩萨好不容易才挪出去的一点距离登时就作废，还更近了。

她的膝盖和小腿被迫隔着礼服长裤抵上他的腿。

小菩萨都要奓毛了，雪白漂亮的脸蛋绷得严肃，就是声音有点抖："唐亦，这里是酒会，你不能……"

"不能怎么？"唐亦笑问。

林青鸦不受他哄骗，不说话了。

而恰在此时，一墙之隔外，匆忙的脚步声跑近。

"姐姐？姐姐？你在这边吗——姐姐？"

"……"

室内蓦地一寂。

林青鸦心虚地抬眸，就发现唐亦刚有所缓和的眼神和笑，都变得深沉下来，浓墨似的情绪在他眼底翻搅。

似乎察觉林青鸦在看自己，唐亦也从窗玻璃映着的影子上收回视线，他眼神幽幽地拉扯着林青鸦的视线，慢慢低头到她颈旁："事实上，不管在哪儿，我都能。"

"？"林青鸦来不及反应，一个湿漉漉的触感抵进她颈窝里，然后微灼的气息靠近，黑暗里她锁骨上蓦地一疼。

林青鸦没防备地呜咽出很细很轻的一声。

"姐——"窗外少年的呼喊声一停，对方投在窗户上的影子迟疑地转向这扇门，"姐姐，是你在里面吗？"

黑暗里，林青鸦惊慌地睁大眼睛。她不敢出声，一只纤细的手捂住嘴巴，另一只轻轻推抵还在她颈旁啄吻的唐亦。

唐亦不为所动。

"笃笃。"房门被叩响。

清朗的少年声音疑惑地问："里面有人吗？姐姐，你在里面吗？"

林青鸦推抵唐亦的手指一颤。某人又不轻不重地咬了她一口。

"咔嗒。"

安静之后，门把手被压下，房门被门外疑惑的少年推开。

斑驳的灯光落进来，就在靠墙矮桌的几米外，林青鸦甚至能透过面前埋下来的那颗卷毛脑袋，模糊看到地面上少年的影子被风吹得晃动。

他只要再往前走几步，就能看到房间里这双交叠的身影。

林青鸦死死屏着呼吸，指尖压迫得苍白。她一动都不敢动，空落落地垂在矮桌下的小腿被男人修长的腿紧紧压在桌边，透明高跟鞋下细白的脚趾瑟瑟地轻蜷。

她身前那人却启唇，无声而重地把她吮吻。

"奇怪，是我听错了吗？"

少年疑惑地歪了歪头，最终还是没有在陌生的黑暗房间里上前。他退出去，将房门拉上。

呼喊声渐渐远去。

黑暗里。

林青鸦紧绷的薄肩蓦地一松。她眼睫战栗着合上，又张开，几颗细小的水珠子沾上睫毛。她吓得虚脱，也终于忍无可忍，勾起脚尖踢了唐亦小腿一下。

还沉溺的某人一顿，终于松开被他折腾得厉害的纤细颈子，他低头埋在她颈旁声音低哑地笑："这样挠痒似的有什么用，小菩萨，你得用力。"

林青鸦气恼得很，不想跟他说话。那样近的距离之下，她瓷白细薄的眼皮都浅浅的一层红，像是要哭了似的，更勾人得厉害。

唐亦看了几秒就笑不出来了，他抬起一只手，遮住了她的眼："别这样看我。"

眼前突然暗下的林青鸦："？"

"我自制力可没那么好，而这个地方确实不合适。"那人声音沙哑，"所以这次惩罚就算先讨到本金，利息以后再要。"

林青鸦慢吞吞蹙眉："你已经很过分了。"

"这就算过分了？"唐亦靠下来，眸子幽幽的，笑，"那等我正式跟你讨利息的时候你要怎么办啊……姐姐？"

"！"

最后一句贴在耳旁。

雪白的小菩萨都被染成红的了。

那天唐亦一直不肯放林青鸦出去，可怜巴巴的金发小帅哥找了一晚上"姐姐"也没能找着。

直到酒会散场，唐亦就穿着那身不知道打哪儿搞来的侍者服，把被他闹得腿软的小菩萨偷偷带出了别墅。

离开时候已经很晚了，将近深夜，唐亦叫来的司机把车开得平稳，车里暗着，外面夜空如幕，星子散碎，窗影儿里，小菩萨昏昏欲睡地靠在唐亦怀里。

柔软的长发松散下来，铺了他满怀。

侍者礼服的料子有点硬，硌得林青鸦不舒服，抬手摸了摸，又在半梦半醒里声音低软含糊地问："为什么要穿这个……"

"还不是为了去找你。"唐亦轻轻梳抚她的长发,"你要是再晚点出来,就能被酒会的服务生偷偷扛走了。"

"嗯……可以直接找我。"

唐亦手指一顿:"你不介意那样吗?"

"介意……什么?"

唐亦眼神微动,终于察觉了什么,他低下身去,拨开她脸颊旁的碎发,看了两秒,唐亦低着声好气又好笑地说:"才一口香槟啊小菩萨,你可真是'海量'。"

"介意,什么?"

醉意微醺的林青鸦有点固执。

见她醉了,唐亦也坦然了。他笑着抱她完全入怀,然后低头去轻轻亲她眉眼:"介意在所有人那里,和我这样一个疯子的名字挂到一起,一辈子都抹不消。"

小菩萨被醉意烘得睁不开眼。

但漂亮的五官绷得微微严肃,她轻揉着杏眼纠正他:"不是疯子,不许胡说。"

唐亦望着她,哑然失笑:"……你以后要是后悔了,那我该怎么办啊,小菩萨?"

"后,后悔什么?"

"后悔怜悯我,后悔救了我,后悔心软被我缠上……"唐亦一边碎吻着她眉眼和小巧的鼻梁以下,一边因为自己的话被自虐得有点痛苦地皱起眉。

但话没说完就被打断。

小菩萨的手抬起来,表情认真又严肃,细白的指尖想去捋平他眉心的褶皱:"不会后悔。"

唐亦顺着她动作,松开眉心。

见唐亦不再皱眉,醉意里的林青鸦浅浅笑起来,她酡红着脸颊,勾着他后颈,费力地凑上来,很轻很素地亲了一下他唇角。

声音也轻轻的:"小菩萨,不后悔。"

唐亦僵着手轻扶住她,直到她靠在他怀里睡过去,他才回神。那双桃花眼的眼角沁上一点薄红，可灯火匆掠的残影里，疯子却笑起来。

"好，"他低下去，靠着她额头，像虔诚地祈愿，"不许后悔，小菩萨。"

有《轮回》期里《殊途》的大获成功做预热，《碰撞》期的京昆合作也成功取得了极好的反响。

芳景团的场外总计票终于登顶，成为关注和口碑双丰收的大赢家。

而林青鸦个人名气更是水涨船高，媒体跟风而起，开始回溯这位梨园小观音的成长经历。近乎无瑕的品行心性配上金光闪闪的个人履历，她俨然成为年轻人眼里"昆曲女神"的代表。

与此同时，芳景团的新戏本编写也终于取得实质进展：《八仙》里的《缘起》系列，何仙姑的个人故事成功进行改编润色，完成戏本创作。

团里商讨后，决定就在节目最后一期的《本真》主题下，由林青鸦为首，进行最新戏本的初演。

《本真》录制前一周，北城大学发来正式邀约，邀请林青鸦到校内进行昆曲主题讲座。

林青鸦自小醉心昆曲，并不擅长演讲，即便多年舞台表演的经历让她面对众人并无紧张，但想做到侃侃而谈还是很困难的。

不过这似乎丝毫没有打消学子们的热情。

等结束整场正式演讲，进入自由提问环节，林青鸦原本以为应该回应不多，没想到各种询问接踵而至。

关于昆曲的，关于她个人的；回顾过去的，展望未来的……

五花八门的提问搞得她应接不暇。

最后还是校方安排的主持人笑着替她解围："大家可不能因为林老师脾气好就这么'欺负'她，讲座的机会以后总还有，可要是林老师今天被你们吓到，再也不敢来北城大学开讲座，那你们就等着被学弟学妹们埋怨吧。"

会堂里善意哄笑。

主持人向林青鸦询问后，转回来："再给最后一个提问机会，林老师之后还有别的安排呢，所以问题尽量具体，不要太大哦。"

踊跃举手之后，主持人叫起来了会堂中排的一个男生。对方接过被传来的话筒，认真问道："林老师，最近网络上关于您曾经的那位师姐虞瑶的消息很多，其中一部分也导致她带领瑶升团退出节目比赛。据我所知，她曾经也是一位优秀的闺门旦表演者，能请您谈谈对于她职业选择和现状的看法吗？"

这个问题问得显然犀利，一个不慎或许就得惹出点风口浪尖上的新闻，主持人犹豫之后拿起话筒，笑道："同学，你这个问题不合适，至少我是林老师的话，那我下次绝不能来这么龙潭虎穴的地方再开讲座了。"

场内哄笑，主持人转过身："这样吧，还是请林老师给有兴趣向昆曲方面发展的学生们留一句赠言。林老师觉得如何？"

林青鸦轻点头。

她拿过话筒，视线轻抬，对上那个在掌声里遗憾要坐下的男生。

沉默之后，林青鸦轻声道："乱花渐欲迷人眼，幸者得守初心。"

场中一寂。

几秒后，掌声雷动。

讲座结束后，谢绝了校方相送，林青鸦下到学校附近的地下停车场里。

白思思的病还未痊愈，来送林青鸦的是剧团里的司机。因为不确定讲座准确的结束时间，林青鸦就让对方在地下停车场等自己。

少了天天黏在身边叽叽喳喳小麻雀似的白思思，林青鸦还着实不适应了好几天。

反正傍晚没事，不如去白思思家里看看吧。

林青鸦想着，拐过地下停车场的一方承重石柱。上面的感应灯忽闪了下，余光里林青鸦好像看到什么在斜后方一动。

林青鸦本能停住，回眸，正对一道蒙着口鼻的黑影扑上来——

"扑哧！"

刺激性的喷雾迎面喷出。

林青鸦尚未来得及看清那人的模样，身体已经软倒下去。漆黑的布袋套下来，盖住了她模糊的感官世界。

没一会儿，她的意识沉进了黑暗里。

……

不知道过去了多久，林青鸦意识昏昏沉沉地醒来。

入目是一片空旷。

水泥墙体，灰色柱子，没安玻璃的窗口透着外面漆黑的夜色，黑洞洞的像吃人的兽嘴。

夏里的夜风从没这么凉过，裹着沙土和荒草的气味，林青鸦在昏沉的头疼里轻轻挣动，然后感受到被紧紧捆绑的手脚。

"噢哟，我们的睡美人可终于醒了啊？"

"……"

一个模糊又熟悉的嗓音在身旁响起，林青鸦困难地撑起意识，向正前方抬头望过去。

黑暗里亮着被风扑得欲灭的烛。

烛光后映出一张微狞的脸。

林青鸦辨认几秒，瞳孔轻轻缩了下。

"……徐远敬。"

"哇，好荣幸啊，小观音竟然还记得我呢？"徐远敬露出狰狞的笑，走上前。

林青鸦攥紧指尖，指甲扣进掌心的刺痛让她找回更多的清明和理智，她压下惊慌，竭力让自己的声音听起来如常："你为什么要绑我？"

"为什么？哈哈还真是个好问题啊，那你就当作，我是为了做完我八年前没能做的事情好了。"

林青鸦一怔，蹙眉望他。

四目相对，徐远敬突然停下。他脸上的笑容扭曲了一下，恨意和不可置信从他眼神里迸出来。

"原来他连你都没告诉？"

林青鸦眼神一颤："谁？告诉我什么？"

"还能有谁，当然是那个疯子！"徐远敬暴跳如雷，青筋从他脖子和脑门上绽起来，让他此时枯瘦的模样更显狰狞老态。

而暴怒之后，徐远敬又突然狂笑起来："你们这群傻子！全是傻子！哈哈哈哈——你们真信了我说的啊？你们真以为那个疯子为了几句话就去巷子里堵我们七八个人？他跟不要命了一样被打得跪下去一头血都要往前扑——恨不得撕了我，你们竟然信他是为了几句话？？哈哈哈全是傻子！！"

林青鸦默然许久，回神，一栗。

她唇上最后一丝血色褪去，声线再抑不住颤："你什么意思？"

"你说我什么意思啊，小观音？"徐远敬按住她被捆绑在上的椅子靠背，表情扭曲，"要不是因为你个祸水，我怎么会混到现在这种地步？我不就是要给你下点药，弄到床上尝尝味道？我睡了那么多女人还差你一个？！怎么就招惹上唐亦那个疯子，落到现在这么个下场？！"

声音震耳欲聋。

林青鸦瞳孔骤紧，战栗难抑："可你当时的口供里说……"

"说什么？说我就是嘴贱了两句？我确实算是啊，我确实要去但不是还没去就差点被那个疯子活活打死吗，啊？！"

透骨的恐惧和恨意在徐远敬的眼底挣扎，他又嘶声地笑：

"我那时候口供里那样说就是为了加重他的罪责，他那会儿还没到16岁吧，要是把这个隐情曝出来，那不是立刻就能放他回家了？"

徐远敬狠狠地往凳子上一踢，啐出口唾沫："我就是要他在少管所和监狱里待一辈子！打了我还想过得舒坦！我得弄死他，总有一天我一定得弄死他！！"

"……"

林青鸦痛苦地合上眼。

却不是害怕。

徐远敬说的这段隐情她从来不知道，唐亦也从来从来没跟她提过一个字。

在所有人眼里唐亦都是个彻头彻尾的疯子，他们一点都不怀疑他会为了几句话跟徐远敬发疯、拼命。没人怀疑过。他自己也没否认过。

林青鸦突然想起那个古镇上最后的夜晚，少年在那场惨烈的斗殴后回去，他没有直接去找她，他回到住处换上了一件新的衬衣，又冲洗了满是泥土和血的头发。

他好像没事人一样来到她住的小院里，接住了从屋里仓皇跑出又跌倒的她。

在那个夏夜的风里，他的衣角是淡淡的皂香和洗不去的、新冒出的血腥气。

在那血腥气里，那是疯子一样的少年第一次那样温柔地说话。

他说："没事，没事，不怕……我在这儿呢小菩萨。"

他说："不提那个畜生。以后你都不用再见到他了。"

那时候她觉得他可怕。

连她都觉得他可怕。

后来镇子上那些老人扯闲话，说"我就知道，毓雪生的种能有什么好东西"，说"他就是会干这种杀人放火的事情，他是烂到根子里的"，说"他迟早要出事，早死早清静"……

录口供时少年沉默，一语不发。

即便后来孟江遥把他保出来，他也从来没给自己解释过一个字。

这么多年，所有人，都以为他就是个会疯到要杀人的疯子。

他没为自己说一句话。

林青鸦猜得到他是为什么。

他怕别人说她，说她哪怕一个字的闲话。

就为了这个，那时候那个孑然无依的少年，放弃了能拯救他人生的全部余地。

林青鸦慢慢弯下身去。

她再也忍不住，胸口疼，闷，又窒息，好像要撕裂开了似的，疼得她喘不上气。

止不住的眼泪涌出她眼眶，落在灰扑扑的地面上，她突然害怕，特别特别怕，怕她再也见不到他，还有谁能替她抱抱他。

"毓亦……"她疼，也哭得声音轻哑，"毓亦……"

"别喊了！你以为他还能再救你一回吗？！"徐远敬听见，暴跳如雷，"这次他想救也——"

"不许哭。"

"……"

徐远敬身影陡僵，无法置信地转回身。

林青鸦泪眼模糊里抬眸，她看见正对的空旷水泥地外，还没安上窗框的低矮空洞的水泥墙，那人扶着墙面，从夜色里跳进来。

然后他走向她，神色疲惫，眼眶通红。

可疯子的声音轻又温柔。

"你再哭，我就要跟着一起哭了啊，小菩萨。"

数小时前。

白思思的电话打进程仞手机里时，唐亦正在成汤集团总部开会。

程仞从敲门到进入主会议室，中间连5秒的空当都没留，被打断发言的高层面露不悦："程特助，我们这——"

"抱歉，事态紧急。"

程仞目不斜视地走过去，这位成汤集团内以"笑面狐狸"著称的特助今天表情严峻，平常总也带笑的眼此时却在冷光镜片后透着锋利。

他停到会议桌主位的唐亦身旁，俯身低声：

"白思思打来电话，林小姐今天在北城大学结束讲座后失踪，有目击学生确定见过林小姐进入地下停车场，但芳景团的司机没有接到人。"

"……"

唐亦眼神凝滞。

会议室里其他人离得远，听不到这边交谈，他们只看得见在程仞弯腰后的一两句话间，原本神色懒散的常务副总突然就僵在椅子前。

又几秒后，那人眼神在濒临爆发的躁戾里活过来。

他起身，径直往外。

程仞没想到唐亦听完消息以后竟然没有任何情绪的实质性外泄，愣了一下才连忙直身跟上。

垂眸时他看见唐亦攥在手里的文件夹——在会议桌旁拿的，忘了放下——硬塑的材质，此时却像脆弱的纸张，被那人的手攥出扭曲的褶皱。

像某种爆发前的信号。

程仞在心底祈祷了两句，庆幸会议室里这群是见惯了疯子脾气的，没一个在这时候不知死活地阻拦。

一路直下到停车场。

程仞自觉上了驾驶座，车厢内，唐亦靠在后排无声坐着。空气死寂得叫人窒息，程仞屏息，一声没敢多出。

大约两分钟后，后排传来沙哑嗓音："报警了吗？"

"已经报了，但失踪时间太短，受害倾向认定不足，目前只有白思思方疑似多次被跟踪的主观口述，无客观迹象很难立刻立案。"

"她的电话呢？"

"无法拨通。"

"……"

唐亦拿出自己手机，拨出一串号码。没几秒对面就接通了，唐红雨的声音懒洋洋地响在对面："又干吗？"

"青鸦失踪了，她的手机是冉家定制，冉风含一定有办法定位，你去找他。"

对面沉默数秒，声音抹掉慵懒妩媚："二十分钟内给你。"

电话挂断，唐亦抬眸："虞瑶在哪儿？"

"城东影楼，"已经准备好的程仞在平板电脑上一滑，定位设为导航目的地，"十五分钟后到。"

"……"

虞瑶所在的影楼正是之前林青鸦拍摄宣传照的那家，唐亦从正门进来后都不必引导，径直走向他们的电梯间。

前台愣了下才反应过来，小跑过来想拦："两位先生，你们有预约吗？我们这边——"

她话声未落，程仞手里的名片已经递到她面前了。

甫一看清"成汤集团常务副总"几个字，前台小姐手一抖，二话不说回到前台，去给他们经理打电话了。

唐亦直接下到摄影棚层。

虞瑶在6号区，唐亦掀开遮光布闯进去时，闪光灯正巧一亮一灭，曝光效果顿时惨不忍睹。

摄影师懊恼回头："谁让从这儿进来的？不知道正在拍摄吗？"

话刚说完，摄影师就对上一双阴沉骇人的眼。兴许是那眼神实在太可怖，再漂亮的美人脸也被衬出一副厉鬼相，摄影师被吓得一抖，差点把手里吃饭的家伙摔了。

不用程仞递名片，在唐亦面无表情地走进来前，他已经忙不慌躲到一旁了。

虞瑶的表情没比摄影师好到哪儿去，但她无处可躲，很明显唐亦就是冲她来的："唐……唐先生，您这是？"

"她在哪儿？"

唐亦声音沙哑得厉害，面色苍白，眼瞳又黑又沉，颈前那条刺青红得像要滴出血来。

虞瑶被吓蒙了，颤着声软在拍摄用的凳子上："她、她、她？林青鸦吗？我、我上次酒会以后就没见过她啊……"

唐亦没说话，更近一步，几乎要迫到虞瑶身前，但这样近的距离下却无半点旖旎，那双眼里的情绪只给了虞瑶想爬着也要逃开的恐惧。

可惜她实在腿软得厉害，一厘米的距离都挪不走，只能带着哭腔往后缩："唐先生我说的都是真的，我、我、我真的不知道林青鸦在哪儿……我明明知道您和她认识，我犯不着去招惹她啊，我还要在北城里待的。"

程仞还真怕唐亦在此时的状态下再做出什么失控的事情来，此时快步上前，低声开口："看拍摄状态不像做戏，她说得对，应该不是她。"

"……"

唐亦垂在身侧的手攥成拳，指节被他自己折磨出咔咔的轻响。情绪压抑到极致下，他身体都绷得微栗。

在虞瑶惊恐的目光里，唐亦最终还是什么都没做，那些情绪被他一点点压回，他眼眸里描上血丝，克制着转身往外走。

就在唐亦要踏出摄影区时，身后软在凳子里的虞瑶终于从仓皇中回过理智，她颤声问："林青鸦……找、找不到了吗？"

程仞表情一动，回身："虞小姐有听过什么风声吗？"

虞瑶眼神挣扎了几秒，最后还是咬牙开口："之前的开机酒会上，我跟着林青鸦出去，见着那个叫徐……徐远敬的人了……后面他来找过我，问我想不想报复林青鸦，他让我把林青鸦引出去——但我拒绝了！我绝、绝对没有参与！"

唐亦在听见徐远敬的名字时已经僵住身影，他转向程仞："我让你处理好他。"

程仞也不可思议："我当时亲自送他们上的飞机。"

"那他怎么会出现在北城？！"

程仞脸色难看："一定是有人暗中援手，否则现在的徐远敬势单力薄，不可能瞒得过我们的人——我立刻去查。"

"我、我可能知道。"

虞瑶在旁边颤巍巍地举手。

唐亦目光横扫过来，吓得她立刻一栗："上回徐远敬来找我的时候说、说过，他背后有、有唐家的人，让我不用担心事后……"

程仞面色陡变，转向唐亦。

唐亦眼神有一两秒的空白，然后那些蜂拥欲爆发的情绪仿佛顷刻被冲刷干净，他连气息都平静下来。

"邹蓓。"

薄唇微动，唐亦慢慢念出那个名字。

他没表情地转身，朝外走去。

程仞脸一抖。

他跟在唐亦身边这么多年，还从来没有哪一刻像现在这么害怕过，没理由但他就是知道——此时唐亦这个平和得好像无事发生的模样状态，才是真正地疯了。

现在的唐亦什么都做得出来。

程仞立刻要追上去，那人却好像背后长了眼睛："不用你跟。"

"唐总——"

"送她去警局录口供、立案，追踪定位徐远敬。唐红雨那边有消息，我会通知你。"

"……"

唐亦的安排清晰、理智、高效，甚至全面。可越是这样，在这个关头程仞越觉得可怕。

而唐亦甚至就好像也想到他在想什么。那人停住，没转身，声音像是笑了一下："你放心啊……找到她之前，我什么都不会做的。"

"是，唐总。"

程仞只能低头应下。在那个身影离开前，他轻声补了一句。

"林小姐还在等您呢。"

"……"

唐亦身影轻晃了下，然后他一言不发地走出去。

邹蓓现在的住处是唐亦安排的，是唐家在北城的一处别院。别院里里外外都安排了唐家的安保队，邹蓓平常去哪儿也都有人跟着，一举一动都会向程仞那边做汇报总结。

这也是她从唐亦那儿换回来的自己留在国内这个结果的必要条件之一。

邹蓓前面已经很长一段时间睡不好了，精神和身体状况都很差，但昨晚倒是奇迹般一夜好眠，醒来没记得半点梦。

唐亦进来的时候，她正仰在院子里的躺椅上，晒那天边将落的夕阳。

"我什么都不知道，"她倒是坦荡，没用唐亦问，甚至没等唐亦走到面前就说完了，"我确实顺手救了徐家那个破落二世祖一把，但也就是顺手，他做了什么、怎么做的，时间地点，我全都不知道。"

那副坦然淡定的模样，和之前在唐家或是在唐亦面前撒泼的样子判若两人，让人分不出孰真孰假。

但唐亦无所谓。

这一张张人皮下面是人是鬼，他从来不在乎。

于是邹蓓就看着，唐亦无声走到她对面，伸手拉过一张椅子坐了下去。他好像比她还不着急，拎过她躺椅旁的圆桌，拿起茶壶往空杯里倒了一杯茶。

唐亦把茶一口喝尽。

邹蓓僵住笑："你——"

"嘘。"

唐亦懒夯着眼，没表情也没看她，只噤了她的话。

邹蓓放松的后背慢慢绷直，她瞪大了眼睛看唐亦。

唐亦没看她，可不该是这个样子的，他应该发疯、要掐死她，但又投鼠忌器，因为他该知道她可能是唯一一个能准确告诉他林青鸦在什么地方的人。她知道自己只要抓着林青鸦的把柄，这个无所顾忌的疯子就能全凭她掌控，她就算叫他跪下他也会毫不犹豫，她可以把全部的耻辱还给他。

可没有。她想象中的事情，一件都没有发生。

无声的死寂里时间嘀嘀嗒嗒过去，邹蓓只觉得冷汗开始慢慢渗出毛孔，在衣料里、手心里，刺得她发痒，然后浑身发冷。

在她脑海里的那根弦就要绷到最大承受力的时刻，仓促的脚步声突然从回廊响起。

穿着黑色西服的男人停在唐亦身旁，俯首说了什么。

邹蓓紧张地攥起手，到此时她才发现手心已经一片冰冷的潮湿。

她顾不上，死死盯着唐亦。

唐亦仍没什么情绪，他听完那人说的话，从对方手里接过一个平板电脑，慢慢滑开。

到此时他才掀起眼皮，眸子里透着阒然的漆黑。他把平板电脑放到邹蓓面前："三分钟前，唐赟的主治医生进到你儿子的病房里。"

"……"

邹蓓瞳孔猛地一扩，她抖着手想拿那个平板电脑，紧接着又攥住。

她僵硬地笑："不，不可能，你一定是在吓唬我。他又不在国内，你不可能碰得到他。"

"是吗？"

"……"

邹蓓终于没忍住，视线飘下去，落到那个平板电脑上。

镜头是单向在线的，那个她认识的唐赟的主治医生就站在床边，而她还在植物人状态的儿子沉睡在床上。

邹蓓头皮都炸了，扔了茶杯就捧起那个平板电脑，做得精致的美甲死死地扣在平板电脑边缘："不可能——不可能——你要让他干吗？让他滚！离他远点！"

她歇斯底里了好几秒，才想起什么，瞪着吓人的眼看向唐亦："你想都别想！你这是违法的！你敢动他试？！"

"你把他放到国外，最大的好处就在这儿了，"唐亦声线轻懒，"真好啊，那是个金钱至上的国家，利益主宰一切，在那儿做一些伤天害理的事情的时候，你甚至不需要违法。"

邹蓓脸色惨白："你什么意思？"

"要给唐赟做这种生命体态维护的设备和医护人员都是天价，你的资金流来源于那边的一个⋯⋯慈善基金会，是吧？"

唐亦终于放下茶杯。

"很不幸，那个基金会今天下午恰巧出了问题，账户进入冻结状态——那边的主治团队缺乏资金供应，已经准备停止治疗了。"

邹蓓僵睁了眼，如坠冰窟："我有钱⋯⋯我有钱！不能停、不许停！"她慌得从躺椅上翻下来，跪瘫在地上，却顾不得爬起来，膝行着跪到唐亦面前。

女人哭得一把鼻涕一把眼泪，面目可憎又可怜："唐亦，唐亦他可是你弟弟啊唐亦，你在这世上就这么一个弟弟！你不能杀他啊！"

"杀？"唐亦薄唇轻扯了下，却不近笑，他从椅子里站起来，俯身，"别乱说话，是你那个植物人儿子没钱治疗，和我有什么关系？"

邹蓓哪里还听得进去，她只死死拽着唐亦的裤脚，声泪俱下。

"我求求你，我求你了唐亦，别拔管，别——别动他我求求你了！你让我做什么都行！我错了我再也不敢了，你放他好不好，他是无辜的啊唐亦——"

"他无辜？那林青鸦呢？！"

唐亦陡然就爆发了，那一声嘶哑吼得邹蓓吓蒙了，蜷缩起身体惊恐地仰看他。

然后邹蓓回过神，眼泪更下，她回头看了一眼躺在脚边的平板电脑，颤着手去拽唐亦的裤脚："我、我真的不知道林青鸦在哪儿……都是徐远敬、都是徐远敬一个人策划的啊，我只是给他提、提供资金，其余我真的什么都不知道！你放过唐赟好不好，求求你放过——"

唐亦狠狠甩开她。

他表情重新回到冷淡，像那种能把人撕碎的骇浪被压回平静死寂的海面下。

他抬头望向院子角落，声音冷漠。

"拔了吧。"

"是，唐先生。"

"！"邹蓓嘴唇上最后一丝血色也抖没了。

"烂尾楼！"在角落的人拿起手机前，邹蓓终于声音喑哑地喊出来，"我知道他一直藏在城郊一座烂尾楼里！"

喊完以后她就扑向角落里的那个人，泪水更使她神色狰狞："剩下的我不知道了！我只知道这个，你们就算杀了我我也不知道了啊！"

看着那个佝偻在地上的歇斯底里的疯女人，唐亦眼神冷漠，他用那双冰块似的眸子看了地上的东西很久。

直看得旁边保镖都忍不住头皮发麻地避开视线。

那眼神不像人，更不像在看人。

直到一声电话铃惊醒。

唐亦僵垂着手，从裤袋里拿出手机，放到耳边。

唐红雨："查到了，定位在北城城郊的道路旁，应该是行驶中途有响铃而被慌忙扔下的。"

唐亦："定位发给我。"

唐红雨："冉家也要帮忙找人，你那儿还有什么信息？"

唐亦合了合眼，哑声："绑她的是徐远敬，他的落脚点在城郊的某处烂尾楼里。"

唐红雨语气一沉："前年那家房地产大户出事，北城郊区外圈里那么多因为协议纠纷、权责不明导致的烂尾楼，全都要找？"

"沿着手机定位延伸出去的那条道路，途经的全查。"

"……我知道了。"

同样的信息和指令唐亦也发给了程仞那边。

他挂断电话后，冷眼看向地上挂着残泪死死抱着平板电脑的邹蓓。那个女人察觉什么，又恨又畏惧地看向他。

唐亦冷漠地收回视线："带她去警局吧。记得，是我们辅助办案找到徐远敬的共犯，而不是她自首。"

"是，唐先生。"

两名保镖上前，架起地上的邹蓓就要往外走。

而就在此时，已经情绪爆发得僵硬麻木的女人眼珠子动了动："刀。"

两个保镖一停。

唐亦回眸，冷冰冰地看她。

邹蓓慢慢扯起嘴角，混着满脸的鼻涕眼泪和花掉的淡妆，露出一个扭曲的微笑："徐远敬带了刀，还是管制刀具。"

唐亦眼瞳轻缩："你想说什么？"

邹蓓眼神瞟下去，落到那个放茶壶茶杯的圆桌上："下面有个抽屉，里面放了一把水果刀，我这儿可没有管制刀具，只能帮你这么多了。"

保镖脸色一变，表情难看地把邹蓓往外拽。

邹蓓嘶哑的笑传来："一定要防身用啊！"

"……"

院里死寂数秒。

有人在圆桌旁慢慢蹲下来，拉开抽屉。

原木色间铺着雪白的绢布，白得刺疼他的眼睛。布上躺着一把安静的、泛着冷光的刀。

唐亦垂手，慢慢握过去。

"毓亦。"

唐亦的指腹蓦地颤了下。

他眼神一怵，在握上去前紧紧攥住手。僵持许久，唐亦重重地甩上抽屉，他起身拿出手机。

"程仞。

"准备一把伸缩刀、一个血袋。"

如唐红雨所说，北城城郊外的烂尾楼很多，就算有那部被抛弃的手机的定位排除了一部分，剩下的排查工作量依然很大。

　　立案后可调动的警力和唐家、冉家能用上的人力全都散出去了，在通过监控排除缩小的范围里一一地毯式侦察。

　　唐亦最早出发，也开在最前面。夜幕笼罩下的这片城郊漆黑而荒芜，车行稀疏，半晌都不见过去一辆。

　　唐亦从接到消息后滴水未进，但身体仿佛已经忘记了这种需求。他目光在黑夜里掠过的一片片影子上不知疲倦地滑过，然后寻找下一片。

　　直到某片低矮的楼影儿，远远映进他眸中。

　　刹车一点。

　　唐亦眼神里情绪狰动，他死死盯着那片矮楼。没什么迹象证明她就在这里，但是有种说不上来的感觉，逼得他呼吸紧促。

　　方向盘慢慢转过。

　　顺着那片快要埋没进荒草里的自开土路，唐亦关了车灯，开向那片矮楼的影。

　　剩最后一两百米时，唐亦停下车。隔着车窗，他看见不远处蛰伏在夜色里的一辆面包车。

　　和疑似徐远敬开走的那辆非常相像。

　　唐亦将车熄火，下车。

　　他在黑夜里无声靠近那座矮楼，然后听见徐远敬的声音。

　　然后是一个脆弱的轻声。

　　“……你为什么要绑我？”

　　唐亦在夜色中陡然一僵。

　　他紧咬牙才摁住了冲上去的本能，他强逼着自己一点点无声地退后，直退到那片半人高的草丛中。

　　唐亦摸出随身的手机，将定位发给程仞，然后他调成静音，拨通了唐红雨的电话。

　　对面几乎立刻就接起：“你那边——”

　　“我找到她了。”唐亦合了合眼，哑声说。

　　唐红雨似乎被哽了一下，没能第一时间说上话来。

唐亦没等她："定位发给程切了，我去拖延时间，警察很快到。"

唐红雨呼吸一紧："你要干吗？警察去之前你不要轻举妄动！徐远敬现在已经疯了，他没什么好失去的了，你和他不同！"

唐亦感觉自己一定是太累了，他竟然还能很轻地笑了一声："也没什么不同。"

"唐亦——"

"嘘，别吓着她。"唐亦轻声，"我办公室保险柜，密码 0306，里面有我的遗嘱。"

唐红雨头皮一麻："你跟我说这个——"

"我要是没出来，你欠我的，都归她。"唐亦第一次这么低声下气地和唐红雨说话，"就当我求你了，这辈子护好她。如果有下辈子……"他笑了一下，"希望有吧。"

"唐亦！"

在唐红雨吓出哭腔的声音里，唐亦挂断了电话。他把手机扔在原地，独自朝夜色里的矮楼走去。

野地里的草恣意生长，长得及腰，从他身旁拂过去。

那些野草就像他。

从泥里长大，污脏，卑贱，心头脓血都是黑的，偏偏渴望天上雪白的小菩萨。没够下来多好，离她远点多好，她也不用受今天的惊慌和磨难。

她该多害怕。

如果人真的有下辈子……

那他想当个普通的正常人，干干净净，不疯不癫，然后找到她。

一定要找到她。

"毓亦——"

唐亦骤然停身。

沉默几秒，他伸手扶上空洞的窗台……

徐远敬怎么也没有想到，唐亦会这么快出现在他面前。按照他的计划他们会见面，但绝不该是现在。

他还什么都没做，还什么都没准备好。

徐远敬又气又恨，又对这个疯子有种仿佛已经深植进骨子里的怕。

他攥紧了手里一直握着的匕首，挤出一个笑："我本来打算明天就打电话给你的，你这么早来干吗，急着找死？"

"对，我来找死。"唐亦朝他们面前走过去，"来，杀了我。"

"你别动！"

徐远敬吓得手一抖，迅速地把匕首横到林青鸦的颈前。

他声音颤哑，目眦欲裂。

"你再过来、再过来我就划开她脖子！这荒郊野外，大罗神仙也救不回她！"

唐亦迈出的腿僵住。

徐远敬一愣，然后握着刀大笑起来："多稀奇，唐家的疯狗竟然能这么听话？我真开眼界！这都得多谢你啊，林青鸦。"

徐远敬俯身下去，用刀面恶意地拍了拍林青鸦的脸颊："瞧瞧我们的小观音，终于不是那个干干净净傲得一丝尘土都沾不得的样子了？你说你喜欢这么个疯子，你是不是傻？他有什么好，他不跟我一样就是个垃圾？哦不——"

徐远敬直起身狂笑："他还不如我！他是个克全家还克你的疯子啊！要不是他，你会被我抓来吗？啊？！"

林青鸦眸子轻颤，然后她合上眼，眼泪从她睫间挣出又滚下。她咬着唇不让自己出声，只朝前轻摇了摇头。

唐亦跟着红了眼眶："别哭，也别怕，我会救你的。"

"救？你拿什么救！"

烛光打在徐远敬的脸上，衬得他五官更加扭曲而狰狞，他手里的刀紧紧贴在林青鸦的脖颈前，一条浅浅的血痕已经划现。

唐亦强迫自己从林青鸦的脸上抬起视线，他望着徐远敬，眼神冷下来。

"我自己。"

"你、你说什么？"

"我拿我自己的命，救她，你要吗？"唐亦低声平静地问。

徐远敬愣住。

而林青鸦在栗然里还是等到了这个她最怕的答案，她终于放开咬得发白的唇，几乎颤不成声："唐亦，你答应过我……"

唐亦垂眸轻笑："抱歉啊小菩萨，我要食言了。"

他眼皮一掀，那点温柔退去，冷冰冰又讥讽地望着徐远敬："废物才向更弱者举刀。我就把命放在这儿，你都不敢来拿吗？"

徐远敬从怔愣里回神，他狞笑起来："对，我不要，废物怎么了？我就是个废物，不然会被你一条疯狗逼到这个境地吗？激将法对我没用！你别做梦了！"

唐亦眼神阴沉黯下，但唇角却勾起来，他漠然地睨着徐远敬："我是不该高估你的胆量。"

他手伸向后，从腰间摸出了一把带鞘的刀。

徐远敬吓得一栗，嘶声问："你要干吗！？你不怕我杀了她吗？！"

唐亦轻笑起来："我帮你下决心啊。"

"什么、什么决心？"

唐亦拔掉刀鞘，随手扔在地上。烛光的照影模糊，但落到那刀上，还是反射起刺眼的光。

徐远敬咽了一口唾沫："你到底想干、干什——"

"……唐亦！"林青鸦杏眼蓦地睁圆，无边的惊恐一瞬间就把她淹没，她声音用力到近乎喑哑，仿佛都忘了颈前的刀，不要命似的向前，吓得徐远敬一把将她摁下。

回过神的徐远敬一边警惕唐亦，一边气急败坏地掐着林青鸦的颈："你不要命了啊？！"

林青鸦却没看他。茶色的眼瞳满噙着泪，模糊了她全部的视线，她一边努力想看清他，一边更多的泪无法克制地涌出来。

林青鸦哭得声哑："唐亦，我求你，不要……"

唐亦跟着眼眶通红，他咬牙看着林青鸦，又恶狠狠地瞪向徐远敬："你不是怕我吗？我说了把命放这儿，不用你动手，我自己来。"

徐远敬都没来得及反应的工夫，就眼睁睁地看着那把闪着寒光的刀刃抬起来，直直地插向唐亦自己的胸膛——

噗呲一声。

鲜艳刺眼的红色在他白色的衬衣上显露，然后扩散。

那道修长的身影僵了两秒，慢慢跪俯，倒地。

闷响后，空气骤寂。

什么声音都没有了。

偌大的空旷的烂尾楼里，死一样的安静。

林青鸦仿佛失了魂，一动不动地僵在椅子前，一点声息都没有。

徐远敬顾不得她了，他兴奋又害怕，慢慢从林青鸦颈前放下手和刀，小心翼翼地走向那道身影。

越走越近，他看见水泥地上，鲜红的血慢慢扩成一摊。

徐远敬声音都扭曲了，又愉悦又恐惧："死了？这疯子真真的死了？林青鸦你看见了吗？我可没杀他，他自己杀了他自己！和我没关系哈哈——呃啊！"

徐远敬嘶声未歇，凑过去踢那具"尸体"的脚就突然被钳制住，跟着被狠狠一绞。

"尸体"的那双长腿把他直接绞倒在地。

徐远敬脸朝地摔下去，砰的一声，门牙上剧痛，疼得他一声凄厉的惨叫，就在地上佝偻成虾子。

但他还没忘从血糊的泪里含恨抬头："怎么可能！我明明看见你——"

唐亦从地上撑起修长的腿，眼神阴戾，他拽开衬衫扣子，扯掉里面缠着的血包，露出冷白色的胸膛。

完好无损，连一丁点伤都没有。

"魔术刀，你没见过？"

唐亦把刀撇到徐远敬脸上。

凉冰冰的刀柄砸上来，弹开，在门牙磕落的麻木里已经增加不了几分疼，但只让徐远敬感觉到灭顶的耻辱。

他死死盯着唐亦，握着匕首从地上起身，直直扑上去："唐亦！！"

唐亦几乎没费什么力，就阻截住那双握刀的手。刀尖被抵在上空，唐亦压着刀柄和徐远敬的手，垂眸看他的眼神像看路边的垃圾堆。

而更多的，已经压抑折磨了他无数刹那的疯狂从他眼底翻覆出来，唐亦低眼睥睨着徐远敬。

他轻声："你怎么敢碰她？"

"……"

徐远敬狠狠一颤。

"警察！！"

"警察！把刀放下！！"

步声喧杂。无数射灯一样刺眼的光凶狠地晃进徐远敬的眼睛里。

徐远敬深吸了口气，咬牙笑："我动不了你，你也别想动我——警察都来了，你能怎么样？我都没伤到林青鸦，大不了关三年出来——我还来绑她！！"

"是吗？"耳边有人低低地笑了声。

一种莫名的恐惧浮上徐远敬的心头。不等他反应或者后退，就感觉阻遏在自己手腕的反向力突然归零——

相搏的单向力下，是徐远敬自己都收不住的惯性，直向那冷白的胸膛。

"噗呲。"这一声无比近，无比真实。

腥气的血飞溅起扑在他脸上，滚烫灼人。

巨大的惊恐里徐远敬只想扔开刀转身辩解："不——"

不是我杀的！！！

"砰。"可枪声在那之前已响起。

黑暗将尽。

徐远敬的身体被抽干了所有力气，倒下去。

最后一隙里，他听见那个濒死的疯子却笑了。

"那就一起下地狱吧……别脏了她。"

第十七章

最大的幸运

唐亦醒来那天是个艳阳天，太阳在乌压压的云层后躲了半周，终于舍得羞答答地露了面。

单人病房的落地窗帘束在一旁，阳光如金，灿烂迤逦地铺了满地。

林青鸦就坐在光里。

光把她侧影打磨得很美。缎子似的柔软长发从她身后垂下去，乌黑如瀑，及过包浆圆润的木凳上被窄裙勾勒的细腰，发尾松垂着，就在窗户透进来的轻风里微微荡漾。

她手里捧着本书，翻页的动作和她读诗的声音一样安静，好像飞来只蝴蝶落在她指尖也不会被惊扰。

或许它会像他此刻，不舍得打断，就安静地听。

林青鸦给病床上昏睡的人读完一整首诗，慢慢停下。她习惯性地抬起眸子，想去看唐亦病床旁挂着的输液瓶的余量。

不经意里，她瞥过一双漆黑的眼瞳。

林青鸦合书的手滞在半空。

她呆呆地落回眸子，重新对上唐亦的眼。

唐亦不禁笑了，他很少见到小菩萨这么呆萌的模样。不过这一笑牵得他早退了麻药效果的伤口疼起来，又引出两声轻咳。

林青鸦终于醒过神，确定面前那双漆黑带笑的眼眸不是自己的幻觉，她慌乱地丢下书，起身要去病房外。

"等……"唐亦低哑的声音第一次几乎没能成功出口，随他想起身而撕扯的疼更是让他冷白的额头一秒就见了汗。

那声没出口，但林青鸦好像听到了，她停住又慌忙转回床旁："你别乱动，我是要给你喊医生来。"

"不急，"唐亦放在床边的手被她碰到，就克下无力去反握住她的指尖，握到以后唐亦就松了口气似的，放松身体倚回去，"反正躺了很久，医生也不差这几分钟。"

林青鸦想拒绝又不敢让他多说话，只能轻下声哄："我陪你也不差这几分钟，让我先去喊医生来给你做检查，好不好？"

"不好。"病人气弱，答得却斩钉截铁。

"那你想怎么办？"

"陪我坐会儿。"

林青鸦拿他没办法，只得暂时听他的。

唐亦于是连眼神也安静下来，就一眼不眨地盯着林青鸦，直看得小菩萨坐立不安，轻蹙起眉，不放心地打量他。

唐亦停了一两秒，失笑："你是不是以为我躺傻了？"

"我没，没有。"

小菩萨不擅长说谎话，又一秒就被拆穿了想法，脸颊也漾起红。

"别怕，没傻，就是想多看你一会儿，"唐亦笑，"我睡很久了吗？"

一提起这个话题，林青鸦抑着的情绪就忍不住往上涌，酸涩、心疼、气恼，还后怕……五味杂陈，给她细白的眼睑都镀上一层薄薄的红。

但林青鸦还是把那些情绪都压住了，也压着眼眸，没看唐亦："你……睡了一周。"

"啊，"唐亦像失望，"才一周吗？"

小菩萨极少被惹怒，但这次还是没忍下，她抬起被情绪漉湿的眼瞳恼睖着他："唐亦，你再说一遍！"

唐亦怔了下，还是禁不住笑，他用手指轻轻勾了勾被圈在掌心的她的指尖："手要甩开，才算放狠话。"

林青鸦憋着气，白皙的脸颊泛起粉，茶色眼瞳就更湿了。

唐亦被盯着没几秒就受不住，哑声笑着告饶："我错了，我只是在算，按照我们的约定，这次醒来以后我得要多长时间不能碰你、保持距离？"

林青鸦一怔，没跟上情绪的眼睛眨了眨。

唐亦轻叹："醒着承受这种生活也太痛苦了，没想到才过去一周啊。"

林青鸦终于反应过来，恼也轻声："就因为这个，你才这么久都

255

不醒吗？"

　　唐亦察觉她语气里一丝波动，掀起眼，果然就见林青鸦的眼圈已经红起来了。

　　唐亦心口一疼，认命地叹："对不起，小菩萨。"

　　林青鸦不说话。

　　唐亦咬咬牙，下狠心："再有一次，就罚我永远和你保持距离。"

　　林青鸦看着唐亦那好像发了什么天打雷劈的大毒誓似的表情，没忍住，被一点笑意冲破了泪意。

　　她沾着水珠的睫毛弯下，压住那笑，轻声警告："这是你说的。"

　　唐亦："嗯，我说的。"

　　林青鸦："本来你刚出手术室……睡着的时候，我就气得想说，你以后再也不要碰我一下了。"

　　唐亦："那怎么没说？"

　　林青鸦："我没敢。"

　　"嗯？"唐亦哑然地笑，"我们小菩萨还有害怕的事情吗？"

　　"我怕你当真了。"林青鸦声音低低的，眼也低低地垂着，一颗压了很久的、不听话的泪珠子就从她睫间滚落。她还努力绷着声线，想让自己听起来没那么难过："你要是当真了，不回来了，那要我怎么办，唐亦……"

　　唐亦的笑僵在脸上。

　　那把冰凉彻骨的刀扎进他胸口里时他都没这样怕过，但小菩萨忍着眼泪问他如果他醒不来那要怎么办的这一刻，唐亦怕疯了。

　　"……是我错了，"唐亦再开口时声音哑得厉害，他把她的手指攥得紧紧的，"我以后再也不敢了，你别哭好不好小菩萨？"

　　"我没哭，"林青鸦绷着脸抬起湿漉漉的眸子，"你说真的，包括这个，以后都不能再骗我了。"

　　"嗯，我跟我的小菩萨发誓。"

　　"那你以后再骗我怎么办？"

　　唐亦哭笑不得："不能碰那条都不够，还要加双重保险吗？"

　　林青鸦表情严肃，不说话。

唐亦告负："好好，我想想，以后我要是再对我的小菩萨食言，"他停顿了下，一本正经地提议，"那小菩萨就拿你的玉净瓶砸我吧。"

"？"小菩萨噎了半天，被欺负得一句话都没说上来。

笑过之后，唐亦的眼神慢慢平息下来，他安静地望着林青鸦："睡着的时候，我做了一场梦。"

在终于等到他醒过来的万幸里，林青鸦开始慢慢从之前安静到麻木、什么也不敢让自己想的状态里"苏醒"。

记起唐亦在烂尾楼的所为，林青鸦越想越气恼，不想理他，但病房里安静了还没几秒，她就又已经不忍心了，转回身去压下情绪问他："什么梦，很长吗？"

"嗯，很长很长。"唐亦笑起来，"梦里我没能在古镇上遇到你，我自己一个人长大，后来回到唐家。"

林青鸦一哑。可能是想象了一下，小菩萨的表情就跟着难过了，刚硬起来的心又软下去，她回握住唐亦的手。

"那个世界好可怕啊，小菩萨。"唐亦合上微颤的眼，轻笑，"怕到我都不敢去想，如果没有遇到你，那对我来说是怎么一种生不如死的活法。"

"不想。"

"？"唐亦睁眼。

"不要去想，"林青鸦也紧紧攥住他的手指，"你遇到我了，我们在一起，这里才是你的世界。我会一直陪着你。"

"……"

唐亦还在情绪里，林青鸦又抿了抿唇："我和你不一样，我不喜欢食言，也不用发誓。"

唐亦被拽回神，哑然地笑："我才知道你这么记仇啊，小菩萨慈悲心肠，怎么能记仇呢？"

"我没记仇……"林青鸦说得心虚，于是又小声描补，"记也只记你一个人的。"

唐亦听得眼神一深，抬手要把她捉得更近："真的？我不信，除非你让我——"

257

"你现在除了被医生检查，什么也没权利做。我去给你叫医生。"

欺负某人大病初愈，难得虚弱得很，林青鸦轻轻一用力就从他掌心里挣脱出来，很不稳重地小跑着往外走。

林青鸦快跑到病房门口时，听见身后那人喊了她一声。

"林青鸦。"

"嗯？"她回眸。

病床上那双漆黑的眸子藏在光影斑驳里，熠熠许久，那人垂眸，轻声说："好久不见。"

林青鸦怔了下，然后杏眼轻弯。

"嗯，好久不见，"她认真地说，"唐亦。"

唐亦的恢复意识对外界也是个大新闻，在采访预约被助理组筛掉绝大多数的情况下，列表里最新的一次还是排到了唐亦下下个月的行程里。

程彻每天准时来专人病房报到两次以上，几乎每次他身后都跟着不同的来"慰问"的人。

除了晚上回家换洗外几乎不离医院的林青鸦目睹数日，看得惊奇："原来你有这么多朋友。"

"你以为他们是关心我？"唐亦倚在调成靠背式的病床前，闻言笑问。

林青鸦正站在窗前，不解地回眸："不是吗？"

唐亦轻嗤："当然不是。"

林青鸦茫然："但是我观察过，他们的高兴不像是作假，应该是真的很担心你。"

"你们住在天上的都像你这么单纯吗，小菩萨？"唐亦快忍不住笑了，逗她，"他们确实是很关心我死没死的问题，毕竟直接挂钩他们的利益——但这和关心我可是两码事。"

林青鸦顿住拿花洒的手。

唐亦懒洋洋地接了后半段："何况里面也不乏个别，来看见我能说笑能喘气的，估计得很遗憾才走了。"

林青鸦虽然完全不接触商业里的事情，但心思通明，唐亦一点就透。想明白以后她看起来就不太高兴了——虽然小菩萨的情绪素来不明显，此时也只是在眉心蹙起来点儿。

前一拨客人带来的鲜花原本被她放在窗边的柜子上，正小心整理着拿喷雾洒水，听完唐亦的话后不久，小花篮就被"打入冷宫"，可怜巴巴地躺进角落里了。

唐亦靠在病床上，看得忍俊不禁："小菩萨不是不记仇吗？"

林青鸦："没有记仇。"

"那这是干吗？"

"花粉对病人身体不好，你又有肺部的伤，不能离太近。"

林青鸦那副认真表情看得唐亦抑不下笑："有文化是不一样，说谎都比我学得快。"

"……"林青鸦不自觉红了脸，但还是装作没被拆穿的样子，放下花篮走回来。

等林青鸦走到床旁，唐亦把左手朝她抬起，也没说话，就拿双漆黑眸子含笑轻睨着她。

林青鸦迟疑了下，还是把虚握起的手放上去。刚一触到他掌心，就跟落进陷阱的猎物似的，被直接收网握住。

"太乖了，"唐亦喟叹似的，"真不适应。"

林青鸦："？"

唐亦轻勾起她纤细手指，看了几秒就笑撩起眼："我能咬一下吗？"

"……"林青鸦哽住。

如果放在以前，唐亦"偷袭"也就算了，想让小菩萨亲口答允那是断然不可能的。偏某人现在倚仗着"病人最大"，无法无天。

小菩萨雪白的脸颊憋得透红，才终于艰难地点下头。

唐亦笑得更不做人："我没听见，回答要说出来才行。"

林青鸦滞了下，眼神有点不可思议，大概是被唐亦的无耻程度刷新了认知。

"啊，小菩萨是不是没听见，那我再重复一遍，"唐亦捏起她纤细的手勾到下颌前，吻似落非落的，那双美人眼里满浸着为非作歹的笑，"我能咬一下吗？"

"……"林青鸦绝望了，声轻得快听不到，"咬吧。"

"我说唐亦，你做个人行不行？"天降正义，一道慵懒女声从病房门口传来。

林青鸦一僵，本能想把手抽回去，但在看了一眼唐亦后还是没忍心，通红着脸随他握着了。

唐亦也确实握得心安理得，甫一听见那个声音他就辨认出来人，所以还是没浪费机会，在小菩萨手上轻亲了下，才慢条斯理撩起眼："我们门口竟然没立唐家人和狗不能进的牌子吗？"

唐红雨冷笑一声，踩着根天高咔嗒咔嗒地走进病房："谁是唐家人？少碰瓷。"

唐亦嗤声。

唐红雨在病床床尾一站，涂成亮晶晶的红色的指甲往护板上一搭，骄傲地一抬下巴："而且我就进来了怎么样，你下床赶我啊？"

唐亦轻眯了下眼，然后他察觉什么，回眸看向病房门口："哦，'染风寒'也来了？"

"什么——"唐红雨几乎是第一秒就反应，硬是把恨天高踩出瞬移似的速度，一眨眼就躲到了林青鸦身后。然后她心惊地望向病房门外。

空空荡荡，门可罗雀。

唐红雨："……"

呆滞几秒后，唐红雨终于反应过来，磨牙扭头："唐、亦。"

唐亦原本神态松懒带笑地靠在床边看热闹，直到原本被他握在手里的小菩萨被唐红雨拉走当防护墙。

木了两秒，唐亦同样冷漠抬眼："谁让你拉她的？"

唐红雨冷笑，伸手直接拐住林青鸦的胳膊："我不但拉她了，还抱她了，怎样？"

唐亦："你是不是想死？"

唐红雨一梗脖子："当我现在会怕你？病老虎一只，略略略。"

唐亦："行，看来我只能把你那狡兔三窟的落脚点全部都抖搂给冉风含了。"

唐红雨笑容一僵，顿时像摸了电门似的炸起来："你敢？！"

"你看我敢不敢。"

"手机放下！！"

"你松开她。"

"你先放！"

"你、先、松。"

"……"这一点上火就像斗鸡似的姐弟俩看得林青鸦实在头疼，偏还没什么好办法从中调停。

在火药味十足的病房里僵持数秒，林青鸦看见病房门口，来换输液瓶的小护士刚进来，看到这场面就立刻又小心翼翼地退了回去。

林青鸦无奈，轻拿下唐红雨挽着自己的手，又低身拿走了唐亦手里做威胁状的手机。

"我先去打水了。"她安抚病床上的唐亦，"让护士换完输液瓶，别吵架了。"

"你看我理她吗。"唐亦冷淡瞥过唐红雨，目光落到林青鸦身上，眼底立刻变了情绪，"会有人来送水。"

林青鸦含笑，轻声："我知道，给你们姐弟一点独处空间，她可能有事找你的。"

"小菩萨。"唐亦似叹。

林青鸦拿起凉水玻璃壶就要起身，只是还没完全直起，就被唐亦拉住了手腕。

"怎么了？"林青鸦低眸不解地望过去。

"亲一下再走，"唐亦面不红气不喘，"不然不让走。"

"？"林青鸦滞眸。

旁边抬胳膊挂输液瓶的小护士手一抖，差点把瓶子扔了，回过神赶忙转回注意力，手忙脚乱地重新挂瓶。

唐红雨听不下去，嫌弃地瞥过去："唐亦，你要不要脸？"

唐亦："要小菩萨就够了，要什么脸？"

唐红雨："……"

某人仗着病人身份"逞凶"到底，一副不亲就绝对不放的架势，林青鸦被他闹得没办法，几乎是闭着眼往唐亦唇角烙了个轻吻。

被吻的薄唇弯起来，唐亦半垂着眼松了手，笑着看耳垂都红了的小菩萨转身快步离开病房，背影仓皇得很。

直到护士也离开。

病房安静良久，靠在窗台前的唐红雨忍无可忍，嫌弃地看向倚在病床上还笑着的男人："还没回味完？"

那边被拽出情绪，一秒就冷了脸："关你——"

剩下两个字没出口，唐亦脑海里自动浮现起小菩萨微蹙着眉说"唐亦这样不好"的表情，他眼一低，刚想笑，又对上唐红雨的脸。

于是那点将出的笑意中途夭折，美人脸上换成懒散又冷淡的眼神："要你管。"

那点嫌弃溢于言表，唐红雨差点被这个不肖弟弟气得冒烟，她不甘示弱："看你那没出息的样子，不就是一个吻吗？"

"你懂什么，"唐亦手搭在膝上，修长的指节垂下来，心情极好地起伏叩动某个旋律，诸多墨黑的情绪在他眼底涌起又落，最后浪退潮收，只剩下低低的一句，"……那可是小菩萨。"

唐红雨："是她怎么了，不也还是一个吻吗？"

唐亦："你是不会懂，对她来说当着两个外人的面做出这种举动是有多出格的。"

唐红雨依然嘲讽："你就这点追求？"

唐亦终于掀起眼，眼神是那种非常嫌弃但又只有这么一个听众可以分享快乐所以勉强也能凑合的意思："这是说明态度的重要信号。"

"什么信号？"

"在病人的合理范畴内，我可以得寸进尺、为所欲为的信号。"

唐红雨虽然没听明白唐亦在说什么骚话，但对于这个"好"弟弟的污黑内心她是没有半点兴趣的，所以干脆跳过了这个话题——

"老巫婆让我问你，你大概什么时间能回公司？"

唐亦眼神立刻颓懒："她好不容易重出江湖，我给她证明自己宝刀未老的时间，急什么？"

唐红雨气笑了："我可提醒你啊，她花房都被你烧了，零把柄，现在对上你那是全胜概率。"

"既然烧都烧了，闲着也是闲着，那就让她把余热用在她最爱的事业上好了。"

唐红雨："你真打算就此撂挑子？"

唐亦没说话，墨黑的眸子里情绪微动。

唐红雨："我建议呢，你是想都不要想，老巫婆连烧花房这样不共戴天的大仇都跟你忍了，就说明她内心还是非常看好你的——她不可能放你'归园田居'的，所以你就别做梦了，唐盖茨。"

"……滚。"唐亦嫌弃地避开唐红雨拍向他肩上的手。

唐红雨一腔好心喂了狗，面无表情地抽回手："而且就算你不想工作，人家小观音也要工作的好吗？《本真》期多么好的爆红机会，你没看他们那个《八仙·缘起》系列播出以后的火爆程度，本来就是给她搭的戏台子，愣是没去成——她不可惜我都替她可惜呢。"

唐亦的表情缓缓收住，抬眸："最后一期，她没唱？"

"唱什么唱，"唐红雨提起这个就带火，冷鼻子冷眼地看唐亦，"你手术完头一晚上连 ICU 都没出，又不让家属进，她在玻璃外面等了一宿，谁叫都叫不走。后面除了回家换洗，守着医院寸步没离，怎么去唱？就这样你还欺负人家，你说你算人吗？"

唐亦叹声："不算。"

这干脆得倒是叫唐红雨意外了一下，她回头看他点点头："虽然没人性，但还算有点自知之明。"

"当然有，"唐亦轻靠回支起的床上，黑眸安静地望着病房门的方向，语气懒散轻慢，"重新遇见她以后，我就没指望自己能当个人了。"

"……"唐红雨，"不要脸到你这种程度，也算是登峰造极了。"

唐亦轻嗤出声笑，难得没说什么。

林青鸦抱着凉水壶在 VIP 病房楼层徘徊了十分钟，到底没好意思再绕下去，轻着脚步回到病房。病房里安安静静的。

唐红雨见她进来，就直接从窗台前直起身："我正准备走呢，人就交还给你了。"

林青鸦放下凉水壶："我送你。"

唐红雨满不在乎地摆摆手："不用，放他一个人多危险啊。"

林青鸦："嗯？"

唐红雨微笑："你不在，他一个人，别人危险，医院也危险。"

林青鸦莞尔。

唐亦靠在病床上，屈起的膝上懒搭着手，闻言薄唇轻挑，恹恹又讥讽地瞥过去："你走之前，记得让楼梯口的安保放张牌子到门口。"

唐红雨没反应过来，下意识问："什么牌子？"

"就我之前说的，唐家人和狗不得入内那个。"

唐红雨咬牙绷出个微笑："你不如留个'内有恶犬'的牌子，更合适，更没人打扰。"

唐亦认真想了想："也行。"

唐红雨："……"她就不该相信这个人有什么下限。

唐红雨无视掉唐亦，和林青鸦作别就往外走，一只脚都跨到门外了，她突然想起什么，回眸："差点忘了。"

"？"

"老巫婆让我提醒你，你和她的那个赌约依然有效。"

"……"

话声一撂，房门直接被拉上了。

唐亦也像唐红雨预料的那样，一秒就阴沉了眼神。

林青鸦站在原地沉默几秒，回到唐亦床旁，坐下来轻声问："你和孟奶奶有赌约吗？"

唐亦回神，眼神缓和下来，他伸手勾住了她，把她往自己面前拉了一点："嗯。"

林青鸦犹豫了下，才轻声问："内容是什么，方便我知道吗？"

唐亦勾唇："不放心？"

林青鸦慢慢点头。

"没事，就是一个类似对赌协议的东西。"唐亦说，"她给我设置了一个业绩目标，时间是到我 30 岁生日之前。如果能完成，届时进行股权交接，我掌权成汤并且获得'自由'。"

林青鸦听得似懂非懂："如果没有完成呢？"

"那就我把个人职务和股份全部交出，集团内实施 EMT 管理制度，"唐亦随意的话声停了下，给林青鸦解释，"就是经营管理团队制度，可以实现决策权轮换。"

林青鸦没在意这个，皱眉问："那你呢？"

唐亦一顿，笑了："你猜？"

"……"林青鸦眉心蹙得更深。她也不必猜，正面利益越大，反面妨害就会越大，以唐亦那时候为了脱离控制去找她的决心，他什么都会答应。

林青鸦沉默好久，轻声说："所以你之前才总是那么累。"

唐亦轻眯起眼，低身望着她。

林青鸦实在不太会掩饰自己的真实情绪——事实上，她以前大概也没有多少这种东西——所以不管现在想什么，都很容易就被他看破了。

比如此刻，大概就是汇集的难过和自责，细白的鼻尖都微微泛起一点红。

唐亦看得好笑又心疼，喉咙里还有点痒，他忍不住抬手，把人勾到面前来："你知道这赌约本质是什么吗？"

林青鸦想了想，坦诚："我其实不太明白你们公司里面的事情。"

唐亦："大概类似于你把我卖进了青楼，而为了再见你一面，我还得卖身攒钱给自己赎身。"

"？"林青鸦一蒙。小菩萨显然是怎么也想不到这种解读方式的。

唐亦见她模样就忍俊不禁，俯下身凑过去吻她："你好渣啊，小菩萨。"

林青鸦说不过他，微微红了脸。见他凑过来占便宜她也没躲，反而是犹豫了下，那只纤小的手就小心攀着他肩膀，仰起细白的下颌迎了一下他的吻。

唐亦眼神一深，更忍不住扣环住她后腰，又轻启唇加深这个吻。

窗外天色已暗，病房里无人开灯，只剩下窗外那零星的楼下路灯折上来的光，还有远处高楼间斑驳掩映的万家灯火。

吻在黑暗里更炙灼，像烧过荒原里连天野草的火。

林青鸦不知道什么时候已经被唐亦整个人抱到病床前，斜支起的床像坚实又柔软的墙壁，支撑着她被他攫取呼吸后软近无力的身体。

某个时机唐亦故意使坏，让小菩萨扑进他怀里，还要俯下去抱着她欺负地玩笑："小菩萨白唱了那么多台戏吗，怎么这点体力都没有？"

林青鸦又羞又恼，输在脸皮儿太薄，说不出唱戏体力又不是为了让他做这种事情。

不过这一两句交谈总算拉回她仅余的一点清明："护工……护工该来了。"

"他不来，"唐亦忙把人扣回，"别管他。"

"嗯？"

"事实上从两天前起我就已经不用人照护，可以自己洗浴换衣了。"唐亦哑着低声笑，"不想你不来，所以没告诉你。"

"不行的，医生说你一个人日常起居万一出差错很容易感染伤口……"

"不会。"唐亦轻扣住小菩萨的下颌，更轻细地吻她。

林青鸦躲开一点，不安地问："真的不用人帮忙吗？"

"不……"话声停顿，已经彻底暗下的房间里，唐亦慢慢眯起眼。

林青鸦看不清他神情，只听见他突然没了声音，吓得脸色都微微白了："你怎么了唐亦，碰到伤口了吗？"

"……没有。"唐亦内心正在天人交战。

天使：她好可爱。

恶魔：想……欺负。

天使：这里不合适。

恶魔：那就只欺负一点。

天使：还是等改天跟她商量好吧。

恶魔：机不可失，时不再来。

天使：乘人之危、得寸进尺，你还是人吗？

恶魔：我不是。

天使：……你说得对。

天人交战的纠结连五秒都没坚持住，已经迅速倒向同一边。

唐亦慢慢俯低了身，声音假作虚弱："我确实有需要帮忙的事情。"

林青鸦声音有点慌："那我是去叫医生还是护工？"

"都不用，要你来才行。"

"？"昏暗里，林青鸦的手被唐亦握着，然后停住。

小菩萨也蒙住了。

偏那炙灼的呼吸就抵在她颈窝里，他俯下身来，在她耳旁声音哑得不成样子，却还在笑。

"这个忙只有小菩萨能帮。"

"……"

"你不帮我就要死掉了，救救我吧，"他声音里像是带着性感的钩子，又笑又哑，"求你了，小菩萨。"

"！"小菩萨手指尖都在颤，脸红到细白的颈，热度大概像是要晕过去的程度，却还是默允了。

之后憋了好久终于憋出人生里第一句骂人的话："唐亦，你、你浑蛋。"

"对，我最浑蛋。"唐亦哑笑，"求你快杀了我。"

唐亦基本痊愈后，又借口后续观察防止后遗症，在医院的单人病房里多赖了一个月。

这期间，邹蓓已经以绑架案共犯的嫌疑人身份被送进看守所候审，唐家上上下下有资格主事的，除了远在国外植物人状态的唐赟和没被认进家门过的唐红雨，就只剩下孟江遥了。

孟老太太重出江湖，媒体的关注度不比唐亦住院这件事小，更有个别不怕事的小报专门挖出了孟女士当年商场征伐的那些传奇故事，可惜没等见公众的光就被成汤集团的公关摆平。

老太太眼见明年就是七十大寿，结果这把年纪还得出来跟些平常懒得瞧的小辈掰手腕，本来情绪就不太好。

偏偏这天代表成汤出席一个慈善晚会还碰上一个年轻娱记，可能是误打误撞抢了前排太紧张，也可能是故意找刺激，在老太太出晚会大厅的门、上车前对方掮上了话筒，愣是问出了一句："您对自己年近七十还要主持成汤大局这件事有什么看法？"

孟江遥原本都打算进车的身影蓦地顿住。闪光灯下，她回过头，笑容更加慈祥地望着那个年轻记者。

"家里要是没教过你怎么和长辈说话，就先学会了，再出来采访。"

"……"伴着老太太那磨砺了几十年的笑里藏刀的眼神，小娱记吓得脸色煞白僵在原地，眼睁睁看着对方的车屁股消失在视野里。

而经此事孟江遥的耐心彻底告罄，回去后就给医院那边下了最后通牒：一周之内，要见到唐亦的出院手续。

于是第二天，唐亦被医院恭敬请着"扫地出门"了。

回公司复职第一天，单交接就折腾了六七个小时，和小菩萨约好的午餐泡了汤，后半场的唐亦一直泡在某种阴沉沉的低气压里。

等熬到傍晚时，最后一个项目核报结束，助理组趴下了一半，某个大病初愈的倒是立刻就生龙活虎，拎起挂衣架上的西装外套，转身就想出门。

可惜被拦下了。

"唐总，"程仞不卑不亢地挡在办公室门前，"公司里为您的回归专程筹办了一档年中晚会，邀请您今晚七点到场。"

他话声落时，办公室表的指针稳准地卡到五点半。

唐亦一秒都没犹豫："你替我去。"

程仞："是欢迎您的。"

唐亦："我是病人，我说了算。"

程仞扶了扶眼镜，闪过薄光的镜片后面，那双笑面狐狸眼微微弯下来："从您今天的状态来看，比助理组的那几个健康多了。"

"……"唐亦闻言掀了眼皮，和程仞对视几秒后，原本懒洋洋没什么情绪的美人脸上突然浮现出一丝痛苦。

同时他抬手按住左胸口："喀，喀喀——我突然感觉很不舒服，先回去休息，这里就交给你了。"

程仞："……"都说近朱者赤，近墨者黑，可怎么他们唐总和小菩萨相处得越久，反而越发地不要脸了？

程仞顾不得思索这个成汤未解之谜，后退一步堪堪拦住唐亦："唐总，您伤的是右边。"

唐亦装病那点表情早就退了，语气又恢复往常懒散："别挡路。"

程彻沉默数秒，只得退开，并在唐亦拉开办公室门的前一秒坦诚道："请您务必出席是孟董事长的要求。"

"……"美人脸上那点笑意一拧，垂遮着又撩起来的眼神也登时就从懒散变成压着戾气的阴郁。

程彻略微感到头大。他就知道只要把这个理由说出来，唐亦非得变脸。而就算能留得下人，那今晚晚会也一定有的大家好受。

在心底叹了口气，程彻开口："孟董事长的意思是，您不在公司的这两个月里，上下同心，没出什么乱子，您回来理应露面，安抚犒劳一下公司职员。"

唐亦冷冰冰地一哼："我是动物园里的金丝猴吗，他们非要看到我才能算被犒劳了？"

程彻："您来出面更合适。"

"合适收买人心吗，"唐亦哂出一声轻笑，"你觉得我合适？"

程彻闭口不言。

唐亦不耐地轻眯了下眼："我看她是打击报复还差不多。我要是不做，她要怎么办？"

程彻表情微妙。

唐亦："直说。"

程彻微侧了下身，视线好像无意地往办公室里面被改成画室的休息间瞥了一下："孟董事长之前来公司代职，进过那个房间。她说如果您不想您的画作们下去陪她可怜的花花草草，就最好照办。"

唐亦："……"

《八仙·缘起》系列新戏本的名号借助演出赛最后一期的舞台一炮打响。

林青鸦虽然没能参加《本真》期演出赛的录制，但在后续芳景团内的剧场表演里，更令人叫绝的身段唱腔将《缘起》系列折子戏的口碑再提一个新高度。

票友们很早以前就玩笑"梨园苦无新戏久矣"，这次《八仙》系列里打头阵的《缘起》一火，立刻就在票友间争相传颂，之前对《殊途》表演形式的矛盾性评价也借此一拨迅速转为优势；而在仙侠玄幻本身受众面广的基础上，戏本增加的故事性也为芳景团拉了许多新观众入坑。

芳景团经此一役，彻底稳固住自身在梨园的一席之地。

林青鸦最近在芳景团内忙得不可开交。

一早她就和团长向华颂明确过，演出不能多开，为了保证单场质量必须贵精不贵多的原则。

但林青鸦没想到，芳景团一火，在她原本的名气上锦上添花，演出之外的事务比演出本身更麻烦得多。

公益性质的昆曲文化宣传类的讲座等优先参加的活动都不必说，《本真》期结束以后，她竟然还收到一堆经纪公司发来的签约邀请，条件优渥的大有人在，其中不乏直接登门拜访的，让她不胜其扰。

最后还是芳景团官方发了声明通告，表示林老师绝无涉足演艺圈的想法后，这才消停下来。

但其他的合作类邀请依然是个恐怖的数量。

不过其中 Night 发来的文化交流邀请函，想邀约芳景团在他们巡演结束后出国到他们的主场举办一场以国际文化交流为目的的昆曲主题演出，倒确实引起了林青鸦的兴趣。

兹事体大，芳景团需要筹谋清楚，林青鸦自己也得慎重。

尤其是在 Night 主舞 Ludwig 这儿，林青鸦太知道唐亦有多介意林青鸦在国外结识的这个金发碧眼的"弟弟"的存在，还是决定要和唐亦商量，再做选择。

从剧团里出来，林青鸦正在考虑这件事要怎么和某个醋王开口的时候，她就接到了唐亦的"告状"电话。

状告的自然是孟江遥。

林青鸦听完唐亦的告状，给他顺毛："晚餐机会很多，不差这一次。"

"我差，"唐亦声压得低，"我西天取经历尽九九八十一难才偷回来的小菩萨，得来不易，怎么不差？一秒都不能少。"

林青鸦被他逗得杏眼弯下，浅笑了几秒，她轻声问："你现在在公司吗？"

"嗯。"

"那，你们公司的晚会，不是职员的人能去吗？"

电话对面原本在唰啦啦地干什么事情，结果林青鸦这句出来，传声筒里立刻就安静了。

林青鸦疑惑地拿下手机来看了一眼，确定通话无碍，她才问："如果不方便的话也没关系，我——"

"你问这个做什么？"对面像是突然回神，尽管声音努力压着了，但还是藏不住疯子的兴奋劲儿。

林青鸦一默。她突然有点后悔，或许不该主动提起的，之前的事实证明她每一次对唐亦主动、惹起疯子的疯劲儿的后果都有点惨……

但话已出口，而唐亦一秒就兴奋起来的语气还是怪招林青鸦心疼的，所以即便预见可能有的后果，她还是轻声应了："如果可以，那我能一起陪你参加晚会吗？"

"站着别动，等我。"

"？"

唐亦的行动力绝对顶级。通话没被挂断，林青鸦亲耳听着他在对面把方才唰唰的声音持续了一会儿，又跟大概是程彻的人说了一句"帮我收好剩下的"，就匆匆下楼取车了。

十分钟后，唐亦开着他那辆黑色超跑出现在芳景团的剧场门外。

墨镜一摘，抛开那张凌厉近漂亮的美人脸不谈，漆黑又招摇着兴劲的眸子非常"小亦"了。

林青鸦弯下杏眼走过去，唐亦正从车里下来，绕过车身到副驾驶座一侧，给她扶住车门。

林青鸦问："你怎么知道我在剧团？"

"嗯……"唐亦眼眸一低，视线落到林青鸦的手机上。

徐远敬案件后，唐亦借机换掉了冉风含送给林青鸦的那款手机——他早就看它不顺眼了。

现在也是一款定制版，和他的是情侣机，款式配置完全相同，区别只有机壳的颜色：他的是墨黑，林青鸦的是雪白。

林青鸦意外也不意外，无奈抬眸："你给我放了定位？"

"你手机上也能看到我的，双向绑定。"唐亦答得坦然。他顺手捞出自己口袋里的黑色机子，往林青鸦手掌间的白色机子上轻轻一碰。

林青鸦茫然了下："这是什么意思？"

唐亦扶着车门俯身过来，在她唇上轻轻一吻，然后骚气地笑着收回："这个意思。"

"……"小菩萨还是被逗红了脸。

等林青鸦上车，唐亦给她系上安全带后也回到驾驶座位置，开车以前，林青鸦想起什么，转过去认真说："以后不要过来这么快了。"

"嗯？"唐亦回眸。

林青鸦是有点不安的表情："开快车太危险了。"

唐亦一顿，轻眯起眼："孟江遥又见你了吧？"

林青鸦一怔。

小菩萨那个被抓包还不会撒谎的表情惹得唐亦有点心痒，但毕竟是在光天化日之下的大马路边上，做什么都不合适。

他在心底遗憾地叹了口气，这才转回去拧钥匙启动跑车，声音被阳光晒得松懒无谓："唐昱和唐赟那场车祸给她留阴影了，现在还要把阴影传给你。"

林青鸦轻抿唇，大约是思考过，又抬回眸子："但确实很危险。"

唐亦哑然一笑："好，知道了，不过放心吧——我开得很稳，来的路上也没有超速。"

林青鸦回忆了一下他过来的时间，不太相信："真的吗？"

"嗯，不信回去等，"唐亦眸子轻睨上来，似笑非笑的，"如果没有超速罚单，那小菩萨要被我抱到钢琴上亲 10 分钟。"

林青鸦一蒙，回神后雪白的脸立刻就镀上红，但被疯子逗惯了，她还是学会了一点反击的，所以红着眼轻声也反驳回去了："那如果有、有罚单呢？"

唐亦久等了："如果有，那我坐在钢琴上亲你 10 分钟。"

林青鸦："……"

事实证明，靠不要脸这门绝学，疯子永远能把小菩萨说得哑口无言，还红透了脸。

唐亦要带女伴来年中晚会的消息把成汤集团的绝大多数人惊得不轻，毕竟除了个别消息灵通人士，大家对唐亦的"交友"情况都还停留在"可能不行"的印象上——

之前的传闻，喜好戏服美人这点至今没有实据，而虞瑶那边本来就捕风捉影，不久前更是以最惶恐的态度亲口澄清两人绝无任何关系。

所以一听说唐亦要带女伴过来，本来餐会专用楼层里还有点萎靡的职员们个个精神抖擞起来，睁大了眼睛等着看是何方神圣。

"我猜肯定是模特或者小明星，富二代们都喜欢这种。"

"成汤旗下又不是没有传媒公司之类的，唐总身边还缺得了名模、明星吗？要有早有了。"

"那可能是那种大学生校花？"

"No, no, no，一想那场面都觉得割裂。"

"事实上唐总和什么人一起出现我可能都会觉得割裂。"

"我也是！我现在很担心他带来的女伴还没他漂亮。"

"哈哈哈哈，你说这话怕不是不想看见明天的太阳了，让唐总听见分分钟送你——"

"喂，公司的匿名群里有人看见了！你们看那张停车场的照片！"

某位职员抱着手机的一句话迅速惹起注意，八卦的同事们纷纷拿出手机。

匿名群里连发了好几张，清晰度上能甩部分专业狗仔一条街，所以也就能让他们无比清晰地看清楚照片里的女主人公的长相。

有人呆滞："这不是那位最近大火的昆曲女神……"

"小观音？！"

林青鸦全然不知道自己的照片已经传遍了晚会会场内。

她正坐在唐亦开进地下停车场的车里，徐远敬案件后她对这种地方本能有点排斥。唐亦并不催促，安静等着她调整呼吸。

林青鸦平复下心底泛开的那点不安后，慢慢睁眼，回眸就对上靠在方向盘上的那人的眼睛。

他极少用这样认真的眼神看她，漆黑，但澄净见底。

林青鸦不由好奇地问："你在想什么？"

"你。"

林青鸦一怔："嗯？"

唐亦："我在想，遇见你是我人生里最大的幸运，但遇见我是不是你人生里最大的不幸？"

林青鸦眨了下眼才反应过来，她皱起眉："当然不是。"

唐亦低声问："真的？"

"嗯！"

"那就好，"疯子好哄得很，闻言就卸掉沉重，薄唇一弯，钩着方向盘俯身过来吻她柔软的唇角，"我信了。"

林青鸦轻声："你都不问原因吗？"

唐亦："不问。"

林青鸦疑惑："为什么不问？"

唐亦笑着叹："小菩萨不太会说谎，说谎的时候很容易就能看穿，万一是骗我的，至少现在我没看穿，所以还是不问为好。"

林青鸦轻绷起脸："没有骗你。"

"好。"

林青鸦还想说什么，唐亦却没给机会，他反身从车座后拿起一只黑色天鹅绒质地的鞋盒——

中途他载林青鸦到附近成汤旗下的酒店洗浴，让人送来了一身晚会长裙和高跟鞋。高跟鞋毕竟伤脚，唐亦就让林青鸦先穿酒店的一次性拖鞋。高跟鞋则被唐亦直接带过来了。

林青鸦抬手要接，却见唐亦直接拎出那双鞋，绕到副驾驶座侧。车门被他打开，他俯身在车外蹲下来。

"抬脚。"

"……"

林青鸦不但没听，还把刚从一次性拖鞋里伸出的脚尖往回勾绷了下。

唐亦勾笑抬眼，声音拖得懒慢："怎么了？"

林青鸦微红着脸："我，自己来，可以吗？"

唐亦："不可以。"

林青鸦还试图挣扎："我……"

唐亦哑然失笑："我送你的那幅画，给你留下的印象就这么深吗？"

"……"林青鸦确实不太会说谎，所以被拆穿心思，脑海里的那幅月下美人图就更挥之不去，尤其是里面代表唐亦的那道污黑的身影做出的……

林青鸦还在失神，纤细的脚踝已经落到那人掌心里，她反抗的力在他那儿不值一提，很轻易就被托到车外。

还在向外勾起。

林青鸦一下子就慌了，声腔都微颤："唐……唐亦！"

"嗯，在呢。"唐亦哑着笑，掌心勾着那纤细的足踝，往自己身前拉她。

林青鸦快被他欺负哭了，努力想做出威胁的语态："你要是在、在这儿那样做，我就……"

"就怎么样？"唐亦眼角情绪被笑意染得更恣意又勾人，他作势俯身。

林青鸦攥紧手指："你就再也别想亲我了。"

狠话是放出去了，但小菩萨还是吓得合上眼。半晌没觉到什么，她才小心地睁开眼睛。

就见唐亦蹲在车外，哑着笑，给她穿上高跟鞋："好了，不逗你了。"

"……"林青鸦松下好长好长的一口气。

唐亦笑得不行，从车前起身，把车里的人勾着细腰带出来，他俯身在她长发旁低语："以后再到地下停车场，想刚刚这件事，不想别的了。"

林青鸦一怔，抬起眸望他。

不等小菩萨反应过来冒出感动的情绪，唐亦又想起什么，俯回身："哦，别想会逃过一劫。"

林青鸦："？"

唐亦把抵在她后腰的手轻收紧，然后笑："在这儿是不行，等今晚回家，我要把人参果从头到尾尝一遍。"

林青鸦："！"

一整晚的酒会下来，林青鸦不管走到哪儿，都能感觉到好奇的目光从四面八方投来，黏在她身上。

眼见为实。若说林青鸦和唐亦上楼来之前还有人不相信照片里的亲昵姿态，坚持林青鸦只是唐亦带来的女伴，那在晚会开始后，几分钟就已经全员麻木了。

眼神，语气，动作，随便一个细节勾出来，都让在场职员忍不住深刻自省自己到底是来参加公司晚会的还是来吃狗粮的。

尤其整场下来，他们看得都眼酸，但黏在林青鸦身边的那人完全没有要离开一丁点儿的意思。

职员们都要怀疑他们唐总是不是大病一场后被人换了芯儿。

不过当他们试图接近林青鸦身边一米内的范围，并收到来自自家副总的"友好"的眼神关怀时，他们就会明白显然没有。

毕竟这疯人如故的眼神，一看就还是病得不轻。

直到唐亦中途接了电话。

说过几句后，他不悦地低了低身，到林青鸦耳旁："我要出去一下。"

"嗯？"

"狗之前一直让程彻找专人照顾的，今天刚领回来，我送它去楼上办公室，走之前再捎上。"

林青鸦茫然："要你去才行吗？"

唐亦："已经到楼内了，可能太久没回来，正兴奋着，他们说不听。"

林青鸦点头："好，那我等你回来。"

"嗯。"

唐亦走之前警告地在周围扫视了一圈，确定没什么状况后才快步离开了。

可惜威严没挡得住八卦的力量。

唐亦前脚刚走，后脚就有按捺了一整晚的职员凑上来，和林青鸦搭话，偏偏同行壮胆，还不是一个两个。

林青鸦招架得苦恼，又说好了等唐亦回来，没法离开。

问题起初还只停留在林青鸦和昆曲的层面上，但聊着聊着，就有人忍不住了："林老师和唐总的感情真好啊，看得人好羡慕。"

"以前就听说唐总喜欢戏服美人，一直都以为传谣，结果竟然是真的呢。"

"芳姐，话别这样说嘛，唐总喜欢林老师未必就是因为戏服啊，你这样说林老师听了多不舒服？"

"哦哦，对不住对不住，林老师千万别误会啊，我没别的意思……"

这边解释未竟，离得近的一个入场口突然骚动起来。

众人纷纷停了交谈。

那边的嘈杂里，传出来一声——"汪！"

林青鸦怔住，其余人却慌了神。

"唐总养的那狗怎么进来了？？"

"群里说来送狗的没搂住，让它松绳跑了！"

"那狗不咬人吧？"

"不咬人，但是看起来特别凶，炸毛时候更吓人。"

"啊啊啊，在那儿！"

话声刚落，就见不远处的人群纷纷向两旁避开，一条甩着绳儿跑得威风凛凛的大狗正在餐会厅里兴奋地跑，带翻了一片摆置。

偏偏它还跑得极快，想制伏它的男职员们完全跟不上趟。

耳听着摔东西的声音交杂四起，林青鸦放下手里的果汁杯子，刚要上前，就听见一声惊叫。

只见大狼狗此时横着冲过他们面前，正前方还站着个吓傻了的一动不动的小姑娘——

"小亦！"

伴着一声轻呼，狼狗突然四爪同向，急刹在滑溜的瓷砖上。

没等停稳，它已经兴奋地朝声音的方向撒欢地跑过来。

"汪汪！！"

林青鸦顾不得长裙了，她一绾长发就蹲下身，把跑到她面前一秒乖巧的狼狗拦住，免得它再"作恶"。

不过这显然是多虑了。狼狗跑到她面前以后乖得跟换条狗似的，那疯狂摇尾巴又扑上来舔林青鸦手指的模样让职员们又震惊又莫名觉得熟悉。

不等职员们感觉问题出在哪里，就听安静下来的餐会厅里响起一阵低沉的脚步声。

几秒后。

唐亦面无表情地停到狗旁，美人眼阴郁又愤怒，声音沉得像咬碎了字往外挤——

"给我把它带走。"

说完，唐亦拉起地上的林青鸦。他从西服上衣口袋把装饰手绢拽出来，一根一根给林青鸦把手指上沾的狗狗口水擦净。

越擦唐亦越愤怒，憋不住终于咬出两个字："我的。"

林青鸦无奈地轻声道："唐亦。"

餐会厅一寂。

职员们终于后知后觉地醒悟过来那点诡异：

那只他们进公司好几年也从来不知道叫什么的、一直跟在他们唐总身边的狗。

叫——

小什么？？

……

这夜过后。

小亦在北城圈里一战成名。

第十八章　一生无憾

唐亦后来去看林芳景，总还是在颈前缠着那两三圈绷带。

他是每周都要去疗养院报到的，多数时候和林青鸦一起，偶尔也会遇到林青鸦有外地演出的安排，就独自去——风雨不误，公司里再忙也亦然。

这次是个周六。

《八仙》系列在国内正热，芳景团当真如林青鸦所愿成了梨园里的那条"鲇鱼"，国内四处都有剧场相邀，即便为了保证演出质量一压再压，还是难免忙碌。

林青鸦刚结束外地一场昆剧会演后赶回北城，信息里得知唐亦在疗养院。回家匆忙换洗后，她就叫车过去了。

夏末秋初，风暖里渐凉。

从疗养院顶层的楼梯间出来，沿着长廊没走几步，林青鸦就在母亲的病房外看到了护工杜阿姨。

对方拎着水壶，显然是刚打水回来，看见林青鸦后意外地问："林小姐也过来了？"

"我刚回北城，过来看看。"

"噢噢，A 市那场昆剧会演是吧？我前两天在网上瞧见预告了，那排场，您母亲看见了高兴好一会儿呢。"

"嗯。"林青鸦垂眸，笑意温婉。

杜阿姨拎着水壶要请林青鸦进去，只是刚要伸手去拉房门，又犹豫着什么而慢下动作。

林青鸦细心察觉，抬眸："您有什么事情想跟我谈吗？"

"我也不知道这样会不会显得我多话……"杜阿姨讪讪地说。

林青鸦："母亲一直由您照料，我很感激，您也算是我的长辈了，有话可以直言，不用避讳。"

杜阿姨不好意思地笑起来："其实就是关于您这位……朋友的事情。"

"嗯？"林青鸦下意识回眸，望进门内。

隔着块门上玻璃，病房里看得清晰。林芳景还是坐在窗边的轮椅上晒太阳，唐亦拎了只高脚凳，背对着房门坐在她身旁。

不知道是在给讲故事还是剥荔枝，哄得轮椅上格外显得老态的女人安静地抿着嘴笑。

"林小姐的这位朋友，或许是在追求你吧？"

"？"林青鸦怔了下，转回来。

杜阿姨见她神情意外得不像假作："啊，是我猜错了吗？我就是看两位关系亲密，不像普通朋友，他更是每周都来——说实话，做我们这行见得多了，这种情况只要不是自己的亲生父母，做丈夫的不想照管甚至看都懒得来看一眼的，那也比比皆是啊。"

这几句话间，林青鸦才回过神，哭笑不得："不，他确实不是在追求我，因为我们已经是恋人关系了。"

"啊？"这回轮到杜阿姨震惊了，愣了好几秒她才反应过来，茫然问，"那他怎么不是这么说的？"

林青鸦："嗯？"

杜阿姨犹豫了下："我之前跟您朋友客套过几句，有几回他晚上才过来的嘛，看起来又挺累的样子，我就劝他没时间的话不用麻烦过来。"

林青鸦隐隐预感。

杜阿姨无辜复述："他说不行，自己还在考察期，而且后边一堆，喀，弟弟和小白脸，等着上位。"

林青鸦："？"

在小菩萨茫然的神情里，被她隔着玻璃盯了许久的那人好像有所察觉，额前弯着的自来卷黑发翘了翘，他从凳子上转过身，对上门玻璃外的林青鸦。

停了一两秒，那人眼睛亮起来。

又几秒后，林青鸦面前的病房门已经被拉开了——护工阿姨被"放"进去，小菩萨被堵在了门外。

堵她的人就靠在门上，懒洋洋垂着眼笑睨着她："此路是我开，想进去就要留买路财。"

林青鸦回神，无奈："你和护工阿姨说的考察期？"

唐亦轻眯起眼，语气却不太在意："嗯，我说的。"

"为什么要那样说？"

唐亦扶着门框低了低身，笑："这是给我的福利制度。"

林青鸦听得茫然："嗯？"

"对我实行终身考察制吧，"唐亦说，"可以像公司绩效表一样，列出指标和参数，确定及格标准。"

"什么的及格标准？"林青鸦听得更茫然了。

唐亦："嗯，合格伴侣？正常人对伴侣的要求标准不是除了感情方面，还包含亲情、友情、事业、家庭生活等很多方面吗？"

林青鸦终于听懂他的意思了。

但这并没有让她有任何高兴的感觉，正相反，那张雪白漂亮的面孔已经微微绷起来了："你就是正常人。"

唐亦停住罗列伴侣标准的思绪，落回眸子，几秒后他垂眸轻笑："大概只有你这么觉得了，小菩萨。"

林青鸦蹙眉："我也不需要你说的这个。"

"不是你需要，是我需要，"唐亦笑，"说了，是给我的福利制度。"

"哪有福利？"

"不及格是惩罚，及格是无功无过，良好和优秀自然就要有奖励了。"

林青鸦摇头，严肃拒绝："这才不是给你的福利制度。"

唐亦笑叹："可我毛病很多的。"

林青鸦："我要完整的唐亦，不要一个被条框切割、只听我话的'合格伴侣'。"

"那坏习惯怎么办？"

林青鸦迟疑，思索几秒后她轻声说："会伤身体的不好的习惯还是要改的。"

唐亦失笑。

林青鸦不解地抬眸："你笑什么？"

唐亦却没解释："好，改，"他扶着门框俯身，凑过来吻了吻林青鸦的唇，"可能不合格，但完整的唐亦也只听你话。"

"……"

身后长廊还有人来往，林青鸦被唐亦亲得微红了脸儿，但还是踮起脚尖回亲了他。

唐亦被小菩萨的主动撩得意动，但毕竟是在疗养院里，身后就是林芳景的病房，他再恣意妄为，也不会在这里真对小菩萨做出什么。

于是只能在心底叹一声遗憾又贪婪的长气，唐亦垂手勾起林青鸦的手，把人牵进病房里去。

只是刚走出几步，唐亦就被林青鸦拉住了。他回过身，看见林青鸦抬起的视线落在他颈前。

"怎么了？"唐亦问。

林青鸦抬起另一只手在自己的脖子前示意了下："这个，不摘吗？"

唐亦摸了摸绷带："不好看吗？"

林青鸦无奈："不是好不好看的问题。"

"那是什么？"

"是没有必要的，"林青鸦轻歪了下头，在唐亦肩旁的空隙里看见林芳景，然后她才把视线落回来，"她不会因为一条刺青就不喜欢你了。"

"……不会吓到她？"

"不会的。"

"好。"

唐亦握着小菩萨的那只手没舍得松开，修长身影俯下来，冷白清隽的面孔上带着点漫不经心的笑。

林青鸦被他突然拉近的距离弄得一怔："？"

唐亦左手牢牢包着她纤小的右手，另一只手点了点颈前的绷带："我看不到它，所以要小菩萨帮我摘掉。"

浅笑浮上茶色瞳里，林青鸦拿他没办法，抬起手想依他的话。结果抬到一半，另一只手被拉住了，她这才回过神，晃了晃被握的右手："你要松开我。"

唐亦摇头："不松。"

林青鸦无奈："那我怎么摘？"

"单手吧，实在不行，"唐亦笑里恣意，又哑下声，"小菩萨也可以用嘴巴咬。"

林青鸦已经见识过唐亦太多的污黑又不能见光的心思了，现在就算听到这种流氓话也逐渐能屏蔽大半，绷得面不改色。

不过偶尔也是会有没完全屏蔽住，偷偷红了耳垂的情况在。

好在小观音拈花指钩水袖，一双纤细的手再灵巧不过，单手给他解绷带不算是没法完成的事情，只是比双手稍微麻烦了点。

唐亦也不嫌慢，窝着那修长身影，俯得极低，几乎要把比他矮18厘米的小菩萨完全罩在自己身下。

他手臂撑着墙，懒低着眼，在小菩萨认真凑在他颈前解绷带的时候，就拿最恣意的眼神一点不放过地望着她。

"这条胶布是不是贴在里面了？"林青鸦解到一半被卡住，她轻声咕哝着，习惯性想抬右手帮忙，然后就发现还是被攥得紧紧的。

这一回神抬眼，林青鸦才注意到自己不知道什么时候已经凑得离唐亦这么近——那人冷白的颈和绷带下凸起的喉结，就离她几厘米的距离。

温柔的呼吸扑到他颈前，好像还会被馈回更灼人的温度。

林青鸦蒙停住。

然后看着白色绷带下，那颗喉结轻滚了一下。

低哑带笑的声音像要钻进她耳心："求你别看了，不如还是亲亲它吧，小菩萨。"

林青鸦一下子就被破了防，红透了脸羞恼至极地睃向他。

而就在此时，林青鸦身后方向，病房门口传来一声迟疑的唤声："青鸦？"

"？"林青鸦回身，目光相对。

她的外公外婆看清真是她，不可置信地愣在了原地。

唐亦和林青鸦的外公外婆见过一面——单方面的，在那次他利用唐红雨设计冉风含的餐厅内。

所以他一眼就认出了门外这对年过古稀的夫妻。

而元淑雅和林霁清并不认识这个站在林青鸦身前的年轻人，不过这并不耽误他们对对方做出一个基本的判断。

盯着年轻人望了几秒，元淑雅的眉就轻皱起来。

唐亦今天没戴帽子也没戴口罩，夏末季节里只穿了件单薄的休闲白T和长裤，那张五官和毓雪有七八分相似的面孔透着凌厉感和攻击性都十足的漂亮。

略微凌乱随意的黑鬓发使他看起来的年纪比实际还要小。几圈白色绷带松松垮垮地垂在颈下，露出一尾的红色刺青就更扎两位长辈的眼了。

尤其是望来的那双眸子，黑得幽深湛亮，尽管尚带余笑，也莫名叫人有被什么凶恶东西盯上的感觉——

不是善类。

林霁清和元淑雅对唐亦的第一印象就非常简洁明了。

"外公、外婆，你们怎么突然过来了？"林青鸦惊讶得回不过神。

"去见了一位老同学，顺路过来看看，"林霁清抬手在元淑雅的肩上轻拍了下，压住妻子要开口的话，他温和笑着进来，"明天不是中秋节吗，给她带了一份月饼。"

林青鸦走过去接，同时轻声说："您跟外婆要注意身体，以后有事让我来就好了。"

"知道你去了外地，我们以为你今天回不来，"林霁清像随口问，"中午就回来了？"

"嗯，一点多。"

林霁清和元淑雅进到病房里面。林芳景很少有神志清明的时候，这会儿不认人。护工杜阿姨和两位老人打了招呼，找理由先出去了。

房间里除了林芳景，就剩下他们四人。

唐亦一直站在墙边，没动过。

林青鸦知道他不习惯这样的场合，他从来没有长在一个正常的家庭里过，也从来没有和所谓的长辈们正常地相处过，他连怎么称呼合适都不知道。

所以就那么安静站着，像个做错了事被罚站墙角的孩子。

林青鸦看得心疼，几次将目光落过去，想给他眼神示意让他过来，可那人垂着眼，一次都没看见。

就在林青鸦迟疑，要是走过去把他牵过来，会不会让林霁清和元淑雅对他的观感不好的时候，余光观察两人的元淑雅轻声开了口：

"青鸦，这个孩子之前没见过，是疗养院里，或者你们团里的人吗？"

林青鸦一怔，没想到外婆会这么问，她本能地想维护唐亦："不是，他是我……"

"弟弟。"

"？"林青鸦差点不确信自己听见了什么，她愕然回眸。

那人却已经走过来，眼睑低垂着，眉眼间情绪沉郁安静："我姐姐是团里的人。"

元淑雅："哦，你是青鸦同事的弟弟，那你过来这边是？"

"明天中秋，家里让我过来给林阿姨送点东西。"

顺着唐亦视线望见桌旁和墙角放着的礼盒，元淑雅看起来情绪稍微放松了些："第一次见青鸦带朋友过来，我看你们好像也挺熟的，是好久前就认识了？"

说最后一句时，元淑雅的目光落到林青鸦身上。林青鸦还在唐亦扯的这个谎里不解地看着他。

唐亦再自然不过地接话："我是年初认识的，姐姐。"话尾那人一撩眼，正对上林青鸦的视线，"家里也想让我进剧团里工作，所以我最近在跟着姐姐实习。"

元淑雅："哦，是这样吗？"

"……"那一句一个的姐姐喊得林青鸦心里像小虫子啃来咬去似的，古怪极了。

偏偏当着外公外婆的面，那人扯谎扯得信手拈来一本正经，林青鸦又没办法直接落他面子。

在心底轻叹顺便记了唐亦一笔，林青鸦只得默认。

元淑雅和林霁清陪林芳景坐了一会儿，就起身准备回去。

林青鸦："我送你们回去吧。"

"不用了，有司机在楼下等着。你为了那场演出累几天了，快回家休息吧。"林霁清说。

"……好。"林青鸦确实有话要问唐亦，也就没再强求。送二老出门前，经过唐亦身旁，她目光已经落过去。

"对了，你明天……"恰在此时，元淑雅回身，正对上两人目光胶着，她一顿。

林青鸦慌忙回眸："外婆？"

元淑雅沉默几秒，说："明天中秋节，你什么时候回家里？"

林青鸦："我早上过去。"

元淑雅："好，那你先忙吧。"

眼见着元淑雅和林霁清就要迈出门去，林青鸦心头一跳，还是没忍住开口："外婆。"

"嗯？"元淑雅脚步一住。

林青鸦轻声："我明天能，带他一起过去吗？"

"……"

空气寂静。连唐亦都惊愕地望向林青鸦。

林青鸦不熟练地给唐亦圆谎："他，家人都不在北城，一个人过中秋节太冷清了……他姐姐让我照顾好他的。"

元淑雅的目光像某种审判。

许久后。

"好，那就一起过来吧。"

林青鸦如释重负。

等把二老送到电梯间，林青鸦回来的第一时间就走到靠在窗边的唐亦面前："唐亦。"

唐亦回过身。

林青鸦："这个谎又是为什么？"

唐亦没说话，他低眼看着面前漂亮的小菩萨，兴许是跑的，或者是恼的，情绪给她雪白的颊染上一点绯红，茶色瞳子湿了水似的剔透，勾人。

然后他叹了声，俯身靠下来，好大一只还要往小菩萨颈窝里偎，声音也藏得闷闷的："因为你外婆不喜欢我。"

林青鸦一哑。

性格是藏不住的，尤其是唐亦这样张狂又恣意的性子。即便他神态懒散，故作安静甚至乖巧，他的眼神、言语，甚至一个动作，可能就足够被像林霁清和元淑雅这样历经沧桑的老人看透本性。

而林青鸦了解她的外公外婆，单论喜恶，元淑雅确实绝不会喜欢像唐亦这样性格的年轻人。

甚至可以说，唐亦在元淑雅每个喜好点的极端相反的位置。

林青鸦抬起手，轻抱住他，又安抚地给怀里难过的大狮子顺了顺毛："可我喜欢你呀。"

"……"那颗毛茸茸的脑袋在她颈窝里动了动，"他们让我离开你怎么办？"

林青鸦轻笑："外公外婆不是那样不通情达理的人，如果我说你是我喜欢并且选择的人，他们会尊重我也会尊重你。"

唐亦："可他们还是不喜欢我。"

林青鸦无奈："你以前明明不在乎别人喜不喜欢你的。"

唐亦沉默了一会儿，更紧地抱住怀里的小菩萨："他们和她是你没办法割舍的人，如果他们不喜欢我，那你会难过。"

林青鸦一怔。

她感觉自己心里好像被大狮子伸出锋利的厚爪靠近，然后它伸出一趾，却收起锋利的尖爪，小心翼翼地用软乎乎的肉垫轻轻戳了她一下。

戳得林青鸦眼泪差点掉下来。

她终于知道唐亦这样的性子，怎么会那么耐心、日复一日地来陪林芳景，来给林芳景讲故事了。

林青鸦轻声："你抬头，唐亦。"

"大狮子"很听话，微鬈的黑发离开她颈窝，那双黝黑的眼映着林青鸦的身影虚像。

林青鸦说："人是很复杂的生物，每个人都是由很多很多面组成的，揭开它们以后才能看到最里面的那个本质。但人又是很敷衍、很武断的，所以他们明知自己有很多面，看别人却总只看一面，还要拿这一面来给那个人贴标签。"

唐亦默然几秒，垂眸笑："小菩萨是在开导我吗？"

"我是在讲一个事实，"林青鸦说，"如果他们像我一样了解过你，拨开过那些锋利的面，见到过最真实本质的你，那他们也会像我一样喜欢你、爱你——而你值得这样的喜欢和爱。"

"他们会吗？"

"或许需要时间，但一定会的。"

"好。"

林青鸦杏眼微弯下，视线一落又想起什么："哦，还有这个。"

唐亦垂眸，就见小菩萨抬了双手，从他颈前颈后轻巧地绕了几圈，给他取下了系颈的绷带。

那一尾红痕跟着露出来。

林青鸦将绷带收叠起，同时轻声道："明天和我回家的时候，不要缠着这个了，你又没有受伤生病。"

唐亦："看到这个刺青，他们不会觉得我像怪物吗？"

林青鸦手指一顿，认真抬眸："我这儿还有一个事实，你要听吗？"

"只要是小菩萨说的，我都听。"

"嗯，"林青鸦垂下眸子，认真叠手里的绷带，声音轻和，"每个人小时候心里都住着一只怪物，长大的过程，就是把那只怪物一点点关起来、然后扔下深渊的过程。"

唐亦勾笑："那看来我的那只没能关住。"

"因为没人教你去关它，没人教你该怎么长大，"林青鸦叠好绷带后重新抬眸，茶色瞳子散发着澄澈的光，"而这不是你的错，唐亦。你跟正常的我们是一样的，你只是需要再学一些东西。"

唐亦眼神一动，靠下来垂眸望着她，目光莫名带点危险的闪烁："你想教我吗？"

林青鸦有些不解他的反应："你不想我教你吗？"

"想归想，但是，"唐亦轻眯了下眼，"我怕我刚刚撒的谎给了你什么误解。"

林青鸦："嗯？"

"关于叫你姐姐这件事，"唐亦哑声俯下来，轻吻她柔软的唇，"如果你喜欢，那我可以特定时刻这么喊，但这不代表真的要你做我姐姐。"

林青鸦："？"

周日凌晨四点钟。

熟睡中的程彻被一通特殊提醒的电话从熟沉的睡梦里拎了出来：这串夺命铃声他非常熟悉，来自他们成汤集团常务副总的私人手机。

接起电话第一秒，程彻就听见对面声线阴郁低沉："急事，速来。"

能让疯子这么简短概括的，那必然是非常急的天大事情。

程彻二话不说起床洗漱更衣，驱车一路压着限速线和黎明前的夜色，疾驰向北城的另一边。

下车以后他也是跑着到唐亦独居的那栋别墅前的，用备用钥匙和密码开了双重保险的防盗门，程彻气喘吁吁地冲进玄关，就看见唐亦站在玄关外不远处的衣帽间前——

左右手各持一套衣服，正对着落地镜比量。

听见动静，唐亦回眸，冷白皮藏不住眼睑下淡淡的乌色，他正皱着眉，像思考什么世纪难题。

"我今天要去小菩萨外婆家，这两套衣服哪套合适？"

程彻石化在玄关前："您说的急事就是——"

"衣服。"

疯子理直气壮地抬了抬手。

"……"程彻用尽毕生修养，才忍住了把旁边指向 4:20 的石英钟抢起来磕到这个疯子脑袋上的冲动。

而唐亦完全没有注意到自己特助内心的风起云涌，他对着镜子又比画了一阵后，把右手的那套衣服往旁边一扔。

顺着抛物线看过去，程彻看到了堆积如山的衣服。

看阵仗，大概是把这几年助理组帮唐亦置办过的所有场合装、日常装，全都拿出来折腾了一遍。

程彻按捺情绪，抬手想扶眼镜。在扶了个空之后，他才想起自己因为出来得太过匆忙，根本没顾得把他的眼镜一起捎上。

僵停在脸旁的手缓缓握成拳。

唐亦又拿起一套，转过身来问程仞："这套呢？"

程仞抹了把脸："唐总，您知道今天是什么日子吗？"

唐亦："我第一次去小菩萨家里的日子。"

程仞："……"

程仞："周日，并且是中秋节。"

唐亦："所以？"

程仞："就算您从不惭于承认自己是个'无良资本家'，但在这样的节日里只为了一套衣服的选择，把我在凌晨四点这么紧急地叫过来——是不是有一点不合适？"

唐亦恍然："年底你的提成加一成，这样合适了吗？"

程仞严肃地站在原地，一语不发地看着他。

在唐亦难能试图共情了一下普通人的起床气感受，并准备说点什么挽救这位唯一能帮自己参考服装搭配、算得上朋友的特助时，程仞动了。

他严肃地走到沙发旁，翻出其中一套："左边那件过于正式，右边那件过于休闲，我认为这一套比唐总您手中的那两件更适合见家长的场合。"

唐亦审视几秒："那我换上试试。"

"……"

就这样，"无良资本家"和他的助理迅速达成了一致。

林青鸦到楼下时是早上七点整，一辆有点陌生的黑色轿车停在楼前。穿了一身休闲西服的唐亦就靠在车前盖上，微鬈的黑发半耷下来，垂过他冷白的额角，及清俊的眉。

而眉下，薄薄的眼皮合着，睫毛交错，像两片小扇子似的叠着——

竟然是坐靠在车前盖上睡着了。

走在林青鸦前面的是楼里合租的两个小姑娘。两人从刚出楼就见到这场面，此时脑袋正凑在一起小声嘀咕着，她们脚步很慢地从车前过去，时不时还回一下头。

不知道说到什么，其中一个忍不住笑出声，又连忙捂住嘴巴，红着脸回头看向轿车。

困成狗的唐亦半睁开眼，懒洋洋地打了个哈欠，眼皮就又垂回去。只是这次在合上前，他察觉了什么似的，身影微微一停。

卷毛脑袋抬了抬，然后鼻翼轻动，像背后长了眼睛似的，唐亦往后一斜身，把刚靠近到车前的人拉了过来。

细腰在握，轻易就抱了满怀。

"唐亦……"

毕竟是楼外，人来人往，林青鸦被那些投来的目光羞得想抵开他，可唐亦抱得紧，在她颈窝里轻蹭了蹭。

像不够，他还用高挺的鼻梁抵着她细白的颈，轻嗅了下。她身上淡淡的细腻香气，让他被睡意摧散的注意力很快就凝聚起来。

唐亦合着眼，勾唇而笑："猫薄荷。"

林青鸦无奈："你才猫薄荷。"

唐亦笑着亲了亲她的颈："嗯，是我的猫薄荷。"

林青鸦脸颊微红，躲开视线："你怎么那么喜欢给我取外号？"

唐亦懒着声："不知道。"

林青鸦憋了一会儿，终于找到反击他的点："我如果是猫薄荷，那你是什么品种的猫？"

"嗯？"唐亦终于舍得睁眼了，细长的睫毛间漏出一点湛黑，"老虎吧。"

林青鸦噎了下："老虎怎么能算猫？"

"猫科动物，当然算，"唐亦压不住笑，"所以猫薄荷要小心点才行，别的猫最多闻一闻舔一舔，我可不止。"

"……"

唐亦剩下的话不说出口林青鸦也猜得到，但她只能装不知道。

林青鸦抬起手指，含笑把还想扑上来欺负她这猫薄荷的某个大型猫科动物的卷毛脑袋抵开一点："不能再闹了，去外婆家要晚了。"

"好，不闹了。"

唐亦从车前直身，牵着林青鸦去副驾驶位，给她拉开车门。

等唐亦也从驾驶座侧上车，已经在车内环顾一周的林青鸦好奇地问："这是你的新车吗？"

唐亦："怎么了，不喜欢？"

林青鸦摇头："只是第一次见，而且……"

"而且什么？"

林青鸦犹豫了下，还是诚实地答："线条和设计都方方正正一板一眼的，感觉不像你会喜欢的风格。"

唐亦："小菩萨原来对我已经了解到连常用座驾也能预测的程度了？"

林青鸦不理他的打趣。

唐亦拍了拍方向盘："是我名下的车，忘记谁送的了。我常开的可能不适合被你外公外婆看到。"

唐亦说完话等了一会儿，都没听见林青鸦的动静，他侧眸一望，就见小菩萨微绷着脸，眼神有点严肃地盯着他——眼睛下一点的位置。

唐亦："我脸上有什么？"

"有，"小菩萨抬手，雪白的指尖轻轻抵到唐亦下眼睑上，凉冰冰的，表情还是怪严肃，"黑眼圈。"

唐亦哭笑不得。

林青鸦却靠在扶手箱上俯身过来，凑近了点："你昨晚没休息好吗？"

唐亦眼神迟疑。

林青鸦："不许跟我说谎。"

唐亦一顿，笑着轻叹："确实没怎么休息好。"

"睡了多久？"

"嗯……一两个小时？"

林青鸦一惊："怎么只睡了这么一点？"

唐亦明知道林青鸦会恼，但就是忍不住。他俯身过来，低到她耳边，哑着笑声逗她："想小菩萨想得浑身都疼，馋人参果馋得彻夜难眠——你喜欢哪个答案？我都行。"

林青鸦的小神情像被噎了下，然后雪白的脸颊就又泛起浅红。

她没觉得自己能在这方面和唐亦较量，所以也不搭话，而是慢吞吞缩回去摸包里的手机。

人参果牌猫薄荷突然脱离嗅觉范围，唐亦有点遗憾，可惜隔着只扶手箱也做不了什么。

见林青鸦动作，他轻眯起眼："你要打给谁？"

林青鸦："找代驾。"

唐亦："我昨晚没喝酒。"

"我知道，"林青鸦认真地说，"但疲劳驾驶也不行。"

唐亦知道在这种事上林青鸦一定会坚持的，也就不多费口舌，安静等着被她安排。

林青鸦那边联系完："难怪你刚刚靠在车上都会犯困，下次一定不能这样过来了，你可以跟我说，让我坐车去接你。"

唐亦叹气："应该不会有下次了。"

林青鸦："嗯？"

唐亦玩笑："虽然确实和想你有关系，但最主要的原因，还是第一次去你外公外婆家，太紧张了，睡不着。"

林青鸦眨了眨眼。

唐亦："怎么不说话？"

林青鸦像回过神，杏眼一弯："原来你也会紧张？我还以为你天不怕地不怕，不会有这种情绪呢。"

"是啊，原来我也会……"

唐亦的感慨到一半就停下了，他眼神危险地转过来："你刚刚是不是在嘲讽我，小菩萨？"

林青鸦满眼的无辜，表情也文文静静的："没有。"

如果不是浅色透红的唇忍不住抿起一点笑意，唐亦都要被她骗过去了。

"近墨者黑。"唐亦好气又好笑，这次撑着扶手箱也要压过去，把小菩萨的细腰扣在座位前，他压下身不给退路地吻她。

直到第一时间赶来的代驾尴尬地站在车门外，敲了敲车窗，唐亦微撩起眼。林青鸦终于得到了一隙呼吸的余地，等回过神，恼得再也忍不住，轻轻端了唐亦小腿一下。

趁给代驾让驾驶座，唐亦拉着林青鸦往后排坐的工夫，他勾着笑调戏小菩萨："再用力点才行，教训不够的话，我下次还会变本加厉地欺负你。"

"……"林青鸦被他气得说不出话，被吻得湿漉漉的茶色眼瞳直瞪他。原本浅色的唇此时红彤彤的，一看就是某人欺负完的杰作。

于是最后败北的反而成了唐亦，被林青鸦盯了没几秒他就投降了。

唐亦露出自讨苦吃的笑，遮了小菩萨的眼睛把人放进后排里："我错了，以后欺负你之前一定先申请——别这么看我了，小菩萨。"

一路"有惊无险"。

车终于开到林青鸦外婆外公住的那栋联排别墅外面。

送走了代驾，林青鸦转回车旁，就发现提下来大包小包的唐亦正皱着凌厉的眉峰，对着手机查看。

林青鸦好奇地走过去："你在看什么？"

唐亦一顿，微微挑眉，手机屏幕转向林青鸦："程仞发我的，见女方家长前要熟练背诵的东西。"

"嗯？"林青鸦好奇地定睛看过去。

屏幕最上面一行黑体大字——

《21世纪男德大全》

林青鸦："……"

元淑雅和林霁清的别墅坐落在北城郊区，车程算不得近，林青鸦基本每周过来一次，其余时间一直由赵姨在家里照顾二老的日常起居。

其他家政工作都有专门的人员定期上门打扫，所以家里除了他们三位，没有在住的其他人。

大约是听到车停的动静，赵姨很快就从别墅里出来，朝院门金属栅栏外停住的林青鸦笑着迎上去："林小姐回来啦，路上没堵车吧？"

"有一点，不过不严重，"林青鸦声线清浅，和赵姨打过招呼，她微微侧身，让出身后的人，"这是唐亦。"

"知道，我听老先生和老夫人说了，是您朋友的弟弟吧？真是……"赵姨视线自然抬上去，顺口要说的恭维话却卡了壳。

唐亦今天穿的是套蓝色休闲西装，上衣里面有件圆领白 T 打底，领子不高，藏不住锁骨的锋利线条，还有颈上那条红色的刺青。

不知道是刺青的颜色还是位置给赵姨震了一下，呆了好几秒她才尴尬地接上自己的话："一、一表人才啊。"

话说完时她抬头，对上 186 厘米的唐亦的脸，然后又是一蒙。

赵姨见过不少漂亮小姑娘，但是长得这么好看的男生，现实里她还是头一回瞧见。

等又愣足了两三秒，赵姨回神，赶忙接过林青鸦手里的东西，把人往别墅正门领："快、快进来吧。老先生和老夫人从早上一起就在等你们呢。"

"嗯。"

林青鸦提着小份的伴手礼走在赵姨身旁。

趁唐亦去提大件的礼物而落后了几步，赵姨小声问林青鸦："你朋友这弟弟是做什么工作的？难道是什么明星之类的吗？"

林青鸦意外，浅浅一笑："不，他在公司里上班。"

"普通公司吗？可这也长得太好看了，得祸害多少小姑娘啊。"

林青鸦心虚："也没……"

"在聊什么？"

某人的长腿优势发挥得明显，这几秒间隙，他已经走到林青鸦身后，本能俯低了身，语气亲昵地问。

赵姨一愣，回过头直勾勾看着两人。

唐亦察觉到，轻皱起眉，不情愿地补上了句："……姐姐。"

林青鸦怔了下，杏眼一弯，瞳里浮起点清浅笑意："在聊你。"

"嗯？我有什么好聊的。"

"赵姨夸你长得好看，像明星。"林青鸦眼神清亮，像有点骄傲地仰着脸儿看他。

唐亦被小菩萨的小情绪逗得心痒，他俯得低了点，似笑非笑："哪比得上我们小观音？"

那人眸子黢黑，会说话似的，拿眼神里的小钩子拉扯着林青鸦，几个起伏就惹她微红着脸转开。

赵姨左右看看这对风格极端相反却又都称得上美人的年轻男女，感慨地去开别墅的防盗门："林小姐家里要是真有这么一个亲弟弟就好了，肯定护您护得紧，有人做伴还不孤单呢。"

刚得意起来的唐亦一僵，压低声问林青鸦："我缺姐姐吗？"

林青鸦忍不住笑。

唐亦气闷："我们哪里像姐弟？"

林青鸦弯着眼角，声音低得轻软："谁让你自己说的谎。"

唐亦不爽地轻喷了声。

赵姨已经进去了，林青鸦不好在门外耽搁太久，举起胳膊揉了揉唐亦那头黑卷毛。

笑意在她眼底浅浅荡开："别紧张了，弟弟。"

"……"唐·弟弟·亦轻眯了下眼，最后还是按捺下情绪，闷闷不乐地跟在林青鸦身后进去。

一进玄关，唐亦手里的大包小包还没放下，就看见对着客厅的方向过来了一个"肉球"。

啪。那颗"肉球"停到林青鸦腿前，四肢并用，直接抱住了林青鸦穿着米白九分裤的腿。

唐亦手里握着的礼盒提带一紧。他眼神不善地盯下去。

"漂亮姐姐！"

圆滚滚的"肉球"抬头，仰起脸，朝林青鸦露出退了一颗牙还没长好的灿烂的笑。

林青鸦一怔，意外："小昊？你和你祖奶奶一起过来的吗？"

"对！"小屁孩用力点头。

还没等他再用有点漏风的牙齿说第二句话，他就对上了林青鸦肩膀后面的一张冷冰冰的帅脸。

"他是谁？"唐亦不爽地盯着这个抱着林青鸦小腿不撒手的小胖子。

林青鸦轻声解释："邻居奶奶家的重孙，叫小昊。"

唐亦："那他为什么叫你漂亮姐姐？"

林青鸦还没说什么。

小昊已经飞快地扬起脑袋："因为姐姐漂亮！"

唐亦扫下视线，蹲身："漂亮怎么了？"他恶意地勾了个笑，"漂亮也和你没关系，是我的，不是你的。"

小屁孩一蒙。

林青鸦哭笑不得："唐亦，你怎么还和小孩子闹起脾气来了。"

唐亦没应，仍是蹲在林青鸦腿旁，还伸手给小屁孩环抱林青鸦的胳膊拉下来："不是你的，所以不准抱。"

"……"小昊终于回过神，嘴一撇，哇的一声就哭了出来。

林青鸦有点慌神。

唐亦却不为所动，对着干号不掉泪的小屁孩冷笑了下："哭也不给抱。"

小屁孩还没来得及说话，胳膊下边就一紧。

他脚丫蹬了两下，原地凌空，被起身的唐亦直接提溜着绕了一圈，冷酷地放到离林青鸦最远的地方。

"行了，哭吧。"唐亦一拍巴掌，撑着长腿半俯身，漂亮的美人眼挑着懒洋洋的笑，"使劲号。"

小屁孩呆了，睁着眼睛看他，还抽噎了下。

林青鸦走到唐亦身旁，无奈："你别欺负小孩。"

"我欺负他？"唐亦直身，轻嗤，"我这是在教育他。"

小屁孩看见林青鸦就像看见靠山了，指着唐亦挂着泪包跟林青鸦告状："坏蛋哥哥！"

林青鸦不由莞尔。

唐亦视线落下来，冷淡地哼笑："坏蛋哥哥是教育你，要是现在教不好，你以后就会比坏蛋还坏呢。"

小屁孩委屈地撇着嘴。

而此时，听见方才哭闹动静的长辈们正巧走进客厅里，最前面的就是小昊的祖奶奶："小昊，你刚刚哭什么呢？"

小屁孩一回头，登时见了更大的靠山，连滚带爬地跑过去："祖奶奶！坏蛋哥哥欺负我！"

"坏蛋哥哥？"

"嗯！"

顺着小胖子举起来指向玄关的肉乎乎的手，林霁清和元淑雅还有小昊的祖奶奶就看到了一脸无辜站在玄关里的唐亦，以及他身后无奈歉意的林青鸦。

"外公，外婆，张奶奶。"

林青鸦挨个问好，唐亦有样学样，跟着小菩萨重复了一遍。

邻居老太太回过神，连忙轻拍下小重孙的手："不许胡说八道，那是林阿姨的朋友，你要喊叔叔。"

"就是坏蛋哥哥！他刚刚、刚刚不让我抱漂亮姐姐，还说漂亮姐姐是他的！"

童言无忌，客厅里却一寂。

对上自家外公外婆审视的目光，不擅说谎的林青鸦心里微慌，正有点无措的时候，她就听见站在自己身旁的那人再随意不过地开口："当然是我的姐姐，你不能这么叫，你要叫阿姨。"

"嗐，这孩子，说他好几次了要叫阿姨，就是不听，非得叫姐姐。"邻居老太太尴尬地笑。

"没事，小孩子嘛，不用太强求。"元淑雅安慰完，转向玄关："你们也别在那儿站着了，进来吧。"

"好，外婆。"

林青鸦和唐亦换上赵姨提前准备好的拖鞋，跟着走进去。

林霁清和元淑雅原本正在茶室里招待邻居老太太喝茶，林青鸦和唐亦进去也就是多添两只茶盏的事情。

唐亦和林青鸦按辈分坐在末位，唐亦旁边坐着的就是鼓着脸不满又胆小得只能偷偷瞪唐亦的小屁孩——原本应该林青鸦坐这里，但落座前被唐亦隔开了。

"连小孩的醋你都吃吗？"趁片刻小昊吵闹，林青鸦轻声又无奈地问唐亦。

唐亦："不是你说的吗？"

"嗯？"林青鸦回眸。

"小时候心里装的都是怪物，"唐亦凉飕飕地瞥身旁的小崽子，"这么大点儿就知道漂亮姐姐，长大还得了？我帮他爸妈给他关一关。"

林青鸦语塞。

"瞧这姐弟俩，看起来好得跟亲生的似的。"

邻居家老太太想缓解方才的尴尬，结果没想到话刚出口，就收到对面那个长得过分好看的年轻人凉冰冰的目光。

老太太笑容滞了下。

林青鸦无奈，垂在桌下的手轻按住唐亦的手，她朝老太太温柔地笑："我们认识很久了，比较熟悉。"

"这、这样啊。"

"那天也忘记问了，"元淑雅像随口提起，"你这个弟弟多大了？"

林青鸦："和我同岁。"

"那还挺巧的，"元淑雅望向唐亦，"几月的生日？"

外婆目光甫一落来，唐亦情绪自觉收敛："11 月 7 日。"

"真比青鸦小 8 个月呢。"元淑雅对林霁清说。

林霁清点头。

唐亦额角跳了一下。

一点不虞的细微表情从他脸上一掠而过。

只有林青鸦察觉了，忍下眼底笑意，转开眸子。唐亦从小就介意这个，曾经还一度想要隐瞒自己的生日，坚持说自己是 1 月生的，后来中学的时候有一次翻看体检信息表才被林青鸦发现真相。

而在两人重逢之前，当初的少年可一声姐姐都没喊过她。

也难怪这次这么不情愿了。

不知道是不是察觉了林青鸦的笑意，唐亦不满地皱起眉，放在膝上的手翻过来一勾，把林青鸦的手指勾进掌心里，牢牢握住。

林青鸦脸颊一热，想抽走来，但是外公外婆就在桌对面，她不敢动作幅度太大，让他们察觉。

唐亦显然也知道这一点，于是就更变本加厉，面上懒垂着眼，桌子底下却攥着她手指，一根一根细细把玩。

林青鸦不自觉就想起不久前她在医院那晚发生的事。

没几秒。

小菩萨就从雪白被染成红色的了。

"青鸦，你脸怎么那么红啊？"对面邻居老太太察觉，奇怪地问，"最近要换季了，别是感冒了吧？"

林霁清和元淑雅跟着望来。

而身旁唯一知道真相的那个也装模作样，一副不知情的担忧神情："姐姐，你身体不舒服吗？"

"……"

林青鸦恼得忍不住轻睐了他一眼。

元淑雅问："真感冒了？我让小赵给你拿药。"

"不用，"林青鸦慌忙转回，"我没生病，就是，房间里有点热……可能是喝茶喝的。"

"那稍微凉些再喝，太烫了对食道不好。"

"嗯。"

长辈间惯聊的话题也就那么多。

闲谈没多长时间，对面的话点就落到了晚辈的婚姻大事上。

"我家最大的那个孙女呀，整天吆喝着不结婚，愁都愁死人了。"邻居老太太叹着气说。

元淑雅笑："你不用急，不是重孙子都有了吗？"

"我看就是他爸妈结婚太早，把他姑姑的姻缘顶没了。"

"不信这些，缘分未到，总会有的。"

"唉，希望吧……"

老太太目光一转，就瞧见了对面试图把自己空气化的林青鸦，她眼睛一亮："我才想起来，你们青鸦现在又是单身了，对吧？"

元淑雅一顿，望向对面的林青鸦。

林青鸦微绷着脸，右手作为"人质"就在身旁那大狮子的爪子底下备受威胁，她只能尽量表现自然："我不急，昆剧团里的事情多。"

"哎哟，可不能不急啊！你不急，那些男孩子不都要急死了？"老太太说，"上回我就想给你介绍的，我那边有个后生，其实就是我小孙子，他比你大两岁，进了一家很不错的上市公司……"

林青鸦察觉身旁那人的怨念几乎要实质化了，只得挑了个老太太说完话的空隙，假作想起什么："我手机好像落在车上了，唐亦，你

301

帮我打开车找一下吧。"

唐亦低垂着眼，声线微哑："嗯。"他起身前一秒才慢慢松开桌下的手，"走吧。"

林青鸦："外公外婆、张奶奶，你们先聊，我很快回来。"

"好，你快去吧。"

关上茶室的门，林青鸦长松了口气，转身看向身后，却发现先一步出来的唐亦好像已经转去客厅了。

她没多想，也跟着往那儿走。

刚过拐角，林青鸦垂在身侧的手腕突然一紧。

她惊了一下，还没回神就被握着后腰直抵在客厅拐角后的墙壁上。

"唐……"

话声未出就被那人抬手捂了回去。

林青鸦惊慌抬眸。

没有特殊需求，所以这栋别墅的隔音算不上极好，一墙之隔，她还听得到三位老人隐约的交谈声。

而唐亦此时的眼神和"安全"绝对有着十万八千里的距离。

他就那样低着黑漆漆的眸子盯着她看了好几秒，才慢慢俯身，薄唇隔着冷白的手背好像要吻她似的，却只是戏弄似的若即若离。

"姐姐，"那人声音压得低哑极了，眼神像装委屈又憋着坏的狼崽子，"老男人有什么好，弟弟不行吗？"

林青鸦被唐亦闹了好一会儿，直到赵姨从厨房往客厅走的脚步声传过来，才算是从唐亦的魔爪下把她"救"下来了。

林青鸦担心待会儿回去以后要再续前话，到时候还是会惹得某人醋海翻腾，所以她就找了冰箱里存货不多、外出采购的借口，和唐亦一起到附近的超市买东西去了。

回来时已经临近正午。

原本以为那祖孙俩应该已经离开了，没想到进到玄关，林青鸦就发现鞋柜外的陌生鞋子不减反增。

赵姨正巧走来接东西。

林青鸦问："家里又来新客人了？"

赵姨："是小昊的爸妈，之前说中午忙回不来，下午来接，结果不知道怎么又提前过来了。"

林青鸦："那他们今天中午也在家里吃饭？"

赵姨："看样子是这个意思。"

林青鸦无奈，回眸看向身后的唐亦，她歉意地轻声道："如果知道今天家里会有这么多陌生客人，我就不喊你来了。"

"没关系。"唐亦看不出喜怒，答得也随意。

林青鸦："你不介意吗？"

"只要他们不介意我，我也不介意他们，"唐亦懒歪了下头，朝林青鸦笑，"反正我只看得到小菩萨。"

林青鸦刚想说什么，就见还没离开的赵姨惊疑地回头看两人："小、小菩萨？"

唐亦那点恣意的笑和眼神被迫收敛，套上温顺的假壳子："我有时候会这么喊……姐姐。"

"啊，好，好的。"

赵姨离开的背影有点惊慌匆忙。

唐亦站在原地看了两秒，单插着口袋收回视线："我感觉我好像快兜不住了。"

林青鸦："现在知道那时候不该撒谎了？"

唐亦："我要是被识破，他们要赶我出门，那怎么办？"

林青鸦眼底浮起点浅笑："自作自受。我才不管。"

唐亦也跟着笑起来，无赖似的俯身想往林青鸦肩窝靠："那不行，你可是慈悲心肠的小菩萨，怎么能见死不救？"

"就不救。"

轻浅笑意溢出杏眼，林青鸦往前走着躲开了。

原本也是要开餐的时间了，唐亦和林青鸦索性没再进茶室折腾，而是洗过手后在餐厅里，等着那边一家四口和林元夫妻俩进来的。

元淑雅给两边介绍："青鸦，这是你张奶奶家的孙子和孙媳妇，比你大几岁。小孟，小杨，这是我外孙女，林青鸦。"

"我在网上看过林小姐的演出，久仰芳名了。"杨芸晴笑着上前和林青鸦握手，惊艳的目光却压不住往唐亦那儿瞄。

林青鸦和唐亦都对这样的目光习以为常，不过违和的却是年轻夫妻里的丈夫——

比他妻子目光直白得多，他的视线一直落在唐亦身上。

餐厅里静默几秒。

长辈晚辈间全都有所察觉，就连一直局外人似的懒垂着眼的唐亦都感觉到什么，微皱起眉，挑眸望过去。

杨芸晴很快回神，连忙偷拽了丈夫一把，低着声："大茂，你看什么呢？"

孟茂陡回神，脸色涨红得尴尬："抱歉抱歉，那个，我是孟茂，这是我妻子杨芸晴，你们好。"

林青鸦轻点头："你好。"

"来，也别站着了，坐下吃饭。小赵，给他们把昨晚熬起来的高汤盛上吧。"

"好。"

这边元淑雅安排着坐下，中途孟茂的眼神还是时不时地往唐亦身上飘，表情也古怪。

唐亦被看得有点忍无可忍，全凭自制力震着才没发作。

林青鸦也蹙起眉。

别说是唐亦，就算换个好脾气的普通人来，大概也早被这样的盯法盯得恼了。

在他几乎要忍不住说什么的时候，却是坐在对面的年轻男人先开口了："请教这位先生，您贵姓？"

"……"

唐亦眼皮一跳。

杨芸晴尴尬地拿胳膊捅了孟茂一下，压低声："你干吗呀！元奶奶之前就说了那是人家林小姐的朋友。"

"不是，实在是太像了。"经过这片刻观察，孟茂好像已经确定了什么，神情有点激动起来，"您是成汤集团的唐总吧？"

"……"

餐厅内蓦地一寂。

连三位长辈那边的交流都停下，目光落过来。

张老太太笑："大茂，你瞎说什么呢，那是青鸦剧团同事的弟弟，什么唐总不唐……"话没说完，老太太自己想起什么，疑惑地转问元淑雅："青鸦朋友这弟弟好像确实姓唐？"

元淑雅没说话，审视地看向那边两人。

孟茂也迷惑了："唐总是独子，没什么兄弟姐妹才对。"

杨芸晴："你肯定认错了，你不是说那个唐总还挺神秘的，除了私人活动基本不在公众场合抛头露面吗？你又没见过人家。"

"但也有小报拍过那种像素有点差的照片，主要是那刺青，"孟茂说到一半反应过来，尴尬地看向唐亦，"抱歉抱歉，那应该是我认错了。"

桌上寂静。

林青鸦不安地回眸。

"没关系，"唐亦垂眼，似笑似嘲地勾了下唇，"经常有人认错，我习惯了。"

"……"

一餐饭有惊无险。

孟茂再没提第二个字，也没求证唐亦的全名到底叫什么，吃完饭就起身告辞了。

走之前孟茂倒是欲言又止，不过最后还是没说什么，一脸遗憾地走了。

林青鸦和唐亦代为送过，回到别墅里，刚出玄关，就看到客厅里的沙发上端坐着的林霁清和元淑雅。

对上外婆目光，林青鸦心跳一漏，下意识地想往唐亦身前拦："今天的事——"

"坐下，让他说。"

元淑雅声音温和，但不容置疑地打断了林青鸦。

林青鸦望向唐亦。

唐亦眸里凝沉几秒，倒是坦荡，他抬手握住了林青鸦的手。林青鸦一怔，但没有反抗，任他牵着她到沙发旁落座。

即便早有意料，元淑雅的表情还是像被什么东西噎了一下似的，她皱起眉看向唐亦："你这是跟我们示威？"

"不，我是在向您承认我隐瞒的过错，"唐亦开口，"青鸦和我是交往关系，这一点上我说谎了。"

"理由呢？"

"昨天的见面突然，我没有任何准备，出于私心，我不想让它成为我作为她的恋人给两位留下的第一印象。"

"所以你就骗我们，说你是她同事的弟弟，你觉得这样合适吗？"

唐亦的沉默里，林青鸦终于忍不住轻声开口："外婆……"

"嗯？"

元淑雅威胁地微微扬了语调。

林青鸦还想说话。

唐亦却突然把她的手攥得更紧，同时他抬起视线："对不起，外婆，我知道我身上有很多您不喜欢的地方，包括我犯下的这个错误，请您给我时间，我可以改正。"

元淑雅沉默了。

过去将近半分钟的时间，连林青鸦都紧张得不自觉微微屏息的时候，元淑雅转向了她："你喜欢吗？"

"……啊？"

还在紧张里的林青鸦难得被问得有点蒙。

元淑雅："他说他身上有很多我们不喜欢的地方，他是对的。"

林青鸦眼神微紧。

元淑雅又开口："但我们喜不喜欢没有那么重要，他才是要陪着你走下一段路的人——你喜欢他吗？"

林青鸦感觉到自己的手被那人握得更紧，不知道是不是太紧张，他贴着她手背的指腹还带一点颤。

在这样气氛凝重的时候，林青鸦却因为那一点栗然，莫名地心疼又想笑。

她缓慢而坚定地反握住唐亦的手，眼神认真地看着元淑雅："我喜欢他，外婆，我爱他。"

元淑雅早有预料，但还是被林青鸦的用词弄得愣了一下。连一直没说话的林霁清都意外地抬眼看他们。

元淑雅回神："他的缺点你也不介意吗？"

林青鸦摇头："他身上任何在你们看来可能是缺点的东西，我都喜欢，因为这些优点和缺点才组成了完整的他，我喜欢的是这个人，而不是割裂地喜欢某一部分。"

元淑雅再次沉默。

而林霁清在此时突然开口："你回国后也一直戴在身上的那个观音坠，是他送你的吗？"

唐亦身影一顿。

林青鸦却笑着点头："嗯，是他送的。"

"难怪，叫你摘也不摘。"林霁清从沙发前起身："唐亦是吧，走，陪我去院子里散散步。"

"老林！"元淑雅不乐意地开口。

"行啦，儿孙自有儿孙福。况且她玉坠子都戴那么多年了，你不乐意，说得动吗？"

"……"

唐亦跟着外公出门，林青鸦有点不放心地看着，直到别墅的门都关上了，她才有点走神地收回目光。

"外婆，"林青鸦迟疑着问，"你们是不是早就猜到了？"

元淑雅看着像在生闷气，瞥了她一眼，语气严肃："你看着你外公外婆像是老糊涂了的样子吗？"

林青鸦不好意思地笑。

元淑雅："而且就算昨天没在疗养院见着你们两个，我们也早猜到你那边有情况了。"

"嗯？"林青鸦意外。

元淑雅叹了口气，眼神和语气都随之柔软下来："原来多伶俐的，怎么谈了恋爱就变得傻乎乎的了。"

林青鸦辩解："我哪有。"

元淑雅："怎么没有？一点情绪都藏不住——你自己就没发觉，你最近两三个月，小表情、小情绪比以前两三年加起来都多得多？"

林青鸦脸一红："有吗？"

元淑雅没好气地说："你自己照镜子去看看，就知道有没有了。"

"……"

林青鸦不说话了，脸上更热。

客厅里沉默很久。

元淑雅轻叹着声问："他真有那么好吗？见过了那么多温柔的，顺和的，成熟的，还是觉得他最好？"

林青鸦怔了下，然后慢慢弯下眼角："嗯……他应该算不上温顺，有时候像个小孩儿似的，也不怎么成熟，所以不是最好的。"

"那还喜欢他？"

"虽然不是最好的，"林青鸦笑起来，"但是是我最喜欢的。"

元淑雅眼神一顿。

林青鸦认真地回忆着："他自己总是胡思乱想，觉得我是心疼他才和他在一起的，可我知道不是。我会同情很多人，但能让我心疼、让我感同身受，他哭我会跟着难过、他开心我会忍不住笑的——只有这一个。"

"……"

"外婆，"林青鸦被回忆勾得情绪起伏，眼底微微闪烁着水光，但仍是温柔带笑的，"我很确信，我这一生不会再遇见第二个人像他这样了。无论是巧合还是缘分，相遇就是相遇，我很庆幸我能遇到他——我愿意用掉一生的愿望，和他永永远远地走下去。"

"……"

林青鸦等了好久都没等到元淑雅再开口，她自己情绪平复下来后，不解地回眸："外婆你怎么不说话了？"

"还让我说什么，"元淑雅无奈地看她，"你都说到这份儿上了，我难道还要做万恶的封建大家长不成？"

林青鸦一怔，破涕为笑："谢谢外婆。"

"谢什么，我可没说他已经过关了，以后还是要继续考察的。"元淑雅不满地绷起脸，"我对这样家世好又脾性桀骜的年轻人最不放心了，尤其他还长得那么好看——吃饭的时候那个小昊妈妈总是看他！"

林青鸦忍俊不禁："您是在替我担心吗？"

"我不担心，我担心什么？就他看你那个眼神，黏黏糊糊的，噫，"元淑雅故作嫌弃，"要是这样我和你外公都看不出来，那我们真是要得痴呆了！"

"嗯，您和外公最会看人了。"

"你少为了他哄我，没用的。"

"我没有……"

"你看看你，和他在一块儿久了，你都变得黏人了。"

"这样不好吗？"

"……"

"嗯？外婆？"

"倒是，嗯，还挺好的。"

"那我以后能经常带他来看您和外公吗？"

"看他表现吧。"

"谢谢外婆！"

"……"

多了一个唐亦，林青鸦再住在外婆家就不合适了，也不能赶他一个人可怜兮兮地自己回家。

所以晚饭后又陪着二老坐了一会儿，林青鸦和唐亦就先离开了。

回程的一路上，唐亦脸上都是带笑的。

某次回眸又瞥见，林青鸦终于忍不住跟着弯下眼："真有那么开心吗？"

"嗯，"唐亦点头点得郑重其事，"特别开心。"

林青鸦："外公跟你说什么了？"

唐亦："问了一些以前的事和一点以后的打算，其他没什么了。"

林青鸦含笑："现在放心了。"

"放心了。"唐亦垂下右手，去勾林青鸦的，趁林青鸦转向窗外没防备，他牵过来就放到唇下亲了一口，"等考察期一过，我就可以把我的小菩萨娶回家了。"

林青鸦被他吻得指尖微痒，笑着往后抽手："好好开车。"

"好，听小菩萨的。"

那晚唐亦把林青鸦送回家以后，跟着上了楼。

唐亦在心底开启又一番天使和恶魔的斗争的时候，林青鸦却突然很认真地喊住了他。

"唐亦，"她说，"我有几句话想跟你说。"

"嗯？"

坐在沙发上走神的唐亦转回来。

林青鸦走到他面前，刚想坐到他旁边，就被那人长臂一勾，抱进了怀里。林青鸦绷到一半的认真表情差点没撑住："你认真点。"

唐亦理直气壮地抱着她："我可认真了。"

"……"

林青鸦拿他没办法，只得将注意力从这个坐怀抱里转开，低着茶色的瞳，望着唐亦。

唐亦没坚持几秒，失笑："你是在勾引我吗，小菩萨？"

"？"林青鸦被问得一蒙，回过神红透了脸，"我是在酝酿，酝酿谈话情绪。"

唐亦哑着笑："那看来酝酿不成了，我就觉得你看我两秒以上就是在勾引我——还是直接说吧。"

林青鸦气馁。

唐亦假装正色："好了，我不捣乱了，你说吧。"

林青鸦不放心地瞥他，观察几秒没察觉什么，只得轻声开口了："你还记不记得你问过我，你的出现是不是我人生里的不幸？"

唐亦眼神一凝。

他眼底笑意也有一秒的僵滞，下意识的反应就是转开眼："记得，但是这件事——"

"唐亦，你要看着我。"

"……"

沉默里，唐亦终于慢慢回头，对上林青鸦的眼睛。小菩萨的眼睛会说话似的，美得溺人沉沦。

那是他曾经的梦里最渴望又最畏惧看到的。

就像那个答案一样。

林青鸦轻叹声："你错了，唐亦，我很感激。"

唐亦没回神："什么？"

林青鸦："感激你的出现，成为我生命里最艳丽的颜色。"

唐亦怔住。

林青鸦坐在他怀里，弯眼，温柔轻笑："我唱了我喜欢的昆曲，做了我想做的事情……我见过你。"

她垂眸望他，轻而郑重："我这一生都没有遗憾了，唐亦。"

"……"

唐亦像是傻住了，一动不动地，眼神都凝固地看着林青鸦。

客厅里的沉寂过去好久，林青鸦回过神想到自己说了多肉麻的告白都忍不住脸红了，但更多还是有点想笑："唐亦你怎么一副吓傻了的模——"

"样"字还没出口。

林青鸦僵住了。

她亲眼看着那滴眼泪毫无预兆地从他眼角涌出来落下。

猝不及防。

这次轮到林青鸦受惊吓了："唐亦你，你……哭啦？"

"！"

那人陡然回神，把林青鸦往怀里用力一抱，埋到她颈窝里。

谁也看不见谁。

他声音低低闷闷的，带着沙哑的哭腔："我没有。"

否认倒是很坚决。

林青鸦想哭又想笑，轻着声抱紧他："我都看见了。"

"你看错了。"

"可是眼泪都掉到我手上了。"

"那不是眼泪。"

"那是什么？"

"……口水。"

"？"

"馋人参果馋的。"

"……"

林青鸦再也忍不住，轻声笑起来。

如果他不是说最后一句的时候都哽咽着哭腔的话，那她可能还会相信一点的。

"你没有什么想跟我说的吗？"林青鸦笑着问他。

唐亦沉默几秒："太丢人了，不想说话。"

"真不说啊？那我可要回房间休息了。"

"不行，再让我抱抱。"

林青鸦笑："好。"

唐亦闷声靠进她肩窝里，只呼吸，不说话。

林青鸦仍是笑："不丢人，真的，我会忘记的，不跟任何人说。"

唐亦："……"

客厅里安静了很久很久。

久到林青鸦以为这一夜会就这样过去，她想那也没关系，她愿意这样过去。

然后她感觉肩上那人轻动了下。

"青鸦。"

他低着声，轻轻唤她。

"我总是贪得无厌的，想要很多很多，更多更多。"

林青鸦温柔地笑："我知道。"

唐亦："但是……"

"嗯？"

"有你这一句话在，"唐亦低声说，"我想我终于知道，什么叫作死而无憾了。"

第十九章

春日已至，泥雪交融

芳景团受 Night 邀请远赴 R 国进行文化交流的行程最终敲定，时间就在 10 月上旬。

一想到那个金发碧眼的 Ludwig 就在大洋彼岸守株待兔，成汤集团的新晋执行总裁在办公室里签文件的时候都是忍不住磨牙的阴郁表情。

偏偏董事会的任命书在 9 月下旬刚下达，工作量在原本常务副总的职务基础上又创新高。到了 10 月上旬，唐亦忙得连林青鸦出国都没时间送。

这也进一步导致了林青鸦出国的那一周内，整个总裁办楼层的低气压弥久不散。

午休时间。

可怜的新晋总裁坐在沙发前面无表情地吃他的营养餐，大狼狗则摇着尾巴蹲在沙发旁，在自己的狗粮盆上方吧嗒嘴。

今天的狗粮是香喷喷的狗罐头。

小亦很满意。

唐亦放下餐盘，靠在沙发扶手上，懒奄下眼望着小亦的狗粮盆："她都走三天了你还吃得下去，"他的声线拖得有气无力，"你有没有点良心？"

"汪呜。"小亦无辜地抬了抬狗脑袋，狗胡须上还沾了点罐头里的肉末。

唐亦的手机就是这时候响起来的。

甫一看清来电的国家地区显示，唐亦的眼睛就亮了起来。不过接起电话时，他刻意把声音里的情绪压得低了几分，带点故作的委屈："还以为你已经把我忘了。"

对面轻笑："明明昨天中午给你打过电话的。"

唐亦于是立刻就压不住本性，薄哼了声："一天只有一通，小菩萨的慈悲大度哪儿去了？"

　　"有时差呀，晚上演出结束有时间，但你那边应该在睡觉呢。"

　　"睡着也可以起来接。"

　　"不行，"林青鸦那边微微严肃，"走之前你答应我的，要好好休息，好好吃饭。"

　　"是，"唐亦笑着低下声，"都听小菩萨的。"

　　林青鸦问："那今天中午有认真吃饭吗？"

　　"嗯，刚吃完，公司食堂里特别难吃的营养餐，"唐亦瞥了一眼旁边把狗粮盆舔得能反光的小亦，"狗都比我吃得好。"

　　林青鸦不由莞尔："那是为了你们的健康着想。"

　　唐亦："那你在做什么？"

　　林青鸦："下楼了，准备吃早餐。"

　　唐亦："今天还有演出……"

　　"姐姐，你在跟谁打电话？"

　　突然插入的背景音让唐亦的身影一顿。

　　沉默几秒，唐亦轻眯起眼："他为什么会在？"

　　林青鸦在对面说了几句什么，转回电话里："前天和你说过的，是 Night 安排了芳景团的住宿，不只他在，两团这次演出的休息地都在这边。"

　　唐亦沉默。

　　林青鸦轻笑问："你又吃醋了吗？"

　　唐亦仍旧沉默。

　　林青鸦又好笑又无奈地哄："这边的演出还有两天就结束了，我第一时间飞回去，好吗？"

　　唐亦："我想看你演出。"

　　林青鸦："过段时间网上就会有了。"

　　唐亦："我想看现场的。"

　　林青鸦为难地停顿了下："还有两场就要结束了，你公司里那么忙，是不是赶不过来？"

唐亦郁郁地应了一声。

林青鸦："那也没关系，以后还会有很多机会的。"

"……嗯。"

又闲聊几句后，林青鸦被芳景团成员请回去吃早餐了，唐亦这边也挂断电话。

对着手机屏幕沉思片刻，他抬手按了茶几旁的按铃。

不多时，程彻敲门进来："唐总。"

"嗯，"沙发上唐亦勾了勾手，小亦自觉跑到他腿旁，他垂手摸了两把，问，"那边的查收结果怎么样？"

程彻似乎没反应过来，只是在看见唐亦还握在手里的手机后，他好像就明白了什么："他们在整理验收报告，今晚之前应该能发过来。"

"画全都送去了？"

"对，已经裱好。"

唐亦点头："那你让他们准备一下，我明天过去。"

"明天？"程彻下意识抬起手里拿着的平板电脑，翻看行程，"可您明天下午还有——"

"这周优先级最高的那几批已经处理完了。剩下的能推迟就推迟，不能推迟的你代我去，有什么工作我也可以远程处理。"

程彻知道劝不动这人，只能叹气："是，唐总。"

"……"

第二天，R 国时间，下午 4:40。

芳景团的最后一场交流演出正式结束，在观众的掌声中谢幕退场。芳景团众人各自回到化妆间里，准备卸妆换衣。

林青鸦这边刚卸掉妆容头面，就见到团里的一个小姑娘红扑扑着脸跑过来："林老师，有人来找您了。"

林青鸦回眸："谁来了？"

"是 Night 的主舞……"

"姐姐！"

团里小姑娘的话还没说完，入口的方向已经响起清亮的声音。

化妆间里众人都望过去，金发碧眼的少年正挥舞着胳膊，露出雪白的牙齿朝林青鸦灿烂地笑。

林青鸦有点头疼。

没等林青鸦迎接，Ludwig 非常自来熟地进来了，一路上还和路过的芳景团成员热情熟稔地打招呼。

直到他停到林青鸦面前。

少年面上的灿烂神情非常自如地切换成委屈："我中午给姐姐发消息，姐姐一直不回我。"

林青鸦："上台前不能分心。"

Ludwig："那我昨天问姐姐的事情，姐姐考虑得怎么样了？"

Ludwig 说的是中文，虽然发音有点奇怪，但足够国人听懂，所以他毫不掩饰的话声一出，立刻引得附近的芳景团成员好奇地看过来。

在那些好奇又八卦的目光下，林青鸦更头疼了。

她叹气，放轻声音："Ludwig，我们出去谈吧。"

"好啊，"少年毫不犹豫，"我都听姐姐的。"

这句熟悉的话引得林青鸦起身的动作微微停顿了下，想到某人，进而想到他如果在会有的反应，林青鸦无奈又想笑，不由得弯下眼。

Ludwig 站在一旁，看得怔了下。

等回过神，他连忙朝外面跟过去。

这最后一场演出的音乐厅外面有条乳白色的石头长廊，林青鸦叫不出名字的花儿缀在廊上，缠着细叶的藤蔓尾摆在风里，荡秋千似的轻轻摇晃。

走在前面的林青鸦停下来，转回身："Ludwig，我想我昨天已经说得很明白了。我已经有恋人，而且我从来只把你当作弟弟，我们之间是没有任何其他可能性的。"

Ludwig 哭丧着脸："考虑一晚上也没有改变吗？"

"我不需要考虑，"林青鸦声音轻柔又残忍，"这个决定一生都不会改变的。"

少年漂亮的宝石似的眼睛黯下来。

林青鸦犹豫了下。她是不想对面前这个少年说多么残忍的话的，但她也知道，感情的事情和其他事情不同，在这种情况下，不够残忍才是最大的残忍，不管对哪一方来说。

所以林青鸦轻声又开口："同为艺术表演者，我很欣赏你的天赋和能力，无论是为了哪一方，我也赞同两团今后有更多的合作和文化交流的机会。"

Ludwig眼睛一亮："那姐姐——"

"但是从个人角度，"林青鸦歉意地打断他，"在不知道你对我抱有的情感之前，我可以接受我们形同姐弟的关系，现在……抱歉，Ludwig。"

少年眼神失望："姐姐连朋友都不想跟我做了吗？"

林青鸦："我们可以是两支团队关系基础上的合作伙伴，但不要再有私人关系上的接触了，好吗？"

Ludwig不甘地说："这不应该，在我们国家，就算不接受也一样可以作为朋友，还是说姐姐你的男友这样小气，要限制你的交友才行？"

林青鸦听得蹙起眉。

而在她就要开口的前一秒，一声轻嗤在两人身旁乳白色的宽大廊柱后响起。

修长的身影拨开垂落的细藤，那人长腿直接翻过围栏，进了廊内。

"对，我确实特别小气，"唐亦轻贴到林青鸦身旁，垂眼睨着Ludwig，"可怎么办呢？她喜欢的不是你，是我。"

"……"Ludwig气得不轻。

林青鸦终于回神，惊讶地问："你什么时候来的？"

"嗯，中午的飞机吧，看了有你的那部分演出，然后去车里补了觉。"唐亦揉了揉被他睡得凌乱的黑卷毛，然后想到什么，他严肃声明，"我没偷听，这可是你自己主动撞我怀里的。"

林青鸦看见唐亦冷白皮上格外明显的一点淡淡乌色，又心疼又无奈："我本来打算今天就回去了。"

"那可不行，"唐亦笑，"我还有一个地方要带你去。"

"嗯？"

"待会儿再告诉你。"唐亦的目光落向旁边。

林青鸦这一秒才突然想起从唐亦出现后就好像被她自动屏蔽掉了的 Ludwig，她脸颊一热，有点不好意思地转回身去。

　　正对上少年幽怨不忿的眼神。

　　唐亦最擅长给自己拉仇恨值，他朝少年笑得轻蔑："我给你张名片好了，以后你有什么想对她说的话，就联系我，我酌情考虑要不要给你转达一两句。"

　　眼见着 Ludwig 恼火得扑上来和唐亦打一架的情绪都快有了，林青鸦无奈地把疯劲儿上来的唐亦牵回自己身后。

　　"你不要那么幼稚好不好。"她小声劝下唐亦，正色转向 Ludwig，"他是胡说的，你不必信。之前和你说的那些话是我一个人的决定，我那样说不是因为他小气——他虽然喜欢吃醋，但他从没有限制过我的选择和交友。"

　　Ludwig："那为什么，姐姐连朋友都不能跟我做了？"

　　林青鸦："因为我尊重并且珍惜我和他的感情，我和他一样，不希望有任何威胁到我们关系的危险因素存在。"

　　Ludwig："我的喜欢就算危险因素了吗？那姐姐你不觉得是你们的感情关系太脆弱了？"

　　林青鸦轻蹙眉："你还是不懂，Ludwig。这是一种保护，而不是畏惧。因为珍惜和足够爱这个人的时候你会换位思考，从你的角度所不愿意接受的事情，你要对方因为爱你而勉强去隐忍和接受吗？"

　　"……"Ludwig 语塞，他本能想反驳什么，但还是没办法出口。

　　"至少我不会，"林青鸦说，"这样的委屈，我不会给他。所以抱歉，Ludwig，到此为止吧。"

　　林青鸦说完就主动牵起唐亦的手，拉着他转身往回走去。

　　他们走出去两三米，少年低低的声音从身后响起："我只有最后一个问题想问你了，问完我就走，这样可以吗？"

　　林青鸦脚步一停。

　　她目光征询地看向唐亦。

　　唐亦懂她的意思，如果他不想听，那她就会尊重他的意见。

　　唐亦压下那点不爽："让他问，也让他死心得彻底点。"

林青鸦无奈望他。

Ludwig 自然听见唐亦这句了，气愤地瞪了他一眼，然后看向林青鸦："之前我去化妆间找你，我们离开的时候，你突然很温柔地笑了。"

林青鸦微怔，思绪往回飘。

Ludwig 固执地看着她："你那时候为什么笑呢？"

林青鸦想起答案，眼神难得有点不自在，但她还是答了："你那句话。"

Ludwig："哪句？"

"都听我的，"林青鸦声音不自觉轻了点，"他也经常会这样说。"

Ludwig 愣住了。

好几秒后他才声音艰涩地问："原来你那时候笑，是因为想起他了？"

林青鸦点头。

Ludwig："我知道了。"

这次没有等林青鸦说话，少年转过身，沿着长廊往外走。走出去好远后他肩膀好像抽了一下，然后背对着他们挥了挥手。

他什么也没有再说，走远了。

林青鸦心情复杂地收回视线，然后就对上了唐亦那双压着兴奋的漆黑眼睛。

这两人身上的情绪反差太过剧烈，让林青鸦一时有点回不过神，下意识问："你怎么了？"

唐亦："原来我不在的时候，你也会那么想我？"

林青鸦微红了脸，没说什么就要往回走。

唐亦却一把攥住了她的手腕："刚刚不是说了，我要带你去个地方。"

林青鸦一怔："我还没换下戏服。"

唐亦回眸，凝着她看了几秒。

艳红底子百鸟朝凤金丝刺绣的对襟褙子穿在她身上，把白皙的肤色更衬得细腻如玉。

那双茶色瞳子和初遇一样，像烟雨平湖里映着高山白雪。

是他的白雪了。

唐亦一笑："戏服更好。"

车行在德尔郡平坦的环河长路上。

夕阳已然落下地平线，天边的最后一抹晚霞艳红如血，层层沥近，像笔触大胆的印象派，把绚烂的油彩恣意铺洒过整片天空。

傍晚的索斯亚河上飘着归坞的船笛声，河面上碎金粼粼、晃人目眩。

林青鸦侧眸望着河岸，然后感觉自己的胳膊被抱住它的那人轻轻环紧。林青鸦眼神收回车内，转头望过去。

某人以一日不见如隔三秋、一周不见恍如半生这种无耻借口作为理由，倒时差补觉也要和她十指相扣才睡。

这会儿大概是醒了，不过仍合着眼靠在座椅里，他神态有点懒，也就显出难得的近乎乖巧的模样。

林青鸦轻往外抽出手指，还未挪过一两厘米的位置，就被那人掌心开合，又完完整整地包了回去。

"别动，"睡意浸得他嗓音低低哑哑的，头一低，那头黑卷毛就蹭进她颈窝里，"还没到呢……让我再抱一会儿。"

林青鸦随他去，轻声问："我们这是要去哪儿？"

唐亦靠在她肩侧，合着眼笑了声："秘密。"

林青鸦："车已经开出来两个多小时了？"

唐亦眯着眼抬起手腕，睡意里看了眼腕表："嗯，"刚睡醒的低音炮似的声音格外好听，"还有多久到？"

林青鸦抬起眸。

前排全程装聋作哑的司机目不斜视地答话："十分钟，先生。"

唐亦这才揉着睡得发酸的肩颈直身："那很快就要到了，"他单手仍扣着林青鸦的手，回眸笑，"到了你就知道了。"

林青鸦压下好奇，点头："嗯。"

五六分钟后，轿车离开主干道，驶入旁边的一条林荫茂盛的小路，树木之外是大片无际的绿茵地，斜前方极目可见的地方，似乎坐落着一片高矮不一的房屋。

林青鸦望得怔神："这里好像是他们的私人庄园……"话声停住，林青鸦回眸。

"你买了这里的一座庄园？"

"没有。"

"我还以为……"林青鸦还没来得及松气，就见唐亦唇一勾，朝她笑着贴近，直至耳旁。

他低声："是你买了这片庄园。"

"……"

未竟的话声覆没。

林青鸦惊望着唐亦，一时说不出话来。

经过金属高门的身份检查，进入的就是庄园的私人领地。

道路两侧草色如茵，起伏广袤，颜色或深或浅的树丛随意零落。路的近处，杏红或雪青色的杜鹃花盛放，美不胜收。

林青鸦终于回神："这里，全都是吗？"

"嗯，按房产经纪人说，占地有 110 亩左右，"唐亦说，"18 世纪就建起的庄园，房屋设计和翻新费了不少时间，原本早该带你过来。"

林青鸦不语。

唐亦回眸，含笑逗她："小菩萨就没什么其他想问的？"

林青鸦："有。"

唐亦："嗯？"

林青鸦忧愁抬眸："付过钱了？还能退吗？"

唐亦一愣，失笑。

看唐亦乐得那个没心没肺的模样，林青鸦就知道这笔钱基本是不太可能回得来了。

但她还抱有最后一线希望，所以憋着等唐亦开口。

唐亦笑得弯了腰，半晌才扣着林青鸦的手直回身，愉悦未尽，声音也哑了："可是给小菩萨的'观音殿'都修好了，没的退，怎么办？"

林青鸦听出他是在逗她，恼又无奈："孟奶奶知道了要打你。"

"我花的是我自己赚的钱，她凭什么管？"唐亦不在意。

林青鸦没说话，狐疑望他。

车里静寂几秒。

唐亦轻眯起眼："你不信我？"

林青鸦心虚，转开眼，轻声："也没有。"

唐亦气笑了："要是几年下来连这点私人流动资产都赚不到，那还怎么掌舵成汤？"

林青鸦犹豫了下，问："买这个庄园用掉多少？"

唐亦笑了："小菩萨这么关心我的资产情况？"

林青鸦更不安了："你不要转移话题。"

唐亦："嗯，一半吧。"

林青鸦神色严肃。

唐亦又不紧不慢地补了一句："剩下的一半用来翻新、维护和装修了。"

林青鸦表情一滞。

唐亦非常适时地开始装可怜："只算私人流动资产，我差不多是身无分文了，小菩萨忍心不收留我、让我流落街头吗？"

林青鸦恼也轻声："活该。"

见小菩萨气得脸颊微红的模样，唐亦忍不住笑了。

几分钟后。

司机终于将两人送到庄园的主楼前。

主楼说是一座楼，但外观上基本保留了18世纪初建时的巴洛克式风格，于是在外面看起来的模样更像是一座简易城堡。

沿着石阶上去，穿过厚重的大门就是玄关大厅和接待大厅，而从接待厅再向内，或者从两旁盘旋的大理石楼梯上楼，才算是正式进入主楼内的起居部分。

书房，会客厅，餐厅，酒窖，室内泳池……将主楼内一一参观过后，时间已经过去半小时了。

"还剩最后一处了。"

唐亦转过身，就看到林青鸦微绷着脸，好像在思考什么严肃问题的模样。

唐亦走过去问："怎么了？"

"嗯？"林青鸦恍回神，抬眸，"嗯，没什么。"

唐亦："累了？"

林青鸦迟疑了一下，轻摇头："不是。"

唐亦微挑眉："那就是不喜欢这里？"

"喜欢，"林青鸦说，"但是太大，太浪费了。"

唐亦玩笑道："哪里浪费？这可是我给小菩萨建的观音殿，再大也应该。"

林青鸦无奈望他："你和我长期在国内工作生活，一直放在这里折旧损耗，多可惜。"

唐亦笑了："那就作为附加承诺——以后就算我忙成狗，每年也一定会空出半个月以上的时间陪你来这边度假散心，好吗？"

林青鸦刚想点头，又摇头："还是不要太忙的好。"

唐亦："而且谁告诉你，这是用来给我们现在住的地方？"

林青鸦："嗯？"

唐亦走到她身旁，微微俯身牵起她的手，牢牢握住，抬到唇前轻吻了下。

然后他抬眸望她。

这个外人眼里的"疯子"，此刻的眼神比他身后玻璃天窗外的平野星光都温柔。

他轻声近乎呢喃。

"这是我们以后养老的地方，青鸦。我会在这里陪你走完一生。"

林青鸦怔住。

那须臾里，她眼睛里闪过一点水光似的亮痕，但是被她垂睫藏了，声音轻起来，带着笑："一生那么长，不走到最后，你怎么知道你不会反悔？"

唐亦张口欲言，但话出之前又改了口："记得我说还有最后一个地方要带你参观吗？"

林青鸦眨了下眼："嗯，什么地方？"

"这里面所有的内部设计，都是请专业设计师来做的——只有一处除外。"

林青鸦："嗯？"

唐亦牵着林青鸦的手，带她往楼下走："在这座楼背面的二楼，有一条弧形长廊，是我设计的。"

林青鸦意外地抬眼："那条长廊有什么特别的地方吗？"

"没有，"唐亦坦然得很，"我倒是有很多天马行空的想法，可惜被他们全数驳回了，说没法实现。"

林青鸦不由莞尔："你竟然没强迫他们照办吗？"

唐亦轻哼了声："他们用罢工来威胁我，能工巧匠又实在不多，我只能屈服了。"

"那好难得，"林青鸦笑，"有人能治你这个'无良资本家'了。"

"……"

正绕过旋转楼梯的唐亦脚步一停，他转回身，轻眯起眼，眼神危险地看着林青鸦："我是'无良资本家'？"

林青鸦点头："嗯，程特助和思思都这么说。"

"好啊。"

"？"

林青鸦眼见原本站在自己两级台阶下的唐亦突然一弯腰，不等她做出反应，她戏服的后腰和小腿腿弯已经被人勾得一紧——

身体重心蓦地腾空。

在盘旋楼梯这样的高度，又是除了身前的胸膛完全没有任何支撑点的情况，林青鸦那声惊呼都没来得及出口，就凭本能紧紧攥住了唐亦没系扣的休闲西服的领口。

唐亦只要一低眼，就能看见小菩萨雪白小巧的手就紧紧地攥在他身前，那双茶色的瞳不安又小心翼翼地往怀抱外面看。

楼梯太高。

林青鸦只瞄了一眼就吓得飞快收回视线，求助地仰脸："唐亦，你放我下来好不好？"

唐亦心底那点恶劣因子被勾引得彻底，没听到似的，反而把人轻掂了掂："好轻啊小菩萨，你在天上那会儿是只喝露水没吃过饭的吗？"

"……"林青鸦被吓得一抖，根本没顾得他的逗弄，她也顾不上不好意思了，勾起手就紧紧环过他后颈，生怕一不小心跌下去。

唐亦得逞，笑得难以自已，不过到底没忍心再使什么坏，抱着人下楼去了。

直到二楼，转出东侧楼梯，一直向西行，直到停在两扇紧合的双开门前。

唐亦终于把林青鸦放下。

"就是这儿，"唐亦说，"我送你的真正礼物。"

林青鸦还没来得及恼，注意力就被这句话转走了，她看向门旁。那里竖着一块金属质地的牌子，上面写了一行缠着藤蔓似的花体小字。

"星光……长廊？"林青鸦轻声读出来。

"那群艺术家工匠的恶趣味，说一定要取个名字，我说叫'光长廊'，他们说不够唯美。"唐亦不知何时俯低了身，从背后贴到她耳旁，有点不满地看着那个牌子，"想进去看看吗？"

林青鸦点头："你设计的，当然要看。"

"好。"

唐亦先她一步，推开那扇双开门。

果然是星光满目。

天花板，玻璃外墙，甚至地面，整条长廊内都是真假难辨的星空效果。让人一步踏入，仿佛跌进银河。

林青鸦看得恍惚，情不自禁走进其中。

这段弧形长廊很长很长，不过弧度并不大，从这一头到那一头，林青鸦果真觉得像走过一条银河那样漫长似的。

她停在长廊的尽头，转回身，仰眸望着跟过来的唐亦："我很喜欢，"她又补了一句，"特别、特别喜欢。"

唐亦轻叹："原来这样就特别喜欢了？"

林青鸦不解："嗯？"

"那现在这一层，你喜欢吗？"

"什么现在……"

跟着林青鸦的话声，唐亦抬手在尽头的门旁压下什么开关。

"咔嗒。"

星光暗下。

然后第一束小小的射灯从林青鸦脚旁两侧，向上亮起。

林青鸦下意识顺着望向光的落点——

在她手边，一直暗着的长廊的内墙被光照亮了最近处的一块。光的焦点处挂着一幅画，用镏金框裱好的，像在美术馆里展览一样。

画是晦暗的深蓝，雨幕如雾，世界光怪模糊，模糊里有一条长长的，没有边际的路。

金光碎落在路灯下。

路灯下，有个女孩的背影。

林青鸦僵在画前。

在这个世界上，她是最能第一眼就知道这幅画画的是谁的人。

然后她的视线看到下方。

同样就像美术馆里的展览，旁边也有一块标签备注，画名是《雨夜》。而和展览不同的是，旁边还裱贴了一张白纸，像是拓印的手写记录。

字痕已经有些模糊了。

第32天，《雨夜》

孟江遥叫来的医生说我有病，不轻，再不吃药可能会疯。我知道那些药，他们说吃了会让记忆力减退，会忘记很多事情。所以我不吃。

反正我不怕疯，也不怕死。

但我怕忘了她。

我要把她画下来，就从她丢弃我的那天，开始吧。

林青鸦眼神轻颤，下意识往前迈了一步。地上仿佛有所感应，半米外又有两处射灯交错亮起，落在内墙墙壁。

一幅新画。

落地窗前的狗趴在地板上，坐在凳子上的女孩身影半透明，她长发垂得如瀑，侧颜笑意清清浅浅，却比身后的光的笔触都熠熠着。

第37天，《午梦》

今天中午醒来的，忘记睡了多久，睁开眼的时候看见窗帘拉开了，她坐在阳光里，在陪小亦玩。

我知道她没回来，也知道这只是一个梦。

如果不知道就好了。

我想长梦不醒。

……

第 52 天,《井》

心理医生问我第一次是在哪里见到你的，我说我忘了。

我不会忘，我只是不想说。

我一直都不想，在你还在的时候就这样。那时候你是我不敢亵渎的神明，我不怕玷污白雪，我怕我会失去你。我一直这样卑劣。

可是多可笑。

我怕失去你，所以我失去了你。

……

第 317 天,《戏子》

不知道谁说的，我喜欢戏服美人，于是今天有人带我去听戏了，不知道唱的什么，听得我快睡过去，和以前一样。

以前只有听你唱戏的时候我才不会睡着，可现在你不在这儿了。

不过还好。

台上我见谁，都能见你。

……

第 1095 天,《周年》

我失去你的三周年。今天我进了成汤总部，按照我和盂江遥的赌约。程彻说这对我是一场左右都输的豪赌，也只有我这样的疯子才会答应。

328

他错了。

赢了就赔十年而已，我当然会赢。只要我赢了，我就能去找你。

如果输？

输了也不过一生，还是没有你的一生。对我来说没什么好遗憾的。

所以他错了，明明是我稳赢。

PS：今天买了一套雪白的戏服，就是画里那套，你穿着果然很美，像小菩萨似的。

……

林青鸦停在最后一幅画前。

她终于走过整条长廊，回到最初的入口，她却不敢回头，不忍回头。

七年。

两千五百天。

六万个小时。

三百六十万分钟。

她一直以为她知道来路有多漫长。

可她错了。

原来她不知道。

它太长了。

上百幅画，五十米长廊，挂的是他的日日夜夜，清醒和混沌的边界，梦魇里他把折磨当作享乐。

而画里岁月起落山河改颜，画中人却永远只有一个。

这怎么能叫活着。

林青鸦再忍不住垂眸，眼泪无声涌落。

可还没哭几颗就有人舍不得，后面那人大步过来，叹着气从她身后紧紧把她抱进怀里。

"我是想让你感动，但没想让你哭，这有什么好哭的？还是说我画得太丑了，丑哭你了？"

林青鸦止不住泪，抬起手抱住他环过的手臂，抱得紧紧的。在哽咽里她问他："为什么不说？"

　　唐亦没听懂，转到她面前，低下头来对着她哭得梨花带雨的脸："说什么？"

　　"你的想法，你做过的事，你的感受……我全都不知道。就连当年你和徐远敬打架的真相都是他告诉我的。"林青鸦眼泪还是溢过乌黑的睫毛，又红着眼圈仰脸看他，"为什么不说？"

　　看林青鸦哭成这样，唐亦心里又疼又痒，他低着声哄了两句，又低下头去吻掉她眼角的泪："对我来说这个世界污脏透顶，只有你最干净。那些脏的不能污着你，包括我自己，这曾是我人生里的唯一原则。"

　　林青鸦泪还没尽，杏眼通红地问他："那现在改了吗？"

　　"改了，早改了，过去你是我不敢亵渎的神明，而现在……这里还缺一幅画，你忘了吗？"

　　林青鸦哭蒙了，反应不过来："什么画？"

　　"我提前送过你的那幅。"唐亦俯下身来，把怀里的林青鸦轻抵在内墙的墙壁上，他扣紧她的指节，深吻她，"《我要神明独属于我》。"

　　……

　　夜晚，星空烂漫。

　　庄园主楼顶层的大卧室开成了全景天窗，圆形大床上铺着纯黑色的床单，一直迤逦着垂到地板上。

　　月光洒过乌黑的床沿，混着星光，直至一声呜咽，纤细白雪似的足踝划破那抹纯黑，落在边沿外。

　　不及逃脱，又被一把勾回。

　　然后是更深的夜。

　　月下。

　　黑与白织叠缠绕。

　　——春日已至，泥雪交融。

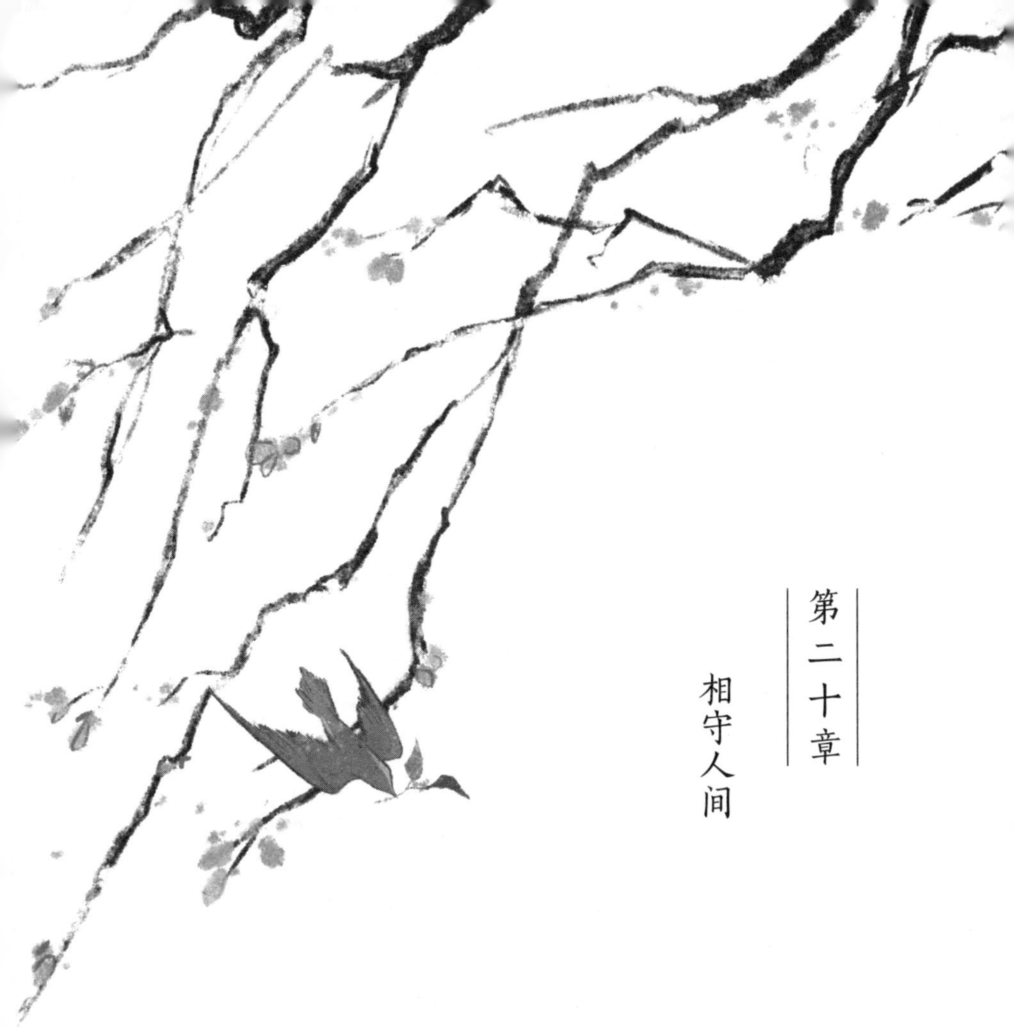

第二十章

相守人间

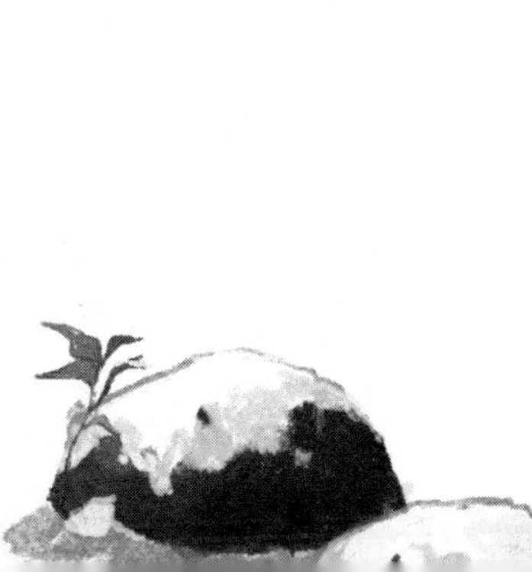

林青鸦与唐亦的婚礼定在第二年年底举行，是双方长辈一致协商后得出的结果。

　　对此林青鸦没有什么异议，但唐亦非常不满：按唐红雨给林青鸦透露的消息，孟江遥和唐亦祖孙二人关系才刚缓和不久，就因此再次进入冰川期。

　　不过因为林青鸦的外公外婆同样赞成，所以唐亦也不敢公然反对。

　　随着婚期临近，唐亦逐渐开始流露出焦躁的情绪。

　　在林青鸦面前他掩饰得极好，于是就惨了成汤集团总裁办助理组，整日乌云罩顶，苦不堪言。

　　最后还是公私两用的程特助被推成代表，和林青鸦委婉地建议了一下。

　　"肯定是婚前恐惧症啦，现在这个很普遍的，"来传话的是白思思，非常敬业地就给林青鸦科普起来，"正常来说病因要么是对婚姻关系本身的恐惧，要么是对另一半心存疑虑——不过对唐总来说，后者是不可能的。"

　　林青鸦问："那为什么会恐惧婚姻关系本身？"

　　"这种多数是原生家庭或者社会舆论影响的问题吧？"白思思思索着说，"比如如果经历过原生家庭里父母非常不幸的婚姻关系，孩子在其中饱受精神折磨，那长大以后不想进入婚姻关系可太正常了。"

　　"……"

　　林青鸦的表情顿时严肃起来。

　　唐亦的亲生父母根本就没有维系过一段婚姻关系，唐昱自始至终没曾娶过毓雪，而即便在他和邹蓓结婚前那几年毓雪一直住在唐家，他们之间也最多是一场包养。

唐亦是因为这个，所以才排斥婚礼吗？

林青鸦尚未想通，思绪就被白思思惊喜的叫声拉走了。

"哇，角儿，你快看，这几套小孩儿衣服好可爱啊！"白思思抱着平板电脑跑到林青鸦面前，兴奋地比量。

林青鸦望过去，奇怪地问："你怎么在看这个？"

白思思："当然是要给角儿您准备结婚礼物啊，我想了好久，还是这个最实用！"

林青鸦一呆。

不等两人再说什么，玄关外的密码门响起嘀嘀嗒的解锁声音，几秒后，唐亦的身影从拉开的门外走进来。

他站在玄关换鞋时就看见白思思，不由得轻眯了下眼，语气不善："你怎么又来我家了？"

白思思往林青鸦身后躲了躲，语气情不自禁地怂："这是我……角儿的家，她让我来的。"

唐亦冷冷淡淡地瞥了她一眼，懒得再说什么，放下东西从玄关进来。他走到沙发前，在林青鸦身旁坐下，也完全不避讳白思思的存在。

长臂一垂，唐亦环住林青鸦的腰，毛茸茸的黑卷毛脑袋就靠到她肩窝里。

那人合上眼，声音懒洋洋的，像头打瞌睡的大狮子："人参果贴贴。"

白思思蒙在旁边，本能地问："人参果……是什么？"

林青鸦不知道想到什么，脸微微红，带着恼轻声："是他胡说。"但她还是没推开唐亦。

唐亦合着眼勾了下薄唇，笑得低哑勾人："是我老婆。"

林青鸦脸颊更红。

客厅里太安静，所以很不幸，白思思也听见这一句了。

被一口狗粮塞得差点背过气去，白思思轻咳了声，转移话题："那什么，角儿，这家店可以在小孩儿衣服上定制刺绣名字哎，你们有没有想好的，我可以让他们绣上去。"

林青鸦无奈："当然没有。"

唐亦则警觉，他从林青鸦身旁抬头，问："什么小孩儿衣服？"

白思思往后缩了下："就，送你们的新婚礼物啊，你们不是月底就、就要举行婚礼了嘛。"

唐亦："……"

唐亦的眼神莫名有点沉郁，白思思不敢单独直视他，缩回林青鸦身旁："男孩女孩还不好确定哦，不如先取个诨号怎么样？"

林青鸦轻声："太早了。"

白思思："提前定下嘛，不过角儿你不适合这个工作，你取的肯定都很文雅，不适合做小名，还是让唐总来吧，他擅长。"

"嗯？他为什么擅长？"看着白思思那憨坏的笑，林青鸦就后悔问了。

果然就见白思思贱兮兮地笑："又是小菩萨又是人参果的，听起来就很擅长啊。"

林青鸦："……"

白思思闹得欢腾，也忘了怕了，她忍不住笑趴弯了腰："唐总，你觉得取个什么小名合适啊？"

"什么小名？"

唐亦没情绪地望过来。

白思思说："当然是孩子的小名，就给你和角儿的未来小 baby，我相信您的取名能力——我们角儿是小菩萨，那孩子也得有个好听的吧？"

唐亦沉默过后，冷笑一声："简单啊，'小披萨'。"

白思思："……"

听听这说的是人话吗。

林青鸦对唐亦没掩饰住的情绪波动比旁人都敏感得多，她察觉什么，望了唐亦一眼后，就找了借口把白思思送出去了。

她回来时，唐亦还在沙发上坐着，没挪窝，石头似的望着空气，不知道在想什么。

林青鸦走过去。

"你怎么了？"林青鸦握住唐亦的手，在他膝前微微蹲身，和他视线对着。

唐亦近本能地抬手，勾住林青鸦的长发，免得发尾落地，然后他笑了下："没什么，公司里有点忙，是我情绪不好被你发现了吗？"

林青鸦安静几秒，轻声："如果你不想结婚，那我们就不结了，外公外婆那边我去说。"

唐亦面上笑色一滞。

过去好几秒他才回过神，慌忙将面前的人拉起来，抱进怀里："我怎么可能不想？我做梦都想。"

相恋至今，林青鸦不必分辨也能听得出唐亦说的真假，所以她露出了一点困惑的神色，抬起身不解望他："那为什么你好像很排斥年底结婚这件事？"

"谁跟你说的？"唐亦又气又无奈，"我怎么会排斥和你结婚，我被小亦踢了脑袋吗？"

"……"

林青鸦自然不好把唐红雨和程切供出来。

在她沉默的空隙里，唐亦也忍不住抱紧她腰身，将她更深地抵进怀里。

"这世上不会有人比我更渴望名正言顺地得到你的人了——就算得到我也还是渴望，甚至更渴望。"他轻轻吻青鸦的颈，语声也沉沦，"所以你永远不必担心我会排斥与你有关的任何事情，青鸦，你就像是我的瘾症，在你身上，我的欲望没有尽头。"

疯子从不羞于表达自己那些露骨又污黑的欲念，即便时常也不能叫脸皮薄的小菩萨习惯，她还是很轻易就会被他的话语和亲密的双重攻击弄得土崩瓦解溃不成军，连原本在说什么都会忘掉，只记得软哑着声请他别这样。

是"请"没错，小菩萨天生顶好的教养，书香礼数熏陶了二十多年，阳春白雪式的高雅又温柔刻进骨子里，在情事上被疯子"折磨"得哭了，也都不会骂一句或者说狠话的。

每次听她带着哭腔请他慢点，还要本能加问一句"好不好"，唐亦都觉得整个人被推到万丈悬崖边上，一不小心就要彻底疯掉。

而那也成了他的恶趣味，小菩萨不知道，每次她越是那样求，他越疯得厉害，要害得她带哭腔的尾音都像雪末一样碎掉。

然后他攫走她的呼吸，将那些碎掉的白雪全部化在唇间。

如他所说，他渴她成瘾。

今天也一样。

他最近很喜欢折腾她，看她乌黑的长发像海浪一样晃荡。她哭的时候他会去吻她，又带她去更高的浪峰上。

但这个格外磨人。

疯子更磨人。

所以风平浪静的时候，林青鸦窝在家里乌黑的软被里，一根手指都不想动了。

连纤细的指节上都有某人狗一样的牙印。

"……"

林青鸦不小心看到，看得生恼，又没力气动，只能合上睫毛。

她唇色被他折磨得艳红，肤色还是白得像最珍贵易碎的瓷器一样。唐亦给她放下水杯，又忍不住低头吻了吻。

林青鸦往旁边躲开了一点，也只有力气躲开这一点，她不理他了。

唐亦哑然失笑。

他也上去，进被子里从后面抱住她，轻轻吻她的长发："对不起。"

林青鸦不说话。

她其实也习惯了，他每次都像疯掉一样，林青鸦淡情寡欲的根本吃不消，所以就严格限制着他碰她的次数。

但这好像雪上加霜。

林青鸦在心底叹气。

然后她就感觉那人微灼的呼吸已经从发尾吻上来，到她耳旁。

漫长的一吻结束，他哑声叹气，像笑："我不是怕结婚，我那么渴望你，我只是怕婚礼。"

"？"

林青鸦终于有了一点反应。

再累得困了也要努力撑起一点眼睫。

唐亦低声说："我想要每个人知道你是我的而我也是你的，可我又怕他们知道。"

林青鸦张了张唇："怕什么？"声音暗哑勾人。

唐亦深吸了一口气才慢慢抑下。

"你说怕什么？"他俯到她耳旁，"……若得阿娇，愿筑金屋以藏之。"

林青鸦慢吞吞纠正："金屋藏娇《史记》未载，不知真假。"

"无论真假我都理解，而且感同身受。"唐亦抱紧她，近喟叹地合眼，"他们以为重要的是金屋，可不是，是'藏'。"

林青鸦怔了好几秒，浅浅失笑。

"昏君。"

唐家太子爷婚礼的排场出乎所有人意料地低调，只邀请了新郎新娘的亲朋，外加一部分唐家的世交。

安检环节把控得非常严格，别说影像资料，连一封正式邀请函的模样都没透露出来。

北城圈子里各家媒体提前一两个月就在到处打探婚礼相关的消息，可直到最后也没找到半点痕迹，急得娱记们都要嘴上起泡。

有机警些的被逼得没法子了，干脆广撒网，派出手底下的小记者们去和唐家关系交好的那几家蹲点，只等着重点捕捞。

果然，到婚礼当天，尽管宾客们已经十足小心周到，但还是有一部分私家车带着小尾巴来了。

消息一经走漏，各家媒体闻风而动，齐聚北城郊外唐家某处复古庄院风格的偏宅。

可惜都被拦在外面。

唐亦显然对这一出早有防备。偏宅外的布局至少抽空了好几家安保公司的人员配置，场面可以说是铜墙铁壁，水泄不通。

连宅子角落用来疏退雨水的下水道口都没放过，几个小记者刚侥幸偷钻过去，就在里面虎背熊腰的安保人员的瞪视下可怜巴巴地又原路爬回去。

于是围在外面的娱记们急成了热锅上的蚂蚁，也只能原地打转干着急。

他们在心里好好问候了一遍想出这个馊主意的主事人。

大约是报应——

偏宅后院，"罪魁祸首"也正被拦了一记闭门羹。

"您说什么都不能进去，"白思思叉着腰，大有拿出了生平所有勇气的架势，"婚礼前两位新人不能见面，这是规矩！"

唐亦今天的精神状态和之前第一次上门拜访林霁清、元淑雅那天有一拼，显然昨晚又是一晚上没怎么睡，困得原地站着都能睡过去似的。

"什么规矩，"他没表情地望着白思思，又狮子打盹似的打了个大大的哈欠，"为什么不能见？"

白思思："就、就是不吉利，反正不能见。"

"封建迷信要不得。"唐亦说着，一步就迈上门口三级台阶的最下一级。

白思思伸开胳膊，拦住："不行！"

"……"

唐亦不说话了，慢吞吞地眯起眼，漆黑眸子幽幽望着白思思。

在那狮子睡醒似的凶懒目光里，白思思高举的胳膊迟疑缓慢地往回缩了一点。

再开口时，她底气也虚了："这传统都、都是这样的，新郎要等婚礼开始才能见新娘。"

"新郎不能见新娘，"唐亦慢懒着声重复了一遍，抬眸，"那没关系，我不是新郎，是伴郎。"

白思思："？"

世上怎会有如此厚颜无耻之人？

白思思被气得冲昏了头脑，差点就要撸袖子和唐亦好好辩驳一番了。

结果就在此时，她身后的小楼的四叠房门被拉开一扇，负责今天婚礼的服化组的一位助理小姑娘小心翼翼探头："白小姐？"

"啊？"白思思回头。

小姑娘小声："林小姐说，可以让唐先生上楼。"

"……"

白思思绷住脸。

僵持几秒，白思思心不甘情不愿地拉开门，眼睁睁看着唐亦从自己面前进了新娘楼。

尤其是那人走前瞥来一眼——从方才那副懒洋洋的睡狮状态醒来，抖擞精神又兴奋又骄傲的样子。

"还成汤掌门人呢，"白思思小声咕哝，"看他那点出息。"

没走的服化组小姑娘听见吓了一跳，白着脸儿看白思思："白小姐，听说唐先生脾气有点，不太好的，可不敢让他听见。"

白思思摆手："别的不行，但这个没事。"

"啊？为什么？"

"不信你下回试试跑去他面前，就指着鼻子骂他'妻奴'，看他什么反应。"

小姑娘吓了一跳："我可不敢。"

白思思："放心吧，他肯定不以为耻反以为荣，说不定还要拎着你去我们角儿面前，非不要脸地让你再重复一遍，好让他跟我们角儿讨便宜呢。"

"……"

也不知道白思思是勾起了什么亲身体验过的痛苦回忆，最后说完，单身狗就气鼓鼓地进去了。

二楼。

新娘房。

除了台上彩唱头面外，林青鸦平日里从来素颜或只着淡妆，今天也一样。

唯一不同的是她身上那件婚纱，整体是抹胸鱼尾的款式，上身勾勒出来的曲线单薄盈盈，纤细美好，到近小腿的尾摆才散开，雪白迤逦满地。

而她回眸，长发乌黑，肤色更压雪色。

唐亦看得在门口就一滞。

过去好几秒，他才在门边路过的人带笑的一句"唐先生"里回过神，僵迈着长腿走进房里。

眼神都挪不开了。

房间里还剩的几个人很有眼力见儿，第一时间互相示意，陆续出去了。等最后一人将门关合，房间里就只剩下坐在梳妆椅里的林青鸦，还有滞着眼神走到她身前的唐亦。

唐亦的神情看得林青鸦不由莞尔，她难得生出一点逗他的心思，浅笑着问："婚纱好看吗？"

"比你？"唐亦着了魔似的，半垂下眼，扶着她椅背就想俯身吻她，声音也低哑，"不及万分之一。"

林青鸦唇角露一点翘，向旁边微躲了下："别，有口红。"

"什么味道的？"

"嗯？"

"让我尝尝。"

林青鸦羞红了脸躲他："口红里有重金属的。"

唐亦哑声一笑："那就求求小菩萨了，毒死我吧。"

林青鸦："……"

事实证明，小菩萨纵使再近墨者黑个几十年，大概也远不及某人的脸皮厚度。

于是还是被得逞，刚用妆笔细细上好的口红被唐亦"吃"得一干二净，反倒是原本偏淡的唇色，让他折腾得接近上过红釉。

要不是门外催促，婚礼仪式差半点就开场了，那唐亦多半还要把人欺负得更厉害。

离开房间前，唐亦再次拉住了林青鸦。

林青鸦回眸，无奈又纵容："婚礼进行曲开始试放了，你再闹，我们就要迟到了。"

"不急，我还有最后一件婚前礼物没送给你。"

"？"

见唐亦郑重其事，林青鸦也好奇，然后就看到他从门旁取来自己随身带进来的盒子。

长条形的，几十厘米，看质地是温润上好的檀木。

林青鸦却隐隐察觉："又是画吗？"

"又是？怎么听起来很不乐意的样子？"唐亦憋着坏，明知故问。

林青鸦被勾起前面几次收到的画卷记忆，脸颊迅速就染上绯红，她羞恼至极，抬眸睖他："今天是婚礼，你不能这样。"

"我怎样了？"

唐亦一脸无辜地俯近。

小菩萨害羞到极致会有点小小的结巴的状况，唐亦也是在一起一段时间后才发现的。

偏他在她身上的劣根性数之不尽掘之不绝，这种"好事"怎么可能放过，所以也最喜欢挑着这时候逗她了。

不过今天毕竟是婚礼，唐亦也不舍得太逗她，玩笑两句就把盒子里的画卷拿出来。

他铺给她看时还撩起漆黑的眸子朝她笑："你看，真不是你想的那样。"

"……"

林青鸦落眼望过去，怔了一下。

画布上是非常大胆的调色，极致反差的黑与白将整幅画卷斜着割裂开来。在两片纯色里各有一道身影，居于左下黑如墨的是男人，身周墨色里飘着暗红的黑絮，凌于右上白胜雪的是女人，长发周围也散着晶莹剔透的雪粒。

黑与白的交界处，光色混沌模糊，唯有一条萦绕着黑气的锁链穿过交界，从黑色伸展向白色。

它缠在女人雪白近透明的纤细脚踝上，像要将她扯下。

而画里的女人朝黑色伸手。

林青鸦看得半懂："这幅画叫什么？"

唐亦："昨晚画的，没取名字。"

林青鸦无奈又心疼："所以你今天看起来没精神，是因为通宵画了这幅画？"

唐亦一笑："是为了给我的小菩萨最独一无二的结婚礼物。"

"嗯，是独一无二，也是最美的，我很喜欢。"林青鸦微抬指尖，虚拂过画布，"没有名字，画里的寓意是什么？"

唐亦："是忏悔。"

"嗯？"

林青鸦显然是没想到这个答案的，她惊讶地抬头看向唐亦，就见他松开桌上的画布，走到她身前。

他笑着抱住她，俯身，靠在她肩上望着画布，也握住她轻抬的手："是我的自白，一封忏悔书。"

只听唐亦那懒散带笑的语气，林青鸦也知道他说的"忏悔"必然和常规的有所不同，她就任他握着，垂眸轻笑："那忏悔书里写了什么？"

"……"

唐亦握着她的手指，从那条漆黑的铁链上慢慢抚摸上去，同时在她耳旁哑声道："我想将神明永囚地狱。"

林青鸦一怔，正要回身说什么。

她又被唐亦轻握着，向上，落到女人朝男人伸出的手上——

"神明却问我。

"人间很好，你要来看吗？"

林青鸦滞了许久，她终于找到那幅画里让她似曾相识又模糊的东西——那片黑色，像一口井的边沿，封那人沉在无底的黑暗里。

林青鸦突然明白了。

眼泪湿潮了她的眼眶，她轻挣开他手掌，然后反握住他的。十指相扣，她在他怀里转回来，仰头望他。

杏眼湿漉，却浅笑嫣然。

"那答案呢？"

"要。"

唐亦俯身，轻吻林青鸦的额。

"我要陪我的神明，守她在的人间。"

番外

【一】

1.《闺怨》

唐亦和青鸦完婚还不到两年，北城圈子里就全都知道成汤集团掌门人爱妻如命的德行了。

从成汤传出来的诸多例子不胜枚举，集团内部职员间更有盛行的"保命口诀"——

不管顶层总裁办那位发多大的火，只要请得到如今北城第一昆剧团里的当家台柱，也就是他们的总裁夫人，那就算是火山喷发，也能一秒开成满山的春花。

可惜总裁夫人比他们总裁都忙，各种文化交流演出邀请络绎不绝。被成汤职员戏称为"人间灭火器"的林老师救不了场，总部内只得常年处于水深火热的煎熬境地。

尤其是当林老师出国巡演，而他们总裁忙得抽不出身不能跟着一起去的时候，成汤集团总裁办楼层就活脱脱一个地狱——

不管谁带着工作进总裁办前，都像是一场赌博，推开门只有两种境况：要么面对郁气沉沉没精打采一个字都懒得跟你多说一眼都懒得多看你的"断电版""唐丧丧"，要么面对脾气暴躁坐立不安眼神散发戾气可竟然还在笑的"过电版""唐疯子"。

每次不幸赶场的职员们都要面临这样抽生死签似的局面，推那扇总裁办的门可比开潘多拉魔盒可怕多了。

如此数次。

唐亦单人成名作品《闺怨》，名扬北城圈内。

2. 妻奴

唐亦从不介意"无良资本家"的称呼，不管是对抱怨他严苛的下属还是指责他狠厉手段的竞争对手。

唐·无良资本家·亦说过，资本市场没有良心，更没有有良心的"资本家"，因为有良心的"资本家"早就被没良心的"资本家"吃掉了。

话虽如此，混迹商界久些的人还是知道，这已经是改良版的唐亦了。

毕竟在家里"请"回一位活生生的小菩萨前，某人在圈内以放任一家四口跪办公室视而不见的事件闻名，如今已经是摘掉了财经小报常年塞给他的"做事极端""不择手段""各大集团'掌门人'里最冷血资本家"的标签了。

对于这个变化，以程彻为代表的知情人士表示，概括起来只有两句话：

"殊为不易。"

"小菩萨劳苦功高。"

值得一提的是，当初因为小儿子一家下跪事件而和唐亦结怨的元家老爷子竟然奇迹般地被唐亦打动了。

其中的主要原因是某人不知脸皮为何物的锲而不舍的精神，次要原因大概是唐亦打听到对方也喜好花草，从孟江遥新修的花房里搬走了两盆对方一直想要而没得到的，作为赔礼送到了元家。

元老爷子很受感动。

孟江遥更是为有这样的孝子贤孙而"感动"坏了。

于是安静许久的唐家主宅再一次热闹起来，修身养性多年的孟江遥忍无可忍，提着园丁剪摆出老当益壮的架势，绕着唐家主宅追打唐亦。

可惜岁月不饶人，最终还是被唐亦成功带花逃生了。

这场祖孙大战可能是被记仇的副管家传出去了，唐亦"妻奴"之名不胫而走。

而这一点成功抚平了被打压的竞争者们受伤的心——

哼，手眼通天又怎样，出了办公室门不还是怕老婆？

345

不日，这话就传进了成汤总裁办，唐亦听完严肃沉思数秒，纠正："不对。"

程仞："？"

唐亦："不用出办公室，我也听人参果的。"

程仞："……"

收到这个"振奋人心"的好消息，唐亦给自己提前下了班，回去就抱着人参果"诉苦"，抱着抱着，就把人参果抱到床上去了。

3．"小披萨"

可想而知，唐疯子和小孩子天生犯冲。

每次回林青鸦外公外婆家遇上隔壁那个喜欢抱林青鸦小腿的小屁孩，唐亦都恨不得拎着他衣领扔到天边儿，更别说一个林青鸦生下来的小孩子了。

单想一想，唐亦都忌妒得要疯。

于是结婚近五年，唐亦第一次公然反对林青鸦外公外婆的意见，就是因为生孩子这件事。

林家夫妇知书达理，但难免还是有点老派人士的古板，唐亦在这件事上丝毫不想留有一点余地的说法显然激怒了他们，一贯温和的林霁清都冷了脸。

最后还是闻讯赶回来的林青鸦把唐亦带进二楼的客卧里。

两人坐到沙发上，唐亦像一只委屈坏了的大狮子，抱着林青鸦不撒手，脑袋埋在她颈窝里一动不动。

林青鸦心疼又无奈，轻轻揉他依然微微带卷的黑发："你不想要，我们就不要。"

唐亦低着头，闷哑着声问："那你想要吗，小菩萨？"

林青鸦犹豫了下，没有第一时间开口。

唐亦叹气，低低怨念："我就知道。"

林青鸦被他口吻逗得想笑："你知道什么？"

"你总喜欢小孩子，"唐亦抬头，皱着眉吻了她一下，"可小孩子有什么好？又哭又闹，还不听话。而且我查过，生孩子又疼又危险，那么吓人，我们不生好不好？"

林青鸦软着声，边笑边顺大狮子的毛："好。"

唐亦眉却皱得更深了。

安静很久很久以后。

唐亦问："如果有了孩子，那你还会最爱我吗？"

林青鸦轻叹："你弄错了，唐亦。"

"？"唐亦抬眼。

"我不是因为喜欢小孩子，才想有一个孩子的，"林青鸦认真望他，"是因为我爱你，所以我想有一个我们的孩子。"

唐亦一滞，像是被某个词触到了，半晌才轻声问："……我们的？"

"嗯，我们的。"

"……"

第二年8月。

"小披萨"呱呱坠地，也没能逃过这个宿命般的名字。

4．后来

很多年以后，"小披萨"已经长成一个英俊还有点傲娇的少年。

他尊敬但并不算亲近他的父亲——尽管半生都活得像书里的传奇传记，但那个男人多数时候没太有像一位父亲的样子，尤其是母亲在的时候。

而且书里总说岁月宽美人，他原本不信，直到后来发现自己身边就有两个实例：母亲温文尔雅，端庄美人还好一些，可父亲素来没什么正行，他越长大越容易被外人误会成和那个男人是什么兄弟。

在"小披萨"16周岁后，他的父母搬去了那座长满杜鹃花的庄园，他只有在每年的长假才到那边。

庄园很大，他随处可走，只有一个地方去不得。

那是一条长廊。

庄园里的用人说，只有他的父母才有这里的密码，而这里藏着的秘密，和他听说过无数个版本的他父亲母亲的爱情故事有关。

于是他就只能离开，去了庄园后的河岸草地，他的父母在那里"监工"。建造的东西不是别的，是两块墓碑相对的坟地。

年过不惑就给自己搭坟，这种事显然只能是他那位思维奇异又离谱的父亲的想法，偏偏母亲在这种原则无关的问题上，还总是向着父亲。

不过这一次，难得林唐，也就是"小披萨"，他也没说什么。

因为他知道父亲建造坟墓的原因。

几个月前他的母亲生了一场大病，父亲近乎不眠不休地照顾，那段时间整个人的精气神都折损了许多。

虽然后来有惊无险，但林青鸦康复以后不久，唐亦就让人在庄园后面选了块地。

墓室是打通的，算是合葬，却有两块相对的墓碑。

墓志铭是两人各自写好、找工匠刻的。

林青鸦那块郑郑重重一行字：

> 我爱你，也愿世人爱你，唐亦。

林唐看得很喜欢，那块碑干干净净的，上面的告白也如母亲一样，美得温柔而纯粹。

但唐亦那块却是一片空白。

工匠正在和唐亦辩论："对不起，我实在做不到，唐先生，你不能这样为难我。"

唐亦表情严肃："为什么做不到？"

工匠："这是墓碑，要刻的是墓志铭。"

唐亦："我当然知道。"

工匠拎起手里的文稿："既然您知道，那就不该要求我把您的三千字论文刻到这么小的一块墓碑上！"

"……"

唐亦顿时露出了"你真令我失望"的表情。

气得工匠愤而离场。

林唐自觉自己大概是这个家里唯一心理成年的男人了，只能追上去跟工匠道歉并送人离开。

　　等他回来的时候，庄园的用人在收拾残局。而远处的夕阳下，亲密相依的身影渐行渐远。

　　林唐问："不刻了吗？"

　　用人答："唐先生已经亲自刻好了。"

　　林唐意外地望过去："那么长一篇，怎么可能……"

　　话声消弭。

　　夕阳的余晖给墓碑釉上一层浅金。

　　墓碑上刀痕凌厉，尾锋却温柔——

　　　　我将用我漫长或短暂的一生，
　　　　向你告白。

【二】

　　如果唐红雨提前知道，接唐亦的那一桩单子会让她招惹上冉风含这个神经病，那就算当初唐亦学狗叫，她也不会答应的。

　　可惜没有如果。

　　"唉……"

　　唐红雨忧愁地叹着气托着腮，把手边 BLACK 的账本又过了一遍。

　　"别算了修姐，就算你算两百遍，营业额也不会多涨一分钱。"调酒师递来冰拿铁，并残忍戳穿。

　　"我知道，我这不是闲得慌嘛，又不敢出去晃。"唐红雨接过杯子啜了一口，长长的睫毛意外地掀起来点，"咦，我们吧里增加调咖啡的业务了？"

　　"没有啊。"

　　"那这个是？"

　　"哦，我看我们酒吧倒闭在即，就多给自己准备了一门求职手艺。"

"……你当着你现任老板我的面说这种话，不怕提前进入待业状态吗？"

"哈哈哈，怎么会？开了我，修姐你去哪儿找我这么物美价廉的调酒师？"

唐红雨沉思："也有道理。"

于是女人恢复了慵懒神态，又转回柜台前，继续扒拉她少得可怜的营业额了。

对于唐红雨这个自暴自弃的咸鱼状态，调酒师很是无奈："姐，营业账头入不敷出很久了，你不会真准备放任 BLACK 倒闭吧？"

"没有啊，"女人懒洋洋地没抬眼，"我不是一直在思考开源节流的法子吗。"

调酒师眼睛一亮："比如重拾本职？"

唐红雨仿佛没听见："比如敲晕了唐亦，强迫他来我们酒吧站台。"

调酒师："……"

"再比如绑走林青鸦，要挟唐亦，强迫他来我们酒吧站台。"

"……"

调酒师绝望了："你就不能想点正经法子吗？"

"正经？"唐红雨似笑非笑地撩了眼，狐狸似的眼尾轻轻勾翘起来，"你当我不知道你心里绕的什么心思？还重拾本职，仙人跳什么时候算正经职业了？"

"分手大师怎么能算仙人跳？明明是解救万千即将被逼婚的少女于渣男之手，还她们朗朗乾坤昭昭白日！"

"顺便跟少女们收点友情出演的费用？"

"顺便，顺便。"

唐红雨红唇一撇，轻哼了声就转回身去："顺便也不行，说了这项业务暂停。"

"姐——姐姐——"

"少来这套，"唐红雨不动如山，"论撒娇我是你祖宗。"

"祖宗！求求您了，出山呗！"

"没商量。"

"……"

身旁沉默持续得略长。

就在唐红雨心疑会不会是自己态度太果决，伤了小六那颗少男心的时候，她忽然听见旁边幽幽地问了："修姐，你就这么怕冉家那位小公子啊？"

刺啦。

黑笔在白纸上飞出一撇出格的痕迹。

一两秒后，女人托着下颌抬眼，慢悠悠地露出一个蛇蝎美人级的笑："再说一遍？"

"看起来就是这样啊，自从做完冉小公子那单还被他识破以后，修姐你就直接摆出一副要金盆洗手的架势来了，找上门的单子都推了不说，连住处都搬到 BLACK 这边来了，分明像在躲债。"

"哈，我需要躲债？我就算不开这家酒吧，积蓄也够——"

"情债。"

"……"

唐红雨噎了好几秒，扭过脸，她恍若无事发生地用手一勾肩前的长鬈发，那张在暗处也难掩妖媚艳丽的脸庞就被吧里浅投的光影勾勒出来。

"躲个头，我需要怕他吗？"红唇略微开合，底气不足的声调出来，"等着瞧吧……最晚下个月，我一定挑个大单子，做了它。"

"真的？好嘞！那我这就去告诉小五他们准备起来！"

"……"

调酒师生怕唐红雨反悔，脚底一抹油就没影了。

唐红雨这边没管他。

她撑着额角，被长发掩藏着的侧颜里，女人无意识地咬住了透红的唇，一双剪了秋水似的瞳子却略微空着心虚犹疑的焦点。

都这么久了……

冉风含应该，不会，再盯着她了吧？

这次的单子唐红雨做得很谨慎。

每回出门行动只差乔装打扮，在各种摄像头下鬼祟的模样堪比国际通缉犯——不过也就更符合她扮演的做贼心虚的"小三"。

"什么胆小，这叫敬业。"

对于提出质疑的小弟们，唐红雨是这样解释的。

他们信不信是他们的问题，反正她自己信了。

好在有惊无险，背熟资料后的几次钓鱼行动开展得十分顺利，不知道是不是她养精蓄锐后的勾搭技巧更上一层楼，这次的男人似乎比资料里更容易上钩。以往时常要数次行动才能完成的最终环节，在两周后就被推进到"捉奸"前——

从电梯门内走出来，唐红雨随意地一撩长发，借机扣了下微型耳机，和负责沟通联络的小五确认了准备就绪。

"2216……"

唐红雨默念着"奸夫"发给她的房间号，踩着长廊地毯，心不在焉地朝目标房间走去。

说不上是直觉还是第六感，这次单子的过于顺利反而让唐红雨心里生出点莫名的不安，但在来的路上她已经在脑海里排查过各个环节，确定没有遗漏，一时也只好把这种感觉归结于太久不做手生了。

看来这单结束之后，她得认真规划一下是换个职业还是换个环境了。

唐红雨想着，停在 2216 房间外。

长相艳丽的女人娴熟地勾起个妩媚的笑，就轻勾指节按响了门铃。

落手同时她浅一低眸："我要进房间了。"

"明白，修姐，我们这边准备就……绪……"

小五的话声在耳机里忽地开始断续，像是受到了某种信号干扰。

唐红雨轻蹙了眉。这种微型耳机虽然足够隐蔽，但对信号状态和传输距离要求总是苛刻，这种状况在之前的单子里也不是没有发生过，但是恰巧卡在进门的这个时机，未免就太点背了。

唐红雨正思索要不要拖延一下，面前沉重的酒店房门就被人从里面拉开了。

细微的迟疑瞬间就被抹去，女人仰起长发下娇艳的面孔，语气柔柔："对不起嘛，我把你寄给我的房卡落在……"

话声忽停。

唐红雨望着拉开的门缝里那黑漆漆一片的房间，沉默数秒，慢慢歪了下头："？"

大白天拉窗帘还不开灯，这是什么怪癖？

唐红雨略微警惕，面上却不变，她不紧不慢地攀上压在门边的那只修长的手，心里一边嘀咕着之前没注意奸夫的手还挺好看，一边笑盈盈地在对方顺势握住她的掌心轻轻一划："你这是做什么呀，我怕黑的，我们开灯好不好？"

门内昏黑里，有人低笑了下。

"好啊。"

唐红雨在这个似曾相识的嗓音里一怔，脑海中警铃瞬间拉响，但大脑还没来得及指挥身体做出反应，握着她手的掌心方向就传来了一个难以抗拒的拉力。

"砰！"

沉重的房门在她身后合上。

下一秒，陷入漆黑环境的唐红雨就被身前的男人抵在了坚硬的房门上。

熟悉的气息俯下来，昏暗里的光影剪出那人修长的轮廓——

"好久不见，"那人说，"唐小姐。"

唐红雨从震惊里回过神："你怎么会在这儿？"

"你猜。"

唐红雨："……"

她要是还猜不到这一整笔单子都是反钓她这条大鱼的饵，那她这几年的钓鱼大师就算是白做了。

被昏暗里那迫人的气息逼得死死贴向门板，唐红雨感觉自己仿佛是砧板上那条自投罗网的傻鱼。

深呼吸两次后，她艰难地维系住淡定的表象，并配以无可挑剔的漂亮笑容："冉先生想见我，直说就好，何必这么大费周章呢？"

"我想见你，你就会让我见了？"

"当然。"

"哦？那利用完我以后，就干脆利落地换了电话号码的是谁？"

唐红雨眨眨眼："我利用过冉先生吗，我怎么不记得了？"

冉风含闻言笑了："唐小姐这是在跟我装失忆？"

"我确实不记得了嘛，冉先——啊！"

在昏暗里被那人猝不及防地打横抱起，唐红雨吓得惊声叫了出来。

完全是本能，她胳膊一抬就搂住了冉风含的脖颈。

抱着她往房间里走的冉风含停顿了下："我看唐小姐的身体还是有记忆的。"

唐红雨差点咬碎了一口白牙，却还挤着娇滴滴的笑："……哎呀冉先生和我清清白白，不要说这种让人误会的话，被别人听见就不好了哦。"

"误会？"冉风含像是笑了，尾声却莫名低沉了几度，"那我们就把做过的事再做一遍，让唐小姐一边回忆一边判断，到底是不是误会。"

"——？"

唐红雨对自己造的孽还是有点印象的，闻言顿时就僵了。

她忧心地朝门外看去，盼望着小五他们能够尽快拿着她留下的捉奸房卡破门而入，救她于狗爪——不是，救她于水火。

卧房里是有一盏落地灯的，灯光很暗，但是借着这一抹，冉风含似乎瞥见了唐红雨的焦点方向。他不紧不慢地把人抱到床边，又在柔软宽阔的大床上把"乖巧识相"的女人放下来。

唐红雨当机立断一把握住了冉风含的手腕。

扯松了领带的冉风含慢条斯理地一垂眼，目光顺着女人细白的手腕慢慢攀上她压着慌乱的笑意妩媚的脸："唐小姐还有话想说？"

"当、当然，"唐红雨撑住笑，"我还是更想听冉先生简单讲讲，不用这么麻烦。"

"哦？"

冉风含果真停了，就那样低眼似笑非笑地望着她。

唐红雨被看得心虚，下意识想躲开目光。

"如果你是想拖延时间等你的人上来，那可以省些心——他们不会来了。"

"？"

唐红雨惊得笑都没维系住，抬回眸。

冉风含慢抬了手，将她垂落的长发勾去她耳后，然后在她雪白的耳垂上轻蹭了下，不等唐红雨反抗，那颗微型耳机已经落进他掌心。

冉风含扶着床边俯身，直将唐红雨迫得后仰："你是认为，我还会给他们一次'捉奸'的机会？"

唐红雨以一个极其考验柔韧性的姿势向后仰躲着冉风含："你少吓我，进来前我刚和他们确认过……"

"这家酒店在我名下。你觉得他们现在还进得来吗？"

"？"

唐红雨一个恍神，就被冉风含彻底钳制。

深陷在柔软的大床间，借着昏暗而暧昧的落地灯的光，唐红雨与冉风含对视数秒，终于还是叹了声认负的气："好吧好吧，玩不过你，你开条件吧。"

冉风含微微眯眼："什么条件？"

"补偿条件嘛。"唐红雨故意抬手，顺着他半松的领带钩上去，她红唇轻勾，慢条斯理地将他扯近，"当初我弟弟害冉先生丢了名声和未婚妻，还挨了冉老先生动怒后的家法，我早就过意不去了。冉先生说个条件，不论是钱还是生意，我都让唐亦负责，怎么样？"

"好啊。"

冉风含答应得利落，唐红雨着实怔了两秒。

回过神后她轻眨长睫："那冉先生是想要？"

冉风含："既然害我丢了未婚妻，让唐亦赔一个给我就好了。"

唐红雨沉默两秒，选择装傻："冉先生可能对我那个疯子弟弟不够了解，你动他的小菩萨，那和寻死区别不大。"

"唐亦和林青鸦的事我不会干预，况且当初事发，除了唐亦之外似乎还有一位罪魁祸首？"

"嗯？是吗？我怎么不记得了？"

"唐小姐又需要我帮你回忆了？"

"……我想起来了，冉先生说得没错。"唐红雨迅速抹掉自己的无辜神色，手腕轻一打圈，就缠着冉风含的领带将人拉得更近，她几乎贴上他耳畔，"当初那件事有我一半的责任，冉先生想让我负责，那我当然是求之不得了。"

"求之不得？"

"嗯嗯。"唐红雨"娇羞"地点了点头。

"好。"

冉风含抬手一勾唐红雨被红裙裹勒出的纤细腰身，扣扶起身往前一带，就让她坐进了自己怀里。

而他靠坐在床尾凳上，略微挑眉："唐小姐不如给我看看，你是如何的求之不得？"

"……哎呀别这样直白嘛，我会害羞的，"唐红雨靠在他怀里低下头，妆得粉白的脸颊还真泛上嫣然的红，"我今天都没做什么准备呢，明天再说好不好？"

"好，听你的。"

"那我明天是不是就能搬去你那里住了？"红裙女人仰脸，眼睛里亮晶晶又勾人地晃着冉风含的影儿。

冉风含眼底笑意更深："你确定要和我一起住？"

"我是你未婚妻呀，当然应该和你一起住了。"

"既然你想，可以。"

"冉先生对我真好！"

红裙一个漂亮的起落，女人就如泥鳅一样从他怀里滑溜出来。

冉风含眼底映着的灯点一跃，然后又徐缓地按捺下去。他撑坐在床尾凳，只拿眸子似笑非笑地挑着唐红雨："你要做什么去？"

"当然是收拾东西，准备搬家。"女人朝他眨眼，"未婚夫，我们明天见。"

"等等。"

"？"

刚转过身的唐红雨一僵，随即抹起娇艳的笑，微微回眸："嗯？未婚夫还有事吗？"

冉风含："走之前，是不是应该先做点什么？"

"什么？"

冉风含没说话，点了点线条凌厉的下颌，然后似笑非笑地撩眼看她。

唐红雨羞得低眸："这不好吧？"

"有什么不好，你不是我未婚妻吗？"

"……"

唐红雨咬着唇笑着俯身，亲了冉风含一下——连0.1秒的停留都没有，她就拽着手包扯着红裙，飞一样地从冉风含面前跑向外面。

"未婚夫拜拜！明天记得来接我呀！"

"砰！"

房门关合。

坐在昏暗的床边，冉风含一动未动地静止几秒，慢慢低头笑了起来。

酒店楼下。

唐红雨是提着高跟鞋跑出来的——防止楼上那个狗东西反应过来派人拦截她，穿高跟鞋实在不方便她发挥自己的短跑特长。

等到了酒店门廊下，拦下门口的礼宾车，扶着车门的唐红雨终于见到了胜利的曙光。她回眸，眼尾浪荡又风情地一挑，就把那个替她扶门的帅气男迎宾弄得眼神闪躲起来。

"先生，你的手机能借我用一下吗？"

"好的。"对方迟疑了下，还是将手机递给唐红雨。

唐红雨拨出一串背得烂熟的手机号码，等对面接通，她微微一笑："冉风含？"

"唐红雨。"对面似乎毫无意外，"这才过去几分钟，我的未婚妻已经收拾好了？"

唐红雨微笑："做梦梦你的未婚妻去吧——姐姐卖艺不卖身！"

"……"

不等冉风含再说，唐红雨把手机还给男迎宾，就干脆利落地转身上车。

车门一合，唐红雨转脸："师傅，国际机场，最快速度。"

"好嘞。"

从这里去机场的路长得离谱，越近郊区越是些千篇一律的景色。

礼宾车开得平稳，唐红雨这两天准备这单生意又兢兢业业，再加上外面阳光明媚地滤进车窗，暖融融得惹人犯困，抱臂靠在后座的女人不知道什么时候就浅浅睡了过去。

一路半梦半醒，直至轿车停下。

唐红雨听见车门打开的声音，这才从蒙眬的睡意里睁开了眼："到了吗……不用麻烦给——"

话声在看清车门外那人时戛然而止。

呆滞半晌，唐红雨慢慢吞吞地抖了一下，合眼："我一定是做噩梦还没醒，一定是梦。"

"已经到了，"车外西装革履的冉风含半倚着车门，朝她伸手，"该下车了，未婚妻。"

"！"

唐红雨这次连搁在一旁的高跟鞋都没顾上，睁开眼跳出车外就想跑。

可惜未能如愿，两步没到就被冉风含皱着眉拦腰抱回来："鞋都不穿，你就这么急着进我的门？"

"什、什么叫进你的门？"唐红雨惊恐。

"哦，给你介绍一下，这别墅就是我的住处，"冉风含稍松了眉，笑着将唐红雨抱起，朝不远处敞着的院门走去，"既然未婚妻迫不及待，一晚上都等不了，那我只好亲自回来带你参观了。"

唐红雨："……"

冉风含长腿略停，温柔低眼："未婚妻没有什么想说的吗？"

"有，"唐红雨那张艳丽的面孔上写满了生无可恋，"爬！"

冉风含淡定温和且不为所动，继续抱着怀里上钩躺平的"鱼"向门里走去——

"这个环节，我个人更愿意留到晚上。"

"……冉风含，你这个狗！"

"那就恭喜唐小姐，从今以后就成为我这个狗的未婚妻了。"

"……"

图书在版编目（CIP）数据

妄与她. 完结篇 / 曲小蛐著. — 成都 : 四川文艺
出版社 , 2022.11
ISBN 978-7-5411-6455-2

Ⅰ . ①妄… Ⅱ . ①曲… Ⅲ . ①长篇小说—中国—当代
Ⅳ . ① I247.5

中国版本图书馆 CIP 数据核字 (2022) 第 177144 号

WANG YU TA. WAN JIE PIAN

妄与她 . 完结篇

曲小蛐　著

出 品 人　张庆宁
责任编辑　邓　敏
责任校对　段　敏

出版发行　四川文艺出版社（成都市锦江区三色路 238 号）
网　　址　www.scwys.com
电　　话　028-86361781（编辑部）

印　　刷　河北鹏润印刷有限公司
成品尺寸　146mm×210mm　　开　　本　32 开
印　　张　11.5　　　　　　　字　　数　360 千
版　　次　2022 年 11 月第一版　印　　次　2022 年 11 月第一次印刷
书　　号　ISBN 978-7-5411-6455-2
定　　价　49.80 元